国家社科基金
后期资助项目

# 藍芳威朝鮮詩選校考

The Textual Research on
*Selected Korean Poems* Edited by
Lan Fangwei

俞士玲　著

四川人民出版社

圖書在版編目（CIP）數據

藍芳威朝鮮詩選校考 / 俞士玲著. —成都：四川
人民出版社，2023.12
　　ISBN 978－7－220－13539－2

　　Ⅰ．①藍… Ⅱ．①俞… Ⅲ．①古典詩歌－詩集－朝鮮
Ⅳ．①I312.23

中國國家版本館 CIP 數據核字（2023）第 218940 號

LANFANGWEI CHAOXIAN SHIXUAN JIAOKAO

# 藍芳威朝鮮詩選校考

俞士玲　著

| | |
|---|---|
| 責任編輯 | 任學敏　鄒　近　彭　煒 |
| 封面設計 | 李其飛 |
| 版式設計 | 張迪茗 |
| 特約校对 | 李　超 |
| 責任印製 | 周　奇 |

| | |
|---|---|
| 出版發行 | 四川人民出版社（成都三色路 238 號） |
| 網　　址 | http://www.scpph.com |
| E-mail | scrmcbs@sina.com |
| 新浪微博 | @四川人民出版社 |
| 微信公衆號 | 四川人民出版社 |
| 發行部業務電話 | （028）86361653　86361656 |
| 防盗版舉報電話 | （028）86361653 |
| 照　　排 | 四川勝翔數碼印務設計有限公司 |
| 印　　刷 | 四川機投印務有限公司 |
| 成品尺寸 | 165mm×238mm |
| 印　　張 | 22.25 |
| 字　　數 | 380 千 |
| 版　　次 | 2023 年 12 月第 1 版 |
| 印　　次 | 2023 年 12 月第 1 次印刷 |
| 書　　號 | ISBN 978－7－220－13539－2 |
| 定　　價 | 88.00 圓 |

# 國家社科基金後期資助項目出版説明

後期資助項目是國家社科基金設立的一類重要項目，旨在鼓勵廣大社科研究者潛心治學，支持基礎研究多出優秀成果。它是經過嚴格評審，從接近完成的科研成果中遴選立項的。爲擴大後期資助項目的影響，更好地推動學術發展，促進成果轉化，全國哲學社會科學工作辦公室按照"統一設計、統一標識、統一版式、形成系列"的總體要求，組織出版國家社科基金後期資助項目成果。

全國哲學社會科學工作辦公室

2017 年度國家社科基金後期資助項目
（項目編號：17FWW007）

# 插圖目次

# 目　次

# 朝鮮詩選　坤

# 前言 藍芳威、吳明濟《朝鮮詩選》文獻文化研究新視角

　　吳明濟《朝鮮詩選》（一六〇〇年序刊本）① 是現存最早的中國人編朝鮮詩選本，藍芳威《朝鮮詩選》（一六〇四年序刊本）② 是現存最大的中國人編朝鮮詩選本，兩書對中朝文學史、中朝交流史都別具意義。但兩書也存在許多令人疑惑、有待究明和闡發的問題。我曾將明末清初中國典籍中出現的朝鮮女詩人許楚姬（一五六三——一五八九）③ 詩與其《蘭雪軒詩集》相對照，對中國典籍中蘭雪軒詩誤題情況作過一番清理，得出就文獻面貌而言，藍芳威、吳明濟《朝鮮詩選》可謂“錯誤”百出，然而是它們“塑造了明末中國人對蘭雪軒詩的印象”④ 的結論，也對藍芳威、吳明濟《朝鮮詩選》的編輯以及相互關係等問題作過一些思考，

① 吳明濟編《朝鮮詩選》，目前可見國圖本一種。此書由祁慶富教授披露並影印出版（吳明濟編，祁慶富校注《朝鮮詩選校注》，遼寧民族出版社，一九九九年，頁四七一二三四），祁先生判斷此書爲朝鮮刊本（頁四一六）。
② 藍芳威編《朝鮮詩選》，目前可見北京大學藏本和美國加州大學伯克利分校東亞圖書館藏本。北大本《朝鮮古詩》，北大圖書館題簽作：“清初鈔本，不分卷，一冊。”四邊雙欄，有界，半頁九行，行廿字，注小字雙行，白口，上黑魚尾，上板口題“朝鮮詩選”，下題頁數（共五十六頁，連續無間斷）。卷首題“朝鮮古詩”，無序跋、目次。存詩二四一首，摘聯七。其中五古六十八首，七古四十首，五律八十三首（附排律二首），七律十六首（“七言律詩”下十五首，一首誤入五排），五絕三十二首。北大本，朴現圭教授披露並影印出版（朴現圭著《中國明末清初人朝鮮詩選集研究》，太學社，一九九八年，頁一一一一）。伯克利大學本全書共二冊，分題《朝鮮詩選乾》、《朝鮮詩選坤》。黑邊雙欄，欄外上半題某卷，下半題頁碼。半頁八行，行十六字，注小字雙行。此書采用五針裝訂法，此爲朝鮮後期通用的封面裝訂形式，書體高二十五點八厘米、寬十七點二厘米，半框高二十厘米、寬十三點六厘米，用竹葉紙印刷。據這些特點，此書當爲中國刊本，後流入朝鮮，被以朝鮮法重新作了裝訂。藍芳威序云“釐爲四部”，當爲古、律、絕、許景樊等詩四部，共八卷，其中前六卷卷首除題“朝鮮詩選全集”，又分別題“五言古詩”“七言古詩”“五言律詩”“七言律詩”“五言絕句”“七言絕句”，卷七卷首僅題“朝鮮詩選全集”，卷八不見首題。此書由李鍾默教授首先披露。其《關於伯克利大學藏本藍芳威編〈朝鮮詩選全集〉》一文，見張伯偉編《域外漢籍研究集刊》第四輯（中華書局，二〇〇八年，頁三一九一三三六）。
③ 許楚姬，字景樊，號蘭雪軒，有《蘭雪軒詩集》行世。明清中國典籍多稱其爲許氏妹、許妹氏、許景樊等，朝鮮典籍多稱其爲許蘭雪軒、蘭雪軒等。
④ 拙著《明末中國典籍誤題蘭雪軒詩及其原因考論》一文，見張伯偉編《風起雲揚——首屆南京大學域外漢籍研究國際學術研討會論文集》，中華書局，二〇〇九年，頁三一五。後收入拙著《性別、身份和文本——朝鮮女性文學文獻研究》，中華書局，二〇一八年，頁四三。

但當時只有北大本藍芳威《朝鮮古詩》，此本收詩不多（二百四十一首），所以有不少問題未能回答。如沒能回答潘之恒《亘史》中所收許蘭雪軒集《聚沙元倡》中之《聞笛》、《游仙曲》（未央宮闕）、《翠袖啼痕》（輕籠雪腕）等詩出於何處，謝朓《玉階怨》（夕殿下珠簾）、釋寶月《估客行》（郎作十里行）、曹唐《小游仙詩》（忘却教人）等誤爲許蘭雪軒詩始於何處等問題。二〇〇八年，韓國首爾大學李鍾默教授發表了《關於伯克利大學藏本藍芳威編〈朝鮮詩選全集〉》一文，方知有藍芳威《朝鮮詩選全集》見存，《朝鮮詩選全集》收詩六百首，或可解決我原先疑惑的問題。

在中韓學者中國典籍誤題詩歌的思路上，我將藍芳威、吳明濟《朝鮮詩選》中所有的詩歌與各家別集、編刊早於《朝鮮詩選》或在朝鮮獨立發展的朝鮮詩歌總集、選集以及詩話進行比對，發現《朝鮮詩選》中甲詩人某詩被當作乙詩人詩；同一首詩，而詩題不同；原爲古/律詩而成了絕句；原爲兩首詩而變成了一首詩或相反，以及絕大多數詩都或多或少有異文存在……這些現象遠較目前研究所揭示的要多且複雜，深感舉例式的研究不能解決問題，有必要作徹底的清查和清理。

在反復推究藍芳威、吳明濟《朝鮮詩選》編輯的歷史時期、政治社會環境、思想文化氛圍，研究編集、校閱、作序、刊刻甚至書寫者的身份，探究兩種版本的關係以及可能有的潛在版本，並貫通思考這些問題後，我開始反思過去"誤題"思路和傳統的文獻研究思路以及其中可能有的立論偏狹：我們沒能充分考慮兩書產生的特定歷史情境，未能研究搜集、編輯、校閱、作序甚至書寫者的身份及其文化意味；我們爲前人對明代刻書業的批評所囿而沒能適當評估有明一代刻書的意義①；我們爲此前對藍芳威、吳明濟詩選的批評所囿而沒能充分考察兩部詩選的編輯情境②；我們低估了明代這兩種詩選編輯、刊刻的複雜程度；我們過分用現在的版權意識去衡量和要求明人的版權思想和出版實踐；我們過分看重文本的唯一性而放棄了對異題、異文的接受和思考……藍芳威、吳明濟《朝鮮詩選》是在"壬辰之亂"戰火紛飛的歲月裏在朝鮮搜集、積攢、編集的。當時，東人文集尤爲難得。吳明濟說："因訪東海名士崔致遠諸君集，皆辭無有，小國喪亂，君臣越在草莽間幾七載，首領且不

① 參拙著《明代書籍生產與文化生活》（南京大學出版社，二〇二二年）"前言""結語"。
② 如李鍾默《關於伯克利大學藏本藍芳威編〈朝鮮詩選全集〉》認爲此書只是"更加論證了李德懋在其《清脾錄》中對《朝鮮詩選全集》基本性質所作的評述：藍芳威的《朝鮮詩選全集》並非善本"（頁三三六）。

保，況於此乎？"① 此説可從朝鮮士人文本中得到證實。如崔岦（一五三九——一六一二）説："余非熟東坡詩，甲午（一五九四）如京，爲本國書亡於兵火，僅購得蘇律一本。"② 趙慶男《亂中雜録》戊戌（一五九八）七月下亦云："焚蕩之餘，凡於文籍，一無餘存。"③ 所以藍芳威、吳明濟詩選中詩，不是從文本到文本的鈔録，而是許多朝鮮士人記憶中詩歌的文本呈現。吳明濟説："有能憶者，輒書以進，漸至一二百篇。……（許）筠更敏甚，一覽不忘，能誦東詩數百篇。" 藍芳威、吳知過言《朝鮮詩選》詩歌來源："（朝鮮士民）時詣軍幕以詩相投贈，或以其國中所爲詩交出而傳示"，"得朝鮮投贈詩及士女自所爲詩幾數百篇"。④ 記憶的非精確性以及再次書寫等原因使得《朝鮮詩選》中詩歌文本較東國傳世的以文本爲基礎編纂而成的總集、選本和別集中的文字具有更大的流動性，這增加了《朝鮮詩選》研究的複雜性，在東國總集、選集、別集中找尋《朝鮮詩選》詩相對應的元詩的難度也加大，當然，這也使研讀有更多的驚喜，也更加意味深長。

藍芳威、吳明濟詩選的關係也十分耐人尋味。假如兩詩選來自不同人的記憶，依據詩選中所呈現出的記憶的不確定性，兩者的同一作品應相當不同，然兩書相同作品則相同乃爾！假定兩者有關聯，則兩者又是如何建立關聯的呢？而兩者的不同又是如何產生並呈現的呢？目前研究者多採用非此即彼的二元對立式思路，並傾向於將編選權給予吳明濟，但並沒有對其中細節作應有的探究，其結論也就不能輕易信從。而之前對參與《朝鮮詩選》編校的人員、兩詩選的不同版本以及可能的傳播和接受的認識也非常不完備。

本書是對藍芳威、吳明濟《朝鮮詩選》的一系列問題的清理和研究，儘可能全面地呈現吳明濟、藍芳威等人搜集、編集《朝鮮詩選》時的情境，以期呈現《朝鮮詩選》文獻來源的多樣性和複雜性；從編集者、評閱者的身份看幾種《朝鮮詩選》的可能關聯；從搜集、編集者的行蹤和不同情境看《朝鮮詩選》作爲鈔本和刻本的動態變化，關注朝鮮詩書法作品的歸屬、傳播以及作爲文學物質載體的功能等。本書用力最多的是

---

① 吳明濟編，祁慶富校注《朝鮮詩集校注》頁六〇—六一。然此《序》影印本（頁五五—六二）有錯頁和缺頁，但祁先生釋讀文（頁二三八—二三九）是完整的。
② 崔岦《簡易文集》卷七《甲午行録·楊花渡呈行右》詩下注，《韓國文集叢刊》册四九，頁四三五。
③ 趙慶男《亂中雜録》[三]，《大東野乘》本，慶熙出版社影印，一九六八年，册二，頁三七一。
④ 藍芳威《選刻朝鮮詩小引》、吳知過《藍將軍選刻朝鮮詩序》，見下"校考"。

對現存藍芳威、吳明濟《朝鮮詩選》所有詩歌來源的找尋和甄別，確定詩選中詩之"元詩"再加以對照。藍芳威《朝鮮詩選》選詩六百首，吳明濟《朝鮮詩選》選詩三百四十首，吳選不見於藍選之詩三十七首，我們即以此六百三十七首爲基點，根據兩選之提示，查找相應作者文集①；文集無此詩或無文集者則查找金宗直（一四三一——一四九二）等編《青丘風雅》（一四七三年編定）、徐居正（一四二〇——一四八八）等編《東文選》（一四七八年）、申用溉（一四六三——一五一九）等編《續東文選》、李荇（一四七八——一五三四）等編《東國輿地勝覽》，並參照各種詩話；再無，則考慮誤題作者，依據我們研究所得出的漏題作者的規律，結合作家風格等劃出一些可能作者，再依別集、總/選集、詩話之順序查找。因誤題作者、異題、異體、異字等原因，確定元詩相當不易。確定目標元詩後，再確認此詩異題作者、異書詩題、原爲古/律詩而成絕句、兩詩合成一詩或相反、異字數等，運用記憶特徵理論，説明雖然異字很多，依然可確定爲元詩的理由，由此確定《朝鮮詩選》中詩多爲記誦之詩的文字化，《朝鮮詩選》具有記憶記錄的性質。② 我姑且假定立足於文獻的朝鮮人所編各家文集以及詩歌總集、選集之詩爲"正體"，以藍、吳《朝鮮詩選》詩爲"異體"，分析這些"異""誤"從何而來，却意外地發現了許多有趣的問題，比如《文選》《東文選》在朝鮮士人詩歌學習中的分量，朝鮮自身經典漢詩、漢文學經典之大傳統和朝鮮漢文學傳統及其傳統建構等。我纔認識到《朝鮮詩選》不僅是中朝文化交流的實例，是塑造明清中國人朝鮮詩歌印象的最有力的文本，它更是"異質"的詩選，一個"碰巧"被編寫、被留下的不可多得的、寶貴而深刻的書籍史案例。

馬克·布洛赫（一八八六——一九四四）在關於過去的証據中説道："讓我們把希羅多德的《歷史》與法老時代埃及人放在墓穴中的游記加以比較，然後對比一下這兩大範疇的原型，將歷史學家所掌握的形形色色的史料加以劃分，就可以看到，第一組的証據是有意的，而第二組則不是"，"在發展的進程中，歷史研究無疑認爲第二類史料更爲可靠"。③ 他又説：一種証據"是有意留下的；另一種証據講出了一些無意間留下的，

---

① 朝鮮詩人別集，"壬辰之亂"後刊刻或重刻者，亦有據《朝鮮詩選》、錢謙益《列朝詩集》增補作品之例，本書校考正文相關篇目下會有説明。
② 今所見的《朝鮮詩選》刊本的文字不同，其中當然也有可能由《朝鮮詩選》中國鈔錄者、編者等失誤造成的，但目前已不具備分辨條件，姑且全部置於文本的流動性中加以考慮。
③ 參馬克·布洛赫著，張和聲、程郁譯《歷史學家的技藝》，上海社會科學院出版社，二〇一九年，頁三五。

甚至是相悖於其産生意向的東西"。而第二種証據的"異質片斷"(heterogeneous pieces of evidence)性的一個共同點是：它們不經意地(unwillingly)貢獻了有關過去的——一種特定的過去的認知："那些姿勢，……使我們比很多叙事，如一種經濟結構，一種宗教心態，一種物質文明，更好地接近重建的可能性。"他指出在最近幾個世紀，歷史學研究最顯著的進步可能會顯現於"在無意間留下的証據那裏的越來越重要的作用"，"一份商業文件、一個陶片、一個人名或地名可能會被視爲等價於最生動的編年史的人類遺跡"："關鍵在於知道如何從它們中汲取生命力。"布洛赫將歷史學家比作偵探："最好的和最誠摯的叙述，在歷史學家眼中，首先是一條綫索。"① 布洛赫心中一直有"追蹤錯誤和謊言"的追求②，這也予我以啓發。我們也試圖成爲"偵探"，嘗試追蹤"錯誤"/"異體"及其意義。通過研讀它們，我們也從實踐中建立了確定文本正誤並非是文獻學的唯一内容的想法。《朝鮮詩選》，使文本流動性有了物質呈現；使文學形塑讀者、讀者又反過來形塑文本的互動有了如此清晰的表徵。而編校者通過《朝鮮詩選》觀風，理解、反思朝鮮文學文化，同時以之承載自己的朝鮮經歷和記憶。《朝鮮詩選》給予編校者以新身份和新"生命"，以之參與了明代書籍史的行程。以下我將考論幾種《朝鮮詩選》的搜集、編輯、出版的動態過程，推求各自可能的版本及其相互關係，判斷《朝鮮詩選》詩歌的性質以及《朝鮮詩選》的性質，並闡發《朝鮮詩選》的文獻文化史意義。

## 一、援朝將士之文化旨趣和戰時文化氛圍

以我們一般的想象，萬曆時援朝抗倭者多爲將士，其文化素養或許不會太高；戰時生存條件極其惡劣，即使有文化素養，也未必有心情和客觀條件去關注和從事文事，但閱讀有關載籍，發現當時情形並非如此。當時戰場的文化氛圍相當濃鬱，這可爲理解吳明濟、藍芳威在戰争期間搜集、編輯《朝鮮詩選》提供一個整體的文化氛圍和必要的歷史情境。

朝鮮"壬辰之亂"結束後，應宣祖之命，申欽（一五六六——一六二

① 引自卡羅·金茲堡《無意間留下的提示：逆着意向閱讀歷史》，陳恒、王劉純主編《新史學》第十八輯《卡羅·金茲堡的論説：微觀史、細節、邊緣》，大象出版社，二〇一七年，頁二二〇—二二一。
② 雅克·勒高夫爲《歷史學家的技藝》所作《序言》，見黄艷紅譯本，中國人民大學出版社，二〇一一年，頁一八。

八）整理了一份《天朝詔使將臣先後去來姓名，記自壬辰（一五九二）至庚子（一六〇〇）》①，後來吳慶元不滿申欽姓名記的人物排列次序，重編成《王人姓名記》②。據這兩份姓名記統計，"壬辰之亂"期間，大明赴朝詔使將臣中有進士出身者二十五位③，其中戰事最激烈的戊戌年（一五九八）和善後的己亥年（一五九九），有近二十位進士活躍在朝鮮，另外至少有舉人三名④、武進士七名⑤。第一任經略宋應昌（一五三五—一六〇六）是嘉靖四十四年（一五六五）進士，一五九八、一五九九年的兩位最重要的指揮官邢玠（一五四〇—一六一二）和楊鎬（一六二八年伏法）分別是隆慶辛未年（一五七一）和萬曆庚辰年（一五八〇）進士，後來替代楊鎬的萬世德（一五四七—一六〇三）與邢玠同年。

　明援朝將臣，多有文化旨趣。如宋應昌將有關朝鮮書疏編成《經略復國要編》一書。⑥ 萬曆二十一年正月李如松攻下平壤後，宋應昌自義城至平壤，《亂中雜錄》載其"賦四韻云：矢石之間得自完，草行露宿且風餐。鄰家有鬥捐身救，同室多爭袖手看。禮部侍郎安可隱，長湍府使一何寒。總緣不識尊中國，也念誰能解倒懸。"⑦ 與宋應昌同來的兵部主事、贊畫袁黃（一五三三—一六〇六），本人著述既多，到朝鮮後，他向朝鮮政府去咨文求書籍⑧，並向朝鮮群臣發起"講學之事"，因學術旨趣

---

① 申欽《象村稿》卷三九，《韓國文集叢刊》冊七二，頁二六九—二九二。
② 吳慶元編《王人姓名記》，見李光濤編《朝鮮壬辰倭禍史料》一七，附錄三，"中研院"歷史語言研究所，一九七〇年，頁二〇三七—二一一七。
③ 他們是：石星（直隸東明人，嘉靖三十八年進士，一五五九）、薛藩（廣東順德，萬曆十七年，一五八九）、司憲（河南睢州，一五八六）、宋應昌（浙江仁和）、劉黃裳（河南光州，一五八六）、袁黃（浙江嘉善，一五八六）、周維翰（直隸阜城，一五八〇）、韓取善（山東淄川，一五七八）、艾維新（河南蘭陽，一五八六）、賈維鑰（順天遵化，一五八九）、孫鑛[錦衣衛（浙江餘姚），萬曆二年，一五七四，會元]、楊鎬（河南商丘）、邢玠（山東益都）、萬世德（山西偏頭守禦千戶所）、徐觀瀾（山東澤州，一五八九）、楊應文（直隸無錫，一五八九）、蕭應宮（直隸常熟，一五七四）、董漢儒（直隸開州，一五八九）、張登雲（山東寧陽，一五七一）、王士琦（浙江臨海，一五八三）、梁祖齡（四川溫江，一五八六）、徐中素（江西建昌，一五八五）、杜潛（山東高唐，一五八〇）、陳效（四川井研，一五八〇）、楊位（河南汝寧府儀衛司，一五八〇）。
④ 《宣祖實錄》"宣祖三十一年二月"己未日〔陳御史接伴使李好閔啓〕載："近日二萬餘兵，又爲出來，待此兵畢集，並前來兵馬可用者，約於三月間再舉，臣問曰：'二萬新兵，何將官領來？'答曰：'漢土兵一萬，劉總府帶來，已到遼東。兵部郎中徐中素領三千，又有舉人三人，各領兵，合一萬餘。'"（《朝鮮王朝實錄》冊二三，國史編纂委員會，一九七〇年，頁三七七—三七八）。
⑤ 他們是：王問、佟養正、李天常、許國威、傅良橋、茅國器、楊邦亨。
⑥ 宋應昌《經略復國要編》十四卷、《圖說》一卷、《附》一卷、《後附》一卷，見收《四庫禁燬書叢刊》史部冊三八，頁一一—三二〇。
⑦ 趙慶男《亂中雜錄》[一]，《大東野乘》冊二，頁三一八。
⑧ 金宇顒是袁黃的接伴使，萬曆二十一年有《請許袁主事黃求書籍啓》（《東岡集》卷一〇，《韓國文集叢刊》冊五〇，頁三二一）

偏於王陽明，讓尊崇程朱理學的朝鮮群臣頗費躊躇。成渾《答皇明兵部主事袁黃書》下注曰："袁黃力排程朱之學，其說專主禪陸，行朝諸公議所以酬答，而難於措辭，共推先生，辭不獲，乃起草。袁見之默然。"① 袁黃還欲與宋應昌聯手在朝鮮講陽明學。② 其正因講學意願過强以及學術傾向相悖遭致彈劾離開朝鮮。③ 申欽《姓名記》曰袁黃："好佛道，持身如山僧。嘗與我國議政崔興源語曰：'中國昔時皆宗朱元晦，近來漸不宗朱矣。'興源曰：'朱子無間然矣。'主事頳然不悦。翌日移咨舉《四書注疏》逐節非毁之。……未久，言官劾其左道惑衆，革職。癸巳（一五九三）六月回去。"④ 援軍中的參軍、游擊也與朝鮮人詩歌交流。如癸巳七月，參軍呂應鍾作書叙述其在善山、南原兩遇朝鮮人金復興而結下的友誼。其曰："金生朝鮮人也，余中原人也，金以支供事，余以逐賊事，偶一邂逅"，"同筆硯同榻，風雨而相顧，如平生知己"。其詩中間二聯道："風清弄管雲停竹，月朗調琴露滴桐。宇宙方纔同一夢，關山又欲隔千重。"⑤ 顯示戰争間隙的琴詩之會和依依之情。游擊宋大斌在南原大捷後登廣寒樓，次"題咏韻樓頭收游求五字"作詩云："戰罷歸來倦倚樓，洗兵飲馬大溪頭。入山草木千年勝，四野烽烟一望收。破竹已乘今日勢，採蓮猶憶昔時游。明朝迫逐嚴諸部，萬里勳名正此求。"⑥ 其間，日本方面也在外交中使用詩賦。《亂中雜録》載明使沈惟敬等至日本議和，"出日本時，倭人贈詩句，末云：江山自古無真主，日月如今不大明。"⑦ 以詩質疑、挑釁大明地位。

丁酉（一五九七）再亂後的援朝將臣亦如此。此年三月，浙江游擊將軍葉鰭作爲先頭部隊到朝鮮督餉募兵，其作《勸勵歌》發動群衆。詩曰："朝鮮素稱禮義邦，羞稱武事尚文章。當年島夷紛陸梁，崩沙破竹入平壤。國君播越在草莽，王子繫縲去扶桑。王京一炬半塵埃，赤地千里

---

① 成渾《答皇明兵部主事袁黃書》曰袁黃："贊畫軍謀，軍旅之外，旁及講學之事。諄諄開導，牖以小邦迷昧之失，揭示前古不傳之秘，甚盛舉也。"（成渾《牛溪集》卷六《雜著》，《韓國文集叢刊》册四三，頁一五五—一五六）金宇顒《東岡集》卷一六《答袁主事》（《韓國文集叢刊》册五〇，頁四〇一）似自成渾書中録出數句。
② 參刁書仁《袁黃萬曆援朝戰争史事鈎沉》（《社會科學輯刊》二〇一九年第六期，頁一二六—一三四）、齊暢《萬曆朝鮮戰争初期袁黃朝鮮行跡新考》（《外國問題研究》二〇二一年第二期，頁四一九）。
③ 宋應昌還是"壬辰之亂""關白實意在中國"動機説的鼓吹者。參李光濤《朝鮮"壬辰倭禍"研究》，"中研院"歷史語言研究所，一九七二年，頁一四一六三、六七一一三一。
④ 申欽《象村稿》卷三九，《韓國文集叢刊》册七二，頁二七〇。
⑤ 趙慶男《亂中雜録》[二]，《大東野乘》册二，頁三二四一三二五。
⑥ 趙慶男《亂中雜録》[二]，《大東野乘》册二，頁三二五。
⑦ 趙慶男《亂中雜録》[一]，《大東野乘》册二，頁三二一。

慘目光。追思切齒恨何長，不共戴天讎豈忘。無言有志力未遑，事由人盡鑑由蒼。君不見臥薪嘗膽治吳疆，枕戈運甓輔晉强。又不見壯士有怒白虹長，匹夫敢勇衆難當。男兒氣節等霄壤，七尺躬宜振紀綱。發憤修政屬廟廊，募戈勤王起郊荒。同心上下相激昂，仁看威武自奮揚。援師洸洸共勠勤，掃蕩倭賊如驅羊。銅駝王氣正未央，勿效開門揖虎狼。種桃栽棘果孰良，瓦全玉碎認誰香。一言終古可興邦，我今歌向大夫行。願得猛士起四方，永清東海無波揚。"① 一些將臣在朝鮮訪書、編書。《宣祖實錄》"三十一年（一五九八）十月"乙卯下載："《輿地勝覽》《東事撮要》等册，天將多數持去。海外新書，想必盛行中土。"② 又"三十三年（一六〇〇）二月"己卯日下載弘文館啓："丁應泰……'又將不正之學序於褚、魏所纂之書，披閱之際，令人失色，然此書，初非應泰所著，其中不無切於養蒙之語，豈可以應泰之故，並其書廢之乎？削其序而用之，恐無不可。'傳曰：'允。'"③ 丁應泰爲東征贊畫軍事，當然屬於明朝將臣，可能因爲他在蔚山之戰後彈劾經理楊鎬，朝鮮上奏爲楊鎬辯護，丁應泰又彈劾朝鮮，因此被朝鮮人視爲仇讎，故吳慶元將其排除在援朝抗倭名單之外。④ 丁應泰是萬曆十一年進士，從《宣祖實錄》此條看，他甚至在朝鮮期間集魏徵、褚遂良之文編了一本書，並親爲之序，朝鮮弘文館官員認爲丁學"不正"，但肯定其書有存在價值，希望去掉丁序而保留此書，這一意見也獲得宣祖首肯。此外還有蕭應宮撰《朝鮮征倭紀略》等。⑤

朝鮮史料中還傳録了在激烈的戰事中中國武將的其他詩作，如李如松。此人"世錦衣百户"，以欽差提督薊遼保定山東等處防海禦倭軍務總兵中軍都督府都督同知至朝鮮，是位不折不扣的武將。柳成龍雜著《記壬辰以後請兵事》録李如松詩一首。萬曆二十年（一五九二）十二月，李如松帥四萬兵至安州，體察使柳成龍請見，二人對地圖論兵事，後李如松題詩於扇面送柳成龍，詩曰："提兵星夜到江下，爲説三韓國未安。明主日懸旌節報，微臣夜釋酒杯歡。春來斗氣心猶壯，此去妖氛骨已寒。

---

① 趙慶男《亂中雜録》[三]，《大東野乘》册二，頁三五四—三五五。
② 《宣祖實錄》，《朝鮮王朝實錄》册二三，頁五一六。
③ 《宣祖實錄》，《朝鮮王朝實錄》册二四，頁三六。
④ 申欽《姓名記》有丁應泰，但不載其爲進士。丁應泰彈劾之是非可參孫衛國《丁應泰彈劾事件與明清史籍之建構》（《南開學報》二〇一二年第三期）、劉寶全《明晚期中國和朝鮮的相互認識：以丁應泰和李廷龜的辯論爲中心》（《韓國學論文集》第二十輯，二〇一一年）等。
⑤ 李德懋《青莊館全書·盎葉記》七"華人記東事"，《韓國文集叢刊》册二五九，頁六九。

談笑敢言非勝算，夢中遙憶跨征鞍。"① 詩雖不算佳，但氣頗壯，亦可讀。更值得關注的是武將的題詩於扇面贈人的交流方式。又如將領李芳春。萬曆二十六年（一五九八）九、十月，明軍四路大軍圍攻島山，明軍損失慘重，戰事處於膠着狀態，難以突破。趙慶男《亂中雜録》記在"圍城一旬，賊勢日熾"之日，"李副總題送絕句於兵相云：'蚌鷸持多日，王師久未旋。何當除此賊，露布奏清邊。'兵相受之，盤問幕下：有能和此者乎？中軍鄭以吉告曰：陣中有別將趙某，本以儒士，奮義討賊，以此從軍。和此不難也。兵相招余示之，余辭以不能，還幕乃次，精書以進，云：'賊勢披靡久，何憂曷月旋。鯨鯢授首日，功業定無邊。'兵相即令軍官朴光國進呈，副總見之喜曰：'本道總兵可謂才兼文武矣。'光國回報，兵相招余言之，極口稱歎，余拜謝而退"②。這裏的"李副總"名芳春，以欽差統領薊遼遵化參將領馬兵二千來朝鮮，長於騎射，是位不折不扣的武將。他首先送詩給朝鮮將軍，發起唱和，朝鮮將軍徵招能詩者和之。趙慶男的做法很有意思，他被長官請去看詩時，辭以不能，他當然知道自己有能力和這首詩，也絕對願意代長官和詩，但以不露才揚己的方式暗地進行，給長官臉面。這同時提醒我們關注這類情況下詩歌作者的不確定性。如果李芳春帶回這首詩，這首詩在中土流傳，或許就被冠以朝鮮兵相之名了。或者李芳春也是請人賦詩贈朝鮮兵相的，但無可否認的是，在中朝聯合抗倭的血雨腥風中，詩歌唱和也自然地在士民將官之中進行着。

　　吳明濟、藍芳威《朝鮮詩選》編閱、校書人員中，藍芳威、賈維鑰、韓初命三人因軍階、官品够高而進入上言申欽、吳慶元《姓名記》中，三人或能文，或好文，也都有文化旨趣。藍芳威，字萬里，號雲鵬，江西饒州府人。他本爲景德鎮陶丁，萬曆十六年率衆暴動，爲鄱陽令程朝京、江西僉事顧雲程等討平後，貸死戍邊而漸爲名將。③ 萬曆二十六年

---

① 柳成龍《西崖集·文集》卷一六，《韓國文集叢刊》册五二，頁三〇七—三〇八。
② 趙慶男《亂中雜録》〔三〕，《大東野乘》册二，頁三七三。
③ 許重熙編《憲章外史續編》卷八《萬曆注略》"十六年二月"下載："江西盜三千人聚景德鎮，撫臣議討之，僉事顧雲程曰：'討三千人，必以萬人往，勞費甚巨。其魁爲藍芳威，嘗識之於武場。'乃屬人招之，芳威匿山中不出，適有劉汝國之亂，雲程使之將兵備寇，且諭之曰：'吾能生汝，不欺汝，而更何待乎？'芳威遂單騎詣軍。後卒爲名將。"（《續修四庫全書》據崇禎刻本影印，册三五三，頁一六三）黃之雋等撰《江南通志》卷一四〇《人物志·宦績》"蘇州府""顧雲程"條："擢御史，出爲江西僉事，九江有景德鎮之亂，雲程撫其渠魁藍芳威，後爲名將。"（《中國省志彙編》本，華文書局，一九六七年，頁二三五五）同書卷一四七《人物志·宦績》"徽州府""程朝京"條："陶丁藍芳威爲亂，討平之，又力言芳威於上官，貸死戍邊，卒爲名將。"（頁二四七六）

正月，他以欽差統領浙兵游擊將軍署都督指揮僉事領南兵三千三百援朝鮮。①《宣祖實錄》"宣祖三十一（一五九八）年正月"庚戌日，因蔚山之戰，宣祖慰問了副總兵佟養正、李汝梅後，繼而慰問游擊藍芳威，此爲藍芳威首次在朝鮮王京亮相。②《宣祖實錄》"三十一年二月"己未日保存了藍芳威開撥稷山前的一張揭帖：

> 伏以建邦啓土，冕旒錫遐方以稱尊；航海梯山，車書通上國而盡節。禮樂永承於堯世，山河常保其篡封。曩以關酋肆逆，遂致聖嗣遭殘。遺宮已見黍離，故土每傷麥秀。乃龍章燁燁，未足厭其狼心；茲虎纛颺颺，直欲掃其豕跡。天威赫震，神武播昭。一將登壇，鵲印明三山之夜月；六軍出塞，魚圭動八道之春風。威也職在援抱，志存裹革。未聞俎豆，濫事干戈。擁節西來，壯膽直欲蕩乎妖氛；分麾東指，雄心未足懾乎游魂。敢借儒臣，庶旌旗能生五彩；輒求向導，俾戎馬不迷二途。忘愚昧而敬衷，惟高明其丙鑒。③

這份招募文以駢文寫就，以吸引朝鮮儒臣和向導，雖然這種文章當非藍芳威親筆，但"威也職在援抱，志存裹革"的胸懷，"未聞俎豆，濫事干戈""敢借儒臣，庶旌旗能生五彩"的追求，依然有利於建立其風雅好文的儒將形象。三月，邢玠、楊鎬與朝方一起確定戰守之策，中朝軍分西、中、東和海上四路，藍芳威先屬西路軍，西路將領配置爲："提督劉綎主之，副總兵李芳春，游擊牛伯英、藍芳威，參將李寧，游擊曹希彬、吳廣等咸統。"三月中下旬，藍芳威率南兵三千（"南兵，三千步兵"），與李芳春部一道"自京到南原，留陣城中"。同年八月，南原失守，因輕敵而致敗的楊元、陳愚衷被斬首。"藍芳威以軍門改分，付屬中路，自南原領軍往咸陽"，中路將領配置爲："提督董一元主之，副總兵李如梅，游擊涂寬、郝三聘、葉邦榮、盧得功、茅國器、安本立，副總兵李寧、張榜等咸統。"④ 在八月至十二月中朝與倭寇決戰期間，藍芳威發動過數次對日作戰。如："茂朱敗遁之賊百餘名，逾安陸過咸陽，藍兵要路掩擊，斬五十餘級，奪還擄人百餘口，牛馬六十餘匹。""泗川之賊，聞天兵大至，來覘山陰，藍兵擊逐之，斬四十餘級，賊兵退走。藍將以孤軍不能

① 吳慶元《王人姓名記》，頁二一一六。
② 《朝鮮王朝實錄》册二三，頁三七二。
③ 《朝鮮王朝實錄》册二三，頁三七八。
④ 趙慶男《亂中雜録》［三］，《大東野乘》册二，頁三六八、三七一。

久留絕境，遂退陣雲峰。”“藍芳威自雲峰領軍向三嘉。……泗川賊五百餘名由晉州攔入智異山，搜探頭流、金臺、安國等寺，殺掠無數，藍芳威遣兵擊逐之。”① 九月十八日，中路軍“董一元自三嘉進晉州，先鋒藍芳威擊敗南江屯聚之賊，斬首五十餘級，餘賊走下昆陽，與昆陽賊合勢，退守泗川本城”。九月二十六日，董一元因輕敵落入日人圈套，大敗於法叱島，一元僅以身免，退向三嘉之路。藍芳威之前奪下的南江站軍糧一萬三千餘石均散失。後來藍芳威因此次軍敗坐律，還戍朝鮮。② 《宣祖實錄》“三十二年三月”壬午日載：“天使萬世德曰：‘聖天子憐貴國無辜被兵，不計勞費，興師來援，今者凶賊已退，而聖天子更以善後爲憂，方議留兵屯守，將則總兵李承勛，游擊茅國器、解生、陳蠶、藍芳威等其人也。’”③ 五月二十七，藍芳威領軍自京至南原，六月，自南原回京，七月，回國。《宣祖實錄》“三十二年七月”丙辰日載：“上幸藍游擊所館。……上曰：‘大人留住，小邦恃而無恐，今將西歸，不勝缺然。’”④ 又《亘史》云藍芳威言己“督戎朝鮮二年”⑤。藍芳威在朝鮮口碑頗佳，《宣祖實錄》“三十二年三月”庚寅日“上幸藍游擊芳威館”記事下小注曰：“藍芳威，水路將官，能鈐束下人，無所擾害。”⑥ 同年四月丙寅日，“上接見藍游擊芳威”下小注曰：“芳威持身廉簡，處事嚴明。”⑦ 公州《明藍芳威種德碑》贊其“仁而有制，嚴而有容”⑧。萬曆三十二、三十三年（一六〇四、一六〇五），周孔教描繪藍芳威，“力能扛鼎，氣欲成虹。鷹揚虎視之姿，水斷陸劃之器”，前句用司馬遷形容項羽，曹植形容吳質以及田文、無忌等上古俊公子之典，後句用王褒形容賢臣之語，盛

① 趙慶男《亂中雜錄》［三］，《大東野乘》册二，頁三七一。
② 趙慶男《亂中雜錄》［三］，《大東野乘》册二，頁三七三；《亂中雜錄》［四］，《大東野乘》册二，頁三七七。
③ 《朝鮮王朝實錄》册二三，頁五八七。
④ 《朝鮮王朝實錄》册二三，頁六四三—六四四。
⑤ 潘之恒《亘史・外篇》“仙侣”卷三“亘史云”，《四庫全書存目叢書》，齊魯書社，一九九八年，子部册一九三，頁二三。
⑥ 《朝鮮王朝實錄》册二三，頁五八九。
⑦ 《朝鮮王朝實錄》册二三，頁五九九。
⑧ 朝鮮總督府編《朝鮮金石總覽》卷下，張忠植編《韓國金石總錄》（東國大學校出版部，一九八四年），頁八〇。

贊藍芳威之神采。①

賈維鑰，字無扃，號知白，直隸順天府遵化縣人，萬曆癸未（一五八三）進士。“壬辰之亂”中，他兩次至朝鮮，第一次是萬曆二十一年（一五九三）至朝鮮查驗軍功，很快就回國了。楊鎬被丁應泰彈劾免職後，繼任者是萬世德，萬曆二十七年（一五九九）年四月，賈維鑰以前兵部職方司郎中身份佐萬世德第二次援朝，次年七月回國。賈維鑰長於文，戰爭結束後，他陪同萬世德視察釜山並撰寫《釜山碑》（又稱《萬世德碑》）②，此碑長久屹立在直對日本對馬島的釜山五六島（此島因此碑亦稱碑石島）上。③

韓初命，字康侯，號見宇，山東萊州府掖縣人，舉人。他一生多爲財賦官，援朝後，曾任兩浙鹽運司判官、天津都轉運使等。④ 他自言“丁酉（一五九七）秋，余以倭奴之役，督餉朝鮮”，丁酉當是其任職之時，此後應在國內籌措、調配物資，故《王人姓名記》載其次年八月始入境朝鮮。韓初命自云少年讀書時，就有觀風朝鮮的願望，因援朝而因緣際會，很想將採詩朝鮮的願望實現⑤，可見也是一位有文化志趣之人。

## 二、觀風箕子之國與朝鮮倭亂反思

中國古代有深厚的“游”“觀”傳統，故對“游”“觀”有豐富的思考。就游觀主體之所觀與所得而言，《列子·仲尼》篇載列子云“游之樂，所玩無故”，看重游觀行爲使游觀者所遇常新。壺丘子又將游觀分爲“外游”與“内觀”，所謂“外游”，即“觀其所見”“求備於物”，而内觀則“求足於身”。⑥ 早期儒家經典中的“游”“觀”，多關於外游，且與政治相關。如《周易》“觀卦”，有“先王以省方觀民設教”“觀國之光，利

---

① 周孔教《周中丞疏稿·江南疏稿》卷五《調補坐營將領疏》，時間，據疏文推定。《續修四庫全書》據萬曆刊本影印，册四八一，頁四〇五一—四〇六。《史記·項羽本紀》云項羽“力能扛鼎，才氣過人”（中華書局點校本，一九五九年，頁二九〇）。曹植《七啓》云“田文、無忌之儔”爲“上古之俊公子也”，“揮袂則九野生風，慷慨則氣成虹蜺”（蕭統編，李善注《文選》，中華書局，一九七七年，頁四八九）。《與吳季重書》云吳質“足下鷹揚其體，鳳觀虎視”（《文選》，頁五九四）。王褒《聖主得賢臣頌》云“所任賢”，如“器用利”，能“水斷蛟龍，陸剸犀革”（《文選》，頁六五九）。
② 吳慶元《王人姓名記》，頁二〇八七。
③ 尹行恁《碩齋稿》卷九《海東外史》，《韓國文集叢刊》册二八七，頁一五九。
④ 此參吳慶元編《王人姓名記》（頁二一〇七）、《重修兩浙鹽法志》卷二十一（同治刻本）、光緒重修《天津府志》卷一一（光緒刻本）等。
⑤ 參韓初命《刻朝鮮詩選序》（祁慶富《朝鮮詩選校注》，頁四九）、《王人姓名記》（頁二一〇七）。
⑥ 張湛注《列子》，《諸子集成》本，上海書店，一九八六年，册三，頁四四。

用賓於王""觀我生""觀民也""觀其生";①《尚書·堯典》云舜:"歲二月,東巡守,至於岱宗,柴。……五月南巡守,至於南岳,如岱禮。八月西巡守,至於西岳,如初。十有一月朔巡守,至於北岳,如西禮。……五載一巡守,群后四朝,敷奏以言,明試以功,車服以庸。"②《禮記》由此增衍陳詩觀風之説。《禮記·王制》篇云:"天子五年一巡守。歲二月,東巡守,至於岱宗,柴而望祀山川。覲諸侯,問百年者就見之。命太師陳詩,以觀民風。"其後南巡、西巡、北巡同《尚書》。③後來班固《漢書·藝文志》將陳詩觀風制度化,"《書》曰:詩言志,歌咏言。故哀樂之心感,而歌咏之聲發。誦其言謂之詩,咏其聲謂之歌。故古有採詩之官,王者所以觀風俗,知得失,自考正也"④。採詩與"觀風俗""知得失"的社會、政治目的聯繫在一起。

中朝歷代交往不斷,有關朝鮮山川之美、文學之盛,中國人已有相當瞭解。如朝鮮人魚叔權云:"新羅聖德女王之詩,載於《唐詩品彙》。高(句)麗人《人參贊》,載於《本草》,而'三椏''五葉''背陽''向陰'之語,自唐以來,詩人多使之。李奎報、金克己、金坵、李齊賢、朴仁範、李穀父子,本朝申叔舟、成三問、徐居正之詩,皆流布中國。近代又傳本國之朝京者,求買東坡詩,中國人曰:何不讀貴邦李相國集乎?又傳中朝鄉試録,載金馹孫中興對策全篇,蓋竊寫於試場,以欺有司也。以此觀之,本國之人才,中國未必輕少矣。"⑤中國方面,如成化十二年(一四七六)出使朝鮮的祁順曾言:"余仕中朝,聞外國之有文獻者,以朝鮮爲稱首。其人業儒通經,尊崇孔聖之道,匪直守箕子遺教而已。"⑥吳明濟《序》甚至説:"我中國雖婦人女子、三尺之童,莫不聞朝鮮禮義文學之盛。"⑦弘治十七年(一五〇四)出使朝鮮的華察描繪鴨綠江、義州諸山之勝,大同江、牡丹峰之壯,其最着力處是對漢城山水的描繪。其《游漢江記》曰:

---

① 《周易正義》,《十三經注疏》本,頁三六一三七。
② 《尚書正義》,《十三經注疏》本,頁一二七。
③ 《禮記正義》,《十三經注疏》本,頁一三二八。
④ 《漢書》,中華書局點校本,一九六四年,頁一七〇八。
⑤ 魚叔權《稗官雜記》[二],《大東野乘》冊一,頁一二九。
⑥ 明行人司官員嚴從簡萬曆十一年所編《殊域周咨録》卷一"東夷·朝鮮"下,《殊域周咨録》,余思黎點校,中華書局,二〇〇〇年,頁二二。
⑦ 祁慶富《朝鮮詩選校注》,頁五七。

肩輿出西門，折而南路入山谿，松林石徑，悠然成趣。行二十里，絕壁臨江，其勢如削，上有危樓，高可百尺，躡級以登，恍入霄漢。楣間有題曰"朝鮮第一江山"，予謂譯者曰："疇昔之言，其謂是歟!"於是憑軒指顧，盡得其所以爲勝者：江之流，西自鴨綠，東入於海，環繞國中，歷數千里，至漢城匯爲巨浸，設險守國，恃以爲固，所謂長江天塹，庶幾有焉。漁船賈舶晝夜往來，八道轉輸，上供國賦，莫不由之。南望江岸，津亭歷歷，平沙遠岫，極目無際，實生平一大觀也。……既而放舟游所謂楊花渡者。……行數里，西風漸急，舟不能進。予褰帷視之，則見南山在前，北岳在後，龍山弱雲，映帶左右，鼉頭諸峰，起伏萬狀，宛然如畫。……時既薄暮，日輪墜紅，霞彩散綺，魚鳥浮沉，天光上下，相與縱觀，不覺神怡志曠，寵辱盡忘，凛乎若乘雲御風，不知天地之廖廓、古今之長永也。把酒臨風，劃然長嘯，以爲岳陽洞庭，殆不是過。①

無錫人華察不僅認同朝鮮譯者所言漢城山水爲朝鮮第一江山，還給出了"實生平一大觀"之游觀體驗和評價，將之與岳陽洞庭等量齊觀。祁順爲天順四年（一四六〇）出使中國的朝鮮使臣徐居正《北征稿》作《序》，贊美朝鮮詩文："長篇短章，渢渢乎其美盛也，淵淵乎其有本也，浩浩乎其不可窮也。推其所至，與中國之能聲詩者殊不相遠；等而上之，雖古人亦豈難及哉。"② 也有將徐居正與中國優秀詩人等價齊觀之意。

《朝鮮詩選》諸序從箕子談起。箕子不僅是古仁人，孔子所稱"殷有三賢"之一③，他還是周公、孔子前最高文化的代表。《周易》"明夷卦"乃"明入地中"之象，其中"利艱貞，晦其明也，內難而能正其志"者，即以箕子爲代表。④《尚書》有《洪範》篇，詳細記載了箕子將天賜予禹的"洪範九等，常倫所序"傳授給周武王，《尚書正義》稱箕子説爲"天地之大法"。⑤ 司馬遷《史記·宋微子世家》以極大篇幅録載《洪範》，並説因此"武王乃封箕子於朝鮮"。《史記》接云："其後箕子朝周，過故殷虛，感宮室毀壞，生禾黍，箕子傷之，欲哭則不可，欲泣爲其近婦人，乃作《麥秀之詩》以歌咏之。其詩曰：'麥秀漸漸兮，禾黍油油。彼狡僮

---

① 《殊域周咨録》，頁三四一三五。
② 《殊域周咨録》，頁二五。
③ 《論語注疏》，《十三經注疏》本，頁二五二八。
④ 《周易正義》，頁四九。
⑤ 《尚書正義》，頁一八七一一九三。

兮，不與我好兮！’”① 既載箕子作詩，又將箕子與《詩經·小雅·黍離》詩相聯。故中國人，包括明朝將領都對箕子之國以及遠勝他邦的高麗文教有很高的期待。

韓初命爲吳明濟《朝鮮詩選》所作序以箕子開頭，表達其自弱冠讀《史記》始即有的觀風朝鮮之夙願。他説：

> 昔余弱冠時，讀太史公《紀》至箕子《麥秀歌》，未嘗不掩卷太息，想見其風。及觀漢、晉《書》，咸稱朝鮮禮義文學之盛，然未聞有繼其響者。丁酉秋，余以倭奴之役，督餉朝鮮，冀一訪之，時率率戎事間，未遑及。次歲，倭奴既平，徐及之。②

吳明濟《序》別出心裁地將箕子之風帶入整個朝鮮半島民族志和文明史中交織建構。其曰：

> 盛哉！箕子之化也。昔者檀君氏降生，始治朝鮮，以君九夷，自堯訖有商，千餘年曠不相聞。箕子以商太師即周之封，首用風教，以化其俗，夜不扃户，道不拾遺。及赫居世氏繼作，有聖德，克修箕子之教，垂之千百載不衰。……嗟乎！朝鮮有箕子，猶中國有堯舜也。中國言盛治者，莫外乎堯舜；朝鮮言盛治者，莫外乎箕子。③

悠久的檀君式民族志因箕子而進入文明史，經歷箕子文明洗禮後，朝鮮史成爲“克修箕子之教”的歷史。吳明濟將自己比成出使魯國的季札，云其/己能觀風觀化，不但能聽今聲，更能感受到囉囉啫啫的箕子遺風。他如此描繪其所觀之箕子國之聲：

> 今觀其聲，和平不迫，雅淡不華，無放誕詭異之詞，無靡靡妖艷之曲，而雄健暢博之象宛然其中。美哉！洋洋乎，譬如江水之流，悠悠揚揚，未見其奇，然而雲霞掩映，烟霧明滅，鳧鷖與飛，魚龍出没，風濤衝激，天漢上下，而奇不可勝用矣。子野氏援琴而鼓，雍雍乎，愉愉乎，得之心而應之手，得之手而發之聲，玄鶴翔集，

---

① 《史記·宋微子世家》，頁一六一一—一六二一。
② 祁慶富《朝鮮詩選校注》，頁四九。
③ 祁慶富《朝鮮詩選校注》，頁五六—五七。

游鱗躍波，此其比也。昔者延陵季子氏聘於魯，聞列國之音而知其政。濟觀東國之聲而挹箕子之遺風焉，嚌嚌喈喈，盛矣哉！箕子其大聖人乎，後之覽者，必於是編而益贊其盛。①

其聲和平不迫而內有雄健暢博，洋洋之美中無奇不可用。描繪至此，吳明濟提到了能聽聲識曲的晉平公樂人師曠"子野氏"，其若聽箕子國之聲必能得心應手、"援琴而鼓"，倘如此，則能使箕子之國"玄鶴翔集""游鱗躍波"，具有無窮的感染力。可是師曠以及"援琴而鼓""玄鶴翔集"又令人想起《韓非子‧十過》篇，子野氏所彈的是亡國之音，是晉平公、衛靈公不該聽的清商、清徵之樂，② 則此說又隱約帶出當下朝鮮的現狀，泛出了反諷的底色。

藍芳威《朝鮮詩選》二序③對採詩朝鮮以及所觀之風的闡發顯得更複雜一些，但"知得失"、代朝鮮作政治以及士風反省的態度則更明朗。吳知過《序》從《詩經‧周頌‧有客》談起，對箕子何以被周封於朝鮮作了一番解說：

> 余讀《有客》白馬詩，則感於姬人之視遺老何肫肫也，獨怪夫箕封，僻在荒陬，於意云何？說者以狄童朝，其佯狂自竄，如後世延州來之爲者。清明既會，物色斯及，因舉以爲封。此說近之。

諸家詩解《有客》爲"微子朝周""微子來見祖廟"④，詩云"有客宿宿，有客信信。言授之縶，以縶其馬。薄言追之，左右綏之。既有淫威，降福孔夷"，爲留宿客人，拴着人家的馬，又遠送客人，百般祝福。吳知過從中讀出了周人對前朝遺老的熱情和尊重，故稱周人忠厚。可這樣忠厚的周人何以將箕子封於遙遠的荒陬——朝鮮呢？《正義》引孔安國《書傳》云："武王釋箕子之囚，箕子不忍周之釋，走之朝鮮，武王聞之，因以朝鮮封之。"⑤《漢書‧地理志》云："殷道衰，箕子去之朝鮮。"⑥ 吳械

---

① 祁慶富《朝鮮詩選校注》，頁二三九。
② 《韓非子》校注組編寫，周勛初修訂《韓非子校注》，鳳凰出版社，二〇〇九年，頁六七—六九。
③ 二序全文見本書"校考"，下文引用，不再出注。
④ 參王先謙撰，吳格點校《詩三家義集疏》卷二五，中華書局，一九八七年，頁一〇三三—一〇三四。《毛詩正義》，頁五九七。
⑤ 《尚書正義》，頁一八七。
⑥ 《漢書》，頁一六五八。

《韻補》引郭璞《朝鮮贊》云："箕子避商，自竄朝鮮。善者所在，豈有隱顯。"① 這些當即吳知過所認同之説。也就是説，商末箕子避紂，自逃至朝鮮，後來周立，武王並順勢封箕子於朝鮮。吳知過也由此奠定中朝兩國親善關係之淵源，因此，當下中國援朝之存亡繼絶之舉（"我援稍濡，李幾不臘"）也更有了歷史和道德依據。②

在交代了藍芳威朝鮮詩來源後，吳知過反省朝鮮詩風之盛帶來的政治利弊：

> 嗟嗟，有詩若此，夷豈無人？獨不謂曰：郊有壘，恥在士夫。此何時也，宜嘗膽卧薪，寧雕雲繪月、般樂紕危、胸縮胎侮？倭鄰朝鮮，睥睨朝鮮，舊習其嗜鉛槧，忽武功，遂群不逞心。詩非崇朝鮮，朝鮮以詩自崇耳。

詩風盛，表明人才多，然而也可能有重文忽武之政治偏向。他聯繫朝鮮國勢，以《禮記·曲禮》"四郊多壘，此卿大夫之辱"③ 之意，指出卿士大夫謀國而不能安之、致國家受侵之失職，甚至作出"朝鮮以詩自崇"之歸結。雖然詩本身並不是害政之物，但好詩以至於忽武功，導致國家陷入生死存亡之困境，則"朝鮮以詩自崇"似又不是完全無理。倘如此，那藍芳威爲何還要編《朝鮮詩選》呢？吳知過最後闡發藍芳威編書之深意道：

> 至於將軍之選是詩，意自深長，政以見先民之餘韻猶存，顓蒙之遺民可化，又以見地有内外，人無古今，夏治則夏，夷治則夷，亡庸捨擇矣。然詩之爲變，未易言也。方寸活潑潑地，何漢何魏，何晉何唐，抑又何華何夷，④ 刹那入聖，究竟歸魔迷悟謂何耳？詩

① 吳棫《韻補》卷二"一先·顯"字下，《叢書集成新編》本，新文豐出版公司，一九八六年，册三九，頁七四三。
② 朝鮮士人也有諸如此類的説法，如金宇顒《與袁主事》云："以皇朝一視同仁、子惠小邦之義推之，宜及此時救其垂亡之緒，捧漏沃焦，猶未足以喻其急也。若失此時，聖朝存亡繼絶之義，將無所施，而必至求我於枯魚之肆矣。"（金宇顒《東岡集》卷一六，册五〇，頁四〇一）
③ 《禮記正義》，頁一二四〇。
④ 吳知過此意，此前祁順也有類似表達。其云："詩之道大矣。古今異世，而詩無間也；中外異域，而詩無別也。蓋道之著者爲文，文之成音者爲詩。人有不同而同此心，心有不同而同此道，道同則形之言者，無往而不同矣。苟不於此求之，而屑屑焉古今中外之較，豈知言哉！此余於朝鮮徐剛中之詩所以有取焉耳。"（《殊域周咨録》，頁二五）

凡如干種，入域者較多，許媛、鬐之雄，亡難稱白眉，是奇之奇者。諸詩之中，間有字句卑駁、氣韻萎劣者，將軍謂過竄則傷其本來，未若仍存以示信。味乎其言哉，……夫人危則懼心生，懼則奮心起，罹茲多難，彼亦果偲偲以式徵相規，壯藩威而報援勞，用以復化箕封，無負山海明靈也。此則將軍選詩本意云。

吳知過認爲國家間在地理空間上雖有不同，各地、各時文學風格也或有差別，但他持華夏文化本位論，所謂"《春秋》之法，中國而夷禮則夷之，夷而中國則中國之"①；文學則持言志抒情論，所謂"方寸活潑潑地"，由此確立朝鮮詩觀風和知得失的功能，並反省詩風與國家民族處境的深刻關聯，以此切切偲偲，式懲以惄，希望朝鮮能自新自壯並以此復化箕封。

藍芳威《序》也在朝鮮華風與戰敗的關聯處思考，如其云："蓋始信箕賢過化，久久不衰，而又惜此河山、臣庶幾委封蛇，綢繆失計，豫處未陰，咎誰執耶？"又云："朝鮮可謂夷之華矣！以倭兵力，何如唐隋宋元也，鄉也角大而有餘，今則角小而不足，其故可思。"而他編《朝鮮詩選》的用意，就是讓朝鮮不僅在與日本文戰中勝出，也可藉此反省，臥薪嘗膽，成就武戰！其《序》末云：

> 若君若臣，斯時斯際，彼果色談虎之談，思痛後之痛，枕中夜之薪，而求以中倭，不且步箕公之武以丕變夷風，永作我忠藩，豈第詩甲諸夷乎？諸夷不敢班，狂倭辟易矣！

若稍加分析，吳明濟《朝鮮詩選》刻於朝鮮，藍芳威之書刻於中土（詳下），吳選刻於前，藍選刻於後，藍芳威是帶兵打仗的將領，吳明濟作爲讀書人以閑差至朝鮮（詳下），凡此都可能影響《序》文的立意。又比如萬曆二十五至二十六年援軍在南原、蔚山、泗川之三戰失利後，國內撤軍聲浪甚高。首輔趙志皋對朝鮮君臣的認識是"積弱不振"，對援朝的顧慮是："在朝鮮，則專藉天朝爲其報復，終無念亂圖存之心；在中國，則兵疲糧竭，脫有奸徒乘機倡亂……則在我非特不能救朝鮮，且將自救之不暇矣。於時東事，終何結局？"故提議皇帝"嚴旨切責朝鮮君臣

---

① 吳萊《與傅嘉父書論杞》，見《淵穎集》卷六，《四部叢刊初編》本，中國書店，二〇一六年，冊三四七，頁二四一。

臥薪嘗膽"，則"朝鮮之積弱亦可漸振"。① 吳知過、藍芳威序也同有此
責與期望。當然，對中國將臣在朝鮮採詩求書，朝鮮人也不乏"廣異文，
要知海外風俗"② 的個人知識追求方面的理解。

## 三、吳明濟《朝鮮詩選》搜集、編刻背景以及情形擬測

丁酉再亂後，吳明濟第一次是以司馬贊畫主事徐中素的私人門客身
份至朝鮮的。其《朝鮮詩選序》曰：

> 丁酉（一五九七）之歲，徐司馬公以贊畫出軍東援朝鮮，濟以
> 客從。次歲戊戌季春，涉鴨綠，軍於義州。孟夏，司馬公獵於城南
> 二十里，濟並轡而馳，及坎，馬敗，遂辭歸，值雨，休於村舍。有
> 朝鮮李文學者，能詩，解華語，坐語久之，因賦詩相贈。次日，期
> 訪我於龍灣之館，且治漿待之，果如約，遂與醉於杏花之下，復賦
> 詩相贈。於是文學輩稍稍引見，日益盛。其人率謙退揖讓，其文章
> 皆雅淡可觀。濟因訪東海名士崔致遠諸君集，皆辭無有，小國喪亂，
> 君臣越在草莽間幾七載，首領且不保，況於此乎？然有能憶者，輒
> 書以進，漸至一二百篇。及抵王京，聞多文學士，乃數四請司馬公：
> "願暫館於外，得與交，尋更入蓮花幕也。"許之，濟乃出館於許氏。
> 許氏伯仲三人：曰筲、曰筬、曰筠，以文鳴東海間。筲、筠皆舉狀
> 元，筠更敏甚，一覽不忘，能誦東詩數百篇。於是濟所積日富，復

①　趙志臯《陳議東事》，見《內閣奏題稿》卷七，《續修四庫全書》冊四七九，頁九八一
　　一〇〇。趙志臯文作於萬曆二十六年十一月十一日，其實豐臣秀吉已在此年七月身死。
　　黃俁卿《倭患考原》所附《恤援朝鮮倭患考》云："閩金軍門（學曾）遣人偵倭虛實，
　　得報關白已死，首具奏聞，時我師分中東西水四路並進。"（清鈔本）金學曾得死訊在
　　十月。
②　金宇顒《請許袁主事黃求書籍啓》，《東岡集》卷一〇，《韓國文集叢刊》冊五〇，頁三
　　二一。

得其妹氏詩二百篇。……頃之，司馬公以外艱歸豫章，濟亦西還長安。①

“徐司馬公”當爲徐中素。《王人姓名記》“徐中素”下云其爲“江西南康府建昌縣人，萬曆乙未（一五九五）進士，戊戌五月，以欽差禦倭東路監軍兵備山東按察使司僉事贊畫主事出來”②，“欽差……贊畫主事”之職與吳《序》所云“司馬公”“以贊畫出軍”甚合。徐中素、吳明濟雖丁酉歲開始東援，實際上次年二三月方至朝鮮③，五月由平壤至王京④。《宣祖實錄》五月癸卯日載：“上幸慕華館⑤，迎徐主事仲素。”⑥ 七月，徐中素離開王京回國。《宣祖實錄》七月壬辰日載：“徐主事中素接伴使閔夢龍啓曰：‘主事明日定爲起身。’”次日：“上幸慕華館，餞別徐主事。”徐中素回國原因乃父喪，《宣祖實錄》載朝鮮史臣批評之語：“徐中素，聞其父死，不即奔赴，淹延旬月，緩緩起身。”⑦ 與吳《序》所叙“外艱”之原因合。

---

① 祁慶富《朝鮮詩選校注》考“徐司馬公”爲“徐觀瀾”（頁二五〇），黃有福《〈朝鮮詩選〉編輯出版背景研究》（《當代韓國》二〇〇二年第三期）亦作徐觀瀾。誤。理由有二：一、身份不合。徐觀瀾是以兵科給事中身份至朝鮮調查楊鎬功過，《亂中雜錄》[三]戊戌年五月二十五日載：“給事中徐觀瀾、御史陳效自天朝渡江，以資憲申漸爲給事接伴使，李好閔爲御史接伴使。”（頁三六九）許筠似也是此次接待官員，其或稱徐觀瀾爲“徐給事”〔《惺翁識小錄》卷二四：“徐給事嘗以墨一丸給余，……自戊戌冬用之。”（《韓國文集叢刊》册七四，頁三五四）〕，或稱“徐黃門”〔《戊戌西行錄》載紀行詩《從徐黃門登浮碧樓幄房》（《韓國文集叢刊》册七四，頁一一三）〕。吳明濟《序》云自己所客之主“徐司馬以贊畫出軍東援朝鮮”，徐觀瀾身份與吳明濟所云不合。二、時間不合。《亂中雜錄》據《考事》云戊戌三月，“帝遣給事中徐觀瀾於本國”，五月渡江入朝鮮。《宣祖實錄》“三十一年九月”壬寅日有“徐給事新膺簡命”（頁五九八）語，次年正月壬寅徐觀瀾被劾辭歸，自言“身上有病，不得往”，宣祖頗爲不解，譯官趙安仁云：“通報入來，旋有西還之計。未知其故云矣。”徐觀瀾透露云：“俺東來日久，豈無誤事。再度被參，以點軍查勘之誤也。”（《朝鮮王朝實錄》册二三，頁五六一—五六二）則徐觀瀾萬曆二十六年五月至二十七年正月在朝鮮，與吳《序》所言徐中素以及自己在朝鮮的時間（萬曆二十六年二三月至七月）不合。

② 吳慶元《王人姓名記》，頁二一〇七。

③ 上引《宣祖實錄》“宣祖三十一年二月”己未日“陳御史接伴使李好閔啓”云其年二、三月間“兵部郎中徐中素領三千”來朝鮮。（《朝鮮王朝實錄》册二三，頁三七八）

④ 《宣祖實錄》是年五月庚子日載：“水兵陳璘軍九千餘名，四月二十七日到遼東，……徐主事平壤離發兵馬三千。”（頁四三九）尹國馨《甲辰漫錄》亦曰：“徐主事仲素在我國，聞其親喪，大小天將無不弔，而殿下亦往弔焉。成服後，徐素服、素輴詣闕門及天將各衙門行謝，拜於闕外，即還其衙門。過成服數日，游擊等備酒饌往慰，飲啗自如，而成服供給，亦不去魚肉云。大是怪事。”（《大東野乘》册四，頁一五七）

⑤ “慕華館”在漢城，《新增東國輿地勝覽》（景仁文化社影印本，《韓國地理風俗志叢書》册三〇五）卷一“京城上”“國都”下有“慕華館設於坤麓”（頁四七）語。

⑥ 《朝鮮王朝實錄》册二三，頁四四〇。

⑦ 《朝鮮王朝實錄》册二三，頁四六四、四六五、四六六。《王人姓名記》云徐中素：“戊戌五月……出來，六月，聞父喪回去。”（頁二一〇七）“五月”，就徐中素至王京時間而言，“六月……回去”，與《實錄》不合。此以《實錄》爲準。

　　吳明濟與徐中素一官一民，政治、社會地位懸殊，但從打獵時，吳明濟與徐中素"並轡而馳"，吳明濟敢數四懇請徐中素讓他出館於外結交文學士，可見兩人私交不錯，關係相當平等，或者吳明濟頗有點像朝鮮使臣燕行中所帶的兄弟打角之類，是在其中尋個閑差，趁着公務出國觀風旅游，見見世面的。① 因爲徐中素天朝"欽差""禦倭東路監軍贊畫主事"之職，對中國將官和朝鮮人來説，他還是可以直接向皇帝彙報情況的人，故對之十分尊重。中國援軍各將領來朝鮮後，朝鮮方面都配備陪臣和接伴使。如軍門邢玠"自遼東渡江向漢京，以李元翼、尹斗壽爲接伴使"②。提督麻貴"伴臣吏判張雲翼"，又"以刑判李忠元爲董（一元）提督接伴使，户判金晬爲劉（綖）提督接伴使"。依軍階，"游擊以上皆有接伴"，如游擊牛伯英，"接伴官梁慶遇"，藍芳威也有"接伴官"，可惜《亂中雜録》未留下姓名。③ 當時朝鮮陪臣、接伴使皆官職頗高。如萬曆二十六年，邢玠等部署四路大軍後，西路陪臣即爲朝鮮最高文臣左議政李德馨，中路陪臣爲右議政李恒福。④ 明援軍與朝鮮軍以及義軍聯合作戰，地方士民組織義兵被編入朝鮮本道兵，朝鮮軍編入明援軍各路軍。《亂中雜録》萬曆二十六年九月下載西路分軍之統領及構成："以副總兵曹希彬爲中恊大將，李芳春爲左恊大將，吳廣爲右恊大將，游擊、參將、都司等分屬三恊，以游擊傅良橋領兵三千，屯守蟾津，以備後賊，提督領大軍，從中恊之後。本國元帥分軍，忠清兵使屬左恊，全羅防禦使屬右恊，兵使屬中恊，諸將守令分屬三恊，又以忠清五百餘名，定將領送於蟾津，以助傅良橋備後之勢。元帥從提督之行，本道兵使分軍，以前水使金億秋爲副將兼助防將，潭陽府使元御男爲中衛將兼助防將，順天府使金彦恭爲右衛將，龍潭縣令李弘嗣爲左衛將，分屬諸軍。提督印給我兵將標，督府驗訖，付前隨征，麗兵附背。"⑤ 可見，中國將領與朝鮮軍民上下接觸都很廣泛，吳明濟要找個文學之家下榻應該不是難事。

---

① 如金昌業（一六五八—一七二一），康熙五十一年，其兄金昌集作爲年貢、冬至、正朝、聖節、謝恩四起使出使中國，因金昌集大病新瘥，按制度當有子弟一人隨行，故金昌業以"打角"（"弟子軍官"）身份出行。據金昌業《老稼齋燕行日記》（韓國民族文化促進會，一九八九年），在使團中幾乎没有實際公務，其出行的目的即爲"一見中國"，領略中國山川古跡，觀察中國風土人情等。宋應昌《經略復國要編》卷四宋應昌《檄李都督》下列有一張"標下"人員清單，可見諸將帶家丁乃常例，也有帶子男入朝鮮者，如"副將楊元并原任游擊戚金下家丁共六百八十二名"，"原任潞安府同知鄭文彬並男及家丁五十名"。（《四庫禁燬書叢刊》史部册三八，頁七五）
② 趙慶男《亂中雜録》[三]，《大東野乘》册二，頁三六二。
③ 趙慶男《亂中雜録》[三]，《大東野乘》册二，頁三五五、三六八。
④ 趙慶男《亂中雜録》[三]，《大東野乘》册二，頁三七〇。
⑤ 趙慶男《亂中雜録》[三]，《大東野乘》册二，頁三七二。

可能因此，當時文學鼎盛之家許氏進入了吳明濟的視野。

吳明濟館於許家，當在萬曆二十六年五月至七月間，此間吳明濟行止以及積極與朝鮮文學士交往等事，亦爲朝鮮士人言論所證實。尹國馨《甲辰漫録》曰："余於戊戌在京時，不知某將軍幕下有所謂吳明濟者，能文人也。與余所寓相近，時或來見者數三度矣。"① 七月，因徐中素父喪回國，吳明濟也回到北京。吳明濟是帶着朝鮮詩歌回來的，在北京可謂大出風頭，他説："長安縉紳先生聞之，皆願見東海詩人咏，及許妹氏《游仙》諸篇，見者皆喜曰：'善哉！吳伯子自東方還，囊中裝與衆異，乃累累琳琅乎！'"② 中國人獲見一大批朝鮮詩歌，覺得大開眼界，其中最喜聞樂見的是許妹氏之詩。

吳明濟第一次朝鮮之行如此有收穫，但因匆忙回國，朝鮮詩事未竟。朝鮮詩在北京引起的轟動，可能也鼓勵吳明濟再次前行，採風觀化的崇高目的或許使其更易獲得回到朝鮮的機會。檢視申欽、吳慶元《姓名記》，不少人都是幾次到朝鮮③，可見到過朝鮮的履歷對其再次獲得機會是有用的。總之，不久，吳明濟再次來到朝鮮。

吳明濟第二次來朝鮮的時間大概是萬曆二十六年年底，萬曆二十八年回國。吳明濟在《朝鮮詩選序》中説自己再次來朝鮮後，李德馨爲之"搜諸名人集，前後所得，自新羅及今朝鮮共百餘家。披覽之，凡兩月不越户限"，吳《序》作於朝鮮，時間是萬曆二十七年四月之望，則其館於李德馨處最晚是二月，此前要安頓下來、尋求出館下榻、圖書上的準備等都需要時間，所以推測其萬曆二十六年年底再次來朝。吳明濟《朝鮮詩選序》雖寫於萬曆二十七年，但吳選韓初命《序》作於萬曆二十八年仲春，許筠《後序》署萬曆二十八年季春，韓初命《序》中説當時自己和吳明濟、賈維鑰、汪伯英皆"客朝鮮"，可見吳明濟最早萬曆二十八年夏回國。自萬曆二十七年三月起，中方經理萬世德就一直與朝鮮就留下多少明軍善後磋商、爭議，此後的三月至七月大部分中國軍隊撤回，萬經理所統領的留守善後將官，最晚的在萬曆二十八年十一月全部撤回。

---

① 尹國馨《甲辰漫録》，《大東野乘》册四，頁一五六。
② 祁慶富《朝鮮詩選校注》，頁五八。
③ 據吳慶元《姓名記》，以寧遠伯李成樑家丁拔身的祖承訓壬辰六月以副總兵右軍都督僉事出來，七月平壤戰敗被革職，回國。同年十二月以李如松提督票下聽用出來，因協攻平壤有功，回國任遼陽恊守，旋又以罪被革職。丁酉，又隨邢玠回朝鮮，後遼陽又要徵回他，被萬世德强行留下。其三進三出朝鮮，因其"素善戰，勇敢而御衆寬簡，以此得士心"（頁二〇八四—二〇八五）也。

萬曆二十八年吳明濟能滯留朝鮮，表明他必爲某留守將官之客。① 吳明濟說這次他"館於李（德馨）家"，他的《朝鮮詩選序》最後題署是"玄圃山人吳明濟書於朝鮮王京李氏議政堂"，這種寫法表面看只是說明這篇序作於何地，其實骨子裏透着體面和氣派。李德馨（一五六一一一六一三）在"壬辰之亂"期間，是中國將領、使節與朝鮮王朝的最重要的聯絡人，甚至可以說是當時朝鮮政治代理人，雖然四十歲不到，但已是左議政（左相，正一品）。吳明濟（玄圃山人）說自己館於其家、文章寫於其公署，與之前館於許筠家一樣，應該要有一個有分量的推薦人或雇主，上一次是欽差監軍徐中素，這一次當有一位更有分量的後臺。這個推薦人或雇主，種種綫索似乎都指向代楊鎬而爲欽差經理朝鮮軍務的萬世德。首先，吳明濟與萬世德到朝鮮和離開朝鮮的時間吻合。申欽《記》云："萬世德，號震澤，山西太原府偏頭所人。隆慶辛未（一五七一）進士。戊戌以欽差朝鮮軍務都察院右僉都御史代楊經理，十一月渡江。聞三路之賊俱已捲回，急差官馳審軍前。己亥，軍門奏留之經理，仍留王京，庚子十月回去。"② 萬世德萬曆二十六年十一月渡過鴨綠江，踏上朝鮮國土，《宣祖實錄》顯示，他十一月二十四到王京，朝鮮王二十五日至慕華館接見、慰問了他。戰爭結束後，萬世德主持善後府，萬曆二十八年十月回國。第二，在當時情境下，萬世德職位纔與李德馨分量比較均等。李德馨此前一直是經理楊鎬的接伴使，後一直是現經理萬世德有關善後問題的談判對手。因爲他與前經理楊鎬有共同的敵人——倭寇，所以彼此齊心恊力，後來疏救楊鎬也很賣力。史料中他與萬世德之間更多是中

---

① 據申欽、吳慶元《姓名記》，庚子年（一六〇〇）離開朝鮮的留守善後將官有：王國威（二月回）、李天常（三月）、白惟清（三月）、姜良棟（四月）、經理萬世德（十月）、萬邦孚（九月）、總兵李承勛（十月）、吳宗道（十一月）、張良相（十月）、李香（十月）、張榜（不明）。據韓初命、許筠序跋，可排除二、三、四月回國的前四位。剩下的七位中，有三位浙江人：吳宗道、萬邦孚、李香。吳宗道是吳明濟同鄉，甚至很可能是同宗。申欽《記》曰："吳宗道，字汝行，號石樓，浙江紹興府山陰縣人。由武舉出身。癸巳以後，久駐我國，深知事情，每陳説於上司。丁酉，又屬邢軍門，仍統水兵而來，戊戌回。己亥又來。"（《象村稿Ⅱ》卷三十九，《韓國文集叢刊》冊七二，頁二七五）"庚子十一月回去，去後，信問於我國士大夫，久而逾款。"（頁二九一）我開始假設吳明濟跟隨吳宗道而來。吳宗道"己亥又來"朝鮮的具體時間雖不明，但若其年初即來，與上考吳明濟來朝鮮時間也算吻合。不過，吳宗道水軍留守善後時久住江華島，而吳明濟在王京。更重要的是，吳宗道的軍階不足以攀上李德馨這號人物。

② 申欽《象村稿Ⅱ》卷三十九，《韓國文集叢刊》冊七二，頁二八二。

朝就中國軍隊善後諸問題的博弈。① 比如，萬世德認爲善後軍隊應留得多一些，李德馨則考慮供給大軍糧草的困難，希望留得少一點。② 不過兩者應更多的還是合作。第三，給吳選作序的中方人士官位較高，校閱者爲萬世德屬官。爲吳選作序者韓初命，"戊戌八月以管糧同知出來，庚子十月回去"③管糧同知雖只是正五品文官，但在援朝戰場上，特別是在留守將臣中，除經理、總兵外，就數他身份高了。賈維鑰《釜山碑》碑陰刻文武將臣名單，這份名單是按官品大小排列的，先文後武。開頭即寫："曰運同：吳良璽④、韓初命、李培根、鄭文彬；通判：陶良性、黎民化；知縣：趙如梅。副總兵……參將……游擊……藍邦［芳］威……牛伯榮［英］……登科……都事……坐營……守備左總……吳宗道。善後

① 趙志皋萬曆二十六年十一月在未知日方情勢的情況下，對中方撤軍朝鮮和留守善後提出建議，包括精選留守總指揮以及將官、幫助朝鮮訓練將卒、屯田等。他說："不若令督臣邢玠仍歸本鎮，與薊遼撫臣一意料虜，而以東方之事悉以委之經理撫臣萬世德，擇一大將與之協同，而世德仍量加部銜以便節制，限以數年爲期，先將已調集兵將逐一挑選，擇其精健可用者量留若干，其餘徒耗軍餉，悉令撤歸。然後將所留之兵，分布全、慶要害之處，因山爲城，因江爲塹，堅壁把守，互爲聲援。然後遍歷朝鮮八道，擇其膏腴之地，廣其開墾，分委廉幹官員責成管理，仍不時查覈，如某道闢地幾何，秋收積穀幾何，以定賞罰，久則彼食自足，我餉可以免運矣。一面調選八道精壯之人，分委曉暢將領嚴加訓練，如某道練馬兵幾何、步兵幾何，練一隊，則可撤我一隊之兵，久則我兵可以漸撤，麗兵可以自守矣。一切險要，置以重關，設以烽墩，務使倭奴不至如前衝突。尤望嚴旨切責朝鮮君臣卧薪嘗膽，恊力相維，陪臣有不用命者，許經理撫臣即以漢法繩之，一切未盡事，宜與錢糧應請給并，冗員應減去者，聽世德會同監軍及查勘科臣俱疏題請，其分布將領、簡任官員，聽其諮訪便宜行事。如此則訓練精，兵威振，屯種廣，軍資饒，險隘設，國本固，可戰則大張撻伐，直擣釜山，以洩三敗之恥；不可戰則堅壁清野，保護八道，以絕狂逞之謀，是中國之兵餉不煩遠輸，朝鮮之積弱亦可漸振，即倭奴知我有備，進無所逞，亦將自圖歸計矣。"（趙志皋《陳議東事》，《內閣奏題稿》卷七，《續修四庫全書》冊四七九，頁九九——一〇〇）茅瑞徵《萬曆三大征考·倭下》載庚子八月，援軍得旨盡撤，萬世德經理疏"善後八事"："一選將。以朝鮮右文，將宜博採。一練兵。麗人驁悍，耐寒苦，而長衫大袖，非甲胄制。一守衝要。朝鮮三面距海，釜山與對馬相望，揚帆半日可至。東入機張、蔚山，西入閑山、唐浦，途所必經。我登釜山瞭望如指掌，而巨濟次之，宜各守以重兵。一修險隘。朝鮮王京北倚叢山，南環滄海，稱四塞，而忠州左右鳥、竹二嶺，羊腸盤曲，真所謂一夫當關，萬人莫逾，向倭守此防我南渡，而副將吳惟忠孤軍久戍，倭不敢窺，皆得地利也。今營壘遺址尚存，亟加修葺。一建城池。朝鮮八道，十九無城，以避地爲便，而平壤西北鴨、淇二江，俱南通海，倘倭別遣一旅，占據平、義，則王京聲援既絕，腹背受攻。一造器械。倭戰便陸不便海，以船制重大，不利攻擊，当准福曉造千百艘爲奇兵，而添造神機百子火箭。一訪異材。朝鮮俗貴世官，賤世役，如錚錚自負，不宜一切鋼之。一修內治。國家東南臨海，登、旅門户，鎮江嗌喉，應援宜添不宜撤。"（《續修四庫全書》據明天啓刻本影印，冊四三六，頁二六）兩者可參看。
② 可參李德馨《漢陰文稿·附錄》卷二《年譜》（《韓國文集叢刊》冊六五，頁五〇〇——五〇一），茅瑞徵《萬曆三大征考》云："庚子三月，朝鮮王請留水兵三千，止認本色口糧。"（《續修四庫全書》冊四三六，頁二六）
③ 申欽《象村稿Ⅱ》卷三十九，《韓國文集叢刊》冊七二，頁二八四。
④ 據申欽《姓名記》，吳良璽，萬曆二十七年已回國。

參將陳鼉立。"① 上文已述，賈維鑰第二次就是跟隨萬世德來朝鮮的。在當時情境下，吳明濟所用序和選擇的校閱者都表明了他當時結交的是中朝政治、文化地位最高的人物，由此隱隱透露出自己的身份。

吳明濟在搜集朝鮮詩上必甚有貢獻，至少後人都將《朝鮮詩選》與吳明濟聯繫在一起。如《東崖集》載梁周翊《家狀略》云："皇明學士吳明濟，以採詩來東也，時人爭揀宿稿應之，公笑曰：'何必乃爾?' 即席製送二首。詩並入於《朝鮮詩選》，其氣象豪宕類如此。"② 萬曆二十八年四月至十月③，吳明濟委託韓初命在朝鮮刻出了他的《朝鮮詩選》。韓初命序云："時薊門賈司馬、新安汪伯英咸客朝鮮，相與校政，余復序其首而屬剞劂氏。"④ 韓初命是漕糧官，是有這個資金的。上文已論，他是留守部隊中最大的後勤官，撥點錢請人刻這本書應該不在話下。吳明濟或韓初命還請朝鮮梁慶遇（一五六八——一六二九）書寫了韓初命序。梁慶遇與援軍關係很緊密，上文已述，萬曆二十六、二十七年，他一直是游擊將軍牛伯英的接伴官，牛伯英也是留守兵將。吳明濟對梁氏父子亦有贊美。金祖淳曾云："大樸少有詩名，……有二子曰慶遇、亨遇，有父風並能詩，與東岳李安訥爲詩社友，明學士吳明濟稱海東三蘇云。"⑤

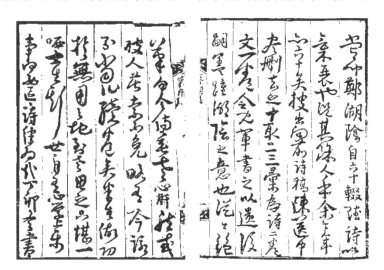

圖一　梁慶遇書《霽湖集跋》

① 尹行恁《碩齋稿》卷九《海東外史》，《韓國文集叢刊》册二八七，頁一五九——一六〇。
② 朴現圭《中國明末清初人朝鮮詩選集研究》，頁四五。
③ 李德馨《漢陰文稿·附錄》卷二《年譜》云中國軍隊庚子九月撤選。《韓國文集叢刊》册六五，頁五〇〇—五〇一。
④ 祁慶富《朝鮮詩選校注》，頁五三。
⑤ 引自朴現圭《中國明末清初人朝鮮詩選集研究》，頁五七。

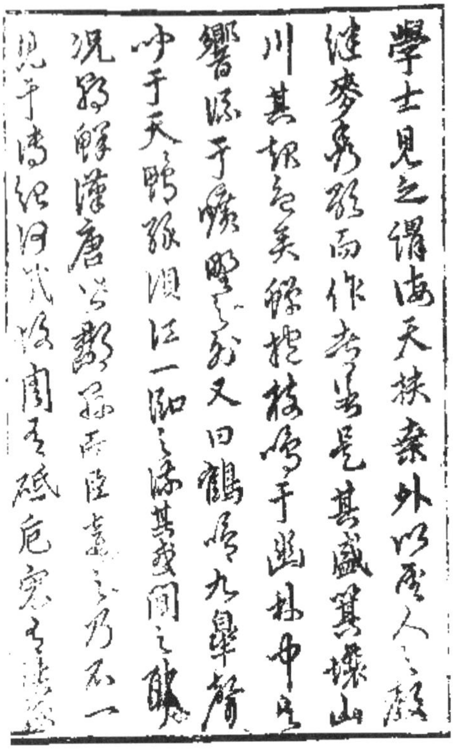

梁慶遇《霽湖集》最後保存了他的自書跋文，書於天啓七年冬（一六二七），距書吳選韓初命序已有二十七年。雖然其晚年書更自然流暢，壯年書頗多花式刻意，但仍可看出有些字的結體、運筆和韻味上的相同，① 如吳選序第五行第一字與《霽湖集跋》第一行第二字"聞"字的王羲之書法以及自身運筆相似，吳選序第一行第四字與《跋》文第四行第四字"之"字的書法，吳選序第一行第十四字、第四行第六字、第五行第十字、第六行第十二字與《跋》第十行第四字"之"字的書法、運筆，吳選序末行第九、第十三字與《跋》第八行第八字"有"字的運筆和韻

圖二　梁慶遇書韓初命《刻朝鮮詩選序》

味等。許筠也爲吳明濟作後序並書。戰爭結束後吳明濟與許筠、尹根壽的交往以及許筠與賈維鑰的交往都頗頻繁，詩歌、書籍是他們交往中的重要內容。如尹根壽記吳明濟評崔岦詩、許筠記吳明濟評鄭士龍詩。② 許筠集中有兩封寫給尹根壽的信，都提到自己在賈維鑰處讀到的書。第一書曰："金澍事，曾於賈郎中維鑰許見《夷門廣牘》載高中玄《病榻遺

---

① 梁慶遇玄孫梁命津所撰《家狀》言："皇明學士吳明濟，東來採詩，自新羅暨本朝名公，其簡甚嚴，當時預遴者鮮，獨青溪先生（梁大樸）及公伯仲（梁慶遇、梁亨遇）詩俱被選。明濟作序弁卷，取公筆登梓，由是書法亦名世。"（朴現圭《中國明末清初人朝鮮詩集集研究》，頁五七）今存吳選確以梁慶遇書弁首，但所書非吳明濟序，而是韓初命序；詩選中有梁亨遇詩，無梁大樸詩。藍選有梁大樸、梁亨遇詩。二選均無梁慶遇詩。或者梁命津並未親見吳選或所見與今存者不同，然而，即使其只是聽聞而未親見吳選，亦可知朝鮮人從未質疑梁慶遇書吳選《序》的真實性。

② 《惺所覆瓿稿》卷二十五《惺叟詩話》"浙人吳明濟評湖陰黃山驛詩"條曰："湖陰黃山驛詩曰：'昔年窮寇此殲亡，慶戰神鋒繞紫芒。漢幟豎痕餘石縫，斑衣漬血染霞光。商聲帶殺林巒肅，鬼燐憑陰堞壘荒。東土免魚由禹力，小臣摸日敢揄揚。'奇傑渾重，真奇作也。浙人吳明濟見之，批曰：'爾才屠龍，乃反屠狗。惜哉！'蓋以不學唐也，然亦何可少之。"（《韓國文集叢刊》冊七四，頁三六二）梁慶遇學宋詩，或亦因此而不爲吳明濟所重嗎？

言》一卷①，其中有本國事三條：一乃宗系事；一乃祁天使、徐四佳倡
酬；而一即其事也。文字久而忘之。”其二書曰：“《留青日札》，乃田藝
衡所述，筠曾借於賈郎中，一覽而還之。今無所儲矣。”②《朝鮮詩選》
亦可看作中朝文化交流之産物。

　　朝鮮戰後物資匱乏，所以希望留守軍削減並儘快離開，如李德馨就
抱怨兩萬四千餘留守軍太龐大，滯留到九月太晚，等等。③可以想象，
一六〇〇年三月起意在朝鮮刊刻《朝鮮詩選》，有一些不穩定因素，資金
也可能不是特別寬裕，所以吳明濟可能只是選了其中一部分率先出版。
現國圖所藏本有頭有尾，是完整自足的，但只收詩三百四十首，遠遠不
足吳《序》中所言所搜到的詩歌數量，也沒有詩人小傳（詳下），我以爲
這個版本很可能保存了一六〇〇年特殊時期所刻書的面貌。吳選朝鮮刻
本的稀見更鼓勵我作如是想。按理説吳選在朝鮮刊刻，朝鮮會留存較多，
但後來所有被目見的吳明濟《朝鮮詩選》，似乎都不是朝鮮本，而是中國
刻本（詳下），可見當時印刷量很小。這本篇幅比較小的四卷本吳選，中
國書目中有著録。《絳雲樓書目》“詩總集類”著録了“《朝鮮詩選》”，陳
景雲補注云：“會稽吳明濟子魚，司馬之客也，從軍至平壤，因採詩於其
國，作後序者許筠，東國之以文學鳴者。”④錢曾《讀書敏求記》、《也是
園書目》“詩文集·總”亦著録“《朝鮮詩》四卷”⑤，或因其爲朝鮮本而
爲錢氏所重？但錢謙益編《列朝詩集》，顯然用的是更大的《朝鮮詩選》，
或即中國刊的吳選（詳下）。這也可以解釋一些中國藏書家爲什麽有四卷

① 高拱《病榻遺言》一卷（《叢書集成新編》册一一九，頁六三六一六四五），不見於周
　履靖萬曆二十五年刊《夷門廣牘》，《病榻遺言》未見許筠所言有關朝鮮之三事。兩者
　或皆屬許筠誤記嗎？許筠書中提到的《病榻遺言》《留青日札》二書，均見於沈節甫編
　《紀録彙編》。《紀録彙編》今較常見者乃萬曆三十四年刊本。上引許筠第一書繫於“丙
　午八月”（萬曆三十四年八月），第二書繫於次年，或者《紀録彙編》萬曆三十四年前
　就有刊刻，或者刊刻後很快流傳到朝鮮，或者《病榻遺言》《留青日札》還有別的流傳
　形態，或者許筠至“賈郎中維鑰許”觀書並非賈維鑰倭亂援朝時事？……凡此都是有
　可能的。
② 許筠《惺所覆瓿稿》卷二〇《上尹月汀丙午八月》《上尹月汀丁未八月》，並見《韓國文集
　叢刊》册七四，頁三〇三。
③ 可參李德馨《漢陰文稿·附録》卷二《年譜》，《韓國文集叢刊》册六五，頁五〇〇一
　五〇一。
④ 《絳雲樓書目》重古本，多著録宋、元槧，很少著録明人之作。曹溶《絳雲樓書目題
　詞》云：“所收必宋元板，不取近人所刻及抄本，雖蘇子美、葉石林、三沈集等，以非
　舊刻，不入目録中。”（《絳雲樓書目》，《稿鈔本明清藏書三種》本，北京圖書出版
　社，二〇〇三年，頁二六九）但《絳雲樓書目》“詩總集類”還是著録了《朝鮮詩選》
　（頁五七八）。
⑤ 錢曾撰，瞿鳳起編《虞山錢遵王藏書目録彙編》，上海古籍出版社，二〇〇五年，頁二
　二〇。

本和八卷本吴明濟《朝鮮詩選》的疑問。如祁承爜《澹生堂藏書目》著録："《朝鮮詩選》八卷，二册，吴濟輯。"黄虞稷《千頃堂書目》卷三十一"吴明濟《朝鮮詩選》八卷"下注曰："一作四卷。明濟，一作濟，字子魚，會稽人。"因爲一册本和二册本實際都存在，只是當時二册八卷本多，故多著録八卷本者。

## 四、中國刊吴明濟《朝鮮詩選》及其可能的面貌

中國古代書籍刊刻流傳情況十分複雜，很多細節現在我們已無法掌握，所以多聞闕疑是非常重要的，但兹事説來頗易，操作起來却甚難，即使智者有時也不免爲我們眼前聞見所囿。比如祁慶富先生二十世紀末在國圖（當時稱"北圖"）發現了吴明濟《朝鮮詩選》，毫不誇張地説，這開啓了之後的很多研究，真是厥功甚偉，不過祁先生在其《朝鮮詩選校注》中説的一段話鄙人就不能認同。先生説：

> 尹國馨的《甲辰漫筆[録]》中説："所謂《詩選》者，非但選詩而已，其卷首目録……列書姓名，且疏出處等事。"這段話不符合實際，《朝鮮詩選》刻本没有目録，也没有作者生平小傳，僅僅録詩而已。[1]

尹國馨是親眼見到吴明濟《朝鮮詩選》後説這番話的，怎麼就"不符合實際"了呢？難道我們四百年後見到的一本書，就能變成絶對標準和絶對實際而可用來否定古人之語嗎？或許我們只能説尹國馨所見之吴選與祁先生發現的北圖本不同。

尹國馨（一五四三——一六一一）的這段記載對瞭解其所見的、不同於今所見之國圖吴選的吴選非常有用，雖上已引其中一段，此仍全引如下：

> 壬寅（一六〇二）仲夏，余省親於黄崗。成泳令公赴京（一。序號爲引者所加，下同）還，相遇打話間，以爲在朝廷見新印《朝鮮詩選》，乃吴明濟所纂，其中有"令公別吴"一律云。追思則余於戊戌（一五九八）在京（二）時，不知某將軍幕下，有所謂吴明濟者，能文人也，與余所寓相近，時或來見者數三度矣。至如別章，

---

[1] 祁慶富《朝鮮詩選校注》，頁二一。

余所不能，實無是事。聞其册在書狀官趙誠立處，求見則堅藏囊中，到京（三）當示之。余還京（四）取見，題曰《懷感呈子魚吳參軍》："麻衣偏拂路歧塵，鬢改顏衰曉鏡新。上國好花愁裏艷，故園芳樹夢中春。扁舟烟月思浮海，匹馬關河倦問津。七載干戈歎離別，綠楊鶯語太傷神。"余心竊怪之，問諸知舊間，或云此是《東文選》所載，而"七載干戈"之語，適與今時事相近，故吳也攬取爲某別渠作以誇示於中原而然也。吳之浮浪如此，深恨其邂逅識其面也。所謂《詩選》者，非但選詩而已，其卷首目録，書我東歷代易姓始末；崔致遠以下，至於今日宰樞、朝士、閨秀、僧家百餘人，列書姓名，且疏出處等事。此非得於道聽，必是文人解事者之所指授，第未知的出誰手也。余之名下曰："官至刑曹參判。今歸老漢江。"而末端："壬寅春正月吉日續補云云。"其曰"漢江者"，必指余時寓西江，在於辛丑（一六○一）十月二十七日，自是日至"壬寅正月吉日"，僅六十三四日。吳在中原，聞余來去，何其神速如此耶！己亥（一五九九）撤兵之後，唐人無出來者，雖有赴京（五）譯官，如我去來至微之事，何遽傳於彼耶？莫知其故，極可怪也！①

細讀這段文字，"京"字出現五次。一、五兩處當指"北京"，二、三、四處指朝鮮王京。成泳爲使、趙誠立爲書狀官之語，可見成、趙二人是赴北京出使後回漢京，尹國馨與之在黃崗巧遇。黃崗即黃海道北部的黃州，位於平壤南，是朝天、燕行必經之地，黃州與平壤間約一日行程。因爲成、趙使行尚在回漢京赴命途中，可以想象行李多且處在打包狀態（尹國馨抱怨其"堅藏囊中"），這可能是書狀官不願意立馬讓尹國馨看《朝鮮詩選》的客觀原因，不過趙誠立答應到漢京後給尹國馨看。可見，這本吳明濟《朝鮮詩選》，是使臣在北京見到的、中國新印的，並將之帶進了朝鮮。尹國馨後來在漢京看到的就是這本書。這本吳明濟《朝鮮詩選》是中國刊本，從尹國馨奇怪自己的行蹤被描述得那麼清楚中，我們知道此書出版時間必在萬曆三十年正月和成泳使團回國之間，朝鮮使臣真的是第一時間看到並帶回了這本新刊的吳選。②

　　有關這本書的體例，尹國馨説到兩點：一是卷首目録，書東國歷代易姓始末；二是作者有小傳，記生平事跡頗詳。他繼而因自己小傳中有

---

① 尹國馨《甲辰漫録》，《大東野乘》册四，頁一五六——五七。
② 祁慶富先生將此段五處"京"都解讀成朝鮮王京，不確。《朝鮮詩選校注》，頁五。

一六〇二年春吉日續補其近況等細節，將話題轉到了一定有朝鮮文人解事者提供了這些材料，上面没能繼續叙述他所見的吳選的體例。就其所叙兩點來看，其所見吳選與錢謙益編《列朝詩集》所用《朝鮮詩選》似乎頗爲相像，不過錢謙益將《朝鮮詩選》與《高麗世記》分開叙述，尹國馨將《高麗世記》看作是卷首，兩者應是刻在一起的；《列朝詩集》"朝鮮部分"有的詩人有篇幅頗大的小傳，應該部分出自吳選，① 可惜尹國馨詩雖入《列朝詩集》，但未見小傳以及尹國馨所提到的增補文字。② 尹國馨先云吳明濟詩人小傳内容"此非得於道聽，必是文人解事者之所指授，第未知的出誰手"，指出必有朝鮮人爲吳明濟提供了材料。後又云"吳在中原，聞余來去，何其神速如此耶！己亥撤兵之後，唐人無出來者③，雖有赴京譯官，如我去來至微之事，何遽傳於彼耶？莫知其故，極可怪也"，否定萬曆二十七年以來有到朝鮮的中國使臣，也否定是去中國的朝鮮使臣、譯者透露了他的行蹤，而指向朝鮮文人解事者。尹國馨隻字不提錢謙益大段鈔録的吳選吳明濟序和許筠後序，這不表明其所見《朝鮮詩選》無前、後《序》，可能是不想明説，但以"極可怪"等語引起關注吧。尹國馨的"朝鮮文人解事者"所指極可能是吳明濟自序中提到的許筠、尹根壽（一五三七—一六一六）等人，許筠還爲吳選作了後序。④

《列朝詩集》"朝鮮"部分，錢謙益、柳如是提到的資料來源有吳明濟《朝鮮詩選》⑤、《高麗世記》⑥、《皇華集》⑦、不知名（實爲金時習）《梅月堂集》⑧、不知名（實爲李達）《蓀谷詩集》⑨，假如我們相信這些説法，則錢謙益等所依據的吳選一定與北圖本吳選有差異。爲醒目計，將《列朝詩集》所選朝鮮各家詩⑩與藍、吳選同異情況列爲表一：

---

① 《列朝詩集》，頁六八四三。《列朝詩集》高麗、朝鮮易代時詩人的小傳内容最多，且有不少關於易代時期出處名節的議論，這與《列朝詩集小傳》整體寫法一致，出自錢謙益之手的可能性更大。關於《列朝詩集》呈現錢謙益易代及其心態之變，可參都軼倫《〈列朝詩集〉編纂再探：以兩種稿本爲中心》（《文學遺産》二〇一四年第三期）文。
② 吳選題署尹國馨詩入選了《列朝詩集》，這首詩實乃崔匡裕《長安春日有感》，是首好詩，錢謙益、柳如是選詩眼光很好，但尹國馨生平瑣屑或者引發不了錢、柳的感觸，《列朝詩集》没有録其小傳或詩注。
③ 若依吳選韓初命《序》，次年的萬曆庚子年他與賈維鑰、汪世鍾還在朝鮮。
④ 尹國馨《甲辰漫録》是其晚年之作，有明確紀年的記事最晚至辛亥（一六一一）六月，第二年他就去世了。光海君朝，許筠政治上漸受重用，故尹國馨不想正面指責吧？
⑤ 錢謙益撰集，許逸民、林淑敏點校《列朝詩集》閏集第六"朝鮮""婷""許妹氏"下，中華書局，二〇〇七年，頁六八〇八、六八五一、六八五六—六八五七。
⑥ 《列朝詩集》閏集第六"朝鮮"，頁六八〇八。
⑦ 《列朝詩集》閏集第六"申光漢"，頁六八三三。
⑧ 《列朝詩集》閏集第六"梅月堂詩"，頁六八四三。
⑨ 《列朝詩集》閏集第六"蓀谷詩"，頁六八四四。
⑩ 《列朝詩集》，頁六八〇八—六八六二。

表一　《列朝詩集》所選朝鮮各家詩與藍、吳選同異情況

| 序號 | 作者名、選詩數（誤題作者數） | 與吳選同者詩數 | 與藍選同者詩數 | 藍、吳選共有詩數 | 有/無詩人小傳（備注） | 其他 |
|---|---|---|---|---|---|---|
| 一 | 鄭夢周　一六（四+一①） | 一一 | 一二[一三]（三+一）② | 九 | 有（多，應有《高麗世記》内容，多議論） | 增一首誤題③ |
| 二 | 南袞　一 | ○ | ○ | ○ | 有 | 附鄭夢周後，詩自《高麗世記》或鄭夢周小傳中選入 |
| 三 | 李穡　二 | 二 | 二 | 二 | 有（較多，應有《高麗世記》内容，多議論） | 吳、藍選作"李檣"，誤 |
| 四 | 李崇仁　四[+一]（三） | 三（一） | 四[+一]（三） | 三 | 有（較多，應有《高麗世記》内容，多議論） | 二詩合一詩，藍選同 |
| 五 | 鄭樞　一 | 一 | 一 | 一 | 有（較多，應有《高麗世記》内容，多議論） | |
| 六 | 金九容　一 | 一 | 一 | 一 | 有 | |
| 七 | 李詹　一 | 一 | ○ | ○ | 無 | |
| 八 | 李芳遠　一 | ○ | ○ | ○ | 有（多議論） | 詩自中國典籍選入④ |
| 九 | 鄭道傳　一 | 一 | 一 | 一 | 有（多議論） | |
| 一〇 | 曹庶　一 | 一 | 一 | 一 | 無 | |
| 一一 | 趙云仡　一 | 一 | 一 | 一 | 無 | |
| 一二 | 成石璘　一 | 一 | ○ | ○ | 無 | |
| 一三 | 鄭希良　九（一） | 九（一） | 九（一） | 九（一） | 無 | |
| 一四 | 成侃　二 | 一 | 二 | 一 | 無 | |
| 一五 | 成倪　二 | ○ | 二 | 一 | 無 | |
| 一六 | 釋宏演　一 | 一 | 一 | 一 | 無 | |

---

① ＋一，意思是錢謙益《列朝詩集》增加的誤題詩數。

② 藍、選誤題三首，實際是四首，它將後兩首詩誤爲一首詩（《列朝詩集》改正了），故詩歌總數表面看是一二首，實一三首。

③ 四首誤題作者同藍；五絕《偶題》僅見吳選，吳選作者李崇仁，不誤，此誤或自中國其他朝鮮詩選本而來，或自《列朝詩集》始。

④ 戴冠《濯纓亭筆記》卷一載此詩並議論道："我太宗初承大統，詔諭海外諸國，朝鮮王芳遠作詩以獻曰：'紫鳳銜書下九霄，遐陬喜氣動民謠。久漸龍虎聲相應，未戮鯨鯢氣尚驕。萬里江山歸正統，百年人物見清朝。天教老眼觀新化，白髮那堪不肯饒。'占城以島夷知重節義如此，朝鮮乃箕子之國，然世遠教衰，三仁之風泯矣。悲夫！"（《續修四庫全書》據嘉靖二十六年華察刻本影印，册一一七〇，頁四三二）錢謙益此詩或自中國典籍選入，未必出吳選。《列朝詩集》此詩"未戮鯨鯢"句下注曰："指建文君。"詩後注曰："吳人慎懋賞：'朝鮮乃箕子之國，然世遠教衰，三仁之風泯矣。悲夫！'慎生評芳遠此詩以其有'未戮鯨鯢'之句而深非之也。芳遠父子弒王氏四君，殺忠臣而竊其國，其爲此也，吾無議焉！爾殺父而訾其衊他人之兄，不已迂乎！"（頁六八二〇—六八二一）

續表

| 序號 | 作者名、選詩數（誤題作者數）| 與吳選同者詩數 | 與藍選同者詩數 | 藍、吳選共有詩數 | 有/無詩人小傳（備注）| 其他 |
|---|---|---|---|---|---|---|
| 一七 | 徐居正　三 | 二 | 三（漏題作者二）| 二 | 有（少）| |
| 一八 | 申叔舟　二 | 一 | 二 | 一 | 有（與使臣有關）| |
| 一九 | 白元恒　一 | 一 | 一 | 一 | 無 | 與藍、吳選異題 |
| 二〇 | 崔應貞　一 | 一 | 一 | 一 | 無 | |
| 二一 | 金訢　一 | 一 | 一 | 一 | 無 | |
| 二二 | 南孝温　一 | 一 | 一 | 一 | 無 | |
| 二三 | 金宗直　六 | 六 | 五 | 五 | 無 | 小序同吳選 |
| 二四 | 金净　五（二）| 四（二）| 四（二）| 三 | 無 | |
| 二五 | 申光漢　七 | 七 | 七（漏題作者三）| 七 | 有（提及《皇華集》）| |
| 二六 | 安璹　一 | ○ | 一 | ○ | 無 | |
| 二七 | 崔慶昌　一 | ○ | 一 | ○ | 無 | |
| 二八 | 許篈　四 | ○ | 四 | ○ | 有 | 後見錄《荷谷集·詩集續補遺》|
| 二九 | 許筠　一〇（三）| 七 | 九（三）| 六 | 有（多出自許筠吳選《後序》）| 《蕊珠曲》無引，藍選同，吳選有引；漢諺雙文詩一首，吳無諺文，藍無此首 |
| 三〇 | 李秀才　一（一）| 一（一）| 一（一）| 一（一）| 無 | 題同吳選 |
| 三一 | 藍秀才　一（一）| 一（一）| 一（一）| 一（一）| 無 | 題同吳選 |
| 三二 | 尹國馨　一（一）| 一（一）| 一（一）| 一（一）| 無 | 題同吳選 |
| 三三 | 梁亨遇　一 | 一 | 一 | 一 | 無 | 題同吳選 |
| 三四 | 梅月堂詩　二 | ○ | ○ | ○ | 有（交代出處並評詩）| 梅月堂，金時習號，錢謙益得其《游金鰲錄》《關東日記》兩卷。脱一字，無異字 |
| 三五 | 蓀谷詩　三六 | ○ | 八 | ○ | 有（交代詩集來源、發感慨）| 與別集全同，與藍選有異字 |
| 三六（同二七）| 崔孤竹（崔慶昌）　一 | ○ | ○ | ○ | 無 | 出《蓀谷集》所附崔詩，未意識到崔孤竹即崔慶昌 |

續表

| 序號 | 作者名、選詩數（誤題作者數） | 與吳選同者詩數 | 與藍選同者詩數 | 藍、吳選共有詩數 | 有/無詩人小傳（備注） | 其他 |
|---|---|---|---|---|---|---|
| 三七 | 婷　一 | 一 | 一 | 一 | 有（推測婷爲朝鮮女子） | 藍選作李婷 |
| 三八 | 李氏一一（四十一） | 九（二） | 八（三） | 六 | 有 | 誤許楚姬《秋恨》爲李氏作 |
| 三九 | 成氏三（十二） | 一 | | 一 | 無 | 兩首誤題作者 |
| 四〇 | 俞汝舟妻三（十二） | | | | 無 | 兩首誤題作者 |
| 四一 | 許妹氏一九（二） | 一五 | 一七（二） | 一五 | 有（多詩評） | 二首不見藍、吳選，或出《徐氏筆精》，或出汪世鍾《朝鮮古今詩》 |
| 四二 | 德介妓一（一） | ◯ | 一（一） | ◯ | 有（少） | 異題 |
| | 合計：作者四二（實四一），詩數一六九（誤題二三十七） | 九六（九） | 一一八（二〇），藍選漏題作者詩數五 | 八六（四） | | 四一首不見於藍、吳選 |

由上表可見，《列朝詩集》所選朝鮮詩，有七十三首不見於今本吳選，五十一首不見於今本藍選，十一首[①]超出現存二選範圍。《列朝詩集》在論蘭雪軒詩時明確交代："今所撰録，亦據《朝鮮詩選》，存其什之二三。"[②] 然所選蘭雪軒詩《塞下曲》《西陵行》不見於今藍、吳二選，[③] 這都在鼓勵我們設想有一個更大的吳選，這個更大的吳選可能就是或者接近於一六〇二年中國刊的吳明濟《朝鮮詩選》。但從錢謙益的選詩來看，更大的吳選並不能包含現存藍選的所有內容。錢謙益編寫《列朝詩集》"朝鮮"部分時，天啓年間，駐紮皮島的毛文龍曾給他寄過六卷本的李達《蓀谷詩集》，與今存朝鮮刊《蓀谷詩集》比對，發現《列朝詩集》完全按照《蓀谷詩集》先後順序選入了三十六首蓀谷詩，兩者完全沒有異文。今存藍選中有五十四首李達詩（實四十六首），其中八首與

---

① 《列朝詩集》四十一首詩不見於現存二選，其中三十首選自《梅月堂集》和《蓀谷詩集》。
② 《列朝詩集》，頁六八五七。
③ 據徐𤊹《徐氏筆精》卷五"朝鮮詩"條，這兩首見賈維鑰、汪世鍾集四卷本《朝鮮古今詩》，錢謙益或自《朝鮮古今詩》，或自《徐氏筆精》（《原國立北平圖書館甲庫善本叢書》冊五四六，頁九四〇—九四一）選入。汪世鍾是吳選的"校正"者，汪選應與吳選有親緣關係，故不排除更大的吳選有這兩首詩。

《列朝詩集》所選重合，倘若更大的吳選包含了藍選的全部，錢謙益似不可能不發現李達與蓀谷詩的關聯。所以，假設錢謙益所用之吳選沒有收入李達詩是合理的。又《列朝詩集》前録崔慶昌詩一首，後自《蓀谷詩集》中録出"崔孤竹"詩一首，可見錢謙益對崔慶昌詩某種程度的認可，崔慶昌與李達詩歌旨趣與成就相當，如果吳選中崔慶臣詩有一定的基數，似乎《列朝詩集》不當如此吝嗇其選，故推測錢謙益所依據之吳選崔慶昌詩的分量應該不大。由此可推測錢謙益並未見過或使用過今本藍選。從錢謙益所選詩字句細節來看，假如其選朝鮮詩出於一六○二年刊更大的吳選的話，則這本吳選的一些詩的面貌却更接近於藍選。如五言古詩許蘭雪軒《感遇》其一，今存吳選作"西風一夕送"，藍選作"西風一夕起"，《列朝詩集》作"西風一夕起"。《感遇》其二，今存吳選作"烏雀巢空襪"，藍選作"烏雀巢空樓"，《列朝詩集》作"烏雀巢空樓"。吳選《平壤送吳子魚大人還天朝》兩首，藍選題作《平壤送南士還天朝》，《列朝詩集》同藍選；第二首"公子稽山房"句，藍選作"公子稽山秀"，《列朝詩集》同藍選。[①] 吳選中國重刊時有校改嗎？今存吳選吳明濟《序》和錢謙益所用吳選吳明濟《序》皆云詩選"自新羅""自崔致遠"始，不及更早之詩，而藍選自箕子《麥秀歌》始，則藍選、吳選必有同中而異之處，也必有同中而異的發展道路，吳、藍選的版本情形應該比我們想象的更爲複雜。

## 五、藍芳威《朝鮮詩選》搜集、編刻背景以及藍、吳二選關係擬測

上文已述，藍選收詩六百首，吳選收詩三百四十首，吳選不收崔致遠之前詩，不收當代詩。[②] 表面上兩者差別頗大，但尋繹其裏，兩者實有很強的關聯性。首先，將兩選所選詩與今存各家別集比照，皆有很多異文，這一方面説明兩者所云其詩出於朝鮮士人"憶""誦"之説的可信。但按理説，各人所記憶之詩若出錯的話，應千差萬別纔是，但藍、吳兩選同收的三○三首詩，僅有四首與朝鮮文獻全同，餘者則不同程度地存在異文、異題、異作者、異體等現象，而這些詩，藍、吳兩選間異

---

① 上引吳選詩，依次見祁慶富《朝鮮詩選校注》頁七六、七七、七四—七五。
② 許筠、尹國馨、尹根壽、梁亨遇、李秀才、藍秀才等當代人主要是以與己唱和的身份出現的。例外的是許氏兄姊和白振南送明援朝將軍季金的五言排律詩，還有尹根壽的另兩首詩。

處甚少，可見至少就這部分詩而言，兩者必有共同的來源。第二，兩選主體部分相同，比較藍、吳選重疊部分，結果是：“五古”部分，兩者重疊詩人（除許氏兄妹，下同）之作，吳選十八首，藍選四十八首，吳選皆在藍選範圍之內；吳選選許筠與己唱和詩三首，題爲《平壤送吳子魚大人還天朝》《又》《送吳參軍子魚大兄還天朝》，藍選選前兩首，題爲《平壤送南士還天朝》；吳選選蘭雪軒詩七首，也不出藍選範圍。“七古”部分，兩者重疊詩人之作，吳選十九首，藍選四十二首，除李崇仁一首外，吳選詩皆在藍選範圍之內；吳選選許筠與己唱和詩二首，題作《蕊珠曲戲呈吳子魚先生》《吳子魚先生贈畫詩以謝之》，藍選許筠詩《江天曉思》（屬誤題作者）、《蕊珠曲》和《贈李文學》，其中後兩首即是吳選的兩首，但詩題不同；吳選選蘭雪軒詩七首，藍選九首，吳選不出藍選範圍。“五律”部分，兩者重疊詩人之作，吳選五十首，藍選七十八首，吳選不出藍選範圍；吳選許筠《陪吳參軍子魚甫登義城》，附諺書，藍選題作《登義城》，無諺書①；吳選選許蘭雪軒詩四首，與藍選同。其他詩體亦大致如此。明乎此，我們當推究藍、吳二選同源關係是如何建立的？又如何最終變得面目相異的？上文我已考察了吳選的搜集、編刻情境，茲對藍芳威搜集、編刻《朝鮮詩選》情形略作考察，並在對比中討論藍、吳二選的動態發展。②

藍選卷首藍芳威《小引》，也提供了一些有關其得詩和編集詩集的信息。藍芳威《選刻朝鮮詩小引》曰：“晝邁宵征，考覽形勢，馬蹄人跡，幾半夷疆，則見夫田土肥美，士民樸秀，獨恨其厥音侏僞，莫可致詰。見則必先以通引，通引者，譯人也。譯人有故，則寄答問夫楮穎，即馬圄重厮，亦工點畫，不苦類塗鴉者。士多通詩，以至於方之外、梱之中，在不乏人。初不以靺鞈上於翰墨寡所短長，時詣軍幕以詩相投贈，或以其國中所爲詩交出而傳示，久而益親習，煦若家人情。……然詩當未選，數倍於今，時方戒嚴，念不及此。久而自忘疏陋，親爲訂選。”藍芳威説他帶兵跑遍了半個朝鮮，這種説法可從《亂中雜記》《宣祖實錄》中得到証實。他説，他或通過翻譯者，或通過筆談方式與朝鮮各色人等交流，接受軍幕等人的詩歌投贈。我們姑且聽聽藍芳威、吳明濟兩方面的聲音，吳明濟説其詩選主要得益於朝鮮政治、社會、文化的上層人士，有許筠、

---

① 但北大本藍選亦附諺書，似乎表明北大本藍選與伯克利本非同一版本。
② 李德懋《青莊館全書》卷三四《清脾録》卷三“朝鮮詩選”條（《韓國文集叢刊》册二五八，頁三七）承認吳選，並云藍選非善本，學術界多囿於此説。鑒於學界未對藍選編選情形多加注意，故此處主要關注於此。

李德馨、尹根壽、尹國馨等少數人，藍芳威云其詩得益於許多無名之士、馬夫、僕役、士兵、僧人等。或許這兩者都有可信度，不必非此即彼的。

藍、吳二選中都收白振南《上季都尉凱還天朝二十韻》詩，此詩對理解藍芳威獲詩方式或有裨益。白振南詩詩前小序曰：

> 都護公奉聖天子命，將越甲三千餘人東援小國。始倭奴方熾，人民遠竄。及公至自海上，嚴令軍士，撫循人民，人民咸喜附公舟師而居之，不旬月，以數千家。頃之，與倭奴戰於曳橋。公身先士卒，被傷猶裹瘡力戰，士卒奮勇，無不一當百，倭奴大敗，逐北追亡，斬首數百級。七載倭奴，一旦掃之，公實居多焉。先自公屯兵海上，南嘗棹小舟請謁見，公儒將也，雅善詩文，一見如平生歡。自是，旦暮相集，每酒闌賦詩以舒豪懷。公今凱旋，恐會晤之難期，潸然出涕，惜別之情，咸盡於詩。都護公，臺州人，諱金。①

白振南是朝鮮著名詩人白光勳之子，季金是明援朝將領。申欽《姓名記》云："季金，字長庚，號龍岡，浙江臺州府松門衛人。以欽差統領浙直水兵游擊將軍署都指揮僉事，領舟師三千二百，丁酉十月由海路到古今島，露梁之捷，斬獲頗多。己亥四月回去。"②《亂中雜録》丁酉十二月底載："天將浙江游擊季金領舟師數千到泊湖西下陸，因到南原，陣於時羅山。"季金參與露梁海戰，特別是在李舜臣陣亡後，其與諸將合朝鮮舟師，搜討嶺海倭寇，戰功卓著。③白振南詩上半歌咏季金丁酉露梁大捷事，後半咏己亥春季金將回國事。詩當作於己亥春。季金與藍芳威同僚，同爲戰事結束後留駐善後將官。申欽《姓名記》季金前即列藍芳威，藍芳威晚季金三個月回國。雖然白振南詩既非贈吳明濟，也非贈藍芳威，其重要意義在於：它表明在朝鮮的中國將士都有可能得到朝鮮軍民的贈詩，藍芳威、季金等將領與朝鮮詩人、朝鮮詩歌的距離都甚近。朝鮮士人提供記誦之詩，或自創之詩，不但當時重要文人和將臣，不知名的士人、兵士也有貢獻，這種開放式的詩歌獲得方式也決定了這些詩歌共用資源的性質。白振南這首詩就既入藍選，亦入吳選。上引詩序，也佐証我上

---

① 祁慶富《朝鮮詩選校注》，頁一三二——一三三。二選無異文。
② 《象村稿Ⅱ》卷三十九，《韓國文集叢刊》冊七二，頁二九〇。
③ 趙慶男《亂中雜録》[三]，《大東野乘》冊二，頁三六七、三七五。

文所云的戰時文化氛圍。

　　由此我們設想《朝鮮詩選》產生的可能過程：雖然語言不通，但朝鮮士民與中國援朝者之間尋找到了漢詩這一溝通的管道。朝鮮士人愛詩，中國將領和隨從與朝鮮士民談詩、索詩，朝鮮士民向中國將領和隨從獻詩。萬曆二十七年戰事結束後，中國援朝人士有更多機會彙集漢京，分享各自詩歌之所得，漸漸地中國援朝將領和隨從中已流傳着一部相當規模的朝鮮詩集，以這些共用資源爲基礎，各人利用自己的條件獲得新的資源，或以自己的趣味有所選擇，因而呈現出不同的《朝鮮詩選》來。如藍選有箕子《麥秀歌》《至德歌》，琉璃王《凉谷歌》等古歌謠和高麗乙支文德、新羅女主之詩，而吳選序明確說其詩選“起自崔致遠”，是不錄這些詩的。上云李達詩可能僅見於藍選，而藍選中李達詩的異字、異句、異題率同樣較高，也當屬記憶的提取物，這些可能是共用資源之外的藍選的收獲。此外，援朝人員中賈維鑰、汪世鍾還有一部朝鮮詩選①，其與藍、吳二選也有親緣關係（詳下）。

　　萬曆二十七年七月，藍芳威帶着這部朝鮮詩集回國，五年後（一六〇四），他最終刻出了這部書，名曰《朝鮮詩選》，但内裏七卷卷首皆題《朝鮮詩選全集》。這一命名值得注意，既云“全集”，似乎針對並暗示一個相對非全的《朝鮮詩選》的存在，而“全集”也在申明自己的書是有所超越的，因而具有存在價值。這個他超越的《朝鮮詩選》或者指的就是吳明濟的《朝鮮詩選》（朝鮮本或中國本都是可能的）。上文已述，朝鮮本吳選一六〇〇年出版，中國本吳選一六〇二年出版，藍芳威作爲援朝圈中人並手握一部朝鮮詩稿，其對有關信息應該是頗爲關注和敏感的，甚至吳明濟送兩部給他也很有可能。除此之外，藍選中有些細節也值得注意。如藍選七言古詩《蕊珠曲》下空了四行。上文已述，這首詩也見吳選，詩題作《蕊珠曲戲呈吳子魚先生》，詩下有“引”四行：

---

① 徐𤊹《徐氏筆精》卷五“朝鮮詩”條云有賈維鑰、汪伯英集《朝鮮古今詩》四卷，賈維鑰、汪伯英是吳選的“校正”者；汪氏曾評論許蘭雪軒詩。許筠《國朝詩删·許門世稿》許蘭雪軒《湘絃謠》後“批”：“新都汪世鍾云：此作非我明以後諸人所可及也，假使李、溫操翰，亦未必遽過之。”（《韓國詩話叢編》卷四，頁七二八）汪世鍾字伯英，或因職位微末，或如吳明濟一樣屬將臣的門客，未能入上引兩種《姓名記》。

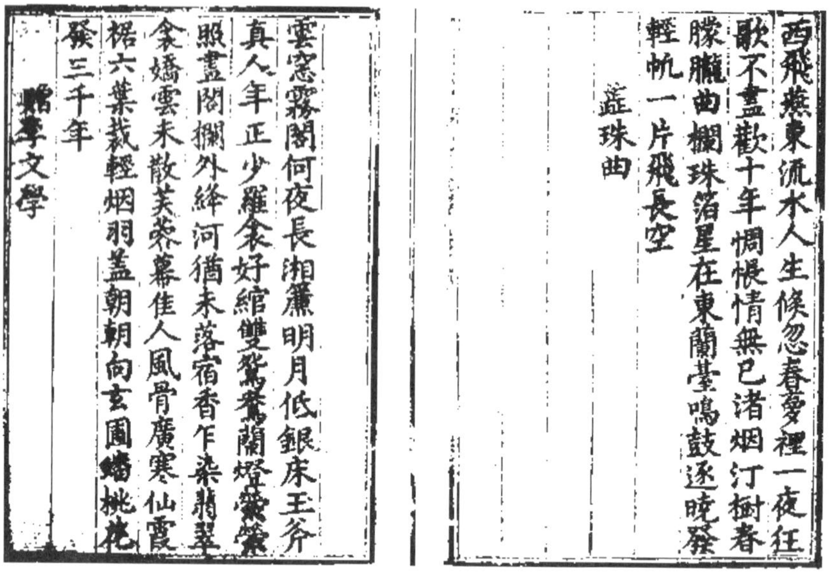

西飛燕東流水人生候忽春夢裡一夜狂
歌不盡歡十年惆悵情無已渚烟汀樹春
朦朧曲欄珠箔星在東闌臺鳴鼓逐曉發
輕帆一片飛長空

蘸珠曲

雲窗霧閣何夜長湘簾明月低銀床玉斧
真人年正少羅衾好縮雙鴛鴦蘭燈熒熒
照畫閣欄外絳河猶未落宿香乍染貂翠
余嬌雲未散芙蓉佳人風骨廣寒仙霞
裙六葉裁輕烟羽蓋朝朝向玄圃蟠桃花
騐三千年

贈尊文學

圖三　藍選詩題與詩之間空行

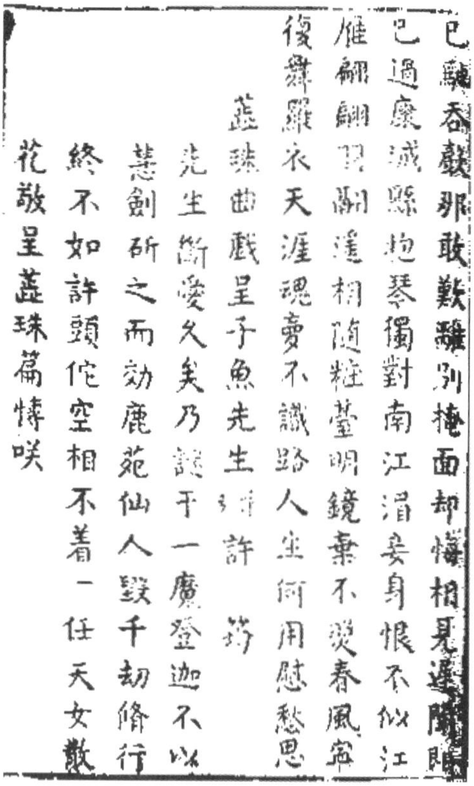

巳驅吞戲那敢數離別掩面却悵相見還關隈
巳過康城縣地琴獨對南江湄妾身恨不似江
催翩翩羽翮遙相隨粧臺明鏡棄不熒春風窗
後舞羅衣天涯魂夢不識路人生何用慰愁思

蘸珠曲戲呈子魚先生許筠

先生衝愛久矣乃謂于一廛登不以
慧劍斫之而劾鹿苑仙人毀千刧脩行
終不如許頭陀空相不着一任天女散
花敬呈蘸珠篇悷哽

圖四　吳選詩前之"引"

藍選這四行正可排下吳選此詩的小"引"：

> 先生斷愛久矣，乃謎于一魔登迦，不以/慧劍斫之，而效鹿苑仙
> 人毀千劫修行/，終不如許頭佗空相不着，一任天女散/花，敬呈
> 《蕊珠篇》博笑/。①

但因詩題已無"戲呈吳子魚先生"，故詩引有關作者與許頭佗之故事，也
就没了着落，所以藍芳威放棄了。又第七卷，苧獻詩和藍秀才詩之間空
了六行，這似乎正好是吳選《柬吳子魚先生》兩首的空間，但藍選其後
不久的一首題爲《柬》的詩其實就是吳選《柬吳子魚先生》中的一首，
所以他寧可將這一塊版的大部分空着也不補了。

藍芳威在《選刻朝鮮詩小
引》中説："欲以傳信，特正
其訛，本來如是，是姑存之，
易則有傷，是以不敢。"我以
前一直想何以要説"特正其
訛"，"正"誰之"訛"？當將
藍選與吳選放在一起思考，似
乎這句話就有了着落。藍芳威
強調自己出版的《朝鮮詩選》
是"傳信""本來如是""不
敢""易"之本，是共有資源
的詩和自己所搜集之詩本來的
樣子，而已經出版的吳選或他
選已不是當初的"本來"的樣
子了。一句話，吳明濟或者在
其《朝鮮詩選》中塗抹了自己
的痕跡。另外，藍選每卷開頭
書名下的選、閲、校人員中，

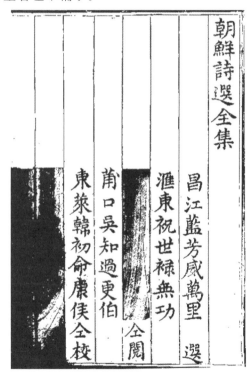

圖五　藍選剗去之行

都有一位閲者被剗去，我猜想這個位置或許原是吳明濟的。但其詩選既
出，藍芳威以《全集》的面目出書，遂將吳明濟剔除嗎？當然這只是我
的一個推測，期待有新材料來証實或証僞。

---

① 祁慶富《朝鮮詩選校注》，頁九五。"/"，吳選分行處，引者所加。

對於藍、吳二選的關係，過去的思路一般是非此即彼的，而更傾向於藍選襲自吳選。我們不妨先推敲這一立論的證據。

證據一，李德懋《清脾錄》卷三"《朝鮮詩選》"條："藍芳威字萬里，以游擊將軍壬辰東援，編《朝鮮詩選》。此即吳明濟子魚東來時所編，不知何故爲藍所有也。"① 李德懋（一七四一——一七九三）雖是朝鮮重要詩人，但其在《朝鮮詩選》編成後差不多一百五十年纔出生，他知道吳選（或許是從《列朝詩集》中得知），有先入爲主的印象，現忽然得知有題名藍芳威的《朝鮮詩選》，故有"不知何故爲藍所有"之問。李德懋此段話對藍、吳二選的關係並沒有提供任何實証式証據或解釋，他自己還在疑惑呢，不過其給予吳明濟唯一編纂權的觀念是清晰的。

證據二，吳選有自《序》和許筠《後序》等，說明了編輯《朝鮮詩選》的過程，而藍選序文"未提供與編輯有關的任何信息"②。其實，藍選《小引》和《序》也提供了一些有關編選過程的信息，我在上文已引述，吳明濟説其詩選主要得益於朝鮮政治、社會、文化的上層人士，有許筠、李德馨、尹根壽、尹國馨等少數人；藍芳威云其詩得益於許多無名之士。兩人所説，都有可能，已見上文，誰更可信，更俟下論。

證據三，吳選有與吳明濟相關的作品，藍選則"有意識地抹去吳明濟的痕跡"③，這當然是論者已假定原先是有吳明濟痕跡的，然而何以證明原先是有吳明濟痕跡的呢？這多半還是吳明濟通過吳選表達的，假如我們抛開"原先是有吳明濟痕跡的"的假定，則藍選"有意識地抹去吳明濟的痕跡"的另一種可能性是本没有吳明濟痕跡，而是"吳明濟塗抹上了自己的痕跡"。而藍選也有意消除吳明濟痕跡或吳明濟增加的痕跡，已見上舉。當然，我這樣説，不是説我贊同藍芳威有著作權，而是希望將這個問題置於比較持平的態度和立場上加以審視，以期得到更合理的解釋。

首先，我來分析吳明濟對朝鮮詩選的貢獻以及其在吳選中留下的有些痕跡並不完全可信。吳明濟《朝鮮詩選序》詳細叙述了搜集、編輯《朝鮮詩選》的經過，特別提到許筠"能誦東詩數百篇"，"於是濟所積日富"，"復得其妹氏詩二百篇"，④ 尹根壽及諸文學亦多搜殘編予之，他再

① 李德懋《青莊館全書Ⅱ》卷三四，《韓國文集叢刊》冊二五八，頁三七。
② 李鍾默文，《域外漢籍研究集刊》第四輯，頁三二九。
③ 李鍾默文，《域外漢籍研究集刊》第四輯，頁三三〇。
④ 許筠所撰《朝鮮詩選後序》云吳選得詩"以筠所憶數百篇進，李議政亦拾斷簡佐之"。（頁二三二—二三三）似乎吳選得詩頗易。不過兩者在詩由記憶所得這一點上是一致的。

來朝鮮，住在左議政李德馨家中，先後得到自新羅至朝鮮"共百餘家"文集，"披覽之，凡兩月不越户限，得佳篇若干篇，類而書之"。現存吳選入選作者一百一十一人，正是"百餘家"之數，也就是説，雖然他早期所得作品乃朝鮮士人記憶之物，但其最終編成《朝鮮詩選》時，幾乎所有文本都是有文集依據的。是不是真的如此？他多大程度上依據文獻對手中的朝鮮詩作了修正？因爲藍芳威明確言其詩"欲以傳信""本來如是"，故我假設藍選中與吳選相同的詩應該有一些是吳明濟早期所得詩之樣貌，若今存吳選文本更接近於朝鮮文獻，則出於吳明濟後期修訂。通過比對，今本吳選有十二首詩改正了作者歸屬①，有三首詩獲得了準確詩題②，有兩首詩完全没有異文③。一共涉及十六首詩，約占吳選全書的百分之五弱。或者可以説，吳明濟確努力搜集文獻加以核實，亦小有收穫，但當時文獻條件實在太差，吳明濟《序》以文集核實作品、從文集中得佳篇的説法表達了他編選詩選的認識，是一般情況下的常規操作，而非吳選的現實狀況。前文所引朝鮮人説其時難覓東人文集的話再次得到証實。吳選九五成以上的作品仍是記憶的生成品。

　　如果吳選確是記憶的文本化，那麼是否如吳明濟序所言主要得自許筠所"誦東詩數百篇"並其"妹氏詩二百篇"呢？我以爲也不可全信。許筠《鶴山樵談·跋》云其《鶴山樵談》作於"壬辰之亂"時，其中"余謂樓題""樓題佳句""壬辰之變""庚寅歲"諸條似乎也都表明這一點，但我將其所引詩與各家别集相校，發現許筠這些詩論引詩相當精準。《鶴山樵談》的字裏行間顯示許筠當時似乎有良好的圖書條件，更重要的是，編輯、流傳準確的詩而非傳者之言，是許筠的信念。如其云：

　　　　金冲庵詩集"青山今夜月"之詩，乃容齋李文愍公之作，詩法不類，編者之誤。余見僧軸有冲庵詩曰云云。本集無有，當時編者或未之見邪？④

　　　　明人山東參議黎民表字惟敬，工詩，寄張侍郎佳胤肖甫曰云云。

---

① 它們是：李仁老《鼻》，成任《倚雲樓》，成三問《雜詩》，金時習《水落庵》，徐居正《雪》《即事》《春日》，申光漢《野望》《暮景》《絶句》《寄稷山宰閔》《望三角山有感》。
② 它們是：金浄《江行》，申光漢《送朴璨還任》、《望三角山有感》。
③ 它們是：卞仲良《竹堂入直》、康好文《聞杜鵑》，前者出《東文選》，後者出《青丘風雅》。另有幾首吳選異文少於藍選，此非本質區別，有的或出於編者文化修養較高之故。
④ 許筠《鶴山樵談》，《韓國詩話叢編》卷二，頁二三。

此詩流播東方，《松溪漫録》載以羅狀元萬化之詩，字多舛誤，松溪只聞傳者之言，故未免紕繆。①

今金凈《冲庵集》卷二、李荇《容齋集》卷二皆録"青山今夜白"詩，李荇詩後小注曰："將與雲卿別故第，正及之。"② 許筠從兩家詩法判斷此詩爲李荇詩，並對李荇集的編者發表看法，可見他對李荇集的自信篤定的把握。許筠還判斷僧軸中一首詩是金凈集之外的佚詩，如果許筠手中沒有完整的金凈、李荇集，他似乎很難有這樣肯定的判斷。許筠認爲"我國詩，當以李容齋爲第一，沉厚和平，澹雅純熟"③，並肯定李荇在朝鮮詩由宋詩向唐詩轉變過程中的重要作用，他説："我朝詩，至中廟朝大成，以容齋相倡始，而朴訥齋祥、申企齋光漢、金冲庵凈、鄭湖陰士龍並生一世，炳煥鏗鏘，足稱千古也。"④ 如果吳選與許筠關係如此密切，很難想象吳選會不選李荇詩。今本藍選有李荇詩兩首，五律《風樹》異題李益《旅懷》，有異字九個，異字率達到百分之二十二點五；七絶《訪士華不遇戲作》，藍選作《訪鄭士華不遇》，異字十個，異字率達百分之三十五點七，還有兩處字序不同。假設更大的吳選選有李荇詩，而許筠提供的李荇詩有如此高的異字率是很難解釋的。吳明濟説許筠提供了其妹（實爲其姊）大量的詩，可是今存吳選（包括由《列朝詩集》所推知之吳選）許蘭雪軒的異題作者、異題、異體、異句、異字率並不優於他人，是許筠當時對蘭雪軒詩的記憶就是如此，後來他再次編輯其姊詩時，有了更可靠的詩歌來源了嗎？許筠《鶴山樵談》在戰後作過修訂嗎？這些當然也是可能的。

　　吳選中收録許筠贈吳明濟詩十五首，有的真諺雙録，顯得特別真切，現場感甚强，但這些詩都不見於許筠《惺所覆瓿稿》，真假莫辨。許筠戊戌年曾任職於平安道和京師⑤，吳明濟戊戌七月隨徐中素回國，吳選幾首題名許筠送己回天朝詩皆作於秋天，有的作於平壤，有的作於義城，與兩人的行蹤比較吻合，但這些信息也無助於判斷其詩真僞。吳選這十五首詩，與藍選重合者十一首，其中七首吳選詩題出現"吳子魚"名字，

① 許筠《鶴山樵談》，頁三一。
② 金凈《冲庵集》，《韓國文集叢刊》册二三，頁一二三；李荇《容齋集》，《韓國文集叢刊》册二〇，頁三六〇。
③ 許筠《惺叟詩話》，《惺所覆瓿稿》卷二十五，《韓國文集叢刊》册七四，頁三六一。
④ 許筠《惺叟詩話》，《韓國文集叢刊》册七四，頁三六二。
⑤ 參左江《許筠行實繫年簡編》，張伯偉編《域外漢籍研究》第六輯，中華書局，二〇一〇年，頁一八二。

而藍選作“南士”等，李鍾默以爲這是藍選“有意抹去吳明濟痕跡”。值得注意的是，另四首藍選詩題與吳選同，亦出現“吳子魚”，而這四首詩明顯與許筠詩歌趣味和風格相近。試比較《彩毫咏次賈司馬戲贈吳子魚》四首之三與許筠《話舊》其一：

> 鸞扇玲瓏隱醉顏，自矜嬌艷出人間。天花滿袖君知否？曾到瀛洲海上山。（藍、吳選①）
> 爲雨爲雲似楚臺，夢中相見夢中回。天香滿袖君知否？曾到蓬萊頂上來。②

“賈司馬”應該就是上文多次提到的賈維鑰。兩詩遣詞造意相似，頗有艷詩和游仙之風。僅見於藍選的其他七首題名許筠詩，雖六首爲誤題作者，但都能找到出處，這似乎都在暗示藍選並沒有刻意要抹去吳明濟，也沒有刻意回避吳明濟與許筠、賈維鑰的關係。兩相對照，吳明濟在一些詩上抹上自己的痕跡的可能性或許更大。

　　吳明濟在《朝鮮詩選》中塗抹自己痕跡是有實在証據的。吳選中的朝鮮士人贈給他的詩有的被証明並無此事、並無此詩。上引尹國馨《甲辰漫録》，尹國馨承認他與吳明濟見過數次，但不承認贈詩給吳明濟，事實証明吳選中的尹國馨贈給他的詩其實是《東文選》中一首名詩。吳選中所云芐獻、藍秀才、李秀才贈己詩各一首，而芐獻詩與李奎報《四時詞·秋》、藍秀才詩與卞仲良《鐵關道中》詩都太過相似，李秀才詩與鄭允宜《書江城縣舍》詩僅一字之差③。“李秀才”，藍選稱“李文學”，詩題作《呈吳孝廉》，在此時的朝鮮，“吳孝廉”應即吳明濟，這也表明藍選沒有要抹去吳明濟痕跡。如果我們相信錢謙益所説的用以編輯《列朝詩集》朝鮮部分的吳選，一個更大的吳選，可能是中國刊吳選，將《列朝詩集》相關內容與今存朝鮮本吳選對照，可以推測在中國版吳選中，吳明濟倒消除了一些自我痕跡。如我上文提到，朝鮮本吳選《平壤送吳子魚大人還天朝》兩首，《列朝詩集》題作《平壤送南士還天朝》④，與藍選相同。又如朝鮮本吳選《蕊珠曲戲呈子魚先生》，《列朝詩集》作

---

① 祁慶富《朝鮮詩選校注》，頁二一八—二一九。
② 許筠《惺所覆瓿稿》卷一，《韓國文集叢刊》册七四，頁一一三。
③ 李、鄭詩見《東文選》卷二〇，卞詩見卷二二，頁三七八、三五五。這似乎也在印證《東文選》的影響力。諸詩見本書“校考”。
④ 《列朝詩集》，頁六八四〇。

《蕊珠曲》，題同藍選。① 吳選的這一變化或反過來說明其之前曾在詩選中增加了自己的存在感。② 由此或可進一步理解藍選"本來如是"、"不敢""易"之意味。

　　藍芳威、吳明濟都想在《朝鮮詩選》中表現自己的在場。他們或提供詩歌本事，或用小序或小注留下東國的地理、物候、節令、風俗、制度等材料。依現存二選，藍選因選詩多，小注也相對較多。兩者共有的：有提供有關朝鮮風俗物候的，如李奎報《西郊草堂》注曰："東國以菖葉、杏花爲農候。"有提供詩本事者，如鄭襲明《贈妓》："南州有妓，色甚麗，爲某使君最愛，及別去，使臣曰：我去必爲他人據之，以蠟炬傷其頰，襲明過而見之，因賦以贈。"③ 藍選獨有者，如提供相關朝鮮歷史材料的，如題名李齊賢、實爲鄭道傳的《遠游歌》注曰："高麗恭愍王務崇宮室高影殿，不惜民力，故作此以諷諫也。"題名鄭夢周、實爲崔慶昌《感遇》注曰："高麗辛禑王淫而不德，成桂有異志，夢周一國之重臣，憂權之下移，悲而歌之，其志遠矣。"有關朝鮮地理的，如鄭知常《南浦歌》注曰："（南浦，）一名唐浦，在平壤城南五里。"有關朝鮮制度的。如許筠《牽情引》注曰："朝鮮祖述唐宋故事，驛亭皆設官妓，筠以弘文館遷臺諫，按部行縣，其所遇歌妓若此。"有關朝鮮詩人的。如崔慶昌《送李益之關外》注曰："王京南有漢江，其南爲江南，其北爲江北，鐵原、咸鏡皆爲關外地。李布衣奇才不偶，窮愁旅食，足跡無不遍歷，慶昌悲其淹留晚暮，故惜而贈之。"相較而言，藍選營造的在場感較寬泛，吳選在場感營造得更切近。如吳選有朝鮮人贈己詩十九首（能被朝鮮材料証實的一首，証僞的四首），祁慶富先生即認爲其中的十五首許筠贈吳明濟詩是"許筠詩的新發現"④。又如金宗直《黃昌郎》小序，兩者絕大部分文字相同，但藍選最後一句曰："其舞尚傳云。"吳選則引金宗直序云："今觀其舞，周旋顧眄，望之凛凛。"⑤ 吳選引金序而不言金序，似乎表明自己不但聽說《黃昌郎》劍舞之由來，甚至還觀賞過黃昌郎舞蹈，這樣使其詩歌文本更具權威性了吧。

---

① 祁慶富《朝鮮詩選校注》，頁七四—七五、九五。《列朝詩集》，頁六八四一。
② 當然，就當時贈、搜詩情境而言，中國人搜集到的詩歌，都可以說是朝鮮士民之贈。可以設想，如果朝鮮人在龍山、在某席上愉快地提供給吳明濟詩，那龍山、席上、戲東贈吳子魚先生詩的說法都可成立。但作爲《朝鮮詩選》，剝離了搜詩情境，則詩與作者唯一對應性（作者的所有權）就需要確認。或者吳明濟誤以爲別人席上所贈詩就是其人之原創？也不排除這種可能。
③ 祁慶富《朝鮮詩選校注》，頁六四、一八八。
④ 祁慶富《朝鮮詩選校注》，頁二四。
⑤ 祁慶富《朝鮮詩選校注》，頁九四。

　　總之，後期吳明濟撰寫了《高麗世記》，爲《朝鮮詩選》詩人寫了小傳，錢謙益評價"《高麗世記》一卷，記朝鮮終始最詳"，他推測"蓋隦括東國史而爲之也"。① 無論如何，吳明濟爲錢謙益撰寫《列朝詩集》提供了材料，激發了錢謙益、施閏章、朱彝尊等有關易代、易代心態的思考（詳下），這一作用是藍選無法企及的。

## 六、"手書八十一首"與藍選以及藍選版本擬測

　　藍芳威強調自己對《朝鮮詩選》不易不改，傳信不作僞，上文我主要談論了吳明濟在《朝鮮詩選》中塗抹個人痕跡的做法以及這一做法可能更使藍芳威反其道而行之，以下主要就藍選本身作些討論。

　　援朝戰爭結束後，一些人手中藏有朝鮮文物，如休寧黃上珍手中有許蘭雪軒《白玉樓上樑文》卷子。潘之恒《朝鮮慧女許景樊詩集序》云："黃上珍在金陵藍總戎萬里宅曾出高麗繭一卷，精寫《白玉樓上樑文》詫客。"② 雖然不能判斷此高麗繭卷子是從朝鮮帶回之物，但在萬曆三十六年用高麗繭寫朝鮮女詩人許蘭雪軒《白玉樓上樑文》，確實是紙貴文奇字精的時新之物，③ 是足以"詫客"的。潘之恒在《亘史》中記載藍芳威手中確有"朝鮮卷"。他說：

　　　　辛亥之春，藍總戎萬里爲方外游，過海陽，晤於屯山之遵晦園，首出朝鮮卷視予，即上珍囊爲予言者，乃彼國老青川子李盤七十五歲時書，其字遒媚，無一敗筆，所選多與予合。④

海陽屯溪之遵晦園，是嘉靖、隆慶間巨商朱介夫令其子朱正民所建，園名出自汪道昆，是當時休寧最有名的園林。⑤ 萬曆三十九年（一六一

---

① 錢謙益《列朝詩集》閏集第六，頁六八〇八。
② 潘之恒《亘史·外篇》"仙侶"卷三"亘史云"，《四庫全書存目叢書》子部冊一九四，頁二三。
③ 據郭良翰《問奇類林》自《序》，此書萬曆三十七年重加刪纂而刊刻出來。是書卷二十七《博物上》云："今世所重高麗繭紙，其羅文花箋以厚白者爲尚，其餘雜采，久則自敗，俱不重。凡書畫之類，皆以紙白板心爲貴。"（《四庫未收書輯刊》七輯，冊一五，頁五三〇）
④ 潘之恒《亘史·外篇》"仙侶"卷三"亘史云"，《四庫全書存目叢書》子部冊一九四，頁二三。
⑤ 參汪道昆《遵晦園記》（《太函集》卷七十五，《四庫全書存目叢書》集部冊一一八，頁一六三—一六五）、《朱介夫傳》（《太函集》卷二十八，《四庫全書存目叢書》集部冊一一七，頁三七二—三七三）等。

045

一），藍芳威游新安，想來也是以囊中所收朝鮮卷爲奇物，故出行時隨身携帶，以之會友，也因此，潘之恒得以在遵晦園一睹之前黃上珍已跟他提及的珍稀之物。潘之恒云藍芳威“朝鮮卷”是朝鮮著名書法家青川子李盤晚年之書，字字遒媚，筆筆皆精。他提到書中內容“所選多與予合”，因潘之恒萬曆三十六年（一六〇八）曾集蘭雪軒詩文爲《聚沙元倡》①，可推測此卷當與蘭雪軒詩有關。

伯克利本藍選許蘭雪軒《游仙曲》下有一注曰：“凡三百首，余得其手書八十一首。”吳選也有此注，則“余得”之“余”既可能指藍芳威也可能指吳明濟，甚至可能是其他朝鮮獻詩者或中國得詩的其他將士。不過潘之恒應曾聽藍芳威親口之言，故其在《聚沙元倡》蘭雪軒《游仙曲》詩下注曰：“藍萬里云：《游仙曲》凡三百首，余得其手書八十一首。”②假設藍芳威所言爲真，藍選今收蘭雪軒《游仙曲》五十首，如果考慮題材的相似性，將《步虛詞》算在內，共得五十七首，仍不及八十一首之數，當然藍芳威不將其所得手書蘭雪軒《游仙曲》都入藍選，也是可能的。不過今本藍選自《游仙曲》“余得其手書八十一首”注後八十八首詩值得分析。第一，除我下文將分析的可能放錯位置的朴元檢《送人》、妓德介《贈別》兩首外，皆是蘭雪軒詩。第二，餘下八十六首詩中，去掉誤收的謝朓、釋寶月各一首，曹唐的兩首和一首不見於今本《蘭雪軒詩集》的《翠袖啼痕》外，正好得八十一首之數，且這八十一首都能在《蘭雪軒詩集》中找到元詩。第三，相比較之下，這八十一首蘭雪軒詩的異字率確實偏低。我統計過藍選八卷的平均異字率和最高異字率，分別是：五古，百分之十二點五九和百分之五十五；七古，百分之二十一點〇一和百分之五十八點〇四；五律，百分之十八點七二和百分之六十二點五〇；七律，百分之二十二點三九和百分之六十七點八六；五絕，百分之九點二一和百分之四十；七絕，百分之十二點四一和百分之七十一點四三。而八十一首平均異字率爲百分之四點四三，最高異字率爲百分之二十五，平均異字率不及次低的五絕的一半，最高異字率是次低的五絕的一半略多。其中二十八首完全沒有異字。第四，蘭雪軒八十一首共有異字一一一個，其中至少二十八個異字因形近或與行書、草書識讀有關。如“寒”與“塞”、“柝”與“檡”、“吟”與“岑”、“雲”與“霞”、

---

① 詳見拙著《性別、身份和文本》，頁三四─三七。
② 潘之恒《亘史·外篇》“仙侶”卷三許蘭雪軒集《聚沙元倡》下《游仙曲》題下注，《四庫全書存目叢書》子部冊一九四，頁三〇。

“去”與“上”、“上”與“主”、“侍”與“待”、“丹”與“舟”、“着”與
“看”、“里”與“萬”、“鮫”與“絞”、“嗅”與“唤”、“遠”與“遶”、
“搏”與“溥”、“詞”與“調”、“頻”與“煩”、“火”與“竹”、“簪”與
“篋”、“翔”與“朔”、“俊”與“後”、“空”與“宫”、“虬”與“蠅”、
“年”與“幸”、“頻”與“煩”、“臂”與“擘”、“堂”與“望”、“獨”與
“燭”、“籍”與“藉”。約有十個同音字，如“朱”與“珠”、“公”與
“宫”、“州”與“洲”、“向”與“相”、“西”與“棲”、“容”與“蓉”、
“流”與“留”等。還有一些同義詞替换。我頗相信這八十一首詩的來源
最可能與許蘭雪弟許筠有關，因爲許筠見中國人愛其姊《白玉樓上樑
文》，曾請書法家韓濩手書過數份贈送中國使臣以及隨行人員，中國人十
分喜愛其姊詩作，其製作些詩卷當禮品是十分應景的。第五，其中兩首
藍、吳選共有之詩，藍選與吳選有異字，但藍選比吳選更接近於朝鮮文
本，且藍選之不同亦可用行、草書識别之誤來解釋。《宫詞》：

　　　　紅羅袂裏建溪茶，侍女封緘結作花。斜扣紫泥書敕字，内官分
　　送大臣家。（藍）

　　　　絳羅袂裏建溪茶，侍女封緘結彩花。斜押紫泥書敕字，内官分
　　送五侯家。（吳）①

　　　　紅羅袂裏建溪茶，侍女封緘結出花。斜押紫泥書敕字，内官分
　　送大臣家。（集）②


如黄庭堅《諸上座帖》的“作”的寫法頗讓水準有限的藍將軍誤爲“出”
字，張旭《李青蓮序》的“出”字也可能被其誤爲“作”字，“扣”與
“押”也形近，但“大臣”和“五侯”不同就不太能作這樣的解釋。當
然，我也相信許筠與吳明濟更有交往，吳選《游仙曲》下雖然亦有“凡
三百首，余得其手書八十一首”之語，但今本吳選其下只有二十六首詩，
是因爲朝鮮本吳選是節選本，還是另有原因？無論情況如何，就目前的
情況來看，在“手書八十一首”問題上，此部分詩原得自藍芳威所藏卷
子的可能性應該更大。

　　今存藍選字體圓美，刻工也精，印刷品質頗佳，可見藍芳威請刻
《朝鮮詩選》的書工、刻工都很不錯，可能因爲藍芳威對自己文學素養的

---

① 祁慶富《朝鮮詩選校注》，頁二二七。
② 許楚姬《蘭雪軒詩集》，《韓國文集叢刊》册六七，頁一三。

認識，也沒有倩文人墨客操刀，他刻《朝鮮詩選》可能真的秉持不改字的原則。藍選中一些小細節似可作証。如崔匡裕七律《憶江南李處士》有句詩，吳選、《東文選》作"江南曾過戴公家"，藍選作"載公家"，"載""戴"形近而誤，可以理解，但一般讀書人不會將戴公家錯成載公家，因爲《世說新語》"王子猷雪夜訪戴安道"，對讀書人是常識，但對藍芳威可能就真的是典故了。又如許蘭雪軒《堤上行》："長堤十里柳絲垂，隔水荷香滿客衣。向夜南湖明月白，女郎爭唱竹枝詞。"藍選作《城上行》。如果是一般讀書人，不管是從樂府詩題還是從詩歌內容來看，都會不假思索地認定這是一首《堤上行》，"堤"而爲"城"，可能就來自將軍藍芳威識讀上的錯誤。這首詩也屬上文所云"手書八十一首"中詩。又比如《火枝詞》"瀼東瀼西春水長，郎舟去歲向瞿塘。巴江峽裏猿啼苦，不到三聲已斷腸。""家住江南積石磯，門前流水浣羅衣。朝來閑繫木蘭棹，貪看鴛鴦作對飛"二首。"竹"與"火"也是識讀上的問題，但這種錯誤絕非學詩、寫詩人所能犯。這兩首也屬"手書八十一首"的範圍。這樣的例子還有不少。

藍芳威刻《朝鮮詩選》時，似乎也不改其底本之詩歌次序，今本藍選一個錯頁可支持這一判斷。從詩歌內容和句式看，七言律詩卷的第十八頁與第十九頁誤倒，這一般會被認爲是裝訂錯誤。但藍選每卷有頁碼，可排除裝訂問題，聯繫藍芳威"欲以傳信""本來如是"之宣言，這個錯誤很可能是其按照原底本照刻造成的。藍選七言律詩卷之錯頁：

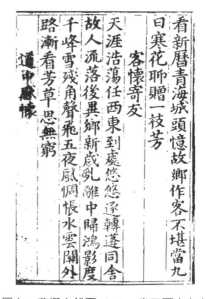

圖六　藍選之錯頁（一）：卷四頁十七下　　圖七　藍選之錯頁（二）：卷四頁十九上

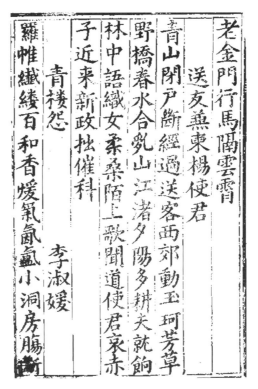

圖八　藍選之錯頁（三）：卷四頁十八上

　　據詩意，頁十七最後"烏蠻館裏"當接第十九頁之"看新曆"，今藍選錯接第十八頁"老金門"。或因底本有誤而所刻不改的還有一例，這也涉及許蘭雪軒"手書八十一首"的問題。

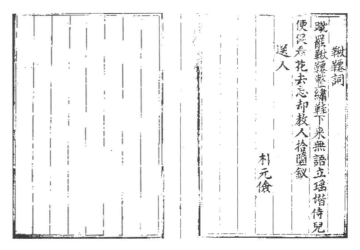

圖九　藍選錯誤的可能由來（一）

宣川雪夜送清危懶向筵前唱竹枝莫惜
東風一沉醉相逢正是別離時
贈別　妓德介氏
琵琶聲急寄離情怨入東風曲不成一夜

高堂香夢冷　羅裙上淚痕明

圖十　藍選錯誤的可能由來（二）

高堂香夢冷　羅裙上淚痕明

步虛詞
乘鸞夜下蓬萊島閑輾麟車踏瑤草海風
吹綻碧桃花玉盤滿摘安期棗
又
九霞裙襯六銖衣鶴背乘風紫府歸瑤海
月明銀漢落玉簫聲徹彩雲飛
遊仙詞
千載瑤池別穆王暫教青鳥訪劉郎平明

圖十一　藍選錯誤的可能由來（三）

玉屏迴繞節滿身花氣襲人香
又
鸞扇玲瓏隱醉顏自矜嬌豔出人間天花
滿袖君知否曾到瀛州海上山
又
蝦鬚初捲玉鉤收珠翠穠花標滿頭自愛
嬌顰傾越女謾將鸞鏡學春愁
橫塘曲

家住橫塘綠水邊相隨女伴採新蓮逢郎
始得成佳約落日雕鞍繫柳煙
義州山村即事
摘來嫩韭新炊飯沽得香醪旋打魚白髮
山翁健如鶴只愁賓客不歡娛
遊仙曲　一首　凡三百首余作其手書八十　許景樊
瑞鳳吹破翠霞裙手把天花倚五雲雲外

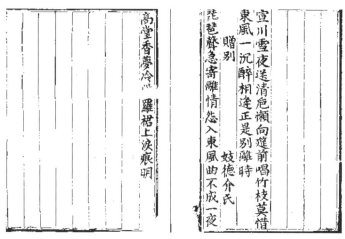

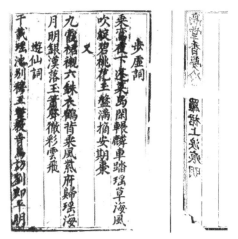

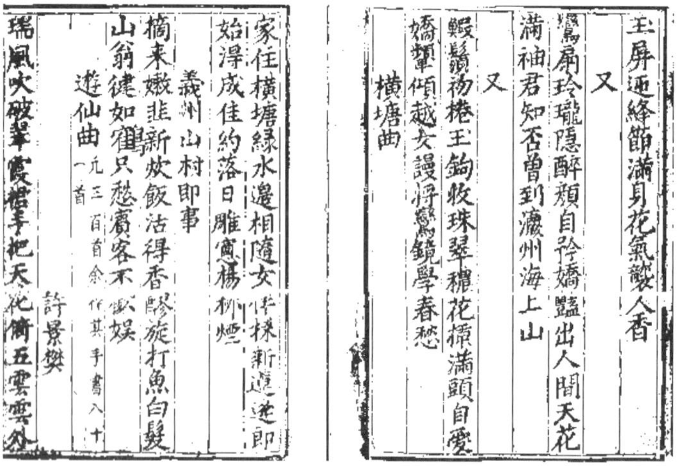

圖十二　藍選錯誤的可能由來（四）

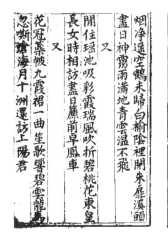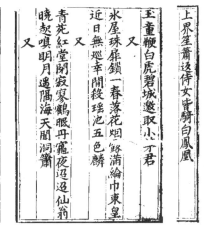

圖十三　藍選錯誤的可能由來（五）

　　上圖詩題《送人》一行，藍選打破一行上書詩題，下書作者的慣例①，作者朴元儉獨占一行，下有十五行空白，然後纜書詩"宣川雪夜送清氙"……接着是題名妓德介氏、實爲李承召的《贈別》詩，用兩首詩占二十二行，而這二十二行正可容納有"余得其手書八十一首"題下注的許蘭雪軒《游仙曲》六首和《鞦韆詞》一首，藍選這七首詩正二十二行。如果將這兩個二十二行互易位置，藍選所云的"手書八十一首"蘭雪軒詩就豁然接續，而題名朴元儉、妓德介二人詩與李達、許筠詩相聯，妓德介作爲女性作者，依古代詩總集編排體例，殿七絕卷最後，也相當合理。倘若如此，藍選卷八即是"手書八十一首"卷，卷八卷首自有題下注的許蘭雪軒《游仙曲》始。但許蘭雪軒《游仙曲》六首和《鞦韆詞》一首與題名朴元儉、妓德介詩位置錯誤不是藍選的裝訂問題，因爲卷八第一頁有頁碼，自許蘭雪軒《步虛詞》始，而藍選《義州山村即事》和《游仙曲》間也沒有紙張拼接之痕，或許藍芳威依據的原稿就是這樣，所以藍刻也原原本本地摹刻下來？倘若如此，藍芳威倒是樸實得可愛，對字書也尊重得可敬了。不過，如果"手書八十一首"爲藍芳威手中之物，其中的四首古人詩以及不可考的《翠袖啼痕》又是如何誤入其中的呢？難道今存藍選非藍芳威的初刻本嗎？

　　藍選《小引》後有"藍芳威萬里識"字樣，其中一些書法値得注意。如"豐"誤作"璺"，"橐"寫作"橐"，"墨"作"墨"，"殫"寫作"殫"，"鼇"作"鼇"等。整篇爲楷書，間模擬行草書法，如"得"作

────────────

① 藍選也有幾處作者獨占一行，或因詩題過長，或因有題下注占據，與此情形不同，不能視爲破例。

"浔"、"兵"作"矢"等。如果《小引》是以藍芳威自題刊刻的，則藍芳威是識文斷字的，但專門訓練確略顯不足，當然，藍選正文中，異體字、異書也相對較多。

藍刻除署韓初命校外，尚署"匯東祝世禄無功閲""莆口吳知過更伯""校"。上文已論及吳知過爲藍選所作《序》，他還曾投文於梅鼎祚，創作過《采真記》傳奇。① 祝世禄，字無功，江西德興人，是藍芳威的鄉鄰，萬曆己丑（一五八九）進士，黄宗羲《明儒學案》以之入泰州學派②，是明代鼎鼎大名的學者，藍芳威與祝世禄有交往，③ 藍選刊刻時，祝世禄在南京尚寶卿任上。④ 祝、吳兩位都是不折不扣的讀書人，倘他們真的校閲過《朝鮮詩選》，也能容忍讀書人不可能犯的錯誤存在嗎？ 或爲貫徹藍芳威所言之"傳信"而不改嗎？

## 七、北大本藍芳威《朝鮮古詩》版本情況分析

除伯克利藍選外，今尚存北大本藍選，北大圖書館判斷爲"清初鈔本"。該書字體勁麗，雖爲鈔本，但用偏柳體的明刻書宋體，且每頁四邊雙欄，有界，白口，上黑魚尾，上板口題"朝鮮詩選"，下題頁數。北大鈔本的一些細節值得分析。如第二八頁下半頁、第二十九上半頁完全空白⑤，如果此鈔本的"四邊雙欄""上黑魚尾"等上述描繪的版本特徵是鈔書所用紙之特徵，則這兩個半頁應該保留這些特徵，但鈔本的這兩個半頁完全空白，故我懷疑此書或爲影鈔本。根據其版本特徵，底本應該是個刻本。以下是北大本藍選首頁：

---

① 梅鼎祚有《答東越李成白、閩吳更伯見投，時並寓道宮，予方杜門，兼閲更伯〈采真記〉及成白〈掌書藍後素詩〉》，有句云："地主無能留閩叔，廬兒有意勝方回。"見《鹿裘石室集·詩集》卷一九，《續修四庫全書》據天啓三年玄白堂刻本影印，册一三七九，頁二三。

② 黄宗羲撰，沈芝盈點校《明儒學案》卷三五，中華書局，一九八五年，頁八四九。

③ 祝世禄《環碧齋詩》卷二有兩首贈藍將軍詩。萬曆二十四年，播州土司楊應龍叛，藍芳威參與平西，見《萬曆武功録》卷五《播酋楊應龍列傳下》上書陳功名單（《四庫禁燬書叢刊》史部册三五，頁六五五），《得西虜之捷寄藍將軍》（《四庫全書存目叢書》集部册九四，頁一八一）當爲此而作。《送藍將軍出使暹羅諸國》（頁一八二），或亦爲藍芳威而作嗎？

④ 沈德符《萬曆野獲編》卷一二云萬曆己亥（一五九九）、乙巳（一六〇五）兩次南都大計，前次祝世禄爲南都史科給事中察謫別人，六年後以南京尚寶卿爲人所察謫，"祝遂不振"。（沈德符《萬曆野獲編》，頁三〇五—三〇七）故知藍選刻時（一六〇四），祝世禄在南京尚寶卿任上。

⑤ 北大本，朴現圭《中國明末清初人朝鮮詩選集研究》有影印，頁一一一—一一一。空白頁，頁五六—五七。下引北大本，隨文出頁碼。

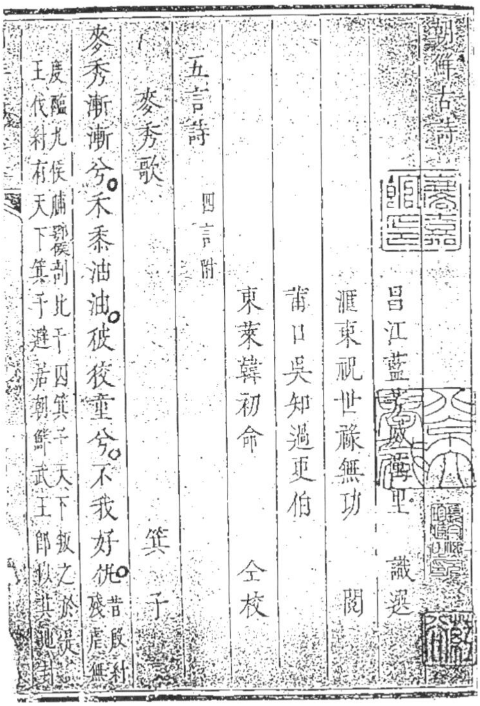
朝鮮古詩

涯東祝世祿無功　閱

東萊韓初命　仝校

五言詩　四言附

麥秀歌　箕子

麥秀漸漸兮，禾黍油油。彼狡童兮，不我好仇。

**圖十四　北大本《朝鮮古詩》五言詩卷卷首**

又此書將“七言律詩”卷（卷四）第一首崔致遠《秋日再經盱眙寄李長官》置於卷三末“五言排律”最後，原卷四第二首——崔致遠《送吴進士巒歸江南》就成了“七言律詩”卷第一首。此書標注作者體例是：一卷選同一作者兩首以上詩，第二首起不再署作者，故此詩下原未署作者，這樣一來，北大本“七言律詩”卷第一首詩就成了無名氏之作。次首本爲崔承祐詩，又漏書作者，因而亦成爲無名氏之詩（頁九四—九五）。這些錯誤，伯克利藍選都没有。北大本還保留了幾條校勘記式的文字，我以爲是鈔書者留下的（詳下），這些文字讓我們認識到北大本或另有底本，且當時可能存在類似於伯克利藍選那樣的參校本。第一，北大本五言古詩《鳳凰曲》，題下小字注曰：“鳳臺曲。”（頁三〇）此詩今本吴選未收，伯克利藍選作《鳳臺曲》，錢謙益《列朝詩集》亦作《鳳臺曲》（頁六八五八）。當然，即使没有參校本，讀書人依據文學常識也可寫出這一校勘記。第二，五言古詩《古曲》“蓋棺事方畢”詩後注曰：“方，亦作乃。”（頁一八）吴選、伯克利本藍選皆作“乃”。第三，五言律詩曹偉《桐花寺》“繞砌落天葩”詩後注曰：“天葩，一作天花。”（頁八〇）藍、吴選皆作“繞砌落天花”。如果説這兩條注中“亦作”“一作”不一定指藍選，亦可指吳選、《列朝詩集》。最有力的例証是：四、五言律詩李益《贈雲上人》“洗鉢臨深澗”詩後注“深，一作山”（頁八九）。此詩吳選未收；上文我已考論，即使是更大的吳選應該也没選李達詩；《列朝詩集》從《蓀谷集》選其三十六首詩，但未選此首；《蓀谷集》此詩題作《贈鑑上人》，“洗鉢臨深澗”作“洗鉢臨秋澗”，異字是“深”作“秋”。我們排除了已知的當時幾乎所有可能的詩歌來源，此條注直指向一個類似於伯克利藍選的參校本，伯克利藍選《贈雲上人》此句正作“洗鉢臨山澗”。

　　北大鈔本很可能是孔繼涵（一七三九——一七八三）的鈔校書，北大本首頁有“蓀/谷”朱方印一枚。孔繼涵是孔子第六十九代孫，衍聖公孔毓圻之孫，自幼在衍聖公蘭堂書房讀書，十九歲隨衍聖公入京謝恩。其青年時代即開始鈔書、校書、刻書，三十三歲中進士，後爲户部主事，與戴震、盧文弨、錢大昕、翁方綱、朱笥等交游。四庫館開，孔繼涵通過戴震、翁方綱等四庫編修官借鈔宮中古籍，稍後《日下舊聞》開館，孔繼涵任分纂①，可以接觸大量官方和宮廷藏書，故孔氏藏書中多珍稀鈔本。② 此事既爲當時同道所公認，如翁方綱稱其爲“敏捷鈔書手”，云“蓀谷鈔藏之富已過中麓矣”，③ 也爲後人所認同，如《中國古籍善本書目》收録其二十七歲時所鈔《持竹堂五七言古詩讀本》、三十五歲時所鈔《莆陽知稼翁文集》、三十六歲時所鈔《山居新語》、三十七歲時所鈔《西陲筆略》《紹興采石大戰始末》《守城録》《日涉園集》、三十八歲所鈔《經學五種》《紹陶録》《寶祐四年登科録》《雪山集》等。④

　　至少在與四庫館臣交游之時，孔繼涵已關注海東典籍。如乾隆四十年（一七七五）孔繼涵邀多人至其寓中小集，並同賦高麗茶。受邀者，據張塤詩題，有“翁覃溪、吳泰交二翰林，程魚門、陳伯思、姚姬傳、

① 張塤《次前韻再寄蓀谷》“千秋蓼閣幸叨陪”句下注曰：“蓀谷分纂《日下舊聞》，予校《四庫薈要》。”（《竹葉庵文集·詩集》卷一二《鳳凰池上集》八，《續修四庫全書》據道光本影印，册一四四九，頁一八五）詩作於乾隆四十一年（一七七六）春，孔繼涵三十八歲時。
② 參崔偉芳《孔繼涵生平考述》，《唐山師範學院學報》二〇一九年第五期。
③ 翁方綱《送孔蓀谷農部請養歸曲阜二首》其一：“敏捷鈔書手，優閑奉母身。歸當仍壯歲，行及小陽春。日下編初就，章丘笥更新。牙籤精點勘，勿笑北方人。”詩下注曰：“朱竹垞云：李中麓所儲書籤帙點勘甚精，北方學者能得斯趣，殆無多人。今孔蓀谷鈔藏之富，已過中麓矣。”（翁方綱《復初齋詩集》卷一六《秘閣集》二，《續修四庫全書》據乾隆刻本影印，册一四五五，頁四九五）時當乾隆四十二年，孔繼涵三十九歲。
④ 《中國古籍善本》編輯委員會《中國古籍善本書目·集部》，上海古籍出版社，一九八六年，頁一五七六、二四〇、一二一、二八五、一八、四六五、六三八、三三四。

洪素人四部曹，戴東原、邵二雲二徵君”①，其中翁方綱、吳壽昌以翰林，張塤以檢校中書舍人②，戴震、邵晉涵以徵士命校《永樂大典》，參與編修四庫全書。程晉芳、陳本忠、姚鼐、洪樸分別爲吏部、戶部、禮部、刑部主事，孔繼涵與程晉芳、洪樸同年，與陳本忠同僚，與洪樸同師戴震，程晉芳、姚鼐等也參與四庫工作。這次聚會不但飲高麗茶，也談朝鮮事與朝鮮圖籍。翁方綱《孔荭谷戶部席上賦高麗茶花》寫道：

> 海雲開凍魚可叉，設鱠不減姜侯家。泥封甕坼選大戶，如借博望之銀槎。嚴城鼛短觴復急，瀹以異色瓷甌茶。小團斑斑帶蓓蕾，碎如茵薏連圓藪。我聞圖經記東國，茶具製自宣和誇。亦有銀爐與湯鼎，列俎幂布傳紅紗。土産不及賜團貴，別以卉種充新芽。農曹博物妙評品，煎點方法來海艖。吹香似採松五葉，導氣底用葰三椏。吳君詩録華氏賦，風土近代煩梳爬。<small>明會稽吳明濟有《朝鮮詩選》，寧都華越有《朝鮮賦》。</small>澆來胸中書傳味，起尋架帙窗影斜。飲此可以當飲酒，且莫盞底供藏花。③

翁方綱（一七三三——一八一八）贊孔繼涵博物，不僅精通高麗茶的煎泡法、飲法和妙用，也勤於爬梳近代朝鮮文史，他提到吳明濟《朝鮮詩選》和華越的《朝鮮賦》，又説孔氏“起尋架帙”，此處雖然不能坐實説孔繼涵藏有吳選或藍選，但云其對相關典籍已有關注並有所收藏，應該不爲過。張塤也説：“孔君好事窮搜羅，招集京華舊酒徒。陽羨建溪不解渴，火蓺松明傾一壺。寶鑑秘記或細載，吾所不論此偏隅，太平飲食樂中土。”④ 今可見孔繼涵鈔校本《東國史略》一部⑤。對明末清初人來説，《東國史略》是有關朝鮮的一部重要著作（詳下）。孔繼涵能鈔校《東國史略》或亦得益於官方藏書和修書，其參纂之《日下舊聞考》就有數條

---

① 張塤《孔荭谷部曹招同翁覃溪、吳泰交二翰林，程魚門、陳伯思、姚姬傳、洪素人四部曹，戴東原、邵二雲二徵君小集寓齋，同賦高麗茶花》，《竹葉庵文集·詩集》卷九《鳳凰池上集》五，《續修四庫全書》册一四四九，頁一六七。
② 翁方綱《宴次恭紀依前恭和御製詩韻四首》後，翁方綱《復初齋外集》卷一六，吳興劉氏刻本。
③ 翁方綱《復初齋詩集》卷一一《寶蘇室小草》一，《續修四庫全書》册一四五，頁四五七。
④ 張塤《孔荭谷部曹招同翁覃溪、吳泰交二翰林……同賦高麗茶花》，《續修四庫全書》册一四四九，頁一六七。
⑤ 《周叔弢古書經眼録》，北京圖書館出版社，二〇〇九年，頁一八。

出自《東國史略》。① 孔繼涵鈔書不只是簡單地鈔録，還有校勘，亦多有題跋，可用其所鈔《東國史略》略作説明。周叔弢録孔繼涵《東國史略》跋語：

> 乾隆三十八年冬十二月，大學士兩江總督高晉送到遺書，内有汲古閣鈔本，於周林汲兄處假一校，補一頁有半，並録毛氏跋於右。時四十二年上巳日，孔繼涵記於燕京宣武門内聖人府後貝纓術術之壽雲簃，是日自戴東原檢討寓歸，任主事松齋名基振自南來。②

孔繼涵見地方進獻遺書，得以鈔寫，後從別處借書校勘並增補，鈔本上當有校記，書後有跋語。北大本藍選鈔本無跋語。倘若北大本藍選真爲孔家所鈔，且校勘記爲鈔者所施，其對崔致遠七律詩置五律下而不出校勘記，則頗不可解。或者此書爲影鈔本，校記亦出自底本？或者校記出自鈔者，鈔校者只校異文而不糾錯？或因是殘書而較少用心？或因將軍編刊之書而較受文人忽略嗎？

綜上所論，北大本是一個不同於伯克利藍選的本子，它的底本很可能是一個刻本，北大本經孔繼涵收藏，也可能是孔繼涵鈔校書，其校時，或有一個類似於伯克利藍選的參校本存在。

## 八、賈維鑰、汪世鍾、程相如、焦竑本朝鮮詩編刻的可能情形

上言吳明濟《朝鮮詩選》校閱、校正人員中有賈維鑰、汪世鍾，這二人皆隨萬世德經略入朝鮮，萬曆三十一年（一六〇三）前他們也選梓過一本朝鮮詩。王同軌《耳談類增》卷三四"朝鮮許姝氏詩"條云："朝鮮爲箕子封國，沿習文雅，原異雕題椎結，第其孱弱不競，遂爲倭奴虎口餘肉，邇來中國士相從幕府往援，肉而羽之，因通其俗，而薊門賈司馬、新都汪伯英選梓其中詩成帙，獨許姝氏最多而最工。"③《耳談類增》

---

① 于敏中等撰《日下舊聞考》（北京古籍出版社，一九八一年）卷三〇"宮室·元一"（便殿，問高麗世子讀何書。頁四四五）、卷三二"宮室·元三"（李公遂朝元，廣寒殿。頁四七一）、卷四三"城市·内城、中城一"（遷忠愍王於慶壽寺。頁六八二），卷一五六"存疑二"（忠愍王在京師從趙孟頫、虞集等游。頁二五一八）等。
② 《周叔弢古書經眼録》，頁一九。
③ 《耳談類增》，《續修四庫全書》據萬曆三十一年唐晟等刻本影印，册一二六八，頁二一一。其云朝鮮"孱弱不競"，頗同於吳知過、藍芳威序言，或爲當時之主流話語。

刻於萬曆三十一年，則賈維鑰、汪世鍾選梓之《朝鮮詩》一定刻於此前。王同軌應該親見此書，他引了其中所選的許蘭雪軒的五首詩。徐𤊹《徐氏筆精》也提到汪世鍾曾刻四卷本的《朝鮮古今詩》（一云《朝鮮詩》），並"拔其尤者載之"，他引了其中的十首詩。① 王同軌、徐𤊹所引詩無重復，合得賈、汪所選朝鮮詩十五首。

　　將此十五首與藍、吳選比對，結果是：一，許蘭雪軒《望仙謠》，賈、汪選同吳選，與藍選有異文六。二，《湘絃謠》，賈、汪選同吳選，與藍選異文一。三，《寄女伴》三選同。四，《送兄筬謫甲山》，三選同。五，蘭雪軒《游龍山呈吳子魚先生》，藍、吳選作者梁亨遇；詩題賈、汪選同吳選，藍選題爲《游龍山》；三選間各有異文一。六，金净《旅懷》，三選同。七，白元恒《秋夜》，藍、吳選題作《七月六日夜臥不寐》，賈、汪選與藍、吳選各有異文一。八，申光漢《書事》，同吳選，藍選無此首。九，南孝溫《寒食》，藍、吳選題作《西江寒食》。一〇，李媛《自適》，吳選稱李氏，藍選作李淑媛。一一，李媛《秋恨》，吳選無，藍選作者爲許蘭雪軒。一二，成氏《楊柳詞》"青樓西畔"藍、吳選作者許蘭雪軒。一三，"條妒纖腰"，藍、吳選作者許蘭雪軒。一四，許妹《塞下曲》"寒塞無春"藍、吳選無，但見朝鮮刻《蘭雪軒詩集》。一五，"錢唐江上"，藍、吳選無，但見朝鮮刻《蘭雪軒詩集》。比較下來，只能説如果所選詩相同，賈、汪選與吳選文本差異更小，但在詩歌作者、詩題、選詩方面，賈、汪選與吳選、藍選都有差異。由此推測，賈、汪選應該是一部與藍、吳選有親緣關係但也頗爲不同的書。

　　在賈維鑰、汪世鍾《朝鮮詩》後，徐𤊹又見得"程將軍相如"所輯"《朝鮮四女詩》"一種。徐𤊹表述得很清楚，汪伯英"曾刻《朝鮮詩》"，"近程將軍相如又輯《四女詩》行於世"，程相如《朝鮮四女詩》行世較汪選晚。程相如，名鵬起，新安人，"名處俠儒間"，在萬曆年間，算得上是敢想敢做之人，特別是在軍事上。他雖没有親上朝鮮抗倭戰場，但爲這場戰争招募劍客，出過奇策。他主動請纓，提議派他出使東南，聯合東南亞諸國合力進攻因侵略朝鮮而兵力空虛的日本本土，其策得到兵

---

① 徐𤊹《徐氏筆精》，《原國立北平圖書館甲庫善本叢書》册五四六，頁九四〇—九四一。

部尚書石星和萬曆皇帝的贊賞，他因此獲得將軍頭銜。① 何白《汲古堂集》卷一一《答程相如將軍》云：

> 予自萬曆辛卯歲（一五九一）從吳門張孟孺將軍宅晤相如，時相如以布衣任俠，勇氣聞諸侯間，席上談兵自喜，坐客咸相顧愕眙，予獨爲快然釃一舠船也。嗣日本闚朝鮮，羽書孔棘，王師乃有釜山之役，相如日詣司馬門陳便計，當事韙其議，言之上，遂以相如爲游擊將軍，充正使往諭暹羅諸國以兵擣日本，時日本重兵在釜山，國内虛，可一鼓下也。蓋其持論如此。……已行至粵東，甫渡海，輒爲言者沮，厪至占城而還，橐中裝皆盡，所募劍客健兒亦散去。②

程相如游説之“司馬”即當時的兵部尚書石星，何白詩中明言：“嗣傳日本壓朝鮮，遼海羽書飛絡繹。王師十萬事東征，妙算何人參石畫。程生請纓詣闕下，一日非常賜顔色。……姓名已怖日南王，樓船直抵占城國。惜哉衆口嚛令圖，壯士於今淚沾臆。”③ 後來其計受阻，未能實施。

徐𤊹《徐氏筆精》採錄程相如《四女詩》中許妹氏詩五首④，其中有四首《游仙詞》、一首七律。將這五首詩與藍、吳選比對，其中兩首《游仙詞》吳選未收，兩首中一首藍選未收。而這五首詩皆見於朝鮮刻《蘭雪軒詩集》。雖然程相如《四女詩》、藍吳選、《蘭雪軒詩集》四種載籍中，五首詩詩題、詩文彼此皆有異文，但程本與《蘭雪軒詩集》異文最少，可見其應使用過詩集本。我曾考察過《蘭雪軒詩集》編刻以及在中國流傳情況，⑤ 如果程相如使用過《蘭雪軒詩集》本，則其《四女詩》行世當在萬曆三十六年（一六〇八）以後，最早也在萬曆三十四年以後。錢謙益曾爲程相如作挽詩，詩作於天啓六年（一六二六）⑥，所以將程相

---

① 可參湯賓尹《睡庵詩集》卷一一《程相如將軍應司馬聘，聘文有“有眼識英雄”語，喜而自賦，知交多屬和者》（《四庫禁燬書叢刊》集部册六三，頁五一四），唐時升《三易集》卷四《程相如奉詔諭暹羅等八國還居錢塘》（《四庫禁燬書叢刊》集部册一七八，頁五五），林章《楊州逢程相如將軍聞其欲徙家見贈之》有“當年一疏未應虛”（《林初文詩文全集》“七言律”卷，《續修四庫全書》册一三五八，頁七五三）之評。但沈德符對程相如評價不佳。其《萬曆野獲編》卷一七“兵部”下“程鵬起”“暹羅”兩條稱程相如爲“妄男子”“無賴”，云其計“甚誕”（《萬曆野獲編》，中華書局，一九五九年，頁四三八—四三九）。
② 何白《汲古堂集》，《四庫禁燬書叢刊》據萬曆刻本影印，集部册一七七，頁一五五。
③ 何白《汲古堂集》，《四庫禁燬書叢刊》集部册一七七，頁一五五—一五六。
④ 徐𤊹《徐氏筆精》卷五“朝鮮許氏”條，《原國立北平圖書館甲庫善本叢書》册五四六，頁九四一。
⑤ 參拙著《性別、身份和文本：朝鮮女性文學文獻研究》，頁三一四三。
⑥ 錢謙益撰，錢曾箋注，錢仲聯標校《牧齋初學集》卷三《程將軍相如挽詩》，頁一一。

如輯《朝鮮四女詩》定在萬曆後期應該是合理的。程相如不愧是萬曆時期的風雲人物，其編刻行世的《朝鮮四女詩》精準地抓住了當時談朝鮮和談女性詩兩個熱點。"四女"或即許蘭雪軒、李玉峰、成氏、俞汝舟妻，此四人皆見藍、吳二選。

　　朴周鍾《東國通志‧藝文志》又著録："《朝鮮詩選》三卷，明焦竑編。"① 焦竑（一五四〇——一六二〇）是萬曆十七年（一五八九）狀元，名聲甚大，他雖無出使朝鮮經歷，却有其出使朝鮮的傳説。如張岱《夜航船》卷一八《荒唐部‧怪異》"悟前身"條曰："焦竑奉使朝鮮，泊一島嶼間，見茅庵巖室扁扃閉，問旁僧，曰：'昔有老衲修持，偶見册封天使過此，蓋狀元官侍郎者，歆羨之，遂逝。此其塔院耳。'竑命啓之，几案經卷宛若素歷，乃豁然悟爲前身。"② 焦竑交游甚廣，著述宏富，藏書極豐，常將其藏書予公私刊刻流佈，南監、地方官以及陳大來、徐象橒等書坊主都與其緊密合作。萬曆援朝後之朝鮮詩算得上是熱門書，焦竑有所涉獵，或者刻書人以其名相標榜，都是十分可能的。③ 但焦竑《朝鮮詩選》似未見中國書志，亦未見中國文人談論。晚焦竑兩科的南京另一位狀元朱之蕃（一五七五——一六二四），確曾以侍郎身份於萬曆三十四年（一六〇六）出使朝鮮，並受許筠之托爲《蘭雪軒詩集》寫過《小引》，與朝鮮詩人淵源甚深。④ 此傳説至少并合了兩位文化名人之經歷再加以想象而成。

## 九、藍、吳二選之流傳及其文獻文化思考

　　上文云成泳、趙誠立曾帶一本中國刊吳明濟《朝鮮詩選》回朝鮮，但之後的朝鮮朝學者却很少親見過吳選，不論是朝鮮本還是中國本。如韓致奫《海東繹史》雖著録"吳明濟《朝鮮詩選》"，但云出《列朝詩集》⑤，其並未親見吳選。朴周鍾《東國通志‧藝文志》著録吳明濟《朝鮮世紀》，但未著録吳選。藍芳威《朝鮮詩選》，有朝鮮士人見過。如李宜顯（一六六九——一七四五）《陶谷集‧陶峽叢書》云："明萬曆中有藍

---

① 朴周鍾《東國通志‧藝文志》，見收張伯偉編《朝鮮時代書目叢刊》，中華書局，二〇〇四年，册六，頁二七二九。
② 張岱撰，李小龍整理《夜航船》，中華書局，二〇一二年，頁三三三。
③ 參拙著《明代圖籍生產與文化生活》第三章之餘論，頁二五四——二六三。
④ 參拙著《性別、身份和文本：朝鮮女性文學文獻研究》，頁三一——三四、一三九——一四〇。
⑤ 韓致奫《海東繹史‧藝文志》，張伯偉編《朝鮮時代書目叢刊》，册五，頁二六三三、二六三四。

芳威者，隨大司馬東來，採東詩，裒成六編，名曰《朝鮮詩選全集》。"①
與伯克利藍選合。朝鮮書志也有著錄。如《奎章閣書目》著錄："《朝鮮
詩選》二本，明昌江藍芳威選。"② 並引錄藍芳威《小引》數語，語同今
本藍選。《奎章閣書目》是朝鮮正祖初期奎章閣所藏中國本圖書目錄，可
見此藍選是中國刻本，而奎章閣確有收藏。韓致奫《海東繹史》在吳選
後提到藍選曰："又有藍芳威所輯《朝鮮詩選》，蓋藍於萬曆間以游擊東
援本國，而惜無從得見也。"③ 朴周鍾《東國通志·藝文志》著錄藍選
云："明藍芳威編，萬曆戊戌以都指揮僉事來東。"④ 應該也未能親見此
書。除書志外，朝鮮文人皆相對尊崇吳選，但皆未親見吳選，藍選則偶
有目驗者。如李德懋在《清脾錄》中引藍選載李達《步虛詞》"三角嵯峨
拂紫綃"並詩下注，其文字全同今本藍選。⑤ 上引李宜顯語亦可証。

　　今伯克利藍選應原藏朝鮮，書中五言古詩第十一頁後半與第十二頁
前半的人爲破損可証明這一點。

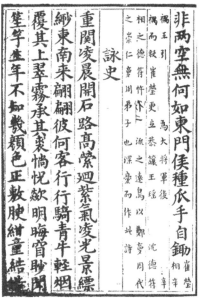

圖十五　藍選人爲破損處（一）：　　　圖十六　藍選人爲破損處（二）：
　　　　卷一頁十一下　　　　　　　　　　　　卷一頁十二上

---

①　李宜顯《陶谷集》，《韓國文集叢刊》冊一八一，頁三八〇。李宜顯云"六編"，或因藍
　　選卷七、卷八不再出詩體，所收又主要是七絕詩，故有"五古""七古""五律""七
　　律""五絕""七絕"六編之説。
②　張伯偉編《朝鮮時代書目叢刊》，冊一，頁三一七—三一八。
③　張伯偉編《朝鮮時代書目叢刊》，冊五，頁二六三四。
④　張伯偉編《朝鮮時代書目叢刊》，冊六，頁二七二九。
⑤　李德懋《青莊館全書Ⅱ》卷三四，《韓國文集叢刊》冊二五八，頁三七。

十一頁後半開頭小字注中五字被小心割掉，故露出了下頁"雌雄竟莫辨"左半陰文，被割掉的五字是"成桂有異志"。十二頁前半第二行雙行小字注第一行被遮住的分別是"李成桂""成桂竟放"數字，第二行是"成桂"，第三行被割去的也是"成桂"二字，故露出下頁"從千"二字陰文左半的一小部分（詳下"校考"）。有關朝鮮李氏與高麗王氏的一段血腥易代史，朝鮮朝纔會有忌諱。所以，李鍾默先生根據藍選裝訂特徵等推測藍選是近現代通過韓國古書店自韓國流入美國的説法應該比較可信。①

明、清中國書志多著録吳選。除上文所引《絳云樓書目》外，較早的有祁承㸁《澹生堂藏書目》，之後《讀書敏求記》《明史·藝文志》《千頃堂書目》等都著録此書，或八卷，或四卷。《千頃堂書目》攬諸信息於一體曰："吳明濟《朝鮮詩選》八卷。一作四卷。明濟，一作濟，字子魚，會稽人。"② 但到康熙、乾隆間，文人雖提及吳選，實際上未必親見，如上文翁方綱詩及注提到吳明濟《朝鮮詩選》。而在翁方綱之前，儲大文（一六六五—一七四三）也提到吳選，並作《書朝鮮詩選後序後》，乍一看，似曾目見《朝鮮詩選》，但細加推敲，却也未必。其《書朝鮮詩選後序後》全文如下：

> 明萬曆中會稽吳明濟子魚氏以客從宋司馬贊畫東征，有《朝鮮詩選》。（一。序號爲引者所加。下同）朝鮮人江陵許筠《後序》曰：朝鮮承太師之教，郴郴文學，稱於中土。逮唐始通賢科，崔致遠、崔光裕輩咸游學中華，接踵舉進士，顯於當時。宋元修之不替。高皇帝握符乘運，聖澤旁流，光澤八表，維我東方，首修厥貢，嘉獎猶内服然，若金濤輩猶赴闕試，及進士第。洪武中，以洪倫、金義之亂而中止。既而循之，不與釐正，此小國之至冤也。崔致遠、金濤輩獨何幸與！或以是編之盛，觀者憐而更張之，三韓之士拜賜厚矣。（二）筠與二兄筬、笈，以文鳴東海，筬、筠皆舉狀元，筠敏捷，書一覽不忘，許景樊蘭雪氏之兄也。（三）家江陵，即古溟州，在五臺山下。三韓有十二洞天，此爲第二洞天。筠《次子魚南莊歸與韻》所謂"松關竹徑帶晴烟，家住溟州第二天"也。（四）子魚戊戌春從軍義州，經坎馬之役，及抵朝鮮王京，館於許氏筠，爲誦東

---

① 參李鍾默文，《域外漢籍研究集刊》第四輯，頁三二〇。
② 黃虞稷《千頃堂書目》卷三十一，《原國立北平圖書館甲庫善本叢書》據鈔本影印，册四六一，頁七二九。

詩數百首。己亥，子魚類書新羅至明朝鮮詩，撰序，（五）筠撰《後序》，其述崔致遠、金濤輩榮遇，詞尤勤懇。（六）子魚又蒐東國史，撰《高麗世紀》一卷。（七）①

此文（一）首句至"有《朝鮮詩選》"，可見吳選吳明濟《序》；（二）自"朝鮮人江陵許筠《後序》"至"三韓之士拜賜厚矣"，乃摘錄、檃括許筠《後序》而成；（三）自"筠與二兄"至"景樊蘭雪氏之兄也"，出自吳選吳明濟《序》；（四）"家江陵"至"家住溟州第二天也"，出《朝鮮詩選》七言律詩卷《次吳子魚南莊歸興》第二首及詩注；（五）"子魚戊戌"至"己亥，子魚類書新羅至明朝鮮詩序"，摘錄、檃括吳明濟《序》；（六）"筠《後序》"句，評論許筠《後序》；（七）最後一句，檃括《列朝詩集》"朝鮮"條。乍一看，此文涉及吳選吳《序》、許筠《後序》、其中詩以及詩中小注，似乎不親見其書則無法爲此文，但再尋繹，其內容又不出《列朝詩集・閏集》"朝鮮"部分，其中（一）（五）（七）出《列朝詩集》"朝鮮"總序②，（二）（三）出"許筠"小傳③，（四）出《列朝詩集》所選許筠《次吳子魚南莊歸興韻》詩及其下詩注，吳選此詩題作《次吳子魚南莊歸興》，《列朝詩集》作《吳子魚南莊歸興次韻》，儲文題近後者，也透露儲大文從《列朝詩集》而來之真相。④（六）是基於（二）所作之評論，此屬儲大文，因（二）從許筠《朝鮮詩選後序》來，故儲大文此文作《書朝鮮詩選後序後》也算合理準確。作爲"書……後"這種題跋類文，似乎總有一個實實在在的書/物存在，但儲大文將此類文繫於"雜著"之中，文章情形比較複雜。如其《書東標周子聯卷後》，他確曾在樓中一邊對梅聽雨，一邊展讀《周子詩卷》和《經義》卷，又在《周子聯卷》之後題放翁句（"予輒題放翁句於聯帙右"），但這篇《書東標周子聯卷後》是記述此事經過，並非真書於《周子聯卷》之後。⑤又如其《書栗本馬子演連珠箴後》，通篇是借馬栗本《演連珠箴序》文闡發制科文體和鴻文"操縱合闔、交合互融之機實鈞"之文章觀，並在此意上贊美馬

———————

①　儲大文《存硯樓二集》卷一九"雜著"類，《四庫未收書輯刊》玖集，册一九，頁七〇三。
②　《列朝詩集》，頁六八〇八。
③　《列朝詩集》，頁六八三八─六八三九。
④　《列朝詩集》，頁六八四一。
⑤　儲大文《存硯樓二集》卷一九，《四庫未收書輯刊》玖集，册一九，頁七〇二。

栗本《演連珠箋序》，通篇不見作爲物質存在的馬子《演連珠箋》一書。[①] 此可與《書朝鮮詩選後序後》參看。

杭世駿（一六九五——一七七三）也提到過吳選，時當雍正五年前。[②] 杭世駿在蘇州書肆看到朝鮮版鄭麟趾《高麗史》，高興之餘作兩詩書後。其中第二首贊鄰國朝鮮與中國古今政治、文化、物質等交流：

> 海國華風亘古今，鴨江如帶界遼金。宣和已後紛傳史，洪武中朝賜玉音。百濟附庸陪遠道，皇華館伴動高吟。見吳子魚《朝鮮詩選》。三椏五葉誇靈藥，聞道東洋有貢葠。[③]

明代中國使臣使朝鮮歸，甫渡鴨綠江，朝鮮即將其在朝鮮與朝鮮衆臣唱和之作刻成《皇華集》，後《皇華集》形成規模，確是中朝外交以及文化交流的重要載體，但吳選與《皇華集》無關，也與皇華館伴無關。杭世駿這一注，倒明確告訴了我們他没有親見吳選。

上文已述，藍芳威作爲將軍很受時人尊敬，作爲援朝將領，亦受中朝朝野稱譽，其手中有從朝鮮帶回來的朝鮮詩選，還有朝鮮詩手卷，且是朝鮮著名書法家手書，他不但在南京的宅中收藏、展示他的朝鮮手卷，旅行中也帶着會友，這一點至少在南京和新安人圈中是有名的。藍芳威萬曆三十二年曾刊刻《朝鮮詩選》，聲稱其爲《朝鮮詩選全集》，藍選可能還有一個名爲《朝鮮古詩》的刻本存在，乾隆年間，孔繼涵藏《朝鮮古詩》鈔本，所依據可能是一個刻本，這個鈔本或鈔本的底本還曾用一部接近於伯克利藍選的本子參校過。孔繼涵鈔本後歸李盛鐸（一八五九——一九三四），觀鈔本首頁李氏"麐嘉館印"朱方印和"長太熙元珍藏

---

① 此篇爲："'連珠'肇演，體符象象，内外交合，虚實互融，斯盡其妙矣。陸士衡魏晉傑才，排突山海，而《辨亡》《五等》，才不爲多；《連珠》五十首，才不爲少，此史所以贊'百代文宗也'。江都栗本馬子記瞻采儛，間演連珠箋，窮探突邃，而援士衡語以撰《序》，所謂'傾瀝液''漱芳潤''課虚無''叩寂寞'者，尤爲曲肖。然士衡任尚書郎，嘗策紀瞻曰：'今有温泉，而無寒火。'其語雅類連珠，而酷暑嚴冬，馬子標舉彌别，若由此引伸觸類，則《辨亡》《五等》宏麗恢肆諸臣篇，且將放之而準，而隋唐設科專試策，暨後加文若賦，又加大經帖，而後試策三道，并宋禮部試後試策，王詹事、陳僉判、文右相諸名世篇，其操縱合闔、交合互融之機實鈞也。夫馬子豈直思過半也。"（儲大文《存硯樓二集》卷一九，册一九，頁七〇〇）
② 杭世駿提到吳選之詩，出自其《橙花館集》，而《橙花館集》前龔鑑《序》署"雍正五年閏三月"（杭世駿《道古堂集·詩集》卷首，《續修四庫全書》册一四二七，頁一），故云。
③ 杭世駿《鄭麟趾〈高麗史〉向爲花山馬氏衍齋藏弆，道過虎丘，於書肆得一寓目，書二詩題後》，《道古堂詩集》卷一《橙花館集》，《續修四庫全書》册一四二七，頁一四。

之印”朱長印可知。①

綜上所述，藍、吳二選產生伊始即具有實物文獻和觀念文獻兩種存在形態，吳選，明末清初實物文獻存在感強烈，清代以後則很難得見，但其觀念形態的存在始終鮮明。藍選實物文獻存在雖不絕如縷，但完全爲吳選所掩，不論是《朝鮮詩選》《朝鮮詩選全集》，還是《朝鮮古詩》，都頗受明清中國文人忽視，書志零著錄，文士少談論。這一現象值得深思，或許只能說：在明代的圖書生產世界裏，只要有稿源和資金，將軍、武人固然也可以涉足出版，但其産出物能否受到文人信任和關注則是另外一回事。藍芳威的武人身份可能使其詩選受到讀書人有意無意的漠視。此書在朝鮮，情形也大致相同。

---

① 向達《北京大學圖書館藏李氏書目引言》云李盛鐸，“一九一一年以後旅居京津，經常到琉璃廠訪書，當時著名私家藏書散入廠肆者如曲阜孔氏、商丘宋氏、意園盛氏、聊城楊氏藏書中之精華，亦多轉歸李氏”（《木犀軒藏書題記及書録》附録，北京大學出版社，一九八五年，頁四二二），此鈔本或即由此爲李先生收藏。

# 校考説明

　　藍芳威《朝鮮詩選》選詩六〇〇首，吳明濟《朝鮮詩選》選詩三四〇首，吳選不見於藍選之詩三七首，本校考即點校考証此六三七首詩。

　　藍芳威《朝鮮詩選》以美國加州大學伯克利分校東亞圖書館藏藍芳威《朝鮮詩選》（稱"藍選"）爲底本，校以北京大學圖書館藏藍芳威《朝鮮古詩》鈔本（稱"北大本"）、中國國家圖書館藏吳明濟《朝鮮詩選》（稱"吳選"）。

　　藍選中錯頁據校考者考証作了調整，疑似有誤者不作變動。每卷後附録藍選未收之吳選詩，詩選末附北大本摘聯，吳選序跋亦附藍選序跋後，吳選以國圖本爲底本，摘聯以北大本爲底本。

　　校考逐首進行。每首先録藍選正文，若作者名被省略、漏書、誤書等，悉遵原樣，後以〔　〕出真正作者。校考處，詩歌正文右上方標序號〔一〕〔二〕……，詩後出"校考"。校考內容包括此詩在北大本、吳選中的位置，朝鮮文獻中此詩之作者、出處、詩題、詩體、異文以及可能有的其他問題。若一詩異文太多，則通篇出之。末出本首異題、異書作者、異體、異文數等。

　　朝鮮文獻，包括各家別集，金宗直等編《青丘風雅》（稱"風雅"）、徐居正等編《東文選》（稱"選"）、申用溉等編《續東文選》（稱"續選"）、《大東詩選》（稱"大東"）等選集、總集，李荇等編《東國輿地勝覽》（稱"勝覽"）以及各種詩話等。

‖ 朝鮮詩選　乾 ‖

# 藍將軍選刻朝鮮詩序

余讀《有客》白馬詩，則感於姬人之視遺老何肫肫也。獨怪夫箕封，僻在荒陬，於意云何？説者以狡童朝，其佯狂自竄，如後世延州來之爲者。清明既會，物色斯及，因舉以爲封。此説近之。朝鮮即箕所封地，臂倚於遼，中隔鴨綠，一衣帶其國，實我之宇藩，而其主爲外臣。倭氛一熾，疆界分崩，我援稍濡，李幾不臘。世所稱名將藍萬里，從大司馬授師，分麾當面，裹創飲血，大小數十戰，戰輒收勲，隙則行巡間陌，周視山川，時進諸父老，問瘡痍，慰疾苦，每令無自畎田，無犯於民，宛然有渭濱雜居之風。又前諸士民之秀慧者，時而班草茵荆，張幕講藝，以故日親於諸士民，其士民亦稱藍公親我云。蓋自命師奏凱，首尾在朝鮮者幾三年，得朝鮮投贈詩及士女自所爲詩幾數百篇，皆不辭手録而親爲選訂，贈以示不佞，因得卒業云。

嗟嗟，有詩若此，夷豈無人？獨不謂曰：郊有壘，恥在士夫。此何時也，宜嘗膽卧薪，寧雕雲繪月、般樂紆危、朒縮胎侮？倭鄰朝鮮，睥睨朝鮮，舊習其嗜鉛槧，忽武功，遂群不逞心。詩非崇朝鮮，朝鮮以詩自崇耳。至於將軍之選是詩，意自深長，政以見先民之餘韻猶存，顓蒙之遺民可化，又以見地有内外，人無古今，夏治則夏，夷治則夷，亡庸捨擇矣。然詩之爲變，未易言也。方寸活潑潑地，何漢何魏，何晉何唐，抑又何華何夷，刹那入聖，究竟歸魔迷悟謂何耳？詩凡如干種，入域者較多，許媛，鬢之雄，亡難稱白眉，是奇之奇者。諸詩之中，間有字句卑駁、氣韻萎劣者，將軍謂過竄則傷其本來，未若仍存以示信。味乎其言哉，彼居戈叢燧藪耳，而念且及兹，非質有文武者不能。夫人危則懼心生，懼則奮心起，罹兹多難，彼亦果偲偲以式徵相規，壯藩威而報援勞，用以復化箕封，無負山海明靈也。此則將軍選詩本意云。時龍飛萬曆甲辰春日，閩中玄癡道人吳知過更伯撰。

# 選刻朝鮮詩小引

　　朝鮮，古高句麗地。周鼎初，卜以屬箕封，胤乃淪胥而爲夷。唐有征，隋屢征，勝負不相償，宋竟能割界慈悲，元不能得志樂浪，其強可知焉。

　　開國來，居我宇下，作我藩臣。《風土記》載：其俗柔謹，喜文字。質以今耳目睹聽，亶然不誣。蓋朝鮮之有國，自昔稱強，即鄰於諸夷，諸夷靡敢乘其璺[一]，顧承平忽戒，頃中倭警，平壤受烽，釜山見巢，岌岌乎斯邦，臣主皆播越。下走以一介夫，負鞭橐，從大司馬後受一麾，行伍間，見島醜陸梁，髮輒指冠，恨不滅此朝食。是役也，仗天威，遵廟謨，謂宜振落而俘此平酋，反不速而久，則牧多於羊，走雖殷輪朱趾，用殫此赤腔，微細罔足録。故兵家地利，鄉導最先，間嘗晝邁宵征，考覽形勢，馬蹄人跡，幾半夷疆，則見夫田土肥美，士民樸秀，獨恨其厥音侏𠌯，莫可致詰。見則必先以通引，通引者，譯人也。譯人有故，則寄答問夫楮穎，即馬圍重廝，亦工點畫，不苦類塗鴉者。士多通詩，以至於方之外、梱之中，在不乏人。初不以靺鞈士，於翰墨寡所短長，時詣軍幕以詩相投贈，或以其國中所爲詩交[二]出而傳示。久而益親習，煦若家人情，蓋始信箕賢過化，久久不衰，而又惜此河山、臣庶幾委封蛇，綢繆失計，豫處未陰，咎誰執耶？然詩當未選，數倍於今，時方戒嚴，念不及此，久而自忘疏陋，親爲訂選，共得詩如干，釐爲四部。欲以傳信，特正其訛，本來如是，是姑存之，易則有傷，是以不敢。譆譆[三]，朝鮮可謂夷之華矣！以倭兵力，何如唐隋宋元也，鄉也角大而有餘，今則角小而不足，其故可思。而走以爰處，長經行廣，竊感於朝鮮之可爲善國云。蒔種之後，不耨不溉，而禾長以滋；華夏之書，充棟汗牛，而人得以讀。若君若臣，斯時斯際，彼果色談虎之談，思痛後之痛，枕中夜之薪，而求以中倭，不且步箕公之武以丕變夷風，永作我忠藩，豈第詩甲諸夷乎？諸夷不敢班，狂倭辟易矣！藍芳威萬里識。

**【校考】**

　　〔一〕當作疊，即釁。〔二〕《奎章閣書目》引作文。〔三〕譆譆：當即噫嘻。

# 附録

## 刻朝鮮詩選序

　　昔余弱冠時，讀太史公《紀》至箕子《麥秀歌》，未嘗不掩卷太息，想見其風。及觀漢、晉《書》，咸稱朝鮮禮義文學之盛，然未聞有繼其響者。丁酉秋，余以倭奴之役，督餉朝鮮，冀一訪之，時率率戎事間，未遑及。次歲，倭奴既平，徐及之，朝鮮以敗亡餘，荆棘盈野，國人難其，至以爲恨。會稽吳君訪余於白岳之陽，出其所選朝鮮詩，余讀之忘倦焉。昔余濟鴨綠而望義城，歎曰：“此箕子之封疆乎！”濟薩水而過樂浪之墟，歎曰：“此箕子之故都乎！”比至白岳，見其君臣揖遜之雅，歎曰：“此箕子之後王乎！”又今於吳君而得箕子之遺響焉，抱恨於昔，快志於今者哉！

　　朝鮮以禮義稱尚矣，然其歌辭，太史不載，傳紀不採，野史不及，箕子遺響不聞於華夏幾千載。夫不聞於華夏，其稱不絕也幾希。今吳君披荆棘，發煨燼，剪其朽，拔其粹，類而書之，將佈天下，使天下薦紳先生、文學士見之，謂海天扶桑外、以聖人之教繼《麥秀歌》而作者，若是其盛，箕壤山川，其起色矣！蟬抱枝鳴於幽林中，其響流於曠野之外，又曰“鶴鳴九皋，聲聞於天”，鴨綠、浿江，一泓之流，其或間之耶。況朝鮮，漢唐皆郡縣而臣妾之，乃不一見於傳紀，何哉？故周有砥厄，宋有結禄，梁有懸黎，楚有和璞，此四寶者，工所失也，而爲天下名器。是選也，爲良工失久矣！今以吳君而爲天下名器，物之遇，因以時哉！吳君喜曰：“嘻！先生我同志也，爲我校之。”時薊門賈司馬、新安汪伯英咸客朝鮮，相與校政，余復序其首而屬剞劂氏。時萬曆庚子仲春下浣東萊韓初命撰。朝鮮梁慶遇書。

## 朝鮮詩選序

　　丁酉之歲，徐司馬公以贊畫出軍東援朝鮮，濟以客從。次歲戊戌季春，涉鴨綠，軍於義州。孟夏，司馬公獵於城南二十里，濟並轡而馳，及坎，馬敗，遂辭歸，值雨，休於村舍。有朝鮮李文學者，能詩，解華語，坐語久之，因賦詩相贈。次日，期訪我於龍灣之館，且治漿待之，果如約，遂與醉於杏花之下，復賦詩相贈。於是文學輩稍稍引見，日益盛。其人率謙退揖讓，其文章皆雅淡可觀。濟因訪東海名士崔致遠諸君集，皆辭無有，小國喪亂，君臣越在草莽間幾七載，首領且不保，況於此乎？然有能憶者，輒書以進，漸至一二百篇。及抵王京，聞多文學士，乃數四請司馬公：“願暫館於外，得與交，尋更入蓮花幕也。”許之，濟乃出館於許氏。許氏伯仲三人：曰篈、曰筬、曰筠，以文鳴東海間。篈、筠皆舉狀元。筠更敏甚，一覽不忘，能誦東詩數百篇。於是濟所積日富，復得其妹氏詩二百篇。而尹判書根壽及諸文學亦多搜殘編，遂盈篋。頃之，司馬公以外艱歸豫章，濟亦西還長安。長安縉紳先生聞之，皆願見東海詩人咏，及許妹氏《游仙》諸篇，見者皆喜曰：“善哉！吳伯子自東方還，橐中裝與衆異，乃累累琳琅乎！”居無何，濟復征朝鮮，館於李氏。李氏，朝鮮議政德馨也，雅善詩文。濟益請搜諸名人集，前後所得自新羅及今朝鮮共百餘家，披覽之，凡兩月不越戶限，得佳篇若干篇，類而書之。然未聞其世家年譜，稍有未次，而所得率爐餘，其全帙不二三家，或不能無遺珠之歎。重之言曰：盛哉！箕子之化也。昔者檀君氏降生，始治朝鮮，以君九夷，自堯訖有商，千餘年曠不相聞。箕子以商太師即周之封，首用風教，以化其俗，夜不扃戶，道不拾遺。及赫居世氏繼作，有聖德，赫居世，卵生，有聖德，衆人立爲西干。西干，方言，王也。都辰韓，今慶州也。克修箕子之教，垂之千百載不衰。我中國雖婦人女子、三尺之童莫不聞朝鮮禮義文學之盛。嗟乎！朝鮮有箕子，猶中國有堯舜也。中國言盛治者，莫外乎堯舜；朝鮮言盛治者，莫外乎箕子。今觀其聲，和平不迫，雅淡不華，無放誕詭異之詞，無靡靡妖艷之曲，而雄健暢博之象[一]宛然其中。美哉！洋洋乎，譬如江水之流，悠悠揚揚，未見其奇，然而雲霞掩映，烟霧明滅，鳧鷖與飛，魚龍出沒，風濤衝激，天漢上下，而奇不可勝用矣。子野氏援琴而鼓，雍雍乎，愉愉乎，得之心而應之手，得之手而發之聲，玄鶴翔集，游鱗躍波，此其比也。昔者延陵季子氏聘於魯，聞列國之音而知其政。濟觀東國之聲而挹箕子之遺風焉，嚌嚌喈喈，盛矣哉！箕子其大聖人乎後之覽者，必於是編而益贊其盛。明萬曆二十七年己亥夏四月壬午之望，玄圃山人吳明濟書於朝鮮王京李氏議政堂。

【校考】

〔一〕此至文末“京李氏議政堂”間，祁慶富《朝鮮詩選校注》影印本缺，據《校注》錄文。句讀略有改動。

# 朝鮮詩選全集

昌江藍芳威萬里　　　選

匯東祝世禄無功　　　閲

莆口吴知過更伯

東萊韓初命　　　同校

## 五言古詩　　　四言附

【校考】

北大本作五言詩。

### 麥秀歌　　　箕子

昔殷紂殘虐無度，醢九侯，脯鄂侯，剖比干，囚箕子，天下叛之，於是武王伐紂，有天下，箕子避居朝鮮，武王即其地封焉。後箕子朝周，過殷墟，作《麥秀歌》以傷之。

麥秀漸漸[一]兮，禾黍油油。彼狡童兮，不我好仇。

【校考】

北大本五古第一首，詩前小序，作詩後注。

此詩作者一作箕子，出《史記·宋微子世家》；一作微子，出伏勝《尚書大傳》。《史記》箕子《麥秀之詩》爲：麥秀漸漸兮，禾黍油油。彼狡僮兮，不與我好兮。《尚書大傳》卷二《殷傳》微子《麥秀之歌》爲：麥秀漸漸兮，禾黍油油。彼狡童兮，不我好仇。漸漸，一作薪薪。此處作者作箕子，同《史記》，而辭同《尚書大傳》。朝鮮《大東詩選》卷一"古歌謡"亦作箕子《麥秀歌》。

〔一〕漸漸：大東作薪薪。

異字二。

## 至德歌　　［箕子］

箕子既就封朝鮮，教民以禮義，厥陋用化，百姓懷之，以大同江比黃河，歌頌其德〔一〕。

河水瀓瀓兮，曷維其極兮。日月休光兮，維后之懿德兮。

### 【校考】

北大本五古第二首，序作詩後注。

此詩《青丘風雅》作《至德歌》；《大東詩選》"古歌謠"作朝鮮民《河水歌》。

〔一〕以大同江二句，北大本作：以大同江比黃河而歌頌其德。大同江，大東作浿江。

異題。

## 涼谷歌　　　高句麗琉璃王

初琉璃王娶於漢女而美，立爲妃，其后不相能也，因東西其宮居之。他日，王出獵，后使人誹妃，妃怒率宮人潛走歸漢。王知而自追之，及於〔一〕涼谷，妃不肯還，王因作歌，妃悅乃還。

翩翩〔二〕黃鳥，雌雄相依。念我之獨，誰與其〔三〕歸。

### 【校考】

北大本五古第三首，作者作高句麗瑠璃王，序作詩後注。

此詩《大東詩選》"古歌謠"作高句麗琉璃王《黃鳥歌》。序曰：琉璃王三年秋七月，作離宮於鶻川，冬十月，王妃松氏薨，王更娶二女以繼室，一曰禾姬，鶻川人之女；一曰雉姬，漢人之女也。二女爭寵不相和，王於京谷造東西二宮各置之。後王佃箕山，七日不返，二女爭鬥，禾姬罵雉姬曰："汝漢家婢妾，何無禮之甚乎！"雉姬慚恨亡歸。王聞之，策馬追之，雉姬怒不還，王嘗息樹下，見黃鳥飛集，乃感而歌云云。

〔一〕北大本無於字。〔二〕翩翩：北大本作翻翻。〔三〕與其：大東作其與。

異題，異字序。

## 贈隋右翊衛大將軍于仲文　　　高麗乙支文德

高句麗屢侵新羅〔一〕，新羅告急於隋，隋煬帝自將一百三十萬八千餘人伐之。既克遼城，遣大將軍〔二〕于仲文等將〔三〕三十萬人分九道進攻平壤，高句麗遣乙支文德詐降〔四〕觀虛實。文德入軍，知隋師飢，復引兵接戰，佯敗，仲文追不止，文德遺詩仲文〔五〕，仲文不悟。次日，濟博川江，將進攻平壤，軍半濟〔六〕，文德乃出銳師萬人，從間道自後擊之，隋師大敗，得還者三千八百〔七〕餘人。

神策究天文，妙算窮地理。戰勝功既高，知足願云止〔八〕。

## 【校考】

北大本五古第四首，作者作高句麗乙支文德，序作詩後注。

此詩見《隋書・于仲文列傳》《東文選》卷一九。《隋書》載：遼東之役，仲文率軍指樂浪道，軍次烏骨城，仲文簡羸馬驢數千置於軍後，既而率衆東過，高（句）麗出兵掩襲輜重，仲文回擊，大破之。至鴨綠水，高（句）麗將乙支文德詐降，來入其營。仲文先奉密旨，若遇高元及文德者，必擒之。至是，文德來，仲文將執之。時尚書右丞劉士龍爲慰撫使，固止之。仲文遂捨文德。尋悔，遣人紿文德曰：“更有言議，可復來也。”文德不從，遂濟。仲文選騎渡水追之，每戰破賊。文德遺仲文詩云云。仲文答書諭之，文德燒柵而遁。時宇文述以糧盡欲還，仲文議以精銳追文德，可以有功。述固止之，仲文怒曰：“將軍仗十萬之衆，不能破小賊，何顏以見帝！且仲文此行也，固無功矣。”述因屬聲曰：“何以知無功？”仲文曰：“昔周亞夫之爲將也，見天子軍容不變，此決在一人，所以功成名遂。今者人各其心，何以赴敵！”初，帝以仲文有計畫，令諸軍諮稟節度，故有此言。由是述等不得巳而從之，遂行。東至薩水，宇文述以兵餒退歸，師遂敗績。《東文選》，無小序，詩入五絕卷。

〔一〕北大本無新羅二字。〔二〕北大本無軍字。〔三〕北大本無將字。〔四〕北大本多以字。〔五〕北大本無仲文二字。〔六〕北大本作渡。〔七〕北大本無八百二字。〔八〕北大本有“可道德興、餘人永也”八字。不詳何意。

異體。

## 太平詩　　新羅女主勝曼

唐貞觀五年，新羅真定王卒，無子，立其女德曼爲王〔一〕。德曼卒，立妹氏勝曼爲王〔二〕。勝曼〔三〕有大略，能詩〔四〕，朝貢甚謹。新羅與百濟、高句麗相鄰，屢被侵伐，喪數十城。勝曼請師於唐，唐遣將助之〔五〕，大捷。勝曼乃作〔六〕詩，躬〔七〕織錦文以獻。

大唐開洪業，巍巍皇[八]猷昌。止戈戎衣定，修文繼百王。統天崇雨施，理物禮含章。深仁諧日月，撫運邁時康[九]。幡旗[一〇]何奕奕[一一]，鉦鼓何鍠鍠。外夷違命者，翦伐[一二]被天殃。淳風凝幽顯[一三]，遐邇[一四]兢[一四]呈祥。四時和[一五]玉燭，七曜巡萬邦[一六]。維岳降宰輔，維帝任忠良。五三成一德，昭我唐家光[一七]。

## 【校考】

北大本五古第五首，序作詩後注。

此詩見《舊唐書・東夷・新羅列傳》、《東文選》卷四、《大東詩選》卷一。《舊唐書》載：永徽元年，真德大破百濟之衆，遣其弟法敏以聞，真德乃織錦作五言《太平頌》以獻之。其詞云云，帝嘉之。《東文選》卷四作無名氏《織錦獻唐高宗》，無詩序。《大東詩選》序曰：唐高宗永徽元年，百濟寇新羅，真德女王使將軍金庾信邀擊，大破之。遣金法敏如唐告破百濟。主自製《太平頌》，織錦爲紋以獻。題作《大唐太平頌》。

〔一〕北大本作主。〔二〕北大本作主。〔三〕北大本無勝曼二字。〔四〕北大本多詞字。〔五〕此句，北大文作：唐乃遣將以助之。〔六〕北大本多此字。〔七〕北大本作工。〔八〕北大本作王。〔九〕時康：唐書作陶唐。〔一〇〕幡旗：北大本作旗幡。〔一一〕何奕奕：唐書作既赫赫，選作何赫赫。〔一二〕唐書作覆。〔一三〕此句，選作：和風凝宇宙。〔一四〕唐書、選作兢。〔一五〕選作調。〔一六〕唐書作方。〔一七〕選作皇。

題小異，異字八／七／〇。

## 書懷　　崔致遠[崔慶昌]

萬事相糾紛，憂樂亦多端。居富苦未足，處[一]貧孰能安。達人乃遺榮，超然獨冥觀。誰言[二]恥折腰，林壑宜早[三]還。力耕亦有稼，庶免飢與寒[四]。平陸起風波，坦途[五]生險難。謝絕世上交，物累寧我干。田父時時至，農談共開顏。去計[六]山日夕，寂寞掩柴關。知音苟不存，已矣何足歎。

## 【校考】

北大本五古第六首。

此爲崔慶昌《次陶穫稻韻，廣其意》詩，見《孤竹遺稿》。

〔一〕北大本作居。〔二〕誰言：稿作豈但。〔三〕林壑宜早：稿作園林早宜。〔四〕此句，稿作而不免飢寒。〔五〕稿作道。〔六〕去計：稿作既去。

異題，誤題作者，異字序，異字七。

## 江南曲　　〔崔致遠〕

江南春風動〔一〕，有〔二〕女嬌且憐。妖冶〔三〕恥針綫，妝罷〔四〕調管絃。〔五〕自謂芳菲〔六〕色，長對〔七〕艷陽年。却笑鄰家〔八〕女，終日〔九〕弄機杼。機杼縱勞身，羅衣不到汝。

【校考】

北大本五古第七首。吳選五古第一首。

此詩見崔致遠《孤雲先生文集》卷一、《東文選》卷四，題作《江南女》。

〔一〕此句，集、選作江南蕩風俗。〔二〕集、選作養。〔三〕妖冶：集作性冶，選作冶性。〔四〕集、選作成。〔五〕集、選多二句：所學非雅音，多被春心牽。〔六〕集、選作華。〔七〕集、選作占。〔八〕集、選作舍。〔九〕集、選作朝。

題小異，少二句，異字九。

## 快意行　　無名氏〔金時習〕

我有并州刀，剪取滄溟水。手探驪龍窟，爭珠風浪裏。巨浸凌太空，雷電一時〔一〕起。捋〔二〕鬚摑其頷，健奪然後喜。

【校考】

北大本五古第八首。

此爲金時習詩，見《梅月堂詩集》卷一四，爲其《快意行》四首之三。又見《續東文選》卷三。金時習，字悦卿，法名雪岑。

〔一〕雷電一時：集、續選作電霆騰閃。〔二〕續選、北大本作將。

失作者名，異字三/四。

## 野興　　金克己

獨行四五里，漸下蒼山根。鳥鳶忽飛起，始見桑柘村。

【校考】

北大本五古第九首，未題作者。

此詩見《東文選》卷四，題作《宿香村》，是首長詩。詩曰：雲行四五里，漸下蒼山根。烏鳶忽驚起，始見桑柘村。村婦理蓬鬢，出開林下門。青苔滿古巷，綠稻侵頹垣。茅簷坐未久，落日低瓊盆。伐薪忽照夜，魚蟹腥盤餐。耕夫各入室，四壁農談喧。詩磑作魚貫，咿喔紛鳥言。我時耿不寐，欹枕臨西軒。露冷螢火濕，寒蛩噪空園。悲吟臥待曙，碧海含朝暾。

異題，少一八句，異字二。

### 又　　［金克己］

幽深〔一〕荒草徑，下馬繫枯柳。何處白頭翁，並肩來貿貿。山盤獻枯魚，野榼供新〔二〕酒。笑歌〔三〕墟落間，荒狂便濡首。雖慚禮數薄，尚倚恩情厚。倒載赴前村〔四〕，兒〔五〕童齊拍手。

**【校考】**

北大本五古第一〇首，未題作者。

此詩見《東文選》卷四，題作《憩炭軒村，二老翁携酒見尋》。

〔一〕選作尋。〔二〕選作濁。〔三〕選作傲。〔四〕選作程。〔五〕選作村。

異題，異字四。

### 田家即事　　李資玄［崔慶昌］

九月霜風寒，田畝事收穫。丁壯〔一〕盡在野，老弱獨看屋。負禾各自行〔二〕，日入務還息。親戚相與會，話言無雜客。茲歲雖未登，亦足具饘粥。來者且勿憂，濁醪歡此夕。夜深扶醉歸〔三〕，皎皎〔四〕場月白。

**【校考】**

北大本五古第一一首。

此爲崔慶昌詩，見《孤竹遺稿》，題作《汝順兄弟觀刈禾，乘月携酒見訪》。

〔一〕丁壯：北大本作壯丁。〔二〕稿作歸。〔三〕扶醉歸：稿作方云罷。〔四〕皎皎：稿作人散。

異題，誤題作者，異字五。

### 雜詩　　崔惟清

默默復〔一〕默默，百年會有極。頭上麻〔二〕已疏，眼前〔三〕花漸〔四〕黑。

春至苦無悰，夢歸竟何益。舉頭望長安⁽⁵⁾，白日⁽⁶⁾在西北。

**【校考】**

北大本五古第一二首，題下注：二首。

此詩見《東文選》卷四，爲崔惟清《雜興》九首之五。

〔一〕選作又。〔二〕選作蓬。〔三〕選作邊。〔四〕選作正。〔五〕望長安：選作看白日。〔六〕白日：選作長安。

題小異，異字序，異字四。

### 又　　　〔崔惟清〕

六載游楊州，即漢陽城，五賞楊州春。楊州春似舊，老面忽已侵⁽¹⁾。壯志日消歇⁽²⁾，風光逐⁽³⁾時新。惜哉街前⁽⁴⁾柳，依依猶向人⁽⁵⁾。

**【校考】**

北大本五古第一三首。

此詩見《東文選》卷四，爲崔惟清《雜興》九首之八，無詩中注。

〔一〕忽已侵：選作但日皺。〔二〕日消歇：選作雖已鑠。〔三〕光逐：選作情與。〔四〕選作頭。〔五〕此句，選作嫋嫋欲惱人。

題小異，異字一一。

### 西郊草堂　　李奎報

啼鶯滿村樹，簷燕傍人飛。童僕方巾車，促我南畝歸。林深影尚黑，草露猶未晞。田婦白葛裙，田夫綠麻衣。勉哉趁菖杏，東國以菖葉、杏花爲農候。耕穫慎勿違。

**【校考】**

北大本五古第一四首。吳選五古第二首。

此詩李奎報《東國李相國全集》卷二作《游家君別業西郊草堂》，爲其二首之二。又見《東文選》卷四。詩曰：日高醉未起，簷燕欺人飛。童僕方巾車，苦促南畝歸。起坐罷梳沐，長嘯出松扉。林深日未炤，草露猶未晞。徐行望清川（選作岬），決渠雨霏（選作霏）霏。田婦白葛裙，田夫綠麻衣。相携唱田隴（選作壟），荷鋤如雲圍。勉哉趁菖杏，耕穫且莫違。無詩中注。

題有省，少六句，異字一二。

## 古風　　[李齊賢]

山中有故人，貽我尺素書。學仙若有契，此世真蘧廬。軒裳非所慕，木石難與居。不如飲美〔一〕酒，生死任所〔二〕如。

### 【校考】

北大本五古第一五首。吳選五古第三首。

此爲李齊賢詩，見《益齋亂稿》卷三，爲其《古風》七首之六。又見《東文選》卷四，爲其《古風》四首之三。

〔一〕稿、選作我。〔二〕稿、選作自。

誤書作者，異字二。

## 咏史　　[李齊賢]

彊〔一〕秦若翼虎，趙氏〔二〕真首鼠。特會非同盟，安危在此舉。相如〔三〕膽如斗，仗劍立左右。叱咤生風雷，萬乘自擊缶。桓桓百萬兵，一言有重輕。廉頗伏高義，犬子慕其〔四〕名。駕言池上游，去我今幾〔五〕秋。餘威起毛髮，樹〔六〕木寒颼颼。

### 【校考】

北大本五古第一六首。吳選五古第四首。

此爲李齊賢詩，見《益齋亂稿》卷一，題作《澠池》。又見《東文選》卷四。

〔一〕北大本作疆，誤。稿、選作强。〔二〕趙氏：稿、選作懦趙。〔三〕相如：稿、選作藺卿。〔四〕稿、選作遺。〔五〕北大本作機，誤。〔六〕樹：稿、選作萬。

異題，誤書作者，異字六。

## 感遇　　李齊賢[鄭道傳]

膏車邁行役，登彼太行山。黃流奔其下，顧瞻王〔一〕亳間。茫茫〔二〕皆異國，雙墳對巍然。借〔三〕問何代人，龍逢與比干。不忍宗國墜，忠義裂心肝。手排閶闔門，抗辭犯主顔。自古有一死，偷生非所安。寥寥千載下，英烈橫秋天。

## 【校考】

北大本五古第一七首。

此爲鄭道傳詩，見《三峰集》卷一，題作《感興》，題下有權近批注：乙卯夏，公以成均司藝作是詩，遂論時政得失，宰相惡之，貶全羅道會津縣。

〔一〕集作三。〔二〕茫茫：北大本作泛泛。〔三〕集作且。

誤題作者，題小異，異字二。

### 遠游歌　　〔鄭道傳〕

置酒賓滿堂，起舞歌遠游。遠游亦何方，九州復九州。朝枻洞庭波，暮泊易水流。翼翼唐虞都，崇崇殷夏〔一〕丘。峨峨靈臺高，靄靄祥雲浮。四顧騁遐矚，邈矣不可求。

### 又　　〔鄭道傳〕

繼世何莫述，王風日以偷。祖龍呀其口，一舉吞諸侯。阿房與天齊，兀在蜀山頭。禍隱魚狐間，一朝起項劉。孰非出民力，得失如薰蕕。徘徊感今昔，雙涕徒自流。高〔二〕麗恭愍王務崇宮室高影殿，不惜民力，故作此以諷諫也。

## 【校考】

北大本五古第一八、一九首。

二詩爲鄭道傳作，見《三峰集》卷一，集作一首。題下注曰：時恭愍王爲魯國公主起影殿，土木大興，公托周、秦得失諷之。全詩爲：置酒賓滿堂，起舞歌遠游。遠游亦何方，九州復九州。朝枻洞庭波，暮泊易水流。四顧騁遐矚，想像雍熙秋。翼翼唐虞都，崇崇夏殷丘。歲月曾幾何，邈矣不可求。登車復行邁，翩翩逝宗周。峨峨靈臺高，靄靄祥雲浮。鳳凰鳴高岡，關雎在河洲。綿綿千載後，綽有無疆休。繼世何莫述，王風日以渝。祖隆呀其口，一舉吞諸侯。阿房與天齊，兀盡蜀山頭。禍在魚狐間，一朝輸項劉。孰非出民力，得失如薰蕕。按：後人評曰：此言靈臺、阿房俱用民力，而興亡相懸。徘徊感今昔，日晏旋我輈。滿堂賓未散，舉酒相獻酬。高歌未終曲，雙涕爲君流。按：後人評曰：終至於流涕而道之，諷之深切。此詩又見《東文選》卷五，無注，餘同《三峰集》。

〔一〕北大本作憂。〔二〕北大本多句字。

誤書作者，一詩成兩詩，少十二句，異句序，異字序，異字六。

## 雜詩　　李穀

山居畏虎豹，水行畏蛟蜃。人生少安處，肘下生白刃。

### 【校考】

北大本五古第二○首。吳選五古第五首。

此詩見李穀《稼亭先生文集》卷一四，爲其《天曆己巳六月，舟發禮成江，南往韓山，江口阻風》五首之三。詩曰：山居畏虎豹，水行厭蛟蜃。人生少安處，肘下生白刃。不如從險易，天命且自信。速行固所願，遲留亦何客。日月江河流，百年真一瞬。作詩相棹歌，明當風自順。

異題，少八句，異字一。

## 妾命薄　　〔李穀〕

生不識人面，長大在深屋。結髮忻有歸，詎識珉欺玉。憎愛古難常，朝歡暮成哭。悒悒歌圓扇，明月縣〔一〕金屋。金屋夜難曉〔二〕，寒蟲鳴露草。世無相如才，誰能復舊好。

### 【校考】

北大本五古第二一首。

此爲李穀《妾薄命用太白韻》二首之二，見《稼亭先生文集》卷一四、《東文選》卷四。詩曰：生不識人面，長年在深屋。一爲色所誤，反遭珉欺玉。憎愛古無常，朝恩暮乃疏。悒悒咏秋扇，望絕登君車。金床爲誰拂，繡被久已收。閨空寒月落，但見螢火流。沉憂暫成夢，依稀鬥百草。世無相如才，誰令復舊好。

〔一〕北大本作懸。〔二〕曉：北大本作照。

題有省略，少四句，異字二八。

## 結廬　　鄭浦〔鄭誧〕

結廬在澗谷〔一〕，地僻心幽〔二〕然。山光滿席上，澗水鳴窗前。高歌紫芝曲，靜撫朱絲絃。門無車馬至，此樂可忘〔三〕年。

### 【校考】

北大本五古第二二首。吳選五古第六首。

此詩見鄭誧《雪谷先生集》上。又見《東文選》卷四。

〔一〕集、選作曲。〔二〕集、選作茫。〔三〕集、選作終。

作者名有誤字，異字三。

### 蠶婦 ［李穡］

蠶生桑葉長，蠶大桑葉稀。流汗走朝夕，非緣身上衣。

**【校考】**

北大本五古第二三首。吳選五古第七首。

此爲李穡詩，見《牧隱詩稿》卷二二。詩曰：城中蠶婦多，桑葉何其肥。雖云桑葉少，不見蠶苦飢。蠶生桑葉足，蠶大桑葉稀。流汗走朝夕，非緣身上衣。

誤書作者，少四句，異字一。

### 污吏 鄭樞

城頭烏亂啼〔一〕，城下污吏集。府牒昨〔二〕夜下，豈辭行露濕。窮民相聚〔三〕哭，子夜誅求急。舊時千丁縣，今朝十室邑。君門〔四〕虎豹守，此言何〔五〕自入。白駒在空谷，何以得維縶。

**【校考】**

北大本五古第二四首。吳選五古第八首。

此詩見《圓齊先生文稿》卷上、《東文選》卷五，題作《污吏，同朴獻納用陳簡齋集中韻畣禄》。

〔一〕選作中。〔二〕稿、選作幕。〔三〕選作歌。〔四〕稿、選作閽。〔五〕稿、選作無。

題有省略，異字三/五。

### 感遇 鄭夢周［崔慶昌］

北風何慘裂〔一〕，吹折松與柏。溟海亦震蕩，魚龍失其宅。天地將窮閉，聖賢徒〔二〕歎息。黃〔三〕虞邈難逮，行矣〔四〕西山客。

**【校考】**

北大本五古第二五首。

此爲崔慶昌詩，見《孤竹遺稿》，爲其《感遇十首寄鄭季涵》之二。

〔一〕稿作烈。〔二〕聖賢徒：稿作賢聖倍。〔三〕北大本作唐。〔四〕

行矣：稿作吾從。

題有省略，誤題作者，異字序，異字四。

## 又　〔崔慶昌〕

西山何所有，深谷多芳薇。采采者誰子，叔齊與伯夷。食粟良可恥，采薇非爲飢。姬氏除暴亂，八百會不期。天下皆稱聖，斯人獨是非。高節凜千祀，綱常以扶持。

**【校考】**

北大本五古第二六首。

此爲崔慶昌詩，見《孤竹遺稿》，爲其《感遇十首寄鄭季涵》之三。

題有省略，誤書作者。

## 又　〔崔慶昌〕

淳風去已遠，世道日幽昧。征伐降殷周，祥麟竟遇害。鳳凰化雞鶩[一]，蘭蕙爲蕭艾。嗟哉孔與孟[二]，大[三]意屢顛沛。時運既如此，生民復[四]何賴。[五]人心如雲雨，翻覆忽[六]須臾。素絲變其[七]色，安能復其初。啞啞群飛烏，集我田中廬。雌雄竟莫辨，泣涕空歆歔。高麗辛禑王淫而不德，侍中李□□□□□[八]，夢周一國之重臣，憂權之下移，悲而歌之。其志遠矣。[九]

**【校考】**

北大本五古第二七首。

此詩合崔慶昌《感遇十首寄鄭季涵》之四、之五兩首爲一首，見《孤竹遺稿》。

〔一〕稿作鶩，北大本作鷔。〔二〕此句，稿作遂令孔孟徒。〔三〕稿作失。〔四〕稿作將。〔五〕稿此下爲《感遇》之五。北大本此處有分割線。《列朝詩集》亦分篇。〔六〕稿作在。〔七〕變其：稿作染黑。〔八〕此處五字被割，據《列朝詩集》，當作成桂有異志。〔九〕稿、北大本無詩後注。若《列朝詩集》此詩確從吳明濟《朝鮮詩選》收入，則其參考的吳選當有此數首，且也誤崔慶昌詩爲鄭夢周詩。

題有省略，誤題作者，兩首合一首，增注，異字九。

## 古意　李崇仁〔崔慶昌〕

山翁得乳虎，養之置中園。馴擾日已長，押[一]近如家豚。婦[二]言虎性惡，翁怒愛愈敦。畢竟噬翁死，寧復顧前恩。人皆笑翁癡〔三〕，我獨爲翁冤。〔四〕莫涉銀漢水，莫登青雲途。無波能覆舟，平地亦摧車。曾參終殺人，薏苡爲明珠。但識〔五〕讒者巧，孰云聽者愚。浮生似幻化，是非兩空無。何如東門侯〔六〕，種瓜手自鋤。崔瑩相辛禑王，引□□□〔七〕爲大將軍，後□□□□〔八〕辛禑而殺崔瑩，更立恭讓王瑤，□□〔九〕、沈德符相之，德符忤□□〔一○〕，流之遠島，以鄭夢周代之。崇仁，夢周弟子也，深憂而作此詩。

## 【校考】

北大本五古第二八首。

此詩合崔慶昌《養虎詞》與《感遇十首寄鄭季涵》之十爲一首，見《孤竹遺稿》，無詩後注。

〔一〕稿作狎。〔二〕稿作妻。〔三〕稿作愚。〔四〕此下爲《感遇十首寄鄭季涵》之十。〔五〕但識：稿作只知。〔六〕此句，稿作：當隨東陵侯。〔七〕此處三字被遮，據《列朝詩集》，作李成桂。〔八〕此處四字被遮，據《列朝詩集》，作成桂竟放。〔九〕此處二字被遮，據《列朝詩集》，作成桂。〔一○〕此處二字被割，據《列朝詩集》，作成桂。

異題，誤題作者，兩首合一首，加注，異字八。

### 咏史　　［金净］

重關凌晨開，石路高縈回。紫氣凌〔一〕光景，縹緲東南來。翩翩彼〔二〕何客，行行〔三〕騎青牛。輕烟覆其上，翠霧承其裘。惝怳欻明晦，窅眇聞笙竽。生年不知幾，顔色正〔四〕敷腴。紺童〔五〕結皓齒〔六〕，骨如松鶴癯。關尹識真人，出拜爲踟蹰。昔爲〔七〕柱下隱，今向寥天游。人命如蜉蝣〔八〕，一往不可留。二〔九〕氣化自然，而我操其軀〔一○〕。衆妙發〔一一〕玄牝，萬物毋虛無。爲尹寓微言，至道豈多〔一二〕書。逝將返希夷，永超塵世〔一三〕區。崑崙渺〔一四〕何許，欲往不可從。千秋去寥廓，白雲無遺蹤。

## 【校考】

北大本五古第二九首。吳選五古第九首。

此爲金净詩，見《冲庵先生集》卷二，題作《老子出關圖》，題下注：癸酉月課。

〔一〕集作凝。〔二〕集作有。〔三〕行行：集作去去。〔四〕集作何。〔五〕集作瞳。〔六〕結皓齒：集作映皓鬚。〔七〕集作潛。〔八〕蜉蝣：集作蚍蜉。〔九〕集作一。〔一○〕集、北大本作樞。〔一一〕集作門。

〔一二〕豈多：集作不在。〔一三〕塵世：集作昏濁。〔一四〕集作在。

誤題作者，異題，異字一八。

## 又　　［金净］

王風日以降，瞻烏於誰屋。秦售十二城，趙誇如此璧〔一〕。素昔相如子〔二〕，風雲氣絶倫。忽承趙王命，携〔三〕璧西入秦。强秦尚詐術〔四〕，弄璧〔五〕城不入。公子怒見欺，裂眥〔六〕睨柱立。全璧歸趙廷〔七〕，位列〔八〕廉頗左〔九〕。計謀日云拙，幾作〔一〇〕澠池虜。壯士豈若此，公子非真勇。暴虎復〔一一〕憑河，事有輕且重。兩國争嚙噬〔一二〕，璧乃秦兵餌。天地相顛倒〔一三〕，血成滄海水。强弱自有分，竟入〔一四〕秦王府。邯鄲白骨寒〔一五〕，鬼哭千萬古。

### 【校考】

北大本五古第三〇首。吳選五古第一〇首。

此爲金净詩，見《冲庵先生集》卷二，題作《藺相如完璧歸趙》。

〔一〕集作玉。〔二〕此句，集作當時藺相如。〔三〕集作捉。〔四〕尚詐術：集作啗術詐。〔五〕弄璧：集作畢竟。〔六〕裂眥：集作仗劍。〔七〕此句，集作：完歸自伐功。〔八〕集作在。〔九〕集作右。〔一〇〕集作被。〔一一〕集作又。〔一二〕嚙噬：集作噬嚙。〔一三〕顛倒：集作潰洞。〔一四〕集作輸。〔一五〕白骨寒：集作暴白骨。

異題，誤題作者，異字序，異字二二。

## 感興　　卞季良

綺樓一何麗〔一〕，照耀浮雲邊。樓中有佳人〔二〕，容色妖且妍。一笑竟不發，芳心誰爲傳。試取鳴琴彈，哀聲〔三〕飛青天。願爲君子述，偕老終百年。

### 【校考】

北大本五古第三一首。

此詩見卞季良《春亭先生詩集》卷一，爲其《感興》七首之六。

〔一〕一何麗：集作何鮮明。〔二〕集作女。〔三〕集作響。

異字四。

## 田家　　成侃

蓐食向東陌〔一〕，暮返荒村哭。衣裂露兩肘，瓶空無儲粟。稚子牽衣

啼，安得饘與粥。里胥來促租〔二〕，老妻遭束縛〔三〕。逾墻陟峥嶸，十日竄
荊棘。潛身蹊澗〔四〕行，日入崖〔五〕谷黑。魑魅憑巖〔六〕嘯，凄風振林木。
凛然魂魄迷〔七〕，一步三歎〔八〕息。嗟彼〔九〕黠吏徒，誅求何日〔一〇〕速。公門
非不仁，汝輩心甚毒。

**【校考】**

北大本五古第三二首。

此詩見成侃《真逸遺稿》卷二、《東文選》卷五，題作《怨詩》。

〔一〕稿、選作吁。〔二〕促租：稿、選作索錢。〔三〕束縛：選作縛
束。〔四〕蹊澗：稿、選作草間。〔五〕入崖：稿、選作落山。〔六〕稿、
選作岸。〔七〕稿、選作褫。〔八〕稿、選作四。〔九〕稿、選作嗟。
〔一〇〕何日：稿作何太，選作一何。

異題，異字序，異字一二。

### 古曲　　〔成侃〕

龍門百年桐，幾日凌霹靂。裁爲膝上琴，宛〔一〕抱咸池曲。高歌試一
彈，中夜山鬼泣。君子亦如此，蓋棺事乃〔二〕畢〔三〕。

**【校考】**

北大本五古第三三首。吳選五古第一一首。

此詩見《真逸遺稿》卷一，題作《龍門百年桐》。

〔一〕宛：稿作惋。〔二〕北大本作方。句下注：方，亦作乃。

異題，異字一。

### 擬古　　成侃

今日良宴會，嘉賓滿高堂。綺肴溢〔一〕雕俎，美〔二〕酒盈金觴。左右燕
趙姬〔三〕，眉目婉清揚。朱絃映〔四〕皓腕，列坐彈〔五〕宮商。流年雙轉轂，
倏忽鬢已〔六〕霜。相逢且爲樂，何用苦慨慷。金張竟何許〔七〕，壘壘〔八〕歸
北邙。

**【校考】**

北大本五古第三四首。

此詩爲成侃《擬古》十首之五，見《虛白堂詩集》卷一。

〔一〕集作映。〔二〕集作綠。〔三〕集作妓。〔四〕朱絃映：集作徐

徐攘。〔五〕列坐彈：集作操瑟理。〔六〕鬢已：集作兩鬢。〔七〕此句，集作金章滿朝貴。〔八〕疊疊：北大本作纍纍。集作畢竟。

異字一六。

## 陽德驛　　申叔舟

北塞歸遠途，千里度陵谷。日暮投陽德，館宇半茅屋。輕風吹枯枝，短垣依斷麓。雨歇行〔一〕雲低，山深聽鳴鹿。坐久正蕭然，清溪走寒玉。遠客自無寐，呼童剪殘燭。

**【校考】**

北大本五古第三五首，題作《德陽驛》。

此詩不見於申叔舟《保閑齋集》。申叔舟（一四一七－一四七五）三十歲時曾自編《希賢堂詩》，請中國使臣黃瓚等作序，今未見此集。申叔舟逝後，其孫從濩爲之編集，成化丁未（一四八七）由成祖親命史館用活字印布，徐居正、金宗直等爲之序。但其集未能搜羅完備，後從倪謙《遼海編》中輯錄作品。《保閑齋集》卷一二《遼海編》末云：近有人購書燕肆，得一書名《遼海編》，乃倪學士謙在本國時與文忠公酬唱之什也，雖間有他什，而公之作十九。……今觀編中詩文皆本集所無，而唯《和雪齋登樓賦》錄焉，於本集刪去之，以其重復也。《保閑齋集》卷五五言古詩中有《陽德途中偶吟》，然與此《陽德驛》內容不同。申叔舟因參修《高麗史》、著《海東諸國紀》以及詩文入倪謙《遼海編》等而頗爲中土文人所知，不過《列朝詩集》錄申叔舟二詩皆同藍選。《明詩綜》錄兩首，一即此首，一曰《次韻登漢江樓》，《保閑齋集》雖有數首次韻游漢江詩，但都不同於《明詩綜》所選，或者《明詩綜》所選詩亦錄自中國典籍嗎？

〔一〕北大本作幕。

此首出處待考。

## 有懷　　鄭希良

我愛權氏子，相從自結髮。伯也負意〔一〕氣，仲也挾奇骨。吾常〔二〕倚其間，屹立而〔三〕鼎足。宿昔互〔四〕爭霸，詩酒作勍〔五〕敵。決志〔六〕恐難全，歃刃各堅壁〔七〕。今也〔八〕吳蜀〔九〕魏，長江限南北。形影〔一〇〕已寂寥〔一一〕，魂夢〔一二〕亦緬邈。思之不可見，獨立〔一三〕歌伐木。

【校考】

北大本五古第三六首。吴選五古第一二首。

此詩見鄭希良《虛庵先生遺集》卷一，爲其《有懷》十三首之七。

〔一〕集作異。〔二〕集作嘗。〔三〕集作分。〔四〕宿昔互：集作憶昔同。〔五〕集作勁，吴選作鯨。〔六〕集作鬥。〔七〕北大、吴選作壁。〔八〕今也：集作如今。〔九〕吴蜀：北大本作蜀吴。〔一〇〕形影：集作影響。〔一一〕集作寞。〔一二〕魂夢：集作夢魂。〔一三〕集作坐。

異字序，異字一一（吴選異字一二）。

## 送友人　　［李崇仁］

玉衡指南陸，熏風忽西吹〔一〕。徘徊〔二〕登高原，悠悠勞我思。浮雲日夕征，游子將何之〔三〕。丈夫多意氣〔四〕，不作兒女悲。人生非參商，會合諒有時〔五〕。但願崇令德，功名及芳菲〔六〕。

【校考】

北大本五古第三七首。吴選五古第一三首。

此爲李崇仁詩，見《陶隱先生詩集》卷一、《東文選》卷五，別集題作《送傻符寶還朝斯字公文》，《東文選》題作《送傻符寶斯守公文》。《東文選》題下注"守"爲"字"形近而誤。傻斯，字公文，中國人，元末避地高麗，明初歸，後洪武帝派其出使高麗。

〔一〕此句，集作薰風吹我衣。〔二〕吴選作回。〔三〕此句，集作問君將安歸。〔四〕多意氣：集作意有在。〔五〕有時：集作無疑。〔六〕及芳菲：集作惜芳時。

異題，誤書作者，異字一二（吴選異字一三）。

## 感懷寄澐之　　［金净］

迢迢山上雲，瑩瑩澗〔一〕底水。年華〔二〕與人事，遷逝當何已。思與君會合，〔三〕星散不可止。君辭雲山游〔四〕，我〔五〕隱薜蘿裏。〔六〕別時〔七〕秋尚素，倏忽向窮冬〔八〕。昔作興苗雨〔九〕，今爲離土蓬。歲晏高風起〔一〇〕，山色〔一一〕日崢嶸。良時難再得，君乎念友生。

【校考】

北大本五古第三八首。吴選五古第一四首。

此爲金净詩。見《冲庵先生集》卷二，題作《感懷一首，寄澐之、瑞老》。

〔一〕集作巖。句下自注：雲、水，皆逝物也。抑山上之雲，逸想迢然，然出岫豈無還山之期？巖底之水，澄瑩自保，然流去終有出山之用。〔二〕年華：集、吳選作百年。〔三〕集多二句：昨暫詎能恃。游尋未云遍。〔四〕集作去。〔五〕集作余。〔六〕集多二句：豈無幽棲適，心賞莫與同。〔七〕別時：集作昔辭。〔八〕此句，集作今離冬向窮。〔九〕此句，集作昔如雨時雲，吳選作昔作雲時雨。〔一〇〕集作振。〔一一〕集作澤。

題有省略，誤書作者，少四句，異字序，異字一二（吳選異字九）。

### 挽歌　　〔金净〕

浮生一虛夢，舉世皆未覺。靡靡空中絮，東西互飄〔一〕泊。譬如歸山雲，徐疾紛相錯。日暮澹無蹤〔三〕，鳥没天寥廓。〔四〕乃知昧者悲，至人脫羈縛。深松間〔五〕茂柏，地下正相〔六〕樂。捐棄〔七〕勿復道，天地會銷鑠。

### 【校考】

北大本五古第三九首。吳選五古第一五首。

此爲金净詩，見《冲庵先生集》卷一。

〔一〕互飄：集作風所。〔二〕集多二句：有此即有彼，天心非厚薄。〔三〕此句，集作薄暮無蹤跡。〔四〕集多二句：鳥没天寥廓，共盡將焉托。〔五〕集作與。〔六〕正相：集作歸應。〔七〕捐棄：集作棄捐。

誤書作者，少四句，異字序，異字七。

### 游鄭氏池亭　　金净〔金宗直〕

主人發天秘，籬落成滄浪。孤亭如鳧鷖，載我浮中央。清飆扇〔一〕巾幘，山翠滴〔二〕壺觴。游魚聚簦影〔三〕，〔四〕飛絮冒海棠〔五〕。〔六〕聊將倦游客〔七〕，一笑酬年光。森森萬竿〔八〕竹，颯沓驅商羊。鏡面亂浮沫〔九〕，藻荇相扶將。須臾動漣漪〔一〇〕，草木耿斜陽。〔一一〕

### 【校考】

北大本五古第四〇首。吳選五古第一六首。

此爲金宗直詩，見《佔畢齋集》卷五，題作《游鄭通贊池亭，是日急雨》。

〔一〕集作動。〔二〕集作溜。〔三〕聚簷影：集作簷影下。〔四〕集多三句：撥刺聞餌香。白鵝刷其羽，曲渚號且翔。〔五〕此句集爲二句：飛絮罷嫩柳，紫綿搖海棠。〔六〕集多四句：東阡與西蕩，橫縮供周章。爭教車馬途，辨此水雲鄉。〔七〕集作憬。〔八〕集作銀。〔九〕亂浮沫：集作生亂渦。〔一〇〕動漣漪：集作付一快。〔一一〕集尚有四句：餘風舞漣漪，送我吟聲颺。美君熟幽興，萬事不悲涼。

題有省略，誤題作者，少十二句，字句重組，異字九。

### 禱龍潭　　〔金宗直〕

猿呼鶴〔一〕復噪，四山忽已暮。回汀搴杜若，葉葉沾涼露。聊就菰蒲〔二〕眠〔三〕，秋聲在高樹。

**【校考】**

北大本五古第四一首。吳選五古第一七首。

此爲金宗直詩，見《佔畢齋集》卷七，題作《七月二十八日，禱雨龍游潭》五首之四。

〔一〕集作鳥。〔二〕菰蒲：集作蒲薦。〔三〕眠：集、吳選作眠。

題有省略，誤書作者，異字三（吳選異字二）。

### 夢長源　　李墍

悠悠一遠別，終歲無消息。今夜入我夢，情親慰斯憶。關塞道路長，怪君主〔一〕羽翼。告歸何匆匆，欲挽安可得。微風動簾櫳，謦欬猶在側。願言頻會面，無使我心惻〔二〕。

**【校考】**

北大本五古第四二首，作者李慰孽。吳選五古第一八首。

此詩可見杜甫《夢李白》詩影響，出處待考。

〔一〕北大本作生。〔二〕北大本作側。

### 晨霜　　崔慶昌

高山〔一〕變夕氣，疏林〔二〕振涼飆。晨霜覆林屋，秋陽照未消。擁褐怯早寒，幽戶掩終朝。歲華忽云暮〔三〕，群芳淒以凋。嗷嗷聞歸雁〔四〕，仰觀〔五〕天宇高。山水澹無輝，原野正蕭條〔六〕。窮居感頹運，朱顏日復銷。所思不可見〔七〕，獨立〔八〕成閑〔九〕謠。

【校考】

北大本五古第四三首。

此詩見崔慶昌《孤竹遺稿》。

〔一〕高山：稿作空曠。〔二〕疏林：稿作蕭摵。〔三〕云暮：稿作焉微。〔四〕聞歸雁：稿作歸雁翔。〔五〕仰觀：稿作沈沈。〔六〕蕭條：稿作寂寥。〔七〕不可見：稿作終不成。〔八〕稿作此。〔九〕北大本作聞。

異字一三。

### 感遇　　尹根壽〔崔慶昌〕

疾風凋勁草，洪波折砥柱。勁草豈無節，砥柱亦云〔一〕固。風波苦飄蕩〔二〕，奄忽〔三〕變其素。古來功名士，多爲〔四〕時所誤。魯連去〔五〕已久，高風千載慕〔六〕。扼腕發浩歌，含情泣中路〔七〕。

【校考】

北大本五古第四四首。

此爲崔慶昌詩，見《孤竹遺稿》，爲其《感遇十首寄鄭季涵》之六。

〔一〕亦云：稿作豈不。〔二〕此句，稿作政爲風波蕩。〔三〕奄忽：稿作終然。〔四〕稿作被。〔五〕稿作死。〔六〕此句，稿作千載期同趣。〔七〕集無此二句。

題有省略，誤題作者，多二句，異字序，異字一一。

### 懷陽道中　　李達

十月發漢陽，今在交州道。交州雨雪多，明發恐不早。相思隔重關，一夜令人老。

【校考】

北大本五古第四五首。

此詩見李達《蓀谷詩集》卷一，題作《淮陽府，簡寄楊蓬萊》。

異題。

### 庚戌秋夕，同李順卿玩月，別後却寄　　〔鄭道傳〕

平生愛明月，明月不長圓。對月思故人，故人天一垠。今夕是何夕，月與人共適。皎皎月如霜，溫溫人似玉。月落人未眠，人歸月又生。人固有會散，月亦有虧盈。人與月相違，佳期相〔一〕參差。一月月一圓，對月長相思。

【校考】

北大本五古第四六首。

此爲鄭道傳詩，見《三峰集》卷一，題作《庚戌中秋之夕，李順卿存吾自扶餘過於三峰，與之玩月，別後却寄》。

〔一〕北大本作在。

題有省略，誤書作者。

## 秋夜　　〔鄭道傳〕

今日非昨日，明朝復何時。陰陽互運化〔一〕，四時相催〔二〕移。百年能幾何，徒令我心悲。哀哉名利人，至老猶未知。貴者多驕奢〔三〕，賤〔四〕者多詭隨。榮華逐電光，身後有餘譏。彼美君子士，中心無磷緇。高高雲月情，皎皎冰雪姿。庶將垂不朽，千載以爲期。〔五〕

【校考】

北大本五古第四七首。

此爲鄭道傳詩，見《三峰集》卷一。

〔一〕互運化：集作無停機。〔二〕集作推。〔三〕多驕奢：集作自驕固。〔四〕集作卑。〔五〕集多二句：感此發長謠，秋風颯淒其。

誤書作者，少二句，異字七。

## 夢友人　　〔鄭道傳〕

故人在萬里，夜夢或見之。草草勞苦色，瑣瑣〔一〕羈旅姿。誰〔二〕謂〔三〕別離久，宛若〔四〕平生時。湖海〔五〕足波浪，道途〔六〕多險崎。君今無羽翼，何以忽來〔七〕茲。夢覺轉〔八〕淒惻，斜月映簾帷〔九〕。

【校考】

北大本五古第四八首。

此爲鄭道傳詩，見《三峰集》卷一，題作《夢陶隱，自言常渡海，裝任爲水所濡，蓋有憔悴之色焉》。

〔一〕瑣瑣：北大本作鎖鎖。〔二〕集作雖。〔三〕北大本作爲。〔四〕集作似。〔五〕湖海：集作淮海，北大本作海闊。〔六〕北大本作逢。〔七〕集作在。〔八〕集作倍。〔九〕此句，集作不覺雙淚滋。

題有省略，誤書作者，異字一〇。

# 上元夫人　　許篈

岩嶢崑崙山〔一〕，清淺弱水流。弱水不可涉，相思三千秋。霜飛烟空闊，月照巖桂幽。乞君黃金液，遺我紫霞裘〔二〕。崑山有歸鶴，惆悵寄離愁。

**【校考】**

北大本五古第四九首。

此詩見許篈《荷谷先生詩鈔》。

〔一〕崑崙山：鈔作崑山頂，北大本作崑崙河。〔二〕此句，鈔作換我紫綺裘。

異字三。

# 感遇　　〔許篈〕〔朱誠泳〕

君好堤邊柳，妾好嶺頭松。柳絮忽飄蕩，隨風無定蹤。不如歲寒姿，青青傲窮冬。好惡苦不定，憂心徒忡忡。篈女弟適金城立，賢而不愛，此以而發乎？

**【校考】**

北大本五古第五〇首。

此詩因錢謙益《列朝詩集》而見録《荷谷集·詩集續補遺》，《列朝詩集》自《朝鮮詩選》選入，故許篈《荷谷集·詩集續補遺》不能作爲此詩之來源。此詩與明朱誠泳《古意》詩第一首有相似處，朱誠泳《小鳴稿》卷一《古意》曰：君好堤邊柳，妾好嶺上松。堤柳吐輕絮，飛去無定蹤。不如松有操，欝欝傲寒冬。

多二句，異字一二。

# 聽子野琴　　許筠〔鄭道傳〕

秋〔一〕風入高樹，幽齋聞清音〔二〕。誤疑在溪〔三〕壑，不知傍有琴。我愛康子野，與世任浮沉。美哉恬澹質，滌我塵垢心〔四〕。

**【校考】**

北大本五古第五一首，題作《聽康子野琴》。

此爲鄭道傳詩，見《三峰集》卷一，題作《聽子野琴，用浩然韻示之》。

〔一〕集作清。〔二〕此句，集作幽澗鳴深林。下有按：後人評曰：狀琴韻妙。〔三〕集作丘。〔四〕美哉二句，集作：所以淡泊聲，能慰羈旅心。

題有省略，誤題作者，異字一四。

## 送盧判官　　〔鄭道傳〕

秋山懸夕照〔一〕，客意已〔二〕悲涼。況復當此時，送君〔三〕歸故鄉。相對茅簷下，燈火吐清光〔四〕。佳人抱瑤瑟〔五〕，促柱〔六〕傾壺觴。殷勤須盡醉，明發各茫茫。

### 【校考】

北大本五古第五二首。

此爲鄭道傳詩，見《三峰集》卷一，題下注曰：判官家本尚也，佐戎南方，幕府稱良。日月徂邁，新秋啓候，歸意浩然，邀不可留，欷慨彌襟，夜飲以別。

〔一〕此句，集作秋風動高樹。〔二〕北大本缺字。〔三〕送君：集作之子。〔四〕吐清光：集作耿孤光。〔五〕此句，集作亦有佳人攜。〔六〕促柱：集作滿意。

誤題作者，異字一三。

## 平壤送南士還天朝

公子中州彥，緬邈青雲姿。詩情敵謝朓，賦筆凌左思。慷慨請長纓，萬里東海涯。壯志未劘礧，歸驂忽西馳。箕郊尚秋熱，行李多險巇。知音既云稀，況復將遠離。長路漫浩浩，念之涕雙垂。

## 又

弱齡有遐想，棲遲在丘壑。玩世笑東方，隱几師南郭。中年來城市，誤爲簪組縛。誰言珥彤管，素志非黃閣。公子稽山秀〔一〕，爲說稽山樂。萬壑夾崖流，千巖當鏡落。天臺與雁宕，相崎對冥莫。所恨天一方，不得凌垠崿。尚冀通關梁，東南騁行腳。徘徊雲門寺，携手翔寥廓。

### 【校考】

北大本五古第五三、五四首。吳選五古第一九、二○首，題作《平壤送吳子魚大人還天朝》。

兩詩不見許筠集。《列朝詩集》閏六、《海東繹史》卷四八《藝文志》七自《朝鮮詩選》輯入，題同藍選。

〔一〕吳選作房。

### 斑竹怨　　趙瑗妾李淑媛[李達]

二妃昔追帝，南奔湘水間。有淚寄湘竹，至令湘竹班。雲深九嶷廟，日落蒼梧山。餘恨在江水，滔滔去不還。

### 【校考】

北大本五古第五五首。

此爲李達詩，見《蓀谷詩集》卷一。

誤題作者。

### 採蓮曲　　［李達］

南湖〔一〕採蓮女，日日南湖〔二〕歸。淺渚菱子滿，深潭荷〔三〕葉稀。蕩槳嬌無力〔四〕，水濺越羅衣。無心却回棹，貪看〔五〕鴛鴦飛。

### 【校考】

北大本五古第五六首。

此爲李達詩，見《蓀谷詩集》卷一，題作《採菱曲》。

〔一〕南湖：北大本作湖南。〔二〕南湖：集作湖中。〔三〕集作蓮。〔四〕此句，集作蕩舟不慣手。〔五〕貪看：集作葉底。

題小異，誤題作者，異字八。

### 有所思　　許景樊[李婷]

朝亦有所思，暮亦有所思。所思在何處，萬〔一〕里路無涯。風波苦〔二〕難越，雲雁杳何〔三〕期。素書不可托，中情亂若絲〔四〕。

### 【校考】

北大本五古第五七首。

此爲李婷詩，見李婷《風月亭集補遺》，題下注曰：又出《續東文選》、《箕雅》。許景樊，名楚姬，字景樊，號蘭雪軒。

〔一〕補遺作千。〔二〕波苦：補遺作潮望。〔三〕杳何：補遺作托無。〔四〕素書二句，補遺作：欲寄音情久，心中亂如絲。

誤題作者，異字一一。

## 望仙謠　　〔崔慶昌〕

王喬呼我游，期我崑崙<sup>〔一〕</sup>墟。朝登玄圃峰，遥望紫雲車。紫雲何煌煌<sup>〔二〕</sup>，玉蒲正渺茫<sup>〔三〕</sup>。倏忽凌天漢<sup>〔四〕</sup>，翻飛向扶桑。扶桑幾千里，風波阻且長。我欲捨此去，佳期安可忘<sup>〔五〕</sup>。君心知<sup>〔六〕</sup>何許，賤妾徒悲傷<sup>〔七〕</sup>。

【校考】

北大本五古第五八首。

此爲崔慶昌詩，爲其《感遇十首寄鄭季涵》之九，見《孤竹遺稿》。

〔一〕崑崙：稿作於崑。〔二〕煌煌：稿作容與。〔三〕此句，稿作玉簫正微茫。〔四〕此句，稿作徑度凌天河。〔五〕此句，稿作深恐負所期。〔六〕心知：稿作情定。〔七〕此句，稿作我心終不移。

異題，誤書作者，異字一八。

## 鳳臺曲　　〔金宗直〕

秦女侶<sup>〔一〕</sup>蕭史，日夕吹參差。崇臺騎彩鳳<sup>〔二〕</sup>，渺渺不可追<sup>〔三〕</sup>。<sup>〔四〕</sup>天地以永久，那識人間悲。妾淚不可忍，此生長別離。

【校考】

北大本五古第五九首，題作《鳳凰曲》，下小字注：鳳臺曲。

此爲金宗直詩，見《佔畢齋集》卷一九、《東文選》卷三，題作《鳳臺曲　昭帝上官后》）。

〔一〕集作儷。〔二〕騎彩鳳：集作遺鏡匳。〔三〕此句，集作巾袖雲披披。〔四〕集多二句：暮伴鳳凰宿，朝侶鳳凰嬉。

題有省略，誤書作者，少二句，異字七。

## 古別離　　〔崔慶昌〕

轔轔雙車輪，一日千萬轉。同心不同車，別離時屢變。車輪尚有跡，相思獨<sup>〔一〕</sup>不見。

【校考】

北大本五古第六〇首。

此爲崔慶昌《古意》二首之一，見《孤竹遺稿》。

〔一〕稿作人。

異題，誤書作者，異字一。

## 感遇　　〔許楚姬〕

盈盈窗下蘭，枝葉何芬芳。西風一夕起〔一〕，零落悲秋霜。秀色總消歇〔二〕，清香終不死。感物傷我心，流涕〔三〕沾衣袂。

**【校考】**

北大本五古第六一首。吳選五古第二二首。

此爲許楚姬詩，見《蘭雪軒詩集》。

〔一〕夕起：集作披拂，吳選作夕送。〔二〕總消歇：集作縱凋悴。〔三〕集作淚。

異字六。

## 又　　〔許楚姬〕

古屋〔一〕晝無人，桑樹鳴鵂鶹。蒼〔二〕苔蔓玉〔三〕砌，鳥雀巢〔四〕空樓〔五〕。向來〔六〕車馬地，今成狐兔丘。信哉〔七〕達人言，戚戚復何求〔八〕。

**【校考】**

北大本五古第六二首。吳選五古第二三首。

此詩見許楚姬《蘭雪軒詩集》。

〔一〕集作宅。〔二〕集作寒。〔三〕北大本作土。〔四〕集作棲，北大本作語。〔五〕吳選作褸。〔六〕北大本作時。〔七〕信哉：集作乃知。〔八〕此句，集作富貴非吾求。

異字九。

## 又　　〔許楚姬〕

梧桐生嶧陽，鳳皇翔其傍。文章爛五色，喈喈千仞岡。稻粱非所慕，竹實乃其餐。奈何桐樹枝，棲彼鴟與鳶。

**【校考】**

北大本五古第六三首。吳選五古第二四首，詩後注曰：妹氏不愛於其夫而言若此。餘同藍選。

　　此詩似爲許楚姬兩首《遣興》之雜揉。一曰：梧桐生嶧陽，幾年傲寒陰。幸遇稀代工，劚取爲鳴琴。琴成彈一曲，舉世無知音。所以廣陵散，終古聲埋沉。一曰：鳳凰出丹穴，九苞燦文章。覽德翔千仞，噧噧鳴朝陽。稻梁非所求，竹實乃其餐。奈何梧桐枝，反棲鴟與鳶。兩詩見《蘭雪軒詩集》。

　　異題，兩詩雜揉，字句重組，異字一二。

### 寄伯氏篈　　〔許楚姬〕

　　暗窗銀燭低，流螢度高閣。悄悄深夜寒，蕭蕭秋葉落。關河音信稀，沉⁽一⁾憂不可釋。遙想青蓮宮，山空蘿月白。

### 【校考】

　　北大本五古第六四首，題作《宿伯氏篈》。吳選五古第二五首。

　　此詩見許楚姬《蘭雪軒詩集》，題作《寄荷谷》。

　　〔一〕集作端。

　　異題，異字一。

### 莫愁樂　　〔許楚姬〕

　　家住石城下，生長石城頭。嫁得石城壻，來往石城游。

### 【校考】

　　北大本五古第六五首。吳選五古第二六首。

　　此詩見許楚姬《蘭雪軒詩集》，入五言絕句下。

　　詩體異。

### 築城怨　　〔許楚姬〕

　　千人齊抱杵，土底隆隆響。努力好操築，雲中無魏尚。

### 【校考】

　　北大本五古第六六首。吳選五古第二八首。

　　此詩見許楚姬《蘭雪軒詩集》，入五言絕句下。

　　詩體異。

## 貧女吟　　[許楚姬]

豈是無⁽¹⁾容色，工針復工織。少小生⁽²⁾寒門，良媒不相識。

### 【校考】

北大本五古第六七首。吳選五古第二七首。

此詩見許楚姬《蘭雪軒詩集》，入五言絕句下。

〔一〕集作乏。〔二〕集作長。

詩體異，異字二。

## 又　　　[許楚姬]

夜久織未休，戛戛鳴寒機。機中一疋練，終作阿誰衣。

### 【校考】

北大本五古第六八首。

此詩見許楚姬《蘭雪軒詩集》，入五言絕句下。

詩體異。

# 附録

## 送吳參軍子魚大兄還天朝　　許筠

國有中外殊，人無夷夏別。落地皆弟兄，何必分楚越。肝膽每相照，冰壺映寒月。倚玉覺我穢，唾珠復君絕。方期久登龍，遽此成離訣。關河路險巇，秋郊方躑熱。此去慎行休，毋令阻回輆。東垂尚用兵，海嶠日流血。須憑魯連子，却秦掉寸舌。勿嫌九夷陋，勉徇壯夫節。

### 【校考】

吳選五古第二一首。

此詩不見許筠集。出處待考。

# 朝鮮詩選全集

昌江藍芳威萬里　　　選

匯東祝世禄無功

東萊韓初命康侯　　　同閲

莆口吴知過更伯　　　同校

## 七言古　　長短附

**【校考】**

北大本作七言古詩。吴選作七言古體長短句附。

### 憂思曲　　新羅納祇王

實聖王質奈勿王子卜好〔一〕於高句麗，又質末斯欣於倭。其兄納祇王立，晉義熙十三年立〔二〕。思其二弟，欲歸之，不可得。衆舉〔三〕太守朴堤上者〔四〕往説高句麗，遂歸卜好。堤上復説〔五〕倭，令末斯欣潛歸。二弟既還，王大喜，及見，握手相泣，置酒宴飲，酒酣，王自作歌，以宣其志。

棠棣花〔六〕，隨風落扶桑。扶桑萬里何洋洋〔七〕。縱有音書那〔八〕得將。棠棣花〔九〕，隨風返雞林。新羅王都也。雞林春色擁雙闕。歡歌未斷墮殘月〔一〇〕。

**【校考】**

北大本七古第一首。吴選七古第一首。詩序及詩中注，北大本作詩後注。

此詩見金宗直《佔畢齋集》卷三《東都樂府》下，題作《憂息曲》。詩序曰：實聖王元年，以奈勿王子末斯欣質於倭，十一年，又以末斯欣兄卜好質於高句麗。及訥祇王即位，思見二弟，欲得辨士往迎之。衆舉歃良郡太守朴堤上，堤上受命，入高句麗，既以卜好還，又浮海到倭國，紿倭王，潛使末斯欣還。王驚喜，命六部遠迎之，及見，握手相泣。會兄弟，置酒極歡，王自作歌，以宣其志。俗謂之《憂息曲》。又見《續東文選》卷四。

〔一〕質奈勿王子卜好：吳選作以奈勿王子卜好質。〔二〕此句，北大本作其兄納祇王晉義熙十三年立。〔三〕吳選前有歃良郡三字。〔四〕吳選無此字。〔五〕吳選作往。〔六〕棠棣花，集作常棣華。〔七〕何洋洋：集作鯨鯢浪。〔八〕集作誰。〔九〕棠棣花，集作常棣華。〔一〇〕此句，集作友于歡情如許深。

題小異，異字一四。

## 鵄迷嶺　　古辭

朴堤上說高句麗，既歸卜好而還，不過其家，即往說倭，其妻追之，及於栗浦，時堤上已濟栗浦，從舟中揮手而去。堤上至倭，紿倭王，令斯欣逃歸。倭王怒，讓堤上，堤上不服，乃剝其足皮，刈兼葭，使行其上，堤上終不服，乃燒殺之。其妻聞堤上死，登鵄嶺，南向〔一〕痛哭而絕，其精爽爲鵄嶺神母云。時人歌之。

鵄迷〔二〕嶺頭望日本，粘天鯨浪〔三〕無涯岸。良人去時但搖手，生歟死歟音耗斷。音耗斷，長別離，寧復〔四〕相見時。呼天便化武昌石，烈氣千秋〔五〕干霄〔六〕碧。

**【校考】**

北大本七古第三首，無詩序。吳選七古第二首。

此詩見金宗直《佔畢齋集》卷三《東都樂府》下，題作《鵄述嶺》。詩序曰：朴堤上自高句麗還，不見妻子，而徑向倭國，其妻追至栗浦，見其夫已在船上，呼之大哭，堤上但搖手而去。堤上死後，其妻不勝其慕，率三娘子上鵄述嶺，望倭國慟哭而死，因爲鵄述嶺神母焉。

〔一〕吳選作望之。〔二〕集作述。〔三〕集作海。〔四〕寧復：集作死生寧有。〔五〕集作載。〔六〕集作空。

題小異，異字七。

## 碓樂　　百結先生

新羅慈悲王時，有隱君者，慕榮啓期之風，隱居狼山，其衣百結，因呼〔一〕百結先生。常以琴自隨，有不稱意，輒取琴寫之。歲暮，無粟，其妻聞鄰家杵聲以爲歎，先生取琴作杵聲而慰之〔二〕。

東家砧，擣寒襖〔三〕。西家杵，春黍稻〔四〕。東家西家砧杵聲，歲暮〔五〕之資贏復贏。儂家之〔六〕窖乏瓶石，儂家之〔七〕箱無尺帛。懸鶉衣，黎羹碗〔八〕，榮期之樂足飽暖。老妻老妻[九]莫漫[一〇]憂，[一一]曲肱之樂那可求[一二]。

## 【校考】

北大本七古第四首。吳選七古第三首。詩序，北大本作詩後注。

此詩見金宗直《佔畢齋集》卷三《東都樂府》下，又見《續東文選》卷四，題作《碓樂》。詩序曰：百結先生，失其姓名，居狼山下，家極貧，衣百結若懸鶉，故以名之。嘗慕榮啓期之爲人，以琴自隨，凡喜怒悲歡不平之事，皆以琴宣之。歲將暮，鄰里舂粟，其妻聞杵聲曰：人皆有粟，我獨無，何以卒歲？先生仰天歎曰：夫死生有命，富貴在天，其來也不可拒，其往也不可追。汝何傷乎？吾爲汝作杵聲以慰之。乃鼓琴作杵聲，世傳爲《碓樂》。

〔一〕因呼：北大本作故呼爲。〔二〕吳選多六字：耳，世傳曰碓樂。〔三〕此句，集作舂黍稻。〔四〕此句，集作搗寒襖。〔五〕歲暮：集作卒歲。〔六〕集無之字。〔七〕集無之字。〔八〕懸鶉二句，集作懸鶉衣分藜羹碗。〔九〕老妻老妻：集作糟妻糟妻。〔一〇〕集作謾。〔一一〕集多一句：富貴在天那可求。〔一二〕此句，集作二句：曲肱而寢有至味，梁鴻孟光真好逑。

題小異，少二句，異句序，字句重組，異字九。

## 醉時歌　　金克己

釣必連海上之六鰲，射必落日中之九烏。六鰲動兮魚龍震蕩，九烏出兮草木焦枯。男兒要自立奇節，弱羽纖鱗安足誅。紫纓雲孫始墮地，自謂壯大陳雄圖。鍊石欲補東南缺[一]，鑿硜[二]將通西北迂。嗟哉計大未易報，半世飄零爲腐儒。不隨馮異西登隴，不逐[三]孔明南渡瀘。論詩説賦破[四]屋下，却把短布包[五]妻孥。時時壯憤掩不得，拔劍斲地空長吁。何時乘風破巨浪，坐令四海如唐虞。君不見凌烟[六]閣上圖形容，半是書生半武人[七]。

## 【校考】

北大本七古第二首。吳選七古第四首。

此詩見《東文選》卷六。

〔一〕北大本作曲。〔二〕選作石，吳選作空硜。〔三〕吳選作遂。〔四〕北大本作茅。〔五〕選作抱。〔六〕凌烟：北大本作麒麟。〔七〕選作夫。

異字三（吳選異字五）。

## 孤雁行　　洪侃

五侯池館春風裏，微波粼粼鴨頭[一]水。闌干十二繡户深，中有蓬萊三萬里。紡緯[二]杜若紫鴛鴦，倚拍芙蓉金翡翠。雙飛雙浴還雙棲，綷羽雲衣恣游戲。君不見十年江海有孤雁，舊侶微茫隔霄[三]漢。徘回顧影[四]時一呼，蘆花索莫風霜晚。

### 【校考】

北大本七古第五首。吴選七古第五首。

此詩見《東文選》卷六。

〔一〕北大本作緑。〔二〕紡緯：選、北大本作彷徨。〔三〕選作雲。〔四〕徘回顧影：北大本作徘徊顧影，選作顧影低昂。

異字五。

## 貧婦吟　　〔洪侃〕

雲窗霧閣秋夜長，流蘇寶帳芙蓉香。吴歌楚舞樂未央，銀燭萬丈何暉光[一]。貧家有婦無完衣[二]，績紡[三]未成秋雁歸。夜深燈暗雙淚落[四]，一寸願分東壁輝[五]。

### 【校考】

北大本七古第六首。吴選七古第六首。

此詩見《東文選》卷六，題作《嬾婦引》。

〔一〕此句，選作五句：玉釵半醉留金張。堂上銀釭虹萬丈，堂前畫燭淚千行。珠翠輝光不夜城，月娥羞澀低西廂。〔二〕此句，選作貧家嬾婦無襦衣。〔三〕績紡：選作紡績。〔四〕雙淚落：選作無奈何。〔五〕吴選作暉。

異題，少四句，異字序，異字五（吴選異字六）。

## 白絲吟　　白元恒

白絲皎皎雪[一]華白，機[二]上新紋眩紅碧。美人欲裁[三]公子衣，纖手殷勤把刀尺。姑惡姑惡姑果惡，不許儂家事[四]縫作。古來巧語悦如簧，使妾掩泣[五]還故鄉。出門背立佇[六]風雪，西北萬里雲天長。雲天遙遙郎不見[七]，斷蓬路杳[八]心茫茫。欲彈朱絃世無耳，空嗟白日東流水。白絲一染無白絲，棄妾重來應有時[九]。

**【校考】**

北大本七古第七首。吳選七古第七首。

此詩見《東文選》卷六。

〔一〕皎皎雪：選、吳選作鮮鮮雲。〔二〕選、吳選作錦。〔三〕欲裁：選作意在。〔四〕北大本作自。〔五〕掩泣：選作今朝。〔六〕選作泣。〔七〕此句，選作雲天長，不見郎。吳選作雲天長，郎不見。〔八〕選作遠。〔九〕應有時：選作當有期。

異字一三（吳選異字七）。

### 汾河　　李齊賢

汾河日夜流浩浩，兩岸行人幾回〔一〕老。陶唐舊物山獨在，萬古興亡青未了。劉郎曾此歌秋風，簫鼓動地愁魚龍。平生漫有凌雲思〔二〕，不〔三〕見神〔四〕人冰雪容。

**【校考】**

北大本七古第八首。吳選七古第八首。

此詩見李齊賢《益齋亂稿》卷一、《東文選》卷七。

〔一〕稿、選作番。〔二〕稿、選作志。〔三〕稿、選作未。〔四〕稿、選作仙。

異字四。

### 姑蘇臺懷古　　［李齊賢］

元延祐己未，李齊賢從高麗〔一〕忠宣王降香江南至寶佗山，道經三吳，登姑蘇賦此。

苧蘿佳人二八時，玉質不勞朱粉施。吳宮歡笑何〔二〕時畢，正是稽山〔三〕嘗膽日。姑蘇城外江水波〔四〕，鴟夷一去〔五〕今若〔六〕何。

**【校考】**

北大本七古第九首。

此詩見李齊賢《益齋亂稿》卷一，題作《姑蘇臺，和權一齋，用李太白韻》。

〔一〕李齊賢從高麗：北大本作齊賢從高句麗。〔二〕稿作幾。〔三〕稽山：稿作越王。〔四〕此句，稿作二句：姑蘇城內秋草多，姑蘇城下江自波。〔五〕稿作舸。〔六〕稿作在。

異題，少一句，異字七。

## 王昭君　　安軸

君王曉開黃金闕，氈車轔轔北使發。明妃含淚出椒房，有意東[一]風吹鬒髮。漢宮[二]秦塞漸茫茫，逆耳悲笳秋夜長。可憐穹廬一眉月，曾照當年宮裏[三]妝。將身已與胡兒老，唯恐紅顏凋不早。琵琶絃中不盡情，冢上年年見青草。

**【校考】**

北大本七古第一〇首。吳選七古第九首。

此詩見安軸《謹齋先生集》卷一、《東文選》卷六。

〔一〕集、選作春。〔二〕集、選作山。〔三〕當年宮裏：集、選作臺前宮樣。

異字五。

## 江南柳　　鄭夢周

江南柳，江南柳，春風裊裊黃金絲。江南柳，年年好[一]，江南行客歸何時。滄海茫茫波萬丈[二]，鄉關[三]遠在天之涯。天涯[四]日夜望歸舟，坐對落花空淚流[五]。[六]但識相思苦，那識長路阻[七]。人生莫作遠游客，少年兩鬢如霜[八]白。

**【校考】**

北大本七古第一一首。吳選七古第一〇首。

此詩見鄭夢周《圃隱先生文集》卷一、《東文選》卷八。

〔一〕江南二句，集、選作江南柳色年年好。〔二〕波萬丈：集、選作萬丈波。〔三〕鄉關：集、選作家山。〔四〕天涯：北大本無，集、選、吳選作天涯之人。〔五〕淚流：集、選、吳選作長歎。〔六〕集多一句：空長歎。〔七〕此句，集、選作肯識此間行路難。吳選作那識行人行路難。〔八〕集、選作雪。

少一句，異字序，異字八（吳選異字六）。

## 田父行　　成侃

隴雉雙飛草深碧[一]，隴上[二]老人長歎息。我生今年七十餘[三]，手腳胼胝面黧黑[四]。男婚女嫁知幾時，短衣襤衫[五]纔掩[六]膝。昔[七]年召募度流〔八〕沙，萬里〔九〕歸來鬢如雪。殷勤荷戴還荷鋤〔一〇〕，石田嶢峿〔一一〕牛蹄脫。牛蹄脫兮空汗流〔一二〕，獨坐茫然心斷絶。

【校考】

北大本七古第一二首。

此詩見成俔《真逸遺稿》卷二，題作《老人行》。

〔一〕此句，稿作隴草萋萋雉雙飛。〔二〕稿作邊。〔三〕此句，稿作自道余生年七十。〔四〕此句，稿作手脚凍皴面深黑。〔五〕稿作慘。〔六〕稿作過。〔七〕稿作前。〔八〕稿作黃。〔九〕稿作死。〔一〇〕此句，稿作今年把鋤事耕耨。〔一一〕嶢峿：稿作碑確。〔一二〕兮空汗流：稿作知奈何。

異題，異字二四。

## 木綿詞　　成俔

江南木綿〔一〕色逾白，晴雪紛紛鋪簟席。小機搖作鴉櫓聲，軟弧彈罷秋雲積〔二〕。殷勤少〔三〕婦坐夜闌，風吹〔四〕粉絮縈烏鬟。絲僵水澀〔五〕機杼促，札札輕梭玉指寒。肝腸欲絶愁難絶，孤燈烟烟光明滅。〔六〕半將裁剪小兒衣〔七〕，半將裁剪寄金微〔八〕。銅壺催曉〔九〕眠不得，淚冰點點〔一〇〕明羅幃。

【校考】

北大本七古第一三首，題作《木棉詞》。

此詩見成俔《虛白堂詩集》卷一。

〔一〕北大本作棉。〔二〕集作薄。〔三〕殷勤少：集作東鄰有。〔四〕集作回。〔五〕絲僵水澀：集作織成新布。〔六〕肝腸二句，集無。〔七〕此句，集作半擬新袴與小兒。〔八〕此句，集作半作寒衣托邊郵。〔九〕銅壺催曉：集作心酸意苦。〔一〇〕淚冰點點：集作孤燈閃閃。

多二句，字句重組，異字二六。

## 古意　　徐居正

海底珊瑚高幾丈，千年試作千尋網。萬牛挽出滄溟深，蛟龍怒號〔一〕霹靂響。扶桑日浸〔二〕紅濤熱，光華〔三〕照曜黃金闕。季倫本是〔四〕麤男兒，金椎一擊紛如雪〔五〕。〔六〕

107

**【校考】**

北大本七古第一四首。

此詩見徐居正《四佳詩集》卷二九、《續東文選》卷四。

〔一〕怒號：集、續選作颸颸。〔二〕扶桑日浸：集作榑桑日出，續選浸作出。〔三〕集、續選作芒。〔四〕季倫本是：集、續選作平生季倫。〔五〕此句，集、續選作一擊破碎紛似雪，北大本作金槌一擊粉如雪。〔六〕集、續選多三句：多紛似雪，不足惜，從此至寶無顏色。

少三句，異字一〇/九。

## 會蘇曲　　金宗直

七月望日，新羅儒理王使王女各率六部女子績於廣庭，八月望日，〔一〕乃考其工，負者設酒，相與歌舞，百戲皆作，謂之嘉俳〔二〕。是時，負者〔三〕起舞而歌，曰會蘇。蓋方言也，未詳〔四〕。

會蘇曲，會蘇曲。西風吹廣庭，明月滿華屋。王姬壓坐理繀車，六部女兒多如簇。爾筐〔五〕既盈我筐空，釃酒捓揄歌相逐〔六〕。一婦歎，千室勸，坐令四方勤杼軸。〔七〕

**【校考】**

北大本七古第一五首。吳選七古第一七首。詩序，北大本作詩後注。

此詩見金宗直《佔畢齋集》卷三《東都樂府》下，又見《續東文選》。詩序曰：儒理王九年，定六部號，中分爲二，使王女二人各率部內女子分朋。自七月望，每日早集大部之庭績麻，乙夜而罷。至八月望，考其功之多少，負者置酒食以謝勝者。於是歌舞、百戲皆作，謂之嘉俳。是時，負家一女子起舞，歎曰：會蘇！會蘇！其音哀雅，後人因其聲作歌，名《會蘇曲》。

〔一〕七月三句，北大本作：新羅儒理王於七月望日乃使王女各率六部女子績於廣庭，至八月望日。〔二〕集、北大本作俳。〔三〕負者：吳選作又負家女子。〔四〕蓋方言二句，吳選作：後人因其聲而作歌云；北大本作：蓋方言也，未詳其意。〔五〕集作筥。〔六〕集作謔。〔七〕集多二句：嘉俳縱失閭中儀，猶勝踏河爭嚆嚆。

少二句，異字二。

## 黃昌郎　　［金宗直］

黃昌郎，即俳〔一〕清郎也。八歲時，爲新羅王殺百濟王，乃往百濟，舞劍於市，〔二〕觀者如堵。百濟王聞而奇之，召入宮，令舞劍〔三〕，因〔四〕刺殺百濟王。後人作假面〔五〕以象其舞。今考其史傳〔六〕，絕無左〔七〕驗。其舞尚傳云〔八〕。

若有人兮方〔九〕離韶，身不〔一〇〕三尺一何〔一一〕驍。平生汪錡我所師，爲國雪恥心無憀。劍鐔向〔一二〕頸股不栗〔一三〕，劍鐔〔一四〕指心目不搖。嗟爾千乘如蓬蒿〔一五〕。

## 【校考】

北大本七古第一六首。吳選七古第一八首。

此詩見金宗直《佔畢齋集》卷三《東都樂府》下，又見《續東文選》卷四。詩序曰：黃昌郎，不知何代人。諺相傳，八歲童子，爲新羅王謀釋憾於百濟。往百濟市，以劍舞，市人觀者如堵墻。百濟王聞之，召入宮令舞，昌郎於座揕王殺之。後世作假面以像之，與處容舞並陳。考之史傳，絕無左驗。雙梅堂云：非清郎，乃官昌之訛也。作辨以辨之。然亦臆說，不可信。今觀其舞，周旋顧眄，變轉倏忽，至今凛凛猶有生氣，且有其節而無其詞，故並賦云。

〔一〕吳選作非，北大本作徘。〔二〕北大本多時字。〔三〕召入宮二句，北大本作乃召入宮中舞劍。〔四〕北大本無因字。〔五〕北大本無面字。〔六〕此句，北大本無傳字，吳選作考之史傳。〔七〕北大本作在。〔八〕此句，北大本作其無云云，吳選作：今觀其舞，周旋顧眄，望之凛凛。〔九〕集作繞。〔一〇〕集作未。〔一一〕一何：集作何雄。〔一二〕集作擬。〔一三〕集作戰。〔一四〕集作鍔。〔一五〕此句，集作二句：功成脫然罷舞去，挾山北海猶可超。

少一句，異字一三。

## 夜雨　　鄭希良

九嶷嵯峨楚雲碧〔一〕，鷓鴣啼雨湘江夕。寒聲淅瀝何凄凄〔二〕，竹間哀〔三〕淚懸餘〔四〕滴。楚些爲招帝子魂，月恨風〔五〕愁天亦泣。孤帆〔六〕一夜滯未歸，遠客蕭蕭〔七〕生白髮。

## 【校考】

北大本七古第一七首。吳選七古第一二首。

此詩爲鄭希良《瀟湘八景》八首之六《瀟湘暮雨》，見《虛庵先生遺集》卷一。

〔一〕楚雲碧：集作雲似墨。〔二〕何凄凄：集作助凄切。〔三〕集作餘。〔四〕懸餘：集作哀欲。〔五〕集作雲。〔六〕集作舟。〔七〕集作條。

題有省略，字句重組，異字七。

### 秋望　　〔鄭希良〕

秋光〔一〕濃淡雨復〔二〕晴，海波不動含深〔三〕綠。平沙〔四〕若剪雲〔五〕嵯峨，雁背斜光斷還續〔六〕。西風吹影落魚〔七〕磯，字字新出臨池墨。稻粱離離網弋多〔八〕，急向蘆花深處宿。

### 【校考】

北大本七古第一八首。吳選七古第一三首。

此詩爲鄭希良《瀟湘八景》八首之一《平沙落雁》，見《虛庵先生遺集》卷一。

〔一〕北大本脫字，集作容。〔二〕集作還。〔三〕集作净。〔四〕平沙：集、吳選作沙平。〔五〕集作雪。〔六〕斜光斷還續：集作寒光斜欲滴。〔七〕集作漁。〔八〕此句，集作何處稻粱驚網弋。

異題，異字序，異字一一。

### 又　　〔鄭希良〕

渡頭楓樹霜初結〔一〕，海風吹滴猩猩血。秋光上下鏡面平〔二〕，清光一片琉璃徹〔三〕。沙頭〔四〕眠鷗忽驚起，客帆飛去波明滅〔五〕。烟水蒼茫野牧歸〔六〕，數聲短笛吹新月〔七〕。

### 【校考】

北大本七古第一九首。吳選七古第一四首。

此詩爲鄭希良《瀟湘八景》八首之二《遠浦歸帆》，見《虛庵先生遺集》卷一。

〔一〕此句，集作渡頭楓林霜半破。〔二〕北大本作清。〔三〕此句，集作一片鑄出玻璃碧。北大本徹作澈。〔四〕沙頭：集作隔岸。〔五〕去波明滅：集作來隨鳥没。〔六〕此句，集作落日蒼茫何處宿。〔七〕此句，集作短笛數聲山水綠。

異題，異字序，異字二一。

## 江村　　［鄭希良］

青山影空釣石〔一〕寒，海門秋色濃可掬。漁人帶蓑臥〔二〕不驚，沙
鳥欲起〔四〕還相逐。一聲欸乃〔五〕及暮歸，南鄰喚酒酒初熟〔六〕。絲絲細雨
急收網〔七〕，一抹斜陽掛枯木〔八〕。

### 【校考】

北大本七古第二〇首。吳選七古第一五首。

此詩爲鄭希良《瀟湘八景》八首之三《漁村落照》，見《虛庵先生遺
集》卷一。

〔一〕集作磯。〔二〕漁人帶蓑臥：集作漁翁臥蓑睡。〔三〕集作鷗。
〔四〕集作散。〔五〕一聲欸乃：集作織柳穿魚。〔六〕酒初熟：集作東鄰
答。〔七〕此句，集作疏疏晚雨急取網。〔八〕吳選作樹。

異題，異字一六（吳選異字一七）。

## 秋月　　［鄭希良］

湖水澄澄秋影寒，露洗風吹涼〔一〕桂魄。君山玉樹森可數，老虯抱珠
眠不得〔二〕。夜深哀響落雲間，朱絃玉柱隨風發〔三〕。骨清水〔四〕冷我欲仙，
擬向蓬萊訪金〔五〕闕。

### 【校考】

北大本七古第二一首。吳選七古第一六首。

此詩爲鄭希良《瀟湘八景》八首之五《洞庭秋月》，見《虛庵先生遺
集》卷一。

〔一〕集作生。〔二〕集作熟。〔三〕此句，集作定有湘靈弄瑤瑟。
〔四〕集作魂。〔五〕集作銀。

題有省略，異字一一。

## 秋閨　　金淨

木落千〔一〕山江杳杳，秋空〔二〕一雁秦雲渺〔三〕。空階月皎蛩音長，蔓
草露滴〔四〕螢光〔五〕小。耿耿殘〔六〕燈夜半過〔七〕，紅樓西畔〔八〕落星河。邊衣
剪罷寒不寐〔九〕，颯颯西風〔一〇〕鳴敗荷。

**【校考】**

北大本七古第二二首。

此詩爲金淨《四時詞》四首之三，見《冲庵先生集》卷一。

〔一〕北大本脫字。〔二〕集作天。〔三〕集作曉。〔四〕集作溥。〔五〕集作影。〔六〕集作蘭。〔七〕夜半過：集作焰半斜。〔八〕集作面。〔九〕寒不寐：集作凉無睡。〔一〇〕颯颯西風：集作一夜雨聲。

異題，異字一五。

### 流民歎　　魚無跡

蒼生歎，雨淫雨淫爾無食[一]。我有濟爾心，而無濟爾力。蒼生苦，年貧年貧寒無襟[二]。彼有濟爾力，而無濟爾心。暫借君子耳，試聽小人語。願回小人心，暫爲君子慮[三]。小民有語君不知，今歲蒼生失棲止[四]。君王屢[五]下憂民詔，州縣傳看一虛紙。特遺京官問民瘼，驛[六]騎日馳三百里。小民含淚空欷歔，欲訴公庭狼虎峙[七]。昨宵縣令促征租，胥吏鞭楚無完膚。丁男逾垣遠出走，入夜無人關户牖[八]。縱使一郡一京官，京官有[九]耳民無口。何如[一〇]喚起汲淮陽，未死孑遺猶可救。

**【校考】**

北大本七古第二三首。

此詩見《續東文選》卷五，作者魚無赤。朝鮮文獻亦有云作者爲魚無跡者，如許筠《丙午紀行》《國朝詩刪》等。《國朝詩刪》引《流民歎》前五句，文字同《續東文選》。

〔一〕蒼生二句，續選作：蒼生難，蒼生難，年貧爾無食。〔二〕蒼生二句，續選作：蒼生苦，蒼生苦，天寒爾無衾。寒無襟，北大本作無寒襟。〔三〕暫借四句，續選作：願回小人腹，暫爲君子慮。暫借君子耳，試聽小民語。〔四〕失棲止：續選作皆失所。〔五〕君王屢：續選作北闕雖。〔六〕續選作馹。〔七〕小民二句，續選作：吾民無力出門限，何暇面陳心内事。〔八〕昨宵四句，續選無。〔九〕續選作無。〔一〇〕續選作不。

多四句，異句序，異字二九。

### 楊柳詞　　鄭惟吉

海燕雙飛細雨收，依依嫩葉垂青樓。紅妝美人出簾下，玉面仙郎繫驄馬。青驄駿足難久留，美人掩面含春愁。東風二月吹紫陌，千條裊裊黃金色。可憐攀折最長條，泣向斜陽贈遠客。君不見承恩殿前淑景和，未央宮裏春風多。年年雨露近椒掖，枝枝拂地三千尺。金爐沉屑翠烟橫，碧階流影天香襲。長樂鍾聲起玉人，明鏡蛾眉描黛色。玉環含笑學腰肢，纖纖手弄纖纖絲。漁陽鼙鼓一朝舉，故宮曙色春無主。悲涼清蹕蜀山遙，空聞落日啼鶯語。風枝依舊細腰非，紅妝忽逐狂風飛。人間悲樂跡如掃，流水無聲碧天杳。古今宮闕高嵯峨，試看幾處埋秋草。

## 【校考】

北大本七古第二四首。

此詩見鄭惟吉《林塘遺稿》下《雜吟録》，題作《未央宮柳詞》。詩曰：君不見紫陌前頭微雨收，嫩葉依依遮畫樓。凝妝美人在簾下，白面阿郎繫驄馬。又不見長河橋畔二月暮，千條萬條黃金色。臨風折得最長條，泣向斜陽贈行客。豈如承恩日邊柯，未央宮裏春風多。年年雨露近椒掖，裊裊拂地三千尺。金爐沉屑翠烟橫，玉階桂樹天香襲。長樂鍾鳴妃嬪起，臨鏡畫眉如畫葉。玉環含笑妬腰肢，纖纖手弄纖纖絲。傲傲舞態學霓裳，歌吹聲和鶯語長。悲涼清蹕蜀山遙，故宮無主春深碧。宮中行樂有幾事，未聞寧王夜吹笛。風枝依舊細腰非，露葉尚新蛾眉隔。西風南内秋日昃，掩面君王看不得。繁華幾時亂離來，富貴不如貧賤好。人間悲樂寂如掃，草木無情天地老。傷心不獨殿前柳，古槐疏冷芙蓉死。隋堤亡國是何物，落絮漫逐東流水。焉得蒼蒼後凋姿，留向歲寒看不已。

異題，多二句，少一〇句，字句重組，異字五四。

## 從軍行　　安璲[一]

關云漠漠關雪堆，北風慘慘山木催。長河冰合馬蹄滑，沙塞日落胡笳悲。自恨少小係軍籍，愁枕金戈眠不得。苦寒苦飢不敢言，誰人不畏將軍律。中宵愁歎何紛紜，猶將膏血輸將軍。將軍好服黑貂服，十貂皮當金十斤。將軍獨嗜太牢味，一日軍中九牛斃。山無餘貂野無牛，誅歛無窮箠楚至。鼎中粒，機中布，日日輸入將軍庫。將軍日富士日瘠，欲往訴之逢彼怒。君王每憂軍士寒，毛衣布衲輸歲闌。將軍分給苦不遍，肌膚凍裂手拘攣。蝗蟲歲旱無歲無，不聞賑恤聞催租。阿翁棄姑兒棄婦，過半相携逃入胡。胡中艱辛不可説，猶勝將軍浚膏血。將軍將軍胡不去，去作公卿一軍悦。天門杳杳嚴九閽，御史紛紛深閉舌。廉頗李牧不復生，激烈悲歌腸内熱。

**【校考】**

北大本七古第二五首。

李睟光《芝峰類説》卷九《詩評》云：我東人詩長篇最不近古，近世唯尹潔《飯筒投水詞》、安璲《疲兵篇》似矣。藍選此詩，係長篇，其內容，較從軍更似疲兵，或即此篇？此詩出處待考。

〔一〕北大本作慫，誤。

## 李少婦詞　　崔慶昌

鐵原李淑卿歸梁文學，無何，梁文學應試漢京，遂及第，擢弘文館，不還，淑卿懷之，鬱抑而死。聞者悲而哀之，作歌，以表其貞靜專一之志云。

相公之孫鐵城李，養得幽閨天質美。幽閨不出十七年，一朝嫁與梁家〔一〕子。梁家〔二〕之子鸞鳳〔三〕雛，珊瑚玉樹交枝株。池上鴛鴦本成匹〔四〕，園中蛺蝶何曾孤。丈夫壯志〔五〕仕遠方，〔六〕山川阻絕道路長。〔七〕兒女含〔八〕情不忍別，一別那堪〔九〕腸斷絕。高〔一〇〕梧葉落黃花〔一一〕香，忽驚今日重陽節〔一二〕。佳晨〔一三〕依舊復誰〔一四〕在，滿苑〔一五〕茱萸不堪〔一六〕採。更〔一七〕上高樓望遠〔一八〕天，天涯極目空雲烟〔一九〕。不向旁人道心事，回頭滴淚空潸潸〔二〇〕。牛羊歸盡山欲〔二一〕夕，門外終無北來客〔二二〕。此身願得歸泉土，死後那知離別〔二三〕苦。春花易落蘭早摧，鳳臺翠幄垂蛛絲。〔二四〕芳魂〔二五〕不作武昌石，定寄〔二六〕湘江斑竹枝。斑竹枝頭杜鵑血，血點淚痕俱不滅。青山碧草夜茫茫〔二七〕，千古香魂〔二八〕墳上月。

**【校考】**

北大本七古第二六首，序作詩後注。

此詩見崔慶昌《孤竹遺稿》。

〔一〕稿作氏。〔二〕稿作氏。〔三〕鸞鳳：稿作鳳鸞。〔四〕成匹：稿作作雙。〔五〕丈夫壯志：稿作梁家嚴君。〔六〕稿多二句：千里將行拜高堂。出門恩愛從此辭。〔七〕稿多四句：不是征戍向邊州，不是歌舞宿娼樓。心知此去唯爲親，好着斑衣膝下游。〔八〕稿作私。〔九〕一別那堪：稿作別來幾時。〔一〇〕稿作秋。〔一一〕稿作菊。〔一二〕今日重陽節：稿作今朝是九日。〔一三〕稿作辰。〔一四〕復誰：稿作人不。〔一五〕稿作園。〔一六〕不堪：稿作誰共。〔一七〕稿作獨。〔一八〕稿作北。〔一九〕稿作海。〔二〇〕此句，稿作回身暗裏潛下淚。〔二一〕稿作日。〔二二〕稿作使。〔二三〕離別：稿作別離。〔二四〕稿多四句：一聲長吁掩玉顏，芳魂已逐郎行處。當時未生在腹兒，母兒同死最堪悲。〔二五〕芳魂：稿作魂兮。〔二六〕稿作化。〔二七〕此句，稿作千秋萬古何終極。〔二八〕千古香魂：稿作一片青山。

少一〇句，異字序，異字四〇。

## 牽情引　　許篈

熊〔一〕州樓觀飛雲外，白簡霜威凌皂蓋。組練三千引繡衣，羅裙二八〔二〕鳴珠帶〔三〕。九華之帳香〔四〕氤氳，寂寂瓊樓〔五〕午夜分。苧里佳人嬌薦枕，巫山仙子渺〔六〕行雲。牽情夢罷看〔七〕歸路，別恨迢迢隔烟霧〔八〕。妾心〔九〕苦作藕中絲，郎意何如荷上露。錦水東西楊柳新，往來愁殺〔一〇〕斷腸人。欲將心事寄青鳥〔一一〕，芳草年年空復春。朝鮮祖述唐宋故事，驛亭皆設官妓。篈以弘文館遷臺諫，按部行縣，其所遇歌妓若此。

## 【校考】

北大本七古第二七首，無詩後注。

此詩見許篈《荷谷先生詩鈔補遺》，題作《牽情引，調金仁伯》。

〔一〕補遺作雄。〔二〕二八：北大本作八百。〔三〕鳴珠帶：補遺作搖鳴珮。〔四〕之帳香：補遺作帳深暖。〔五〕補遺作籤。〔六〕補遺作去。〔七〕補遺作首。〔八〕此句，補遺作別恨迢遞烟郊樹。〔九〕補遺作身。〔一〇〕愁殺：補遺作多少。〔一一〕此句，補遺作攀枝落日應惆悵。

題有省略，異字二一。

## 出山別元參學　　〔許篈〕

花宮星斗寒相映〔一〕，疊〔二〕疊春山聞夜磬。楚客初招萬里魂，胡僧暫起經年定。王孫綠草〔三〕漸芳菲，松月留人歸未歸。歡喜嶺頭叢桂暗，芙蓉峰下怪禽飛。荷衣蕙帶宿雲濕，寶殿沉沉鬼神泣〔四〕。明日朝〔五〕陽江上行，知君惆〔六〕悵溪頭立。

## 【校考】

北大本七古第二八首。

此詩見許篈《荷谷先生詩鈔》，題作《贈元參學》。

〔一〕相映：鈔作垂影。〔二〕鈔作重。〔三〕綠草：鈔作草綠。〔四〕鈔作入。〔五〕鈔作昭。〔六〕鈔作怊。

題小異，異字序，異字六。

## 鏡囊詞　　〔許篈〕

　　江南女兒當窗織，染得深潭[一]千丈黑。什[二]襲珍包入尚方，五丁輸取歸東國。幾年箱篋有餘香，爲君裁作明鏡囊[三]。囊裏青銅明似月，鏡中玉貌春花光[四]。青銅可磨石可轉，唯有此心終不變。欲識中情[五]長憶君，日日揭囊堪鏡面。

### 【校考】

　　北大本七古第二九首。

　　此詩見許篈《荷谷先生詩鈔》。

　　〔一〕染得深潭：鈔作染作春潭。〔二〕鈔作十。〔三〕此句，鈔作今日裁縫爲鏡囊。〔四〕此句，鈔作鏡中白髮冷於霜。〔五〕中情：鈔作此心。

　　異字一一。

## 江天曉思　　　許筠[許篈]

　　西飛燕，東流水，人生倐忽春夢裏。一夜狂歌[一]不盡歡[二]，十年惆悵情無已[三]。渚烟汀樹春[四]朦朧，曲欄珠箔星在東。蘭臺鳴鼓逐曉發[五]，輕帆一片飛長空[六]。

### 【校考】

　　北大本七古第三〇首。

　　此詩見許篈《荷谷先生詩鈔》，題作《江樓曉思》。

　　〔一〕狂歌：鈔作悲歡。〔二〕鈔作情。〔三〕惆悵情無已：鈔作契闊無窮事。〔四〕鈔作曉。〔五〕鳴鼓逐曉發：鈔作聽鼓聲鼕鼕。〔六〕此句，鈔作風沙減没浮雲鼕。

　　題小異，誤題作者，異字一七。

## 蕊珠曲　　〔許筠〕

　　雲窗霧閣何夜長，湘簾明月低銀床。玉斧真人年正少，羅衾好綰雙鴛鴦。蘭燈熒熒照畫閣，欄外絳河猶未落。宿香乍染翡翠衾，嬌雲未散芙蓉幕。佳人風骨廣寒仙，霞裾六葉裁輕烟。羽蓋朝朝向玄圃，蟠桃花發三千年。

**【校考】**

　　此詩當爲北大本七古第三一首。吳選七古第二十首。北大本頁二八後半、二九前半空白。據前後存詩內容，與伯克利藍選對照，依北大本每半頁九行、行二〇字、詩題占一行來估算，推斷空白頁內容當爲此詩、《贈李文學》和《古別離》前六十字。倘如此，北大本《蕊珠曲》無引、無空行。吳選作許筠《蕊珠曲戲呈吳子魚先生並引》，引曰：先生斷愛久矣，乃謎於一魔登迦，不以慧劍斷之，而效鹿苑仙人毀千劫修行，終不如許頭佗空相不着，一任天女散花，敬呈《蕊珠篇》博笑。

　　此詩不見許筠集。

### 贈李文學　　［許筠］

　　妖氛七載暗海城，天子側席求群英。錦韉曉發薊門樹，寶弓夜渡浿江雨。浿江南去是王京，暫解雕鞍坐幕府。相逢逆旅開襟期，識我故抱烟霞姿。開囊遺我一幅畫，高價已超韓幹馬。杏花如笑鳥如歌，新詞爛爛飛天葩。近世雖稱七才子，如君雅調猶名家。令我幽居忽生色，終夕摩挲三歎息。虎頭功合冠烟閣，白眼吾堪置丘壑。功成他日訪玄度，寫我騎驢入廬霍。

**【校考】**

　　此詩當爲北大本七古第三二首。吳選七古第二一首，題作《吳子魚先生贈畫，詩以謝之》。

　　此詩不見許筠集。

### 古別離　　李氏［鄭誧］

　　西鄰兒女十五時[一]，笑殺東鄰苦別離[二]。豈知今日坐[三]此恨，青鬢一夜垂霜絲。愛郎無計繫驄馬[四]，滿懷都是風雲期。男兒功名自[五]有日，女子盛歲忽已馳[六]。吞聲那敢[七]歎離別[八]，掩面却悔相見遲[九]。聞郎[一〇]已過康城縣，抱琴獨對江水[一一]湄。妾身恨不似江雁[一二]，翩翩羽翮遙[一三]相隨。妝臺明鏡棄[一四]不照，春風寧復吹羅帷[一五]。[一六]天涯魂夢不識路，人生何處[一七]慰愁[一八]思。

**【校考】**

　　北大本七古第三一首。吳選七古第一九首。

　　此爲鄭誧詩，見《雪谷先生集》上、《東文選》卷七，題作《怨別離》。

117

〔一〕此句，集、選作妾年十五嬌且癡。〔二〕此句，集、選作見人惜別常發嘻。〔三〕今日坐：集、選作吾生有。〔四〕此句，集、選作愛君無術可得留。〔五〕集、選作當。〔六〕歲忽已馳：集、選作麗能幾時。〔七〕北大本頁二九下自此始。〔八〕那敢歎離別：集、選作敢怨別離苦。〔九〕此句，集、選作靜思悔不相逢遲。〔一〇〕聞郎：集、選作歸程。〔一一〕獨對江水：集作久立南江，選作久立江南。〔一二〕此句，集、選作恨妾不似江上雁。〔一三〕翩翩羽翮遙：集作相思萬里飛。飛，選作蜚。〔一四〕妝臺明鏡棄：集、選作床頭妝鏡且。〔一五〕此句，集、選作那堪更着宴時衣。〔一六〕集、選多二句：愁來唯欲徑就睡，夢中一笑攜手歸。〔一七〕集、選作以，吳選作用。〔一八〕集、選作相。

題小異，誤題作者，少二句，異字四七。

## 望仙謠　　許景樊

瓊花風細〔一〕飛青鳥，王母麟車向蓬島。蘭旌蕊帔白雉裘〔二〕，笑倚紅欄拾瑤草。天風輕拂〔三〕翠霞裙〔四〕，玉環金〔五〕珮聲琅琅〔六〕。素娥兩兩鼓琴〔七〕瑟，三花珠樹春雲香。平明宴罷芙蓉閣〔八〕，碧海青童乘白鶴。紫簫聲裏〔九〕彩雲〔一〇〕飛，露濕銀河曉星落。

## 【校考】

北大本七古第三二首。吳選七古第二二首。

此詩見許楚姬《蘭雪軒詩集》。

〔一〕集作軟。〔二〕雉裘：集作鳳駕。〔三〕輕拂：集、吳選作吹擘。〔四〕霞裙：集作霓裳，吳選作霞裳。〔五〕集作瓊。〔六〕琅琅：集作丁當。〔七〕集、吳選作瑤。〔八〕北大本作闥。〔九〕聲裏：集作吹徹。〔一〇〕集作霞。

異字一三（吳選異字一〇）。

## 湘絃曲　　〔許楚姬〕

蕉〔一〕花泣露湘江曲，點〔二〕點秋烟天外綠〔三〕。水府涼波龍夜吟，蠻娘輕戛玲瓏玉。離鸞別鳳隔蒼梧，雨氣浸〔四〕江迷曉珠。神絃聲徹石苔冷〔五〕，雲鬟霧鬢〔六〕啼江妹。瑤空星漢高超忽，羽蓋金支五雲没。門外漁郎唱竹枝，銀潭半掛相思月。

【校考】

北大本七古第三三首。吳選七古第二三首。

此詩見許楚姬《蘭雪軒詩集》，題作《湘絃謠》。

〔一〕吳選作薰。〔二〕集作九。〔三〕北大本作落。〔四〕集作侵。〔五〕此句，集作閒撥神絃石壁上。〔六〕雲鬟霧鬢：集作花鬟月鬢。

題小異，異字八（吳選異字九）。

## 四時歌　　〔許楚姬〕
### 春歌

院落深深〔一〕杏花雨，鶯聲〔二〕啼遍〔三〕辛夷塢。流蘇羅幕春尚寒〔四〕，博山輕飄香一縷。鸞鏡曉梳春雲長〔五〕，玉釵寶髻〔六〕蟠鴛鴦。斜捲重簾帖翡翠，金勒雕鞍歎何處。〔七〕誰家池館咽笙歌，月照清尊〔八〕金叵羅。愁人獨夜不成寐，絞綃曉起看紅淚〔九〕。

【校考】

北大本七古第三四首，無《春歌》題，下三首同。吳選七古第二四首。

此詩見許楚姬《蘭雪軒詩集》，題作《四時詞·春》。

〔一〕集作沉。〔二〕鶯聲：集作流鶯。〔三〕集作在。〔四〕春尚寒：集作襲春寒。〔五〕此句，集作美人睡罷理新妝。〔六〕玉釵寶髻：集作香羅寶帶。〔七〕斜捲二句，集作四句：斜捲重簾帖翡翠，懶把銀箏彈鳳凰。金勒雕鞍去何處，多情鸚鵡當窗語。後多二句：草粘戲蝶庭畔迷，花胃游絲闌外舞。〔八〕清尊：集作美酒。〔九〕此句，集作曉起鮫綃紅淚多。

題小異，少四句，異字一九。

### 夏歌

槐陰滿地花陰薄，玉簟銀床敞朱〔一〕閣。白苧新裁染汗香〔二〕，輕風灑灑〔三〕搖羅幕。瑤階飛〔四〕盡石榴花，日輾晶簾影欲斜〔五〕。雕樑晝永午眠重，錦茵扣落釵頭鳳〔六〕。額上鵝黃膩曉妝〔七〕，鶯聲啼〔八〕起江南夢。南塘兒女〔九〕木蘭舟，採蓮何處〔一〇〕歸渡頭。輕橈漫〔一一〕唱橫塘〔一二〕曲，波外夕陽山更綠〔一三〕。

**【校考】**

北大本七古第三五首。吳選七古第二五首。

此詩見許楚姬《蘭雪軒詩集》，題作《四時詞・夏》。

〔一〕集作珠。〔二〕新裁染汗香：集作衣裳汗凝珠。〔三〕輕風灑灑：集作呼風羅扇。〔四〕集作開。〔五〕此句，集作日轉華簷簾影斜。〔六〕雕樑二句，集作四句：雕樑畫永燕引雛，藥欄無人蜂報衙。刺繡慵來午眠重，錦茵敲落釵頭鳳。〔七〕曉妝：集作睡痕。〔八〕鶯聲啼：集作流鶯喚。〔九〕兒女：集作女伴，吳選作女兒，北大本作女子。〔一〇〕採蓮何處：集作采采荷花。〔一一〕集作齊。〔一二〕橫塘：集作採菱。〔一三〕此句，集作驚起波間雙白鷗。

少二句，字句重組，異字三〇。

### 秋歌

紗厨爽氣〔一〕殘宵迥〔二〕，露滴〔三〕虛庭玉屏冷。池蓮〔四〕粉落〔五〕夜有馨〔六〕，井梧葉下秋無影。金壺漏徹生〔七〕西風，珠簾唧唧鳴寒蟲〔八〕。金刀剪取〔九〕機上〔一〇〕素，玉關夢斷羅帷空。縫作衣裳寄遠客，蘭燈熒熒〔一一〕明暗壁。含啼自草別離難〔一二〕，驛使明朝發南陌。〔一三〕

**【校考】**

北大本七古第三六首。吳選七古第二六首。

此詩見許楚姬《蘭雪軒詩集》，題作《四時詞・秋》。

〔一〕爽氣：集作寒逼。〔二〕集作永。〔三〕集作下。〔四〕集作荷。〔五〕集作褪。〔六〕集作香。〔七〕金壺漏微生：集作丁東玉漏響。〔八〕此句，集作簾外霜多啼夕蟲。〔九〕集作下。〔一〇〕集作中。〔一一〕蘭燈熒熒：集作悄悄蘭燈。〔一二〕自草別離難：集作寫得一封書。〔一三〕集多四句：裁封已就步中庭，耿耿銀河明曉星。寒衾轉輾不成寐，落月多情窺畫屏。

少四句，異字二五。

### 冬歌

銅壺一夜聞寒枕〔一〕，紗窗月落鴛央冷〔二〕。烏鴉驚飛轆轤長〔三〕，樓前倏忽生曙光〔四〕。侍婢金瓶瀉鳴玉〔五〕，銀盆〔六〕水〔七〕澀胭脂香。春山欲描描不得〔八〕，欄干佇立寒霜白〔九〕。去年照鏡看花柳，琥珀光深傾夜酒。羅帳重重圍鳳笙，玉容今爲相思瘦〔一〇〕。青驄一別春復春，金戈鐵馬瀚海濱〔一〕。驚沙吹雪冷黑貂〔二〕，香閨良夜何迢迢〔一三〕。

## 【校考】

北大本七古第三七首。吳選七古第二八首。

此詩見許楚姬《蘭雪軒詩集》，題作《四時詞·冬》。

〔一〕此句，集作銅壺滴漏寒宵永。〔二〕此句，集作月照紗幃錦衾冷。月，北大本作日。冷，吳選作錦。〔三〕此句，集作宮鴉驚散轆轤聲。〔四〕此句，集作曉色侵樓窗有影。〔五〕此句，集作簾前侍婢瀉金瓶。〔六〕銀盆：集作玉盆，吳選作曉簾。〔七〕集作手。〔八〕此句，集作春山描就手屢呵。〔九〕此句，集作鸚鵡金籠嫌曉霜。〔一〇〕去年四句，集作：南鄰女伴笑相語，玉容半爲相思瘦。金爐獸炭暖鳳笙，帳底美兒薦春酒。〔一一〕青驄二句，集作：憑闌忽憶塞北人，鐵馬金戈青海濱。〔一二〕冷黑貂：集作黑貂弊。〔一三〕此句，集作應念香閨淚滿巾。

異字五六（吳選異字五四）。

### 弄潮曲　　〔許篈〕

妾身嫁與弄潮兒，妾夢依依江水湄〔一〕。南風北風吹五兩〔二〕，上船下船齊蕩槳。桃花高〔三〕浪接烟空，杳杳〔四〕歸帆夕照中。慎勿〔五〕沙頭候風色，佳期不來愁殺儂〔六〕。

## 【校考】

北大本七古第三八首。

此詩見許篈《荷谷先生詩鈔》，題作《蕩槳詞》。

〔一〕此句，鈔作日日昭陽江上望。〔二〕吹五兩：鈔作一吹衣。〔三〕鈔作烟。〔四〕杳杳：鈔作渺渺。〔五〕鈔多辛苦二字。〔六〕不來愁殺儂：鈔作蘭渚浮雲颭。

異題，漏書作者，異字一六。

### 山鷓鴣詞　　〔許篈〕

山鷓鴣，長太息〔一〕。碧霄翠霧浮〔二〕，綠蘿寒月〔三〕黑。苦竹嶺上秋聲催〔四〕，苦竹嶺下行人稀。蒼梧烟凝〔五〕雁門冷〔六〕，南禽北禽相背飛。關塞迢迢幾千里〔七〕，腸斷行人淚滿衣〔八〕。憑君莫問南與北，迢遞雲山行不得〔九〕。

**【校考】**

北大本七古第三九首。

此詩見許篈《荷谷先生詩鈔》。

〔一〕此句，鈔作行不得。〔二〕翠霧浮：鈔作彩霞沒。〔三〕北大本作日。〔四〕鈔作起。〔五〕烟凝：鈔作雲氣。〔六〕鈔作霜。〔七〕此句，鈔作雁門迢迢一千里，北大本作關塞迢，幾千里。〔八〕此句，鈔作此是行人腸斷處。〔九〕此句，鈔作君不聞想澄成國土。

漏書作者，異字一九。

## 山嵐　　　［鄭希良］

暮雨侵江曉初闢〔一〕，朝〔二〕日染成嵐氣〔三〕碧。經雲緯霧錦〔四〕陸離，織破〔五〕瀟湘秋水色。隨風宛轉學佳人，畫出雙蛾半成蹙〔六〕。俄然散作雨霏霏〔七〕，青山忽起如新沐。

**【校考】**

北大本七古第四〇首。

此詩爲鄭希良《瀟湘八景》之四《山市晴嵐》，見《虛庵先生遺集》卷一。

〔一〕此句，集作江上青山玉一朵。〔二〕集作曉。〔三〕集作縷。〔四〕集作綿。〔五〕集作罷。〔六〕此句，集作畫出文君眉半蹙。〔七〕此句，集作俄頃霏微散作雨。

題有省略，誤題作者，異字一四。

# 附録

## 嗚呼島即田橫島　　　李崇仁

嗚呼島在東溟中，滄波渺然一點碧。夫何使我雙淚〔一〕零，只爲哀此田橫客。田橫氣概橫素秋，義〔二〕士歸心實五百。咸陽隆準起真人〔三〕，手注天潢洗秦虐。橫何爲哉不歸來，怨〔四〕血自污蓮花鍔。義士〔五〕聞之爭奈何，飛鳥依依無處息〔六〕。寧從地下共追隨，軀命如絲安足惜〔七〕嗚呼千載〔八〕與萬古，此心菀結誰能識。山哀浦思潮怒轟，長虹耿耿凌霄碧〔九〕。君不見古今多少輕薄兒，朝爲同袍暮仇敵。

【校考】

吳選七古第一一首。

此詩見李崇仁《陶隱先生詩集》卷一、《東文選》卷八，題下注：一名半洋山。

〔一〕集、選作涕。〔二〕選作壯。〔三〕起真人：集、選作真天人。〔四〕選作冤。〔五〕義士：集、選作客雖。〔六〕集、選作托。〔七〕集、選多二句：同將一刻寄孤嶼，山哀浦思日色薄。〔八〕集、選作秋。〔九〕山哀二句，集、選作：不爲轟霆有所洩，定作長虹射天赤。

少二句，異句序，字句重組，異字一三／一五。

# 朝鮮詩選全集

昌江藍芳威萬里　　選
匯東祝世禄無功　　閱
莆口吳知過更伯
東萊韓初命　　　同校

## 五言律詩　　排律附

**【校考】**

吳選五言排律單列。

### 贈雲門蘭若智光上人　　崔致遠

雲畔搆〔一〕精廬，安禪四紀餘。笻無出山步，筆絶入京書。竹架泉聲遠〔二〕，松櫺日影疏。境高吟不盡，暝目悟真如。

**【校考】**

北大本五言律詩第一首。吳選五言律詩第一首。

此詩見崔致遠《孤雲先生文集》卷一、《東文選》卷九。

〔一〕集、選作構。〔二〕集、選作緊。

異字二。

### 宿金壤縣　　高兆基

鳥語霜林曉，風驚旅〔一〕榻眠。簷殘半規月，夢斷一涯天。落葉埋歸路，寒枝冐〔二〕宿烟。江東行木〔三〕盡，秋老〔四〕水村邊。

**【校考】**

北大本五律第二首。吳選五律第二首。

此詩見《東文選》卷九。

〔一〕選作客。〔二〕選作掛。〔三〕選、吳選作未。〔四〕選、吳選作盡。

124

異字四（吳選異字二）。

## 田家　　金克己

掮掮田家苦，秋來得暫閑。雁霜楓葉塢，蚤雨菊花灣。牧笛穿雲[一]去，樵歌帶月還。莫辭收拾早，梨栗滿空山。

**【校考】**

北大本五律第三首。吳選五律第三首。

此詩見《東文選》卷九，爲金克己《田家四時》詩四首之三。

〔一〕選作烟。

題有省略，異字一。

## 漫興　　李仁老

境僻人難[一]到，春深酒半酣。花光迷杜[二]曲，竹影似城南。長嘯愁無四，行歌樂有三。静中滋味永[三]，非[四]是世人諳。

**【校考】**

北大本五律第四首。

此詩見《東文選》卷九。

〔一〕選作誰。〔二〕北大本作逕。〔三〕選作在。〔三〕選作豈。

異字三。

## 九品寺　　李奎報

山險馬頻[一]蹶，路長人易疲。驚麕時[二]入草，宿鳥已安枝。虛閣秋聲[三]早，危峰月影[四]遲。僧閑無一事，除却點茶時。

**【校考】**

北大本五律第五首。

此詩見李奎報《東國李相國全集》卷一四，題作《游九品寺迫晚》。又見《東文選》卷九。

〔一〕集作猶。〔二〕集作潜。〔三〕集、選作来。〔四〕集、選作上。

與集較，題有省略，異字四／二。

### 宿德淵院　　[李奎報]

落日三杯酒，清風一枕眠。竹虛同客性，松老等僧年。野水搖蒼石，村畦繞翠巔。晚來山更好，詩思自[一]如泉。

**【校考】**

北大本五律第六首。吳選五律第四首。

此詩爲李奎報《和宿德淵院》二首之一，見《東國李相國全集》卷七。

〔一〕集作湧。

題有省略，異字一。

### 穴口寺　　俞升旦

地遠[一]兼旬路，天低近尺鄰。雨宵猶對[二]月，風晝不飛[三]塵。晦朔潮爲曆，寒暄草記辰。干戈看世事，更[四]羨臥雲人。

**【校考】**

北大本五律第七首。吳選五律第五首。

此詩見《東文選》卷九。

〔一〕選作縮。〔二〕選作見。〔三〕選作躋。〔四〕選作堪。

異字四。

### 宿清心樓　　鄭樞

夜入黃鸝縣，舟人欲臥時。渚行風作暴，樓宿月如期。天遠[一]長江闊[二]，沙明雜樹奇。三更發清嘯，更[三]覺舞馮夷。

**【校考】**

北大本五律第八首。吳選五律第七首。

此爲鄭樞《宿驪興清心樓》詩，見《圓齋先生文稿》卷上、《東文選》卷一〇。

〔一〕稿、選作豁。〔二〕稿、選作動。〔三〕稿、選作便。

題有省略，異字三。

## 萬景臺望海　　〔鄭樞〕

一抹橫天黑，蒼茫望不窮[一]。始疑山隱霧，漸見[二]浪浮空。日月[三]鴻濛外[四]，乾坤浩蕩中[五]。長帆如可[六]借，萬里欲[七]乘風。

**【校考】**

北大本五律第九首。

此爲鄭樞《題萬景臺》詩，見《圓齋先生文稿》卷上。

〔一〕此句，稿作滄溟眼底窮。〔二〕稿作認。〔三〕日月：稿作鳥絕。〔四〕稿作內。〔五〕此句，稿作龍吟滉漾中。〔六〕如可：稿作誰見。〔七〕稿作願。

題小異，異字一五。

## 次杜詩韻　　韓脩

此日亦云暮，百年真可悲。心爲形所役，老與病相宜[一]。篆沒[二]香殘後[三]，窗明月上時。有懷無與晤，聊和古人詩。

**【校考】**

北大本五律第一〇首。吳選五律第一八首。

此爲韓脩《夜坐，次杜工部詩韻》，見《柳巷先生詩集》、《東文選》卷一〇。

〔一〕集、選作隨。〔二〕集、選作冷。〔三〕集作夜。

題有省略，異字三／二。

## 宵夢　　偰遜

龍蛇猶格鬥，豺虎尚縱橫。不見風塵息，胡爲江漢行。有身真大累，無地托餘生。寂寞中宵夢，淒涼去國情。

**【校考】**

北大本五律第一一首。吳選五律第一二首。

此詩見《東文選》卷一〇。

## 幽居即事　　金仲權

家貧營産少，草色滿庭除。妻病惟須藥，兒癡懶讀書。菊從晴後種，

127

菰向晚來鋤。漸覺幽居好，門無駟馬〔一〕車。

**【校考】**

北大本五律第一二首。吳選五律第八首。

此詩見《東文選》卷一〇。

〔一〕駟馬：選作長者。

異字二。

#### 聞雁　　鄭夢周

行旅忽聞雁，仰看天宇清。數聲和月落，一點入雲橫。錦字〔一〕回燕塞，新愁滿洛城。疏燈孤館夜，何限故〔二〕園情。

**【校考】**

北大本五律第一三首。吳選五律第九首。

此詩見鄭夢周《圃隱先生文集》卷二。

〔一〕錦字：集作遠信。〔二〕集作古。

異字三。

#### 簾　　蔡璉

半捲書窗曉，新秋霽景澄。風來一陣雨，月映萬條冰。暖〔一〕日篩紅暈，遙山〔二〕漏碧層。香閨涼夜永，幾處隔銀燈。

**【校考】**

北大本五律第一四首，題作《又》。吳選五律第六首。

此詩見《青丘風雅》卷三。

〔一〕風雅作麗。〔二〕風雅作岑。

異字二。

#### 早行　　李穡[李穡]

凌晨問前路，曉色未全分。帶月馬頭夢，隔林人語聞。樹平連野霧，風細繞〔一〕溪雲。異國幾愁絕，南天無雁群〔二〕。

**【校考】**

北大本五律第一五首。吳選五律第一三首。

此詩見李穡《牧隱詩稿》卷二。

〔一〕稿作起。〔二〕異國二句，稿作：已過三河縣，丹心只在君。

作者名有誤字，異字一一。

### 浮碧樓懷古　　〔李穡〕

乍〔一〕過永明寺，還〔二〕登浮碧樓。城空月一片，石老樹〔三〕千秋。麟馬去不返，天孫何處游。長嘯倚風磴，山青江自〔四〕流。平壤有永明寺，寺前有浮碧樓，俯瞰浿江，千里一碧。按《朝鮮輿地志》，浮碧樓，即高句麗東明王朱蒙九梯宮也。昔東扶餘王娶於河伯女柳花氏，是生朱蒙。朱蒙生而神靈，七歲自治弓矢，發無不中，年二十二，自立爲高句麗王，四十而卒。世傳朱蒙乘麒麟馬，上昇於天。樓前有石曰麒麟窟，即昇天處也。今石上馬跡尚存云。

### 【校考】

北大本五律第一六首。

此爲李穡《浮碧樓》詩，見《牧隱詩稿》卷二、《東文選》卷一〇。《東文選》無注。北大本注曰：平壤有永明寺，寺前有浮碧樓，俯瞰浿江，千里一碧。即高句麗東明王朱蒙九梯宮也。

〔一〕稿、選作昨。〔二〕稿、選作暫。〔三〕稿、選作雲。〔四〕稿作水。

題增字，異字四/三。

### 送權使君之忠州州北有寺，爲崇仁舊游　　李崇仁

猶憶天開寺，青山帶小亭〔一〕。到〔二〕門無俗客，面壁有高僧。百尺臺臨水，千年木繞〔三〕藤。政清多〔四〕暇日，時復訪禪櫺〔五〕。

### 【校考】

北大本五律第一七首。吳選五律第一四首。

此爲李崇仁《送權使君之任忠州，州北有開天寺，是僕舊游之地》詩，見《陶隱先生詩集》卷二。

〔一〕猶憶二句，集作：净土山多好，開天寺足徵。北大本脫下句。〔二〕集作踵。〔三〕集作臥。〔四〕政清多：集作君歸足。〔五〕此句，集作一一訪吾曾。

題有省略，異字序，異字一四。

# 送興教僧統還山　　［李崇仁］

閉門謝客久，臨水送將歸〔一〕。曉月袈裟冷，秋風錫杖〔二〕飛。路回千
嶂合，亭小五松圍。去去真佳勝〔三〕，風塵〔四〕足駭機。〔五〕

## 【校考】

北大本五律第一八首。吳選五律第一五首。

此爲李崇仁《送興教僧統還山，次淡庵、牧隱諸先生韻》詩，見
《陶隱先生詩集》卷二。

〔一〕閉門二句，集作：書生淡生活，詩句送師歸。〔二〕錫杖：集
作杖錫。〔三〕此句，集作役役吾何事。〔四〕風塵：集作名場。〔五〕集
後注：寺有五松亭。

題有省略，異字序，異字一五。

# 倚杖　　［李崇仁］

倚杖柴門外，悠然白晝〔一〕長。四山看〔二〕列戟，一水聽鳴璫。鶴立松
巔暝〔三〕，雲生石竇涼。遙憐十載〔四〕夢，端此卜行藏〔五〕。

## 【校考】

北大本五律第一九首。吳選五律第一六首。

此詩見李崇仁《陶隱先生詩集》卷二。

〔一〕白晝：集作發興。〔二〕集作疑。〔三〕巔暝：集作丫暝。〔四〕
集作年。〔五〕此句，集作款款此中忙。

異字一一。

# 挽金太常　　［李崇仁］

禮儀今大叔，史學昔公羊。四十人間世，千秋地下郎。空庭餘敗草，
老樹耿〔一〕斜陽。俯仰成陳跡，經過只〔二〕自傷。

## 【校考】

北大本五律第二〇首。吳選五律第一七首。

此詩見李崇仁《陶隱先生詩集》卷二，題作《悼金大常》，下注曰：
名廣元，以知禮聞，《春秋》尤其所長也。

〔一〕樹耿：集作屋更。〔二〕集作每。

異字三。

## 山中　　鄭道傳

弊業三峰下，歸來松桂秋。家貧妨養疾，心靜足忘憂。護竹開斜[一]
徑，憐山築[二]小樓。鄰僧來問字，盡日爲淹[三]留。[四]

【校考】

北大本五律第二一首。吴選五律第一九首。

此詩爲鄭道傳《山中》二首之二，題下按曰：自榮州避寇還三峰舊
居。見《三峰集》卷二。

〔一〕集作迁。〔二〕集作起。〔三〕集作相。〔四〕集詩後按：後人
評曰：用揚雄事。

異字三。

## 關山月　　[鄭道傳]

一片關山月，長天萬里來。鳳臺秋思遠，龍笛曉聲哀。蘇武何當返，
李陵亦未回。悲歌腸已斷，素影尚徘徊。

【校考】

北大本五律第二二首。

此詩見鄭道傳《三峰集》卷一、《東文選》卷五，爲五言古詩。《三
峰集》題下注曰：癸卯春，公受忠州司錄之命赴居開京，時國使入原，
無一人還者，民間皆言原以忠宣王孽子代恭愍爲王矣，後果然。按：忠
宣孽子，即德興君塔思帖木兒。詩曰：一片關山月，長天萬里來。塞風
吹不盡，冷影故徘徊。蘇武何時返，李陵亦未回。蕭疏白旄節，寂寞望
鄉臺。豈無南飛雁，音信何遼哉。見月三歎息，搔首有餘哀。

句序異，五古成五律，少四句，異字一六。

## 村居即事　　[鄭道傳]

茅茨數間屋，幽絶自無塵。晝永看書懶，風清岸幀頻。青山時入户，
明月夜爲鄰。偶此息煩慮，慚[一]非避世人。

【校考】

北大本五律第二三首。

此詩見鄭道傳《三峰集》卷二。

〔一〕集作原。

異字一。

### 漫題　　李原〔一〕

短簷〔二〕臨野渡，斜〔三〕徑出荆榛〔四〕。七里當年釣，三閭此日醒。烟籠寒水白〔五〕，山透小簾青。地僻經過少，莓苔自滿庭。

### 【校考】

北大本五律第二四首。吳選五律第二〇首。

此爲李原《次時出亭韻》詩，見《容軒先生文集》卷一。

〔一〕北大本作源，誤。〔二〕短簷：集作圍茅。〔三〕集作微。〔四〕荆榛：集作榛荆。〔五〕集作碧。

異題，異字序，異字四。

### 尋僧　　〔李原〕

尋師白雲寺〔一〕，躋險入〔二〕仙宮。陰壑經春雪，長松盡日風。鐘鳴山氣晚〔三〕，門掩月明中。最愛一宵〔四〕話，蕭然萬籟〔五〕空。

### 【校考】

北大本五律第二五首。吳選五律第二一首。

此詩見李原《容軒先生文集》卷二。

〔一〕集作裏。〔二〕集作到。〔三〕氣晚：集作色暮。〔四〕集作笑。〔五〕蕭然萬籟：集作能令萬慮。

異字八。

### 贈鄭三峰　　〔李集〕

鄭生應似我，破〔一〕屋屢遷移。只賴同年愛，今爲相國知。借書乘月〔二〕讀，乞米續晨炊。莫説〔三〕三峰隱，君王亦爾思。

### 【校考】

北大本五律第二六首。吳選五律第二二首。

此詩見李集《遁村雜咏》。

〔一〕集作無。〔二〕乘月：集作勤夜。〔三〕集作向。

漏書作者，異字四。

## 過僧舍　　鄭招[柳方善]

東嶺臨初日[一]，尋師扣石門[二]。宿雲留塔頂，積雪擁籬根。樹影[三]連深洞，鐘聲[四]徹近[五]村。坐來[六]吟未已，清興動[七]黃昏。

【校考】

北大本五律第二七首。吳選五律第二三首。

此爲柳方善詩，見《泰齋先生文集》卷一、《東文選》卷一〇，題作《曉過僧舍》。

〔一〕臨初日：集、選作上初曉。〔二〕此句，集作尋僧叩竹門，選作尋師扣竹門。〔三〕樹影：集、選作小徑。〔四〕鐘聲：集、選作疏鐘。〔五〕選作遠。〔六〕坐來：集、選作蕭然。〔七〕集、選作到。

題有省略，誤題作者，異字一一/一〇。

## 又　　[柳方善]

獨訪清溪寺，蕭然殿宇寒[一]。庭空花影轉，樹密[二]鳥聲閑[三]。小徑通[四]林外，寒泉積翠[五]間。更[六]逢鄰叟話[七]，竹下[八]暫盤桓。

【校考】

北大本五律第二八首。吳選五律第二四首。

此詩見柳方善《泰齋先生文集》卷一，題作《尋僧不遇》。

〔一〕此句，集作無僧院宇閑。〔二〕集作静。〔三〕集作殘。〔四〕小徑通：集作細徑疏。〔五〕積翠：集作翠竹。〔六〕集作賴。〔七〕集作語。〔八〕竹下：集作且得。

異題，誤題作者，異字一一。

## 湘水驛　　姜希孟

立馬臨湘水，登樓望翠巒[一]。亂峰來暝[二]色，破葛集輕寒。迥野濤聲壯，長天雁影闌[三]。百年愁是半，厄酒強爲歡[四]。

【校考】

北大本五律第二九首。吳選五律第二五首。

此詩見姜希孟《私淑齋集》卷二，題作《題楊州湘水驛壁》。

〔一〕立馬二句，集作：晚步步前除，巡簷數遠山。〔二〕集作暝。〔三〕迥野二句，集作：落日三竿盡，昏鴉數點還。〔四〕此句，集作排悶強爲寬。

題有省略，異字二四。

## 歸來亭　　［姜希孟］

歸去來何事，村居農事〔一〕忙。趁晴還〔二〕刈麥，乘雨更〔三〕移秧。供饁炊〔四〕新笋，携筐摘小〔五〕桑。委心聊自適〔六〕，風灑葛衣涼〔七〕。

### 【校考】

北大本五律第三〇首。吳選五律第二六首。

此爲姜希孟《申參議末舟歸來亭首尾吟》十首之四，見《私淑齋集》卷二。

〔一〕村居農事：集作夏天村務。〔二〕集作須。〔三〕集作便。〔四〕集作戕。〔五〕携筐摘小：集作喂蠶試女。〔六〕集作樂。〔七〕此句，集作臧穀共亡羊。

題有省略，異字一六。

## 又　　［姜希孟］

歸去來何事，貪看〔一〕泉石奇。江奔平野闊〔二〕，山擁小亭危。種〔三〕竹庭偏靜，看〔四〕花席屢〔五〕移。委心聊自適〔六〕，漸〔七〕與世相違。

### 【校考】

北大本五律第三一首。吳選五律第二七首。

此爲姜希孟《申參議末舟歸來亭首尾吟》十首之九，見《私淑齋集》卷二。

〔一〕貪看：集作膏肓。〔二〕集作遠。〔三〕集作得。〔四〕集作憐。〔五〕集作更。〔六〕集作樂。〔七〕集作豈。

題有省略，異字八。

## 又　　［姜希孟］

歸去來何事〔一〕，菁川坐濯纓。竹深村塢寂〔二〕，江闊野橋平。帶月閑垂釣，乘春獨就〔三〕耕。委心聊自適〔四〕，何用絆浮名。

## 【校考】

北大本五律第三二首。吳選五律第二八首。

此爲姜希孟《作首尾吟送人南歸》五首之四，見《私淑齋集》卷二。

〔一〕此句，集作我欲隨君去。〔二〕集作靜。〔三〕集作出。〔四〕此句，集作不歸歸便得。

異題，異字一〇。

### 遣興　　　偰長壽〔朴宜中〕

節序忽云暮，客行何所之。一身長作梗，雙鬢已垂〔一〕絲。短帽風聲緊，疏燈夜影遲。昨非今始覺，事事不如期。

## 【校考】

北大本五律第三三首。吳選五律第三八首。

此爲朴宜中詩，見《貞齋先生逸稿》卷一，題作《送別洪少尹載》。又見《東文選》卷一〇，題作《遣興》。

〔一〕稿、選作成。

誤題作者，異字一。

### 即事　　　〔朴宜中〕

柳橋穿〔一〕翠密，花塢惜紅稀。改燧〔二〕青榆火，新裁〔三〕白苧衣。桑疏蠶已老，草茂馬初肥。久客鄉愁切〔四〕，驚魂夜夜〔五〕歸。

## 【校考】

北大本五律第三四首。吳選五律第三九首。

此爲朴宜中詩，見《貞齋先生逸稿》卷一、《東文選》卷一〇，題作《首夏即事》。

〔一〕稿作愛，注：一本作穿。〔二〕改燧：稿、選作鑽改。〔三〕新裁：稿、選作裁新。〔四〕鄉愁切：稿、選作緣何事。〔五〕驚魂夜夜：稿、選作思歸未得。

題有省略，誤題作者，異字序，異字九/八。

### 潼陽驛　　　李詹

一粟滄波上，飄飄〔一〕任此身。楚山遙送客，淮月近隨人。衰鬢渾成雪，征衣易染塵。那堪行役久，汀草暗生〔二〕春。

**【校考】**

北大本五律第三五首。吳選五律第四〇首。

此詩見《東文選》卷一〇，題作《舟行至沭陽潼陽驛》。

〔一〕選作然。〔二〕選作知。

題有省略，異字二。

### 偶成　　［李詹］

行旅知多少，閑人似我稀。愛山隨處住〔一〕，得句獨吟歸。僧院秋方至，官途露未晞。會當容此膝，江上有魚磯。

**【校考】**

北大本五律第三六首。吳選五律第四一首。

此詩見《東文選》卷一〇，題作《將赴密陽，歇馬茵橋新院》。

〔一〕選作駐。

異題，異字一。

### 寄副令　　卞仲良

最憐金典校，華髮卜山居。高〔一〕枕松聲落，虛〔二〕窗竹影疏。巖耕春種豆，水檻〔三〕夜叉魚。盛世〔四〕求賢急，行當見鶴書。

**【校考】**

北大本五律第三七首。

此詩見《東文選》卷一〇，題作《寄金副令》。

〔一〕選作睡。〔二〕選作吟。〔三〕選作宿。〔四〕選作代。

題有省略，異字四。

### 晨興　　［卞季良］

殘夜涼侵簟，虛簷〔一〕露氣通。蘿烟浮〔二〕宿火，窗曙送疏鐘〔三〕。日出高林〔四〕外，秋生積雨中。幽棲忘盥櫛，客到強爲容。

**【校考】**

北大本五律第三八首。

此爲卞季良詩，見《春亭先生詩集》卷一。

〔一〕虛簷：集作窗虛。〔二〕蘿烟浮：集作四鄰明。〔三〕此句，集作萬井動晨鐘。〔四〕高林：集作疏烟。

誤題作者，異字七。

### 春事　　卞季良

冉冉花期近，陰陰徑草〔一〕深。晴〔二〕光歸弱柳，鶯語到〔三〕空林。幽夢僧來解，新詩鶴〔四〕伴吟。境偏無一〔五〕事，酒債遠〔六〕相尋。

**【校考】**

北大本五律第三九首。

此詩見卞季良《春亭先生詩集》卷一。

〔一〕陰陰徑草：集作纖纖草徑。〔二〕集作風。〔三〕鶯語到：集作野燒入。〔四〕集作鳥。〔五〕集作外。〔六〕債遠：集作伴動。

異字序，異字一〇。

### 靈泉寺次壁上韻　　〔卞季良〕

地僻塵機息，高棲〔一〕暑氣微。鳥隨鳴磬下，僧逐〔二〕暮鐘歸。移石雲生袖，看松翠滴衣。秋霜山果熟，更此扣柴〔三〕扉。

**【校考】**

北大本五律第四〇首。吳選五律第四二首。

此詩見卞季良《春亭先生詩集》卷二、《東文選》卷一〇，題作《次靈通寺壁上韻》。

〔一〕高棲：集、選作棲高。〔二〕集作趁。〔三〕集、選作巖。

題小異，異字三/二。

### 題安氏園亭　　魚變甲

安氏園林好，清風一院虛。巖松巢老鶴，澗藻聚寒魚。對竹傾新釀，穿林摘嫩蔬。君恩慚未報，卜此可懸車。

**【校考】**

北大本五律第四一首。吳選五律第三二首。

魚變甲以文獻傳世之詩，常見者爲收於《東文選》卷一〇之《題壁上》。據魚變甲玄孫魚叔權《稗官雜記》，魚變甲《題壁上》乃題於咸安本家壁上。詩曰：歸來棲息地，環堵兩三間。風雨弟兄話，晨昏父母顏。

門聽雙澗水，樓對四窗山。只要君臣義，休官諒不難。與此詩全不類。
《稗官雜記》又錄魚變甲行至昌寧別墅所作詩，乃七言詩。李命培《茅溪
先生文集》卷六《直提學魚公遺事》云魚變甲：歷典文任，屢蒙能文之
天褒，其文章著述不朽者多，而世代浸久，皆逸不傳，獨其歸鄉詩數篇
深得唐人體調，咸之人至今家吟戶誦，以作一鄉之風雅。此詩或亦鄉人
所傳乎？

## 禪興路上　　權遇

一別〔一〕禪興路，於今四五年。尋芳新草木，訪跡舊山川。斷隴〔二〕犁
耕雨，荒園鳥度〔三〕烟。繁華皆已盡〔四〕，滿目總幽〔五〕然。

【校考】

北大本五律第四二首。吳選五律第四三首。

此詩見《東文選》卷一〇。

〔一〕一別：選作不向。〔二〕選作壠。〔三〕選作語。〔四〕選作去。
〔五〕選作蕭。

異字六。

## 題西江亭　　〔權遇〕

愛此江亭好，登臨久不回。客〔一〕帆投岸落，漁艇帶〔二〕潮來。極浦寒
烟積，遙山返照開。機心消已盡，魚鳥莫相猜。

【校考】

北大本五律第四三首。吳選五律第四四首。

此詩見《東文選》卷一〇。

〔一〕選作商。〔二〕選作逐。

異字二。

## 寄權正卿　　申叔舟

東極來千里，邊城月再盈。隔江皆虜聚，問地半胡名。鼙鼓連山
動〔一〕，風沙拂面生〔二〕。和戎謀已〔三〕拙，兩鬢雪花明。

【校考】

北大本五律第四四首。吳選五律第二九首。

此詩見申叔舟《保閑齋集》卷八。

〔一〕此句，集作氈羯薰人苦。〔二〕拂面生：集作拍面輕。〔三〕謀已：集作才正。

異字九。

### 桐花寺　　曹偉

雲開〔一〕深洞府，一徑入烟霞〔二〕。樹密補山翠〔三〕，溪明添月華。出牆垂露竹，繞砌落天花〔四〕。叢桂堪棲隱，徘回動曉鴉〔五〕。

【校考】

北大本五律第四五首。吳選五律第三一首。

此詩見曹偉《梅溪先生文集》卷一，題作《桐華寺》，下注曰：在樂安郡關雲山。

〔一〕雲開：集作開雲。〔二〕集作蘿。〔三〕集作色。〔四〕落天花：集作傲霜花。天花，北大本作天葩，下注：天葩，一作天花。〔五〕叢桂二句，集作：是處堪棲遁，絕憐西崦家。

異字序，異字一二。

### 游梅林寺　　金訢

閑携筇竹杖〔一〕，重訪薜蘿〔二〕門。笋〔三〕迸添新籜，潮生漲舊痕。雲霞藏佛殿，烟火隔漁村。一夜僧堂宿，悠然遠世氛〔四〕。

【校考】

北大本五律第四六首。吳選五律第三〇首。

此詩見金訢《顏樂堂集》卷一，題作《游梅林寺，次韻》。

〔一〕筇竹杖：集作木上座。〔二〕薜蘿：集作波羅。〔三〕集作竹。〔四〕一夜二句，集作：暫借蒲團卧，蕭然洗濁昏。

題有省略，異字一五。

### 有客　　僧雪岑

有客清平寺，春山隨〔一〕意游。鳥啼孤塔静，花落小溪流。嘉〔二〕菜知時秀，香茵〔三〕過雨柔。往來仙洞古，已過百年憂〔四〕。

**【校考】**

北大本五律第四七首。

此爲金時習詩，見《梅月堂詩集》卷一三，爲其《關東日録》中詩。

〔一〕集作任。〔二〕集作佳。〔三〕集作菌。〔四〕往來二句，集作：行吟入仙洞，消我百年愁。

異字九。

### 自適　　〔金時習〕

自少無關意，而今愜素心。種花連竹塢，蒔藥避棠陰。苔蘚人蹤沒〔一〕，琴書樹影深。幽情無與晤，石上有橫琴〔二〕。

**【校考】**

北大本五律第四八首。吳選五律第三四首。

此爲金時習詩，見《梅月堂詩集》卷二，題作《閑適》。

〔一〕集作少。〔二〕幽情二句，集作：從來樗散質，更與病侵尋。

異字一一。

### 山中

石徑經春澀，柴扉卓午開。窗寒深澗繞，野盡疊山來。藥向雲中採，花因雨後栽。翻嫌鄰叟過，芒履破蒼苔。

**【校考】**

北大本五律第四九首。吳選五律第三五首。

出處待考。

### 書懷次叔孫兄弟　　成氏

事隨流水遠，愁逐亂雲〔一〕生。野色開烟綠，山光過雨明。簾前聽〔二〕燕語，林外數鶯聲。獨坐無多興，傷心妝不成。

**【校考】**

北大本五律第五〇首。吳選五律第三六首。

出處待考。

〔一〕亂雲：吳選作曉春。〔二〕吳選作雙。

### 田家　　李承召

朱夏行將暮，村村打麥聲。漚麻勤夜績，種豆事朝耕。月暈知風起，鳩鳴卜雨晴。雞肥酒新熟，父老喜[一]相迎。

**【校考】**

北大本五律第五一首。

此詩見李承召《三灘先生集》卷四，題作《田家，用三體集章孝標詩韻》。

〔一〕集作自。

題有省略，異字一。

### 藍浦道中　　［李承召］

匹馬孤城迥，高山四望通[一]。嵐深疑[二]作雨，海近苦多風。鹽竈朝[三]烟白，漁村夕[四]照紅。他鄉悲遠役，桂樹有芳叢[五]。

**【校考】**

北大本五律第五二首。

此詩見李承召《三灘先生集》卷四，題作《藍浦途中》。

〔一〕匹馬二句，集作：萬古孤城在，山河表裏雄。〔二〕集作恒。〔三〕集作燒。〔四〕集作返。〔五〕他鄉二句，集作：行穿竹林去，蒼雪穆途中。

題小異，異字二〇。

### 別贈　　俞汝舟妻

恨別逾三歲，衣裘獨禦冬。秋風吹短鬢，寒鏡入衰容。旅夢風塵際，離愁關塞重。徘徊思遠近，流歎滿房[一]櫳。

**【校考】**

北大本五律第五三首。吳選五律第三七首。

出處不詳。

〔一〕北大本脫字。

## 寄京洛知己　　鄭希良

歲月伽倻國，飄零識楚臣[一]。數回寒暑變，空使鬢毛新。度嶺鄉書晚，還家夜夢頻。鳳臺春又過，腸斷望歸人[二]。

### 【校考】

北大本五律第五四首。吳選五律第四五首。

此詩見鄭希良《虛庵先生遺集》卷三，題作《書懷》。

〔一〕此句，集作離騷楚澤臣。〔二〕鳳臺二句，集作：何時萱草底，得作彩衣人。

異題，異字一二。

## 過孫氏園亭　　〔金宗直〕

卜築青山下[一]，園林[二]數畝荒。松爲一柱觀，菊作百和香。冷[三]砌蘭承露，疏籬柿滿[四]霜。主人年八十，宴[五]坐惜頹光。

### 【校考】

北大本五律第五五首，題作《過安氏園亭》。吳選五律第四六首。

此爲金宗直詩，見《佔畢齋集》卷一三、《續東文選》卷六，題作《若木縣，聞孫克謙善養花木，與徐教授智仁、南訓導季明、李生員兢同訪，入其園，有盤松如幄，菊數十種，蘭六七朵，遂坐蒲薦小酌，孫饋紅柿，自言年今八十一矣》。

〔一〕此句，集、續選作十室卑湫地。〔二〕園林：集、續選作閑園。〔三〕集、續選作小。〔四〕集、續選作得。〔五〕集、續選作燕。

異題，誤書作者，異字九。

## 春日即事　　〔鄭希良〕

寄跡清溪曲，驚看楊柳新[一]。雪簷晴作雨，梅塢暗生[二]春。芳草有歸路[三]，夕陽無故人。年年看花[四]處，老病負良辰。

### 【校考】

北大本五律第五六首。

此詩見鄭希良《虛庵先生遺集》卷三。

〔一〕寄跡二句，集作：借宅滋江曲，偷看柳渚新。〔二〕暗生：集作暖知。〔三〕有歸路：集作自多地。〔四〕看花：集作爲客。

異字一三。

## 贈安上人　　金净［金宗直］

偶隨流水去，還爲野雲留⁽一⁾。未信磚成鏡，寧知⁽二⁾石點頭。月窺三徑晚，雲臥一山秋⁽三⁾。我爲窮源到，非關息⁽四⁾倦游。

### 【校考】

北大本五律第五七首。

此爲金宗直詩，見《佔畢齋集》卷一四，題作《和安上人詩卷》。

〔一〕偶隨二句，集作：韜鈴曾脱略，却占白雲區。〔二〕寧知：集作還從。〔三〕月窺二句，集作：瓶添溪月曉，笠卸海山秋。〔四〕非關息：集作休嗔客。

題小異，誤題作者，異字二一。

## 登金剛山　　［金净］

文藏千峰外，雲霞四野平⁽一⁾。迴連元氣積，高割半空晴。月冷諸天净，風清萬木鳴⁽二⁾。憑欄復徙倚⁽三⁾，直欲⁽四⁾望神京。⁽五⁾

### 【校考】

北大本五律第五八首。

此詩見金净《冲庵先生集》卷一，爲其《秋興十首，病中作，示夢與明府兼柬安亭》之十。

〔一〕文藏二句，集作：文藏何迢遞，塵區俯瞰平。〔二〕月冷二句，集作：政值秋方素，應添景倍明。〔三〕此句，集作憑君試登眺。〔四〕集作北。〔五〕集詩後注：俗離主峰，名文藏臺。藏，去聲。

異題，異字二二。

## 遣興　　李誠侃

小雨桃花落，殘春燕子飛。銀箏金粟柱，香篋繡羅衣。芳草行將暮，王孫去不歸。秦樓腸斷夜，孤館一燈微。

### 【校考】

北大本五律第五九首。

出處待考。

### 登萬義浮屠　　崔守峸〔崔壽峸〕

古殿殘燈在，林梢曉磬清。窗開千里盡，墻壓萬山平。老木寧知歲，閑禽不辨名。艱難憂世事，今日愜幽情。

**【校考】**

北大本五律第六〇首。

許筠《惺叟詩話》崔猿亭條云：猿亭登萬義浮屠作詩云云，結句有意，抑自知其罹禍耶？惜哉！詩曰：古殿殘僧在，林梢暮磬清。窗通千里盡，墻壓衆山平。木老知何歲，禽呼自別聲。艱難憂世網，今日恨吾生。

作者名有誤字，異字序，異字一三。

### 書事　　申光漢

從兒課舊業〔一〕，謝客閉重關。老去難禁病〔二〕，時平只愛閑。蔬蘩〔三〕微雨後〔四〕，飯熟午眠間。幸作無憂者，寧知世事艱。

**【校考】**

北大本五律第六一首。吳選五律第四八首。

此詩見申光漢《企齋集》卷三。

〔一〕集作學。〔二〕此句，集作老困難禁臥。〔三〕集作繁。〔四〕集作裏。

異字五。

### 憶馬浦別業　　〔林億齡〕

久厭稱朝士，深思作老農。新莊鳳寺下，破〔一〕屋竹林中。異地尋常憶，鄰朋邂逅逢。村談不知罷，江月上庭松。

**【校考】**

北大本五律第六二首。吳選五律第四九首。

此爲林億齡詩，見《石川先生詩集》卷三。

〔一〕集作古。

誤題作者，異字一。

## 偶吟　　林億齡

志與江湖遠，形隨草木衰。美人嗟已暮，楚客幾[一]生悲。網密魚偏駭，機生鳥自疑[二]。非無流水曲，何處遇鍾期。

### 【校考】

北大本五律第六三首。吳選五律第四七首。

此詩見林億齡《石川先生詩集》卷三，題作《秋村雜題》。

〔一〕集作自。〔二〕網密二句，集作：密網江魚駭，機心海鳥疑。

異題，異字序，異字三。

## 送李益之關外　　崔慶昌［白光勳］

江南多暑濕，關[一]外足風沙。泛梗應無業，依僧便是家[二]。天遙歌漢月[三]，夜靜聽胡[四]笳。幕府曾知己[五]，淹留惜[六]歲華。王京南有漢江，其南爲江南，其北爲江北，鐵原、咸鏡皆爲關外地。李布衣奇才不偶，窮愁旅食，足跡無不遍歷，慶昌悲其淹留晚暮，故惜而贈之。

### 【校考】

北大本五律第六四首，無詩後注。

此爲白光勳詩，見《玉峰詩集》卷中，題作《送李益之游關北》。

〔一〕集作塞。〔二〕泛梗二句，集作：舊國歸無業，他鄉到是家。〔三〕此句，集作天晴尋磧寺。〔四〕集作邊。〔五〕集作遇。〔六〕集作且。

題小異，誤題作者，異字一四。

## 初出國門　　沈彥光

去去猶三宿，依然出晝遲[一]。自慚身進退，不繫國安危。豺遘逢[二]王粲，麟傷泣仲尼。窮途無稅駕，日暮僕夫悲。

### 【校考】

北大本五律第六五首。

此詩見沈彥光《漁村集》卷一〇《歸田錄》下，題作《宿白洞驛》。《歸田錄》下注：戊戌二月二十四日，出國門。

〔一〕集作時。〔二〕集作哀。

異題，異字二。

### 送潘節使之咸鏡　　鄭士龍

中歲分携去〔一〕，傷〔二〕心聽渭城。暮途偏著〔三〕恨，芳〔四〕草易關情。歸雁愁邊侶〔五〕，悲笳塞外聲。馮〔六〕將他夜夢，時到伏波營。

【校考】

北大本五律第六六首。

此詩見鄭士龍《湖陰雜稿》卷一《玉堂録》，爲其《送潘節使公父赴咸鏡南道》四首之四。

〔一〕分携去：稿作傷憂患。〔二〕稿作驚。〔三〕稿作惹。〔四〕稿作春。〔五〕稿作字。〔六〕稿作憑。

題有省略，異字八。

### 豐基軒次韻　　宋璉

洞深雲易暝，山峻日先淪。望眼窮青嶂，歸心隔紫宸。夜長燈作伴，人遠月爲鄰。曉起看明鏡，霜毛颯滿巾。

【校考】

北大本五律第六七首。

出處待考。

### 別義原令　　梁大樸

古驛臨溪水〔一〕，長〔二〕楊拂野橋。江南客〔三〕思苦，郭外馬聲驕。芳草何年盡〔四〕，王孫去路遙。美人惜春暮，明月幾魂消〔五〕。

【校考】

北大本五律第六八首。

此詩見梁大樸《青溪集》卷一，題作《完山別義原令北歸》。

〔一〕集作曲。〔二〕集作晴。〔三〕集作離。〔四〕年盡：集作時歇。〔五〕美人二句，集作：長程更回首，落日在山椒。

題有省略，異字一四。

## 與友人宿涵虛寺　　李益[李達]

東[一]出青綺門，漸隨[二]江路分。長松隱白雪，亂壑起蒼[三]雲。自然成[四]野性，不是去人群。一夜僧堂宿，空山頻夢君[五]。

**【校考】**

北大本五律第六九首。

此爲李達詩，見《蓀谷詩集》卷三，題作《與友人期宿湖寺》。李達，字益之。

〔一〕集作獨。〔二〕集作向。〔三〕起蒼：集作生層。〔四〕集作愜。〔五〕一夜二句，集作：相期一夜宿，潭寺微鐘聞。

題小異，作者名有誤字，異字一二。

## 寧越道中　　[李達]

五載鄉書遠[一]，千峰道路難。東風蜀魂[二]苦，西日魯陵寒。野[三]邑連山郭，津亭壓水瀾[四]。他鄉亦春色，何處酒杯寬[五]。

**【校考】**

北大本五律第七〇首。

此詩見李達《蓀谷詩集》卷三。

〔一〕此句，集作懷緒客行遠。〔二〕集作魄。〔三〕集作郡。〔四〕集作闌。〔五〕酒杯寬：集作整憂端。

異字一〇。

## 贈雲上人　　[李達]

猶憶中堂夜[一]，同聞上院鐘。睽離十三[二]載，雲樹幾千重。洗鉢臨山[三]澗，攀蘿度石峰[四]。相逢問年歲，各怪舊時容。

**【校考】**

北大本五律第七一首。

此詩見李達《蓀谷詩集》卷三，題作《贈鑑上人》。

〔一〕此句，集作憶昔中臺夜。〔二〕十三：集作二十。〔三〕集作秋。〔四〕此句，集作攀藤度夕峰。

題小異，異字六。

## 旅懷　　〔李塏/李荇〕

風樹多危葉，秋山易夕陽。雁行高遠〔一〕漢，蛩韻逼寒〔二〕床。衰病〔三〕侵年至，愁吟〔四〕抵夜長。知音空海內，誰共一徜徉〔五〕。

【校考】

北大本五律第七二首。

此詩見李塏《李松齋先生文集續集》卷一。又見李荇《容齋先生集》卷二，題作《風樹》。

〔一〕高遠：二集作斜度。〔二〕逼寒：二集作冷依。〔三〕衰病：二集作病欲。〔四〕二集作今。〔五〕此句，二集作誰與一商量。

異題作者，異字九。

## 村居　　〔鄭道傳〕

村居儘幽絕，車馬隔蒿萊〔一〕。病葉霜前落，寒〔二〕花雨後開。看書從散帙，有酒獨〔三〕傾杯。不是忘機事，冥心久已灰。

【校考】

北大本五律第七三首。

此爲鄭道傳詩，見《三峰集》卷二。

〔一〕此句，集作未見外人來。〔二〕集作黄。〔三〕集作自。

誤題作者，異字七。

## 性衍上人禪舍　　〔李達〕

野外桃花盡，樑間燕子飛。烟林一磬出，沙浦數僧歸。香積分齋供，流雲剪衲衣。棲棲非我意，聊此息塵機。

【校考】

北大本五律第七四首。

此或爲李達《贈性行上人》詩之記憶版。《蓀谷詩集》卷三《贈性行上人》爲：遠客惜芳菲，暫過雲水扉。烟林一磬出，沙浦數僧歸。古寺梅花落，深春燕子飛。鄉關正迢遞，猶自着寒衣。

題有異，句序異，異字二四。

## 寄友人　　[李達]

逆旅相逢處，青霜濕桂枝。孤舟廣陵別，數載洛陽期。拾橡防時饉，餐松罷早炊。匣中餘寶劍，未許茂先知。

### 【校考】

北大本五律第七五首。

此或爲李達《次允上人軸》詩。《蓀谷詩集》卷三《次允上人軸》爲：逆旅相逢處，清霜凋桂枝。扁舟廣陵別，數歲洛陽期。秋澗銅瓶汲，晨齋石鉢持。同尋海上寺，却憶聽鐘時。

異題，異字二三。

## 歸來亭　　趙瑗妾李氏[李塏]

解紱歸來早，亭開一[一]水分。溪山知有主，鷗鷺得爲群。秫熟先充釀，心閑欲化雲。菟裘終老地，非是傲[二]徵君。

### 【校考】

北大本五律第七六首。吳選五律第五〇首。

此詩見收李塏《松齋先生文集續集》卷一，題作《題歸來亭》，題下注曰：歸來亭詩，載於原集者三首，而此一首，逸於原集，見於《永嘉誌》。可見此詩原不載李塏集，後補入。

〔一〕集作兩。〔二〕集作作。

題小異，誤題作者，異字二。

## 鍾城　　許篈

旅食淹留暮[一]，樓煩又憏[二]兵。殊方初解語，故國未歸情。草合[三]單于壘，雲[四]深都護營。鄉關不可望，沙[五]磧暮烟生。

### 【校考】

北大本五律第七七首。

此詩見《荷谷先生詩集續補遺》，題作《滯雨慶興》。

〔一〕續補作晚。〔二〕續補作替。〔三〕續補作滿。〔四〕續補作江。〔四〕續補作陰。

異題，異字五。

## 登義城　　許筠［偰長壽］

迴野垂天末，長江接海流。雨餘多牧笛，風急少行舟。一鶚穿雲去，雙鳧就渚浮。相憐無限思，空倚仲宣樓。

### 【校考】

北大本五律第七八首。吳選五律第五一首，題作《陪吳參軍子魚甫登義城》。

此爲偰長壽《春日感懷》詩，見《青丘風雅》卷三。詩曰：迴野平無際，澄江深不流。雨餘多牧笛，風急少行舟。一蝶穿花去，雙鳧就渚浮。此時無限意，空在仲宣樓。

異題，異題作者，異字一二。

## 出塞曲　　［許楚姬］

烽火照長河，天兵出漢家。枕戈眠白雪，驅馬渡［一］黃沙。朔吹傳金柝，邊聲入塞笳。年年長結束，辛苦逐輕車。

## ［又］　　［許楚姬］

昨夜羽書飛，龍城報合圍。塞［二］笳吹朔雪，玉劍赴金微。久戍人偏老，長征馬不肥。男兒重意［三］氣，會繫賀蘭歸。

### 【校考】

北大本五律第七九、八〇首，第二首題作《又》，此據之補。

此爲許楚姬詩，見《蘭雪軒詩集》。

〔一〕集作到。〔二〕集作寒。〔三〕集作義。

漏書作者，異字一、二。

## 寄女伴　　許景樊

結廬臨古道，日見大江流。鏡匣鸞將老，園花［一］蝶已秋。寒山新過［二］雁，暮雨獨歸舟。寂寞［三］窗紗掩［四］，那堪憶舊游。

### 【校考】

北大本五律第八一首。吳選五律第五三首。

此詩見《蘭雪軒詩集》。

〔一〕圍花：集作花園。〔二〕寒山新過：集作寒沙初下。〔三〕寂
寞：集作一夕。〔四〕集作閒。

異字序，異字六。

### 送兄筬謫甲山　　〔許楚姬〕

遠謫甲山去〔一〕，江陵別路長〔二〕。臣同賈太傅，主豈楚懷王。河水平
秋岸，關山但〔三〕夕陽。霜風吹雁翼〔四〕，中斷不成行。

### 【校考】

北大本五律第八二首。吳選五律第五四首。

此詩見《蘭雪軒詩集》，題作《送荷谷謫甲山》。

〔一〕集作客。〔二〕此句，集作咸原行色忙。〔三〕山但：集作雲
欲。〔四〕集作去。

題小異，異字八。

### 效李義山　　〔許楚姬〕

鏡暗鸞休舞，樑空燕不歸。香殘蜀錦被，淚濕越羅衣。楚夢迷蘭渚，
湘雲歇彩幃〔一〕。江南〔二〕今夜月，流影照金微。

### 【校考】

北大本五律第八三首。吳選五律第五五首。

此詩見《蘭雪軒詩集》，題作《效李義山體》。

〔一〕此句，集作荊雲落粉闈。〔二〕江南：集作西江。

題有省略，異字五。

### 又　　〔許楚姬〕

月隱驂鸞扇，香生簇蝶裙。多嬌秦氏〔一〕女，有淚衛將軍。玉匣收殘
粉，金爐冷舊〔二〕薰。回頭巫峽外，行雨雜行雲。

### 【校考】

北大本五律第八四首。吳選五律第五六首。

此詩見《蘭雪軒詩集》。

〔一〕集作地。〔二〕冷舊：集作換夕。

題有省略，異字三。

# 五言排律

## 賦得御苑仙桃　　　崔惟情〔崔惟善〕

御苑新桃〔一〕種，移從閬苑仙。結根丹地上，分影紫庭前。細葉看如畫，繁英望欲燃。影連〔二〕雞省樹，香接〔三〕獸爐烟。天近先〔四〕春茂，林深〔五〕帶露鮮。應知〔六〕王母獻，聖壽一〔七〕千年。

### 【校考】

北大本五排第一首。吳選五排第二首。

此詩見《東文選》卷一一，作者崔惟善，題作《御苑仙桃》。又見《青丘風雅》，題作《御苑種仙桃》。

〔一〕新桃：選、風雅作桃新。〔二〕影連：選、風雅作品高。〔三〕選作按。〔四〕選作知。〔五〕林深：選作晨清。〔六〕應知：選作是應。〔七〕選、風雅作益。

題小異，作者名有誤字，異字序，異字七/三。

## 幽居　　　釋圓鑑

棲息紛華外，優游紫翠間。松廊春更靜，竹戶晝常〔一〕關。簷短先邀月，墙低不礙山。雨餘溪水急，風定嶺雲閑。谷密猿群聚〔二〕，林稠鳥〔三〕自還。翛然度晨暝，聊以養疏頑。

### 【校考】

北大本五排第二首。吳選五排第一首。

此詩見《東文選》卷一一。

〔一〕選作猶。〔二〕猿群聚：選作鹿攸伏。〔三〕選作禽。

異字五。

## 上李都護凱還天朝二十韻並序　　　白振南

都護公奉聖天子命，將越甲三千餘人東援小國。始倭奴方熾，人民遠竄。及公至自海上，嚴令軍士，撫循人民，人民咸喜附公舟師而居之，不旬月，以數千家。頃之，與倭奴戰於曳橋。公身先士卒，被傷猶裹瘡力戰，士卒奮勇，無不一當百，倭奴大敗，逐北追亡，斬首數百級。七載倭奴，一旦掃之，公實居多焉。先自公屯兵海上，南嘗棹小舟請謁見，公儒將也，雅善詩文，一見如平生歡。自是，旦暮相集，每酒闌賦詩以舒豪懷。公今凱旋，恐會晤之難期，潛然出涕，惜別之情，咸盡於詩。都護公，臺州人，諱金。

銜命辭江左，專征出海東。樓船千艘壯，龍虎六韜雄。獨負劉生俠，爭傳郄縠風。晉江躬奮櫂，説劍氣凌虹。妙略超三傑，神兵似八公。爲書思約矢，勵[一]志愧和戎。鼓角鳴滄海，旌旗拂彩龍。長鯨還築觀，封豕豈逃罝[二]。既斷巴丘象，還逢渭水熊。投醪知士奮[三]，分食與人同。自是無雙將，終收第一功[四]。風流安石老，韜鑠伏波翁。[五]歸意寧彈鋏，窮愁浪撫桐。慚非草檄手，徒切慎時忠[六]。幸保干戈裏，優容氣概中。范袍情似舊，陳轄意難窮。客恨憐淮月，鄉心逐楚鴻。峴山碑墮淚[七]，交趾柱留銅。塞草今抽綠，烽烟已斷紅。旗竿梟秀吉，歸獻大明宮。

**【校考】**

吳選五排第三首。

此詩見白振南《松湖集》，題作《同季爺而行，旌旗拂動，舳艫蔽海，及到鳴沙，吳戈楚練籠山絡壑》，無詩序。

〔一〕集作屬。〔二〕集作壠。〔三〕知士奮：集作要衆共。〔四〕自是二句，集在韜鑠伏波翁句後；此處多二句：已倍三軍氣，應酬萬死忠。〔五〕集多二句：轅門叨下榻，身世歎飄蓬。〔六〕集作衷。〔七〕碑墮淚：集作墮淚碑。

異題，少四句，異句序，異字序，異字五。

# 附錄

### 旅懷時使日本　　鄭夢周

生平[一]南與北，心事轉蹉跎。故國海西岸，孤舟天一涯。梅窗春色早，板屋雨聲多。獨坐消長日，那堪苦憶家。

**【校考】**

吳選五律第一〇首。

此詩見鄭夢周《圃隱先生文集》卷一、《東文選》卷一〇。文集題作《洪武丁巳，奉使日本作》，題下共十二首，柳成龍校正曰：大抵皆春日所作，而題係之丁巳，未穩。當去洪武丁巳字，只曰奉使日本作可也。

此爲十二首之四。《東文選》題作《旅寓》。

〔一〕生平：集、選作平生。

異題，異字序。

## 又　　〔鄭夢周〕

水國春光動，天涯客未行。草連千里緑，月共故〔一〕鄉明。游說黄金盡，思歸白髮生。男兒四方志，不獨爲功名。

## 【校考】

吳選五律第一一首。

此詩見鄭夢周《圃隱先生文集》卷一、《東文選》卷一〇。

〔一〕集、選作兩。

異字一。

## 送吳參軍子魚大兄還天朝　　許筠

恨恨初相識，行行生別離。驚魂知有夢，此別恐無期。馬首西風換，雲端秋雁悲。今朝明鏡裹，青鬢定成絲。

## 【校考】

此爲吳選五律第五二首，題、詩漢諺雙寫。

此詩不見許筠集。出處待考。

# 朝鮮詩選全集

昌江藍芳威萬里　　　選

匯東祝世禄無功　　　同閲

莆口吳知過更伯

東萊韓初命康侯　　　同校

## 七言律詩

### 秋日再經盱眙寄李長官　　崔致遠

孤蓬再此接恩輝，吟對秋風恨有違。門柳已凋新歲葉，旅人猶着去年衣。路迷霄漢愁中老，家隔烟波夢裏歸。自笑此身如〔一〕社燕，畫樑高處又來飛。

**【校考】**

北大本誤置此首於五言排律中。吳選七言律詩第一首。

此詩見崔致遠《孤雲先生文集》卷一、《東文選》卷一二，題中盱眙作盱眙縣。

〔一〕此身如：集、選作身如春。

題小省，異字一。

### 送吳進士巒歸江南　　〔崔致遠〕

自識君來幾回〔一〕別，此回相別恨重重。干戈到處方多事，詩酒何時得再逢。遠樹參差江畔路，寒雲零落馬前峰。行行到處〔二〕傳新作，莫效〔三〕嵇康盡放慵。

**【校考】**

北大本七言律詩第一首。吳選七律第二首。

此詩見崔致遠《孤雲先生文集》卷一、《東文選》卷一二。

〔一〕集、選作度。〔二〕到處：集、選作遇景。〔三〕集、選作學。

異字四。

## 鏡湖　　崔承祐

採蕨山前越國中，麴塵秋水澹連空。蘆花散落〔一〕沙頭雪，菱菜吹生渡口風。方朔絳囊游渺渺，鴟夷桂檝去匆匆。明皇乞與知章後，萬頃烟〔二〕波自〔三〕不窮。

## 【校考】

北大本七律第二首，漏書作者。吳選七律第三首。

此詩見《東文選》卷一二。

〔一〕選作撲。〔二〕選作恩。〔三〕選作竟。

異字三。

## 憶江南李處士　　崔匡裕

江南曾過載〔一〕公家，門對空江浸曉霞。坐月芳尊流竹葉，游春蘭艇〔二〕泛桃花。庭前露藥〔三〕紅侵砌，窗外晴山翠入紗。徒憶舊游頻結夢，東風憔悴泣京華。

## 【校考】

北大本七律第三首。吳選七律第七首。

此詩見《東文選》卷一二，題作《憶江南李處士居》。

〔一〕選、吳選作戴。〔二〕選作舸。〔三〕選作藕。

題有省略，異字三（吳選異字二）。

## 對菊有感　　金富軾

季秋之月百草死，庭前甘菊凌霜開。無奈風霜漸飄薄，多情蛺〔一〕蝶猶徘徊。杜牧登臨翠微去〔二〕，陶潛悵望白衣來。我思故人三歎息〔三〕，月明〔四〕忽照黃金罍。

## 【校考】

北大本七律第四首。吳選七律第九首。

此詩見《東文選》卷一二。

〔一〕選作蜂。〔二〕選作上。〔三〕此句，選作我思古人空三歎。〔四〕月明：選作明月。

異字序，異字四。

### 寄忠州刺史　　鄭知常

暮經靈鷲峰前路，朝向〔一〕分行樓上吟。花接蜂鬚紅半吐，柳藏鶯語〔二〕綠初深。一天〔三〕春色無窮恨〔四〕，千里皇華欲去心。回首中原人不見，白雲拂〔五〕地樹森森。

### 【校考】

北大本七律第五首。吳選七律第一一首。

此詩見《東文選》卷一二，題作《分行驛寄忠州刺史》。

〔一〕選作到。〔二〕選作翼。〔三〕選作軒。〔四〕選作興。〔五〕選作低。

題有省略，異字五。

### 登高寺　　〔鄭知常〕

石徑崎嶇苔錦斑，錦苔行盡入禪關。地應碧落不多遠，僧與白雲相對閑。風〔一〕暖燕飛來別殿，月明猿嘯落〔二〕空山。丈夫本有四方志，吾豈匏瓜繫此間。

### 【校考】

北大本七律第六首。吳選七律第一二首。

此詩見《東文選》卷一二，題作《題登高寺》。

〔一〕選作日。〔二〕選作響。

題有省略，異字二。

### 開聖寺八尺禪房　　〔鄭知常〕

百步九折登巑岏，家住半空唯數間。靈泉澄清寒水落，古壁黯淡蒼苔斑。山〔一〕頭松老一片月，天末雲低千點山。紅塵萬事不可到，幽人獨得長年閑。

### 【校考】

北大本七律第七首。吳選七律第一三首。

此詩見《東文選》卷一二，題作《開聖寺八尺房》。

〔一〕選作石。

題小異，異字一。

### 蘇來寺　　[鄭知常]

古徑寂寞縈松根，天近懸河若〔一〕可捫。行〔二〕雲流水客到寺，紅葉蒼苔僧閉門。秋風微涼吹落日，山月漸白啼清猿。奇哉龐眉一老衲，長年不夢人間喧。

### 【校考】

北大本七律第八首。吳選七律第十四首。

此詩見《東文選》卷一二，題作《題邊山蘇來寺》。

〔一〕懸河若：選作斗牛聊。〔二〕選作浮。

題有省略，異字四。

### 太原寺　　[朴椿齡]

薄嶺〔一〕三年百病身，禪關虛殿絕飛塵〔二〕。高低巖樹〔三〕疑無路，次第天花〔四〕別有春。古洞烟霞俯仰異，晴峰蒼翠往來新〔五〕。遠公不用過溪水，自有山僧解〔六〕送人。

### 【校考】

北大本七律第九首。吳選七律第一五首。

此爲朴椿齡詩，吳選題署正確。見《東文選》卷一二，題下注：全州。

〔一〕選作領。〔二〕此句，選作退公時訪舊情親。〔三〕巖樹：選作樹密。〔四〕天花：選作花開。〔五〕古洞二句，選作：洞壑陰晴俯仰異，烟霞紫翠暮朝新。〔六〕僧解：選作人迎。

漏書作者，異字一七。

### 雞足山定慧寺　　[朴椿齡]

雞足山前數日留，烟霞清思更悠悠〔一〕。參天老木難爲歲，拔地修篁不受秋。石壁萬重雲浪擁〔二〕，瀑泉千尺〔三〕玉虹流。蒲團穩入〔四〕老僧定，杜宇一聲山更幽。

### 【校考】

北大本七律第一〇首。吳選七律第一六首。

此爲朴椿齡詩，見《東文選》卷一二。

〔一〕此句，選作人間分外飽清游。〔二〕選作湧。〔三〕選作丈。
〔四〕蒲團穩入：選作客軒睡美。

異字一二。

## 重游北山　　李奎報

俯仰頻驚歲屢更，十年猶是一書生。偶來古寺尋陳〔一〕跡，却對山〔二〕
僧話舊情。半壁夕陽飛鳥影，滿山秋月冷猿聲。有懷鬱鬱〔三〕殊難寫，時
下中庭獨〔四〕步行。

## 【校考】

北大本七律第一一首。吳選七律第一七首。

此詩見李奎報《東國李相國全集》卷一、《東文選》卷一四。

〔一〕選作遺。〔二〕集、選作高。〔三〕有懷鬱鬱：集、選作幽懷一
鬱。〔四〕集作信。

異字四/四。

## 朝宋過泗州山寺　　朴寅亮

巉巖怪石自〔一〕成山，上有蓮坊四水〔二〕環。塔影入〔三〕江翻浪底，鐘
聲敲〔四〕月落雲間。門前客棹洪濤疾，竹下僧棋白日閑。一奉皇華堪惜
別，更留詩句約重攀。

## 【校考】

北大本七律第一二首。吳選七律第八首。

此詩見《東文選》卷一二，題作《使宋過泗州龜山寺》。吳選題作
《朝宋過泗州龜山寺》。

〔一〕選作疊。〔二〕四水：選作水四。〔三〕選作倒。〔四〕選作搖。

題小異，異字序，異字三。

## 漫題　　崔滋［金富軾］

清溪碧樹繞虛堂〔一〕，已覺棲遲野興〔二〕長。蕭灑軒窗貧亦好，蹉跎書
史老難忘。花含細雨春陰薄，山帶疏烟曉氣凉。老去酒腸怯涓滴，客來
時復强〔三〕携觴。

**【校考】**

北大本七律第一三首。吴選七律第一〇首。

此爲金富軾詩,見《東文選》卷一二,題作《葺新堂後有感》。吴選作者崔均,亦误。

〔一〕此句,選作掃開塵垢作虛堂。〔二〕野興:選作興味。〔三〕選作更。

異題,误題作者,異字七。

## 瑜伽寺　　金之岱

寺在烟霞寂寞〔一〕中,巖松〔二〕滴翠秋光濃。雲間絕磴六七里,天末遥峰〔三〕千萬重。茶罷茅〔四〕簷見〔五〕微月,講闌風榻聞〔六〕殘鐘。溪流應笑玉堂〔七〕客,欲洗未洗紅塵蹤。

**【校考】**

北大本七律第一四首。吴選七律第一八首。

此詩見《東文選》卷一四。

〔一〕寂寞:選作無事。〔二〕巖松:選作亂山。〔三〕選作岑。〔四〕選作松。〔五〕選作掛。〔六〕選作搖。〔七〕選作腰。

異字八。

## 月影臺爲崔致遠舊游　　[蔡洪哲]

虛亭草合路崔嵬〔一〕,忽憶崔侯一上臺。風月不隨黃鶴去,烟波還〔二〕逐白鷗來。雨餘山翠〔三〕濃流檻,風急〔四〕松花亂入杯。更有琴心隔塵土,他年好共野雲回〔五〕。

**【校考】**

北大本七律第一五首,下缺。吴選七律第一九首。

此爲蔡洪哲詩,見《東文選》卷一四,無題下注。

〔一〕此句,選作文章習氣轉崔嵬。〔二〕選作相。〔三〕雨餘山翠:選作雨晴山色。〔四〕風急:選作春盡。〔五〕此句,選作他時好與雨雲回。

漏題作者,異字一二。

# 重陽　〔許伯〕

秋晚長風萬里來，登高極目思難裁。莫辭白酒殷勤倒〔一〕，可惜黃花爛熳開。懷土士衡猶得信，登樓〔二〕子美不勝哀。舊游高會〔三〕今餘幾，感歎諸公骨已苔。

## 【校考】

吳選七律第二一首。

此爲許伯詩，見《東文選》卷一五。

〔一〕選作飲。〔二〕選作臺。〔三〕舊游高會：選作舊時高契。

題有省略，漏題作者，異字四。

# 太原寺泊　　朴浩

荻花如雪雁南飛，倚棹行人動所思。晚浦風微青靄合，霽江雲盡碧天垂。雞潮冷樸〔一〕漁船枕，蟹火斜連野〔二〕寺籬。湘瑟未休峰自翠，錢生新得夢中詩。

## 【校考】

吳選七律第二二首。

此詩見《東文選》卷一二，題作《江口秋泊》。

〔一〕選、吳選作瀩。〔二〕選作島。

異題，異字二（吳選異字一）。

# 七夕　　李穀

平生蹤〔一〕跡等雲浮，萬里相逢信有由。天上風流牛女夕，人間佳麗帝王州。笑談款款尊如海，簾幕深深雨送秋。乞巧裁〔二〕衣非我事，且憑詩句遣閑愁。

## 【校考】

吳選七律第二三首。

此詩見李穀《稼亭先生文集》卷一六、《東文選》卷一五，題作《七夕小酌》。

〔一〕集、選作足。〔二〕集、選、吳選作曝。

題有省略，異字二（吳選異字一）。

## 三月晦日即事　　偰遜

大麥青青小麥齊，柳花如雪杏花稀。風前一鳥驚人起〔一〕，天際孤雲學雁飛。轉愛晴光即欲醉，却愁春事便相違。錦韉玉勒紛紛滿，日暮行吟獨自歸〔二〕。

### 【校考】

吳選七律第二四首。

此詩見《東文選》卷一六。

〔一〕驚人起：選作打人過。〔二〕行吟獨自歸：選作遥憐獨咏歸。

異字五。

## 江水　　金九容

江水東流不復回，雲帆萬里〔一〕向西開。菰蒲兩岸微風起，楊柳長堤細雨來。驚夢〔二〕遠迷箕子國，旅愁獨上〔三〕楚王臺。行行見說巫山近，一聽猿聲轉覺哀。

### 【校考】

吳選七律第二五首。

此詩見金九容《惕若齋先生學吟集》卷下。

〔一〕萬里：集作直欲。〔二〕驚夢：集作夢魂。〔三〕旅愁獨上：集作襟懷繞展。

異字七。

## 太倉贈工部主事胡璉　　鄭夢周

駿馬翩翩事遠游〔一〕，異鄉萬里〔二〕歎淹留。無人爲下〔三〕陳蕃榻，有客獨登王粲樓。萬戶砧聲明月夜，一江〔四〕帆影白蘋秋〔五〕。時來飲酒城東〔六〕市，豪氣猶能塞九州。

### 【校考】

此爲吳選七律第二六首。

此詩見鄭夢周《圃隱先生文集》卷一、《東文選》卷一六。文集題作《大倉九月，贈工部主事胡璉》，《東文選》題作《大倉贈禮部主事胡璉》。

〔一〕此句，集、選作男子平生愛遠游。〔二〕萬里：集、選作胡乃。

〔三〕爲下：選作更掃。〔四〕選作竿。〔五〕選作洲。〔六〕選作南。

題有省略，異字七/一二。

## 使日本　　〔鄭夢周〕

使節偏驚物候新，異鄉蹤跡任浮沉〔一〕。張騫槎〔二〕上天連海，徐福祠前草自春。眼爲感時垂淚易，身緣〔三〕許國遠游頻。故國幾樹垂〔四〕楊柳，應向東〔五〕風待主人。

## 【校考】

吳選七律第二七首。

此詩見鄭夢周《圃隱先生文集》卷一、《東文選》卷一六。文集題作《洪武丁巳，奉使日本作》，《東文選》作《偶題》。

〔一〕使節二句，集、選作：弊盡貂裘志未伸，羞將寸舌比蘇秦。〔二〕集、選作查。〔三〕集、選作因。〔四〕國幾樹垂：集、選作圃手種新。〔五〕選作春。

題有省略，異字一九/二〇。

## 望景樓　　〔鄭夢周〕

百尺樓高〔一〕石徑橫，秋光一望〔二〕不勝情。青山隱約扶餘國，黃葉紛紜〔三〕百濟城。九月西風寒客袂〔四〕，百年俠骨〔五〕誤書生。天涯日沒浮雲合，回首依依〔六〕望玉京。

## 【校考】

吳選七律第二八首。

此詩見鄭夢周《圃隱先生文集》卷二、《東文選》卷一六，題作《登全州望景臺》，文集題下注：歲在庚申，倭賊陷慶尚、全羅諸州，屯於智異山，從李元帥戰於雲峰，凱歌而還。道經完山，登此臺。

〔一〕百尺樓高：集、選作千仞岡頭。〔二〕秋光一望：集、選作登臨使我。〔三〕紛紜：集、選作繽紛。〔四〕此句，集、選作九月高風愁客子。〔五〕俠骨：集、選作豪氣。〔六〕回首依依：集作惆悵無由，選作怊悵無由。

題異，異字一八。

## 定州九日　　［鄭夢周］

定州重九登高處，依舊黃花照眼明。江浦〔一〕南連宣德鎮，山峰〔二〕北倚女真城。百年戰國興亡歎〔三〕，萬里征夫慷慨情。酒罷元戎扶上馬，淺波〔四〕斜日照飛〔五〕旌。

### 【校考】

吳選七律第二九首。

此詩見鄭夢周《圃隱先生文集》卷二、《東文選》卷一六。題作《定州重九，韓相命賦》。

〔一〕江浦：集、選作浦溆。〔二〕山峰：集、選作峰巒。〔三〕集、選作事。〔四〕集、選作山。〔五〕集、選作紅。

題有省略，異字五。

### 九日明遠樓　　［鄭夢周］

清〔一〕溪石壁抱周〔二〕回，更起新樓勝自〔三〕開。南畝黃雲知歲熟，西山爽氣覺朝來。風流太守二千石，邂逅故人三百杯。直欲夜深吹玉笛，高攀明月共徘徊。

### 【校考】

吳選七律第三〇首。

此詩見鄭夢周《圃隱先生文集》卷二、《東文選》卷一六。文集題作《重九日，題益陽守李容明遠樓》，題下注：時新造此樓。《東文選》題作《重九，題明遠樓》。

〔一〕選作青。〔二〕集、選作州。〔三〕勝自：集、選作眼豁。

題有省略，異字三/四。

### 蓬萊驛示韓書狀　　［鄭夢周］

昨夜〔一〕張帆涉海波，鄉山回首鬱嵯峨〔二〕。地經遼海〔三〕軍容壯，路入登萊景勝〔四〕多。客子未歸逢燕子，漁歌纔聽又樵歌〔五〕。同行〔六〕幸有韓生在，每把新詩日共哦〔七〕。

### 【校考】

吳選七律第三一首。

此詩見鄭夢周《圃隱先生文集》卷一、《東文選》卷一六。文集題作《蓬萊驛，示韓書狀》，下注：名尚質。《東文選》題作《蓬萊驛，示韓書狀尚質》。

〔一〕集、選作日。〔二〕此句，集、選作故園回首已天涯。〔三〕集、選作霉。〔四〕集、選作物。〔五〕此句，集、選作杏花纔落又桃花。〔六〕集、選作來。〔七〕此句，集、選作每作新詩和我歌。

題有省略，異字一七。

## 皇州　　　［鄭夢周］

鳳閣祥光動曉螭，漢廷歌徹大風詩[一]。山河帶礪徐丞相，天地經綸李太師。歌管[二]林亭[三]春爛熳，鞦韆臺榭[四]月參差。始知聖澤深無限[五]，共享昇平萬世期。

## 【校考】

吳選七律第三二首。

此詩爲鄭夢周《皇都》四首之四，見《圃隱先生文集》卷一、《東文選》卷一六。

〔一〕鳳閣二句，集作：尺劍龍飛定四維，一時豪傑爲扶持。〔二〕歌管：集作駙馬。〔三〕集作池。〔四〕鞦韆臺榭：集作國公樓閣。〔五〕聖澤深無限：集作盛代功臣後。

題小異，異字二六。

## 林川樓次韻　　　李崇仁［金净］

天涯作[一]客獨登樓，滿目風烟暝色浮[二]。東北雲高華岳遠，西南天闊[三]大江流。萬家[四]急杵催深夜，幾度飛鴻入暮秋[五]。倚柱愁懷不可極，他鄉何事久淹留[六]。

## 【校考】

吳選七律第三三首。

此爲金净詩，見《冲庵先生集》卷二，題作《次林川樓題韻》。

〔一〕集作爲。〔二〕暝色浮：集作是異區。〔三〕集作豁。〔四〕萬家：集作一村。〔五〕此句，集作數點歸鴻帶晚秋。〔六〕倚柱二句，集作：倚柱凝愁思不斷，信非吾土不敢留。下注：一本敢作堪。

誤題作者，題小異，異字二一。

## 九日次韻　　釋禪坦

一曲高歌金縷衣，黃花無處不扶歸。江湖日月琴樽好，溪寺烟霞〔一〕人馬稀。萬壑雨驚紅葉〔二〕遍，四山朝見白雲飛。倚欄滿目悲秋意，木落年年心事違。

### 【校考】

吳選七律第三四首。

此詩見《東文選》卷一五，題作《九日，次清淵詩韻》。

〔一〕烟霞：選作樓臺。〔二〕選作樹。

題有省略，異字三。

## 游紫清宫　　僧宏演

洪崖先生舊所隱，階下碧桃花飄零。夜光出井留瓊液〔一〕，露浥松根〔二〕生茯苓。天女或携綠玉杖，仙人自讀黃庭經。鄰寺歸來不五里，回頭望斷烟冥冥。

### 【校考】

吳選七律第三五首。

此詩見《東文選》卷一七。

〔一〕瓊液：選作丹藥。〔二〕露浥松根：選作春露浥松。

異字序，異字三。

## 青玉峽　　〔僧宏演〕

開元寺裏觀瀑布，劍光凛凛當窗前。山僧〔一〕出定春已老，樵客採薪花欲燃〔二〕。丹極雲空〔三〕群鶴舞，銀河夜漲雙龍懸。題詩最憶謫仙子，碧海騎鯨今幾年。

### 【校考】

吳選七律第三六首。

此詩見《青丘風雅》卷四。

〔一〕風雅作人。〔二〕風雅作然。〔三〕風雅作飄。

異字三。

## 紫霞宮　　[僧宏演]

避暑看山上石臺，紫霞宮殿一時開。松陰匝地青流<sup>〔一〕</sup>嶂，槲葉連山翠作堆。童子雲中採藥去，野僧<sup>〔二〕</sup>竹外抱琴來。汲泉煮茗渾閑事<sup>〔三〕</sup>，不用葡萄浸酒杯。

**【校考】**

吳選七律第三七首。

此爲釋宏演《題劉仙巖》二首之二，見《東文選》卷一七。

〔一〕匝地青流：選作圍座青凝。〔二〕選作人。〔三〕煮茗渾閑事：選作旋煮山中茗。

異題，異字七。

## 聞老妓彈琴　　朴致安

七寶房中歌舞時，那堪寂寞<sup>〔一〕</sup>老荒陲。無金可買相如<sup>〔二〕</sup>賦，有恨空歌班女詩<sup>〔三〕</sup>。珠淚幾沾吳練袖，薰香猶拂<sup>〔四〕</sup>越羅帷<sup>〔五〕</sup>。夜深窗月絃聲急<sup>〔六〕</sup>，只恨生平<sup>〔七〕</sup>無子期。

**【校考】**

吳選七律第三八首。

此詩見《東文選》卷一七，題作《興海鄉校月夜，聞老妓彈琴》。

〔一〕堪寂寞：選作知白髮。〔二〕相如：選作長門。〔三〕此句，選作有夢空傳錦字詩。〔四〕選作濕。〔五〕選作衣。〔六〕選作苦。〔七〕生平：選作平生。

題有省略，異字序，異字一二。

## 次李奎報　　金守溫[徐居正]

廿<sup>〔一〕</sup>載東西逐<sup>〔二〕</sup>轉蓬，登樓聊喜使君同。雨聲長在芭蕉葉，春色遍<sup>〔三〕</sup>留芍藥叢。身世已餘<sup>〔四〕</sup>杯酒外<sup>〔五〕</sup>，光陰空惜<sup>〔六〕</sup>路歧中。清宵猶作<sup>〔七〕</sup>江南夢，萬樹桃<sup>〔八〕</sup>花十里紅。

**【校考】**

吳選七律第四一首。

此爲徐居正詩，見《續東文選》卷七，後自《續東文選》入徐居正

《四佳詩集補遺》卷一。《續東文選》題作《扶安次李相國奎報韻》，《補遺》題作《扶安》。

〔一〕續選、補遺作十。〔二〕續選、補遺作信。〔三〕續選、補遺作深。〔四〕續選、補遺作拚。〔五〕續選、補遺作裏。〔六〕續選、補遺作費，吳選作度。〔七〕清宵猶作：續選、補遺作醉餘猶記，吳選作醉餘猶憶。〔八〕樹桃：續選、補遺作柄荷。

誤題作者，題有省略，異字一一（吳選異字九）。

## 塞上　　鄭希良

雉堞連雲地勢雄，笛聲吹徹[一]戍樓空。將軍射透[二]三重甲，壯士彎回八石[三]弓。胡地牛羊隨放牧，漢家關塞絕烟烽[四]。我來更覺無餘事，日日城頭數斷鴻。

### 【校考】

吳選七律第四二首。

此詩見鄭希良《虛庵先生遺集》卷一。

〔一〕吹徹：集作寥亮。〔二〕集作徹。〔三〕集作札。〔四〕胡地二句，集作：萬里牛羊長放野，百年關海絕傳烽。

異字一一。

## 偶題　　〔鄭希良〕

十年磨劍遠平戎，勳業蕭條歎轉蓬[一]。瘴氣橫空雲似墨，胡山如削[二]雪爲峰，地連龍穴天多雨，門對鯨波晝亦風[三]。幾被故人吟桂樹，客窗落寞數飛鴻[四]。

### 【校考】

吳選七律第四三首。

此詩見鄭希良《虛庵先生遺集》卷一，題作《偶書》，題下注：《箕雅》有此詩，而初句曰：十年磨劍志平戎，勳業蕭條欲轉蓬。

〔一〕十年二句，集作：誰教造物忌英雄，勳業蕭條覽鏡慵。〔二〕集作晝。〔三〕此句，集作門近鯨濤晝又風。〔四〕此句，集作客愁寥落數歸鴻。

異字一七。

# 漫書　　〔鄭希良/李行〕

鴨江如帶去悠悠，歲月無聲暗〔一〕逐流。萬里胡天雲出塞，一聲羌笛客登樓。長風忽〔二〕送燕山雨，斷雁初歸〔三〕鶴野秋。對酒却歌鄉國異〔四〕，孤城落日獨搔頭。

## 【校考】

吳選七律第四四首。

此詩一見鄭希良《虛庵先生遺集》卷一，一見李行《騎牛先生文集》卷一。鄭集題作《題壁》。李集題作《關西謾咏》，題下注：遠接使時。

〔一〕聲暗：二集作情共。〔二〕二集作吹。〔三〕初歸：二集作含來。〔四〕此句，二集作覽物懷鄉偏有感。

異題，異字一一。

## 又　　〔鄭希良〕

滿目風烟碧海頭，旅懷憔悴強登樓〔一〕。四山到〔二〕野天疑盡，一水涵空〔三〕地若〔四〕浮。長〔五〕日晴看〔六〕黃犢草，清風醉泛白蘋洲〔七〕。已〔八〕知聖代多豪〔九〕俊，似〔一〇〕我端宜老釣舟。

## 【校考】

吳選七律第四五首。

此見《虛庵先生遺集》卷一，題作《題壁》。

〔一〕滿目二句，集作：憔悴何勞泣海陬，風烟猶自割昏眸。〔二〕集作抱。〔三〕集作虛。〔四〕集作欲。〔五〕集作課。〔六〕集作眠。〔七〕此句，集作被蓑雨臥白鷗洲。〔八〕集作也。〔九〕集作才。〔一〇〕集作如。

異題，字句重組，異字二二。

## 次華使張承憲公游漢江　　申光漢

天上河源落五臺，樓前澄影隔塵〔一〕埃。楊花春盡帆歸遠，楮島烟消雁影來。物色不隨游子〔二〕去，芳樽今爲使君〔三〕開。三韓勝地皆方丈，更借仙風傾〔四〕一杯。

【校考】

吳選七律第四六首。

此見申光漢《企齋集》卷八《東槎錄》，爲其《次游漢江韻》二首之二。

〔一〕影隔塵：集作景絶纖。〔二〕游子：集作騷客。〔三〕集作華。〔四〕集作進。

異題，異字七。

### 癸巳三日寄茅洞瑞山　　〔申光漢〕

去年三月初三日，燕已歸巢花已開。人事天時多異態，別情春思重相催。前村後谷應無恙，舊約同游抵不來。茅洞風流還可繼，善山雖去瑞山回。

【校考】

吳選七律第四七首。

此詩見申光漢《企齋別集》卷四，題作《癸巳三三日，寄茅洞朴瑞山，兼示虛谷李君、坪村尹君》。

題有省略。

### 又　　〔申光漢〕

三三九九年年會，舊約獨〔一〕存事獨非。芳草踏青今日是，清樽浮白故人違。風前燕語聞初嫩，雨後花枝看亦稀。茅洞丈人多不俗，可能無意典春衣。

【校考】

吳選七律第四八首。

此詩見《企齋別集》卷五，題作《三三日，寄茅洞朴大丘德璋。曾與虛谷李君、坪村尹生約爲三三九九之會。今者，虛谷有痤，坪村阻水，能繼此會者，獨茅洞在。偶成一律，以示之云》。

〔一〕集作猶。

題有省略，異字一。

### 尋僧　　李誠侃

招提何處指山樵，十里危峰石磴遥。鳥逐白雲歸暝壑，月隨滄海上寒潮。壯心老去渾無賴，幽興年來尚未消。回首下方鐘磬動，烟村漠漠隔雲霄。

【校考】

此詩見許筠《鶴山樵談》、南龍翼《箕雅》，作者李誠侃，然魚叔權指出此乃王守仁詩。魚叔權《稗官雜記》"東人錯引古詩"條云：南龍翼《箕雅》東人某詩：春山路僻問歸樵，爲指前峰石徑遙。僧與白雲還暝壑，月隨滄海上寒潮。世情老去渾無賴，游興年來獨未消。回首孤帆又塵跡，疏鐘隔渚夜迢迢。此即王陽明次杜牧韻，而收入東人詩中。太涉鹵莽。王陽明次杜牧韻，指王守仁《次壁間杜牧韻》詩。詩曰：春山路僻問歸樵，爲指前峰石徑遙。僧與白雲還暝壑，月隨滄海上寒潮。世間老去渾無賴，游興年來獨未消。回首孤帆又陳跡，疏鐘隔渚夜迢迢。李誠侃此首或爲摹王守仁之作？或記誦者而被誤爲作者？

異字二四。

### 送李汝受赴大都　　崔慶昌〔李達〕

使君鼓角向邊州，碧霧青霞拂短輈。雁落野田孤驛曉，葉飛官路亂峰秋。途徑遼左寒霜早，江出夷中冷氣浮。王事直須君努力，西風吹敝黑貂裘。

【校考】

此詩當爲李達《蓀谷詩集》卷四《奉送李鵝溪宣慰之行》詩之記憶物。李達詩曰：文星辭下紫螭頭，鳳闕晴霞濕翠樓。霜落海田孤驛曉，葉飛關樹亂峰秋。地連遼左生寒早，江出夷中積氣浮。王事獨賢須努力，朔風吹弊黑貂裘。

誤題作者，異題，異字二五。

### 客中送別　　〔崔慶昌〕

早秋榆葉滿〔一〕寒城，紫塞新霜旅雁驚。千里鄉愁頻結〔二〕夢，十年歸思渺無成〔三〕。胡笳未斷先〔四〕垂淚，磧月初生獨〔五〕倚楹。無限西風仲宣恨，天涯還〔六〕送故人行。

【校考】

此詩見崔慶昌《孤竹遺稿》，題作《吉州樓題》。

〔一〕稿作下。〔二〕愁頻結：稿作關空有。〔三〕此句，稿作十年書劍竟何成。〔四〕稿作已。〔五〕初生獨：稿作欲生還。〔六〕稿作又。

異題，異字一一。

# 道中　　［崔慶昌］

辭家十載事<sup>〔一〕</sup>戎鞍，勳業蕭條愧鷁冠<sup>〔二〕</sup>。錦字樓中書未達<sup>〔三〕</sup>，黄榆塞上夢<sup>〔四〕</sup>偏寒。長途歲月行應盡，故國愁懷苦未闌。回首咸關二千里，雲山疊疊路漫漫<sup>〔五〕</sup>。

## 【校考】

此詩見崔慶昌《孤竹遺稿》，題作《次高山郵館韻》。

〔一〕十載事：稿作萬里從。　〔二〕此句，稿作蜀道聞歌意自酸。〔三〕稿作寄。〔四〕稿作地。〔五〕長途四句，稿作：非關歲月增離抱，自是風霜損旅顔。惆悵鄉園隔函谷，不知何處望長安。

異題，異字三五。

## 送僧游頭流山在南原，一名智異　　［崔慶昌］

神興洞口憶同游，回首烟霞二十秋<sup>〔一〕</sup>。幽夢已<sup>〔二〕</sup>隨青鶴去，野情還爲<sup>〔三〕</sup>白雲留。餘生欲老雙溪寺，長<sup>〔四〕</sup>日頻<sup>〔五〕</sup>登八咏樓。惆悵至今歸未得，風塵流水歎悠悠<sup>〔六〕</sup>。

## 【校考】

此詩見崔慶昌《孤竹遺稿》，題作《次雙溪詩軸》。

〔一〕神興二句，稿作：新興洞裏憶曾游，屈指如今二十秋。〔二〕夢已：稿作興每。〔三〕野情還爲：稿作遠心空與。〔四〕稿作暇。〔五〕稿作長。〔六〕此句，稿作世間人事自悠悠。

異題，異字一九。

## 客北原送李益之游龍城　　梁大樸

青燈遥夜夢還家<sup>〔一〕</sup>，家在龍城碧<sup>〔二〕</sup>水涯。松徑幾寒孤鶴夢，竹窗又發<sup>〔三〕</sup>早梅花。殊方物候情懷薄，歧路悲吟感慨睐<sup>〔四〕</sup>。落日橫岡送遠目<sup>〔五〕</sup>，關河不盡亂雲遮<sup>〔六〕</sup>。

## 【校考】

此詩見梁大樸《青溪集》卷一，題作《送蒜谷客游龍城》，下注：李君達。此入於《箕雅》。知自《箕雅》入集。

〔一〕此句，集作春來無日不思家。〔二〕集作蓼。〔三〕又發：集作應坼。〔四〕殊方二句，集作：殊方作客別懷惡，歧路送君芳草多。〔五〕此句，集作從此橫岡遮遠眼。〔六〕亂雲遮：集作暮雲賒。

題意同字異，異字二〇。

### 送林評事之關西　　〔梁大樸〕

驅馬關河事〔一〕壯游，天涯佳節早驚〔二〕秋。樓臺〔三〕明滅浿江水，羅綺紛紜〔四〕浮碧樓。歧路流雲無限恨，遙天落日有餘愁〔五〕。西風莫唱陽關曲，世事催人易白頭〔六〕。

### 【校考】

此詩見梁大樸《青溪集》卷一，題作《都門外，別林評事赴關西》，下注：白湖。

〔一〕集作試。〔二〕早驚：集作一年。〔三〕樓臺：集作臺隍。〔四〕紛紜：集作繽紛。〔五〕歧路二句，集作：舊里風烟無盡藏，浮生離合有餘愁。〔六〕西風二句，集作：臨歧更奏送君曲，世事令人催白頭。

題意同字異，異字二一。

### 別李博業　　〔梁大樸〕

紫塞悲歌淚滿衣，早秋榆葉碧天稀〔一〕。錦江菱子〔二〕鷗波冷〔三〕，庾嶺梅花驛使稀。長路風塵欺客子〔四〕，故國松桂掩〔五〕荊扉。相思獨繫孤舟月，夢逐流雲夜夜飛〔六〕。

### 【校考】

此詩見梁大樸《青溪集》卷一，題作《南還，次李汝仁韻》，下注：以寶劍贈我。

〔一〕紫塞二句，集作：楚塞悲歌游子歸，西風淚濕薜蘿衣。〔二〕菱子：集作烟雨。〔三〕集作闊。〔四〕此句，集作別路星霜催客鬢。〔五〕集作護。〔六〕相思二句，集作：臨行斗覺行裝富，三尺青蛇六首詩。

異題，字句替換、重組，異字三〇。

### 暮春即事　　林子順

日暮池塘動亂蛙，小窗寒色入輕紗〔一〕。雲連〔二〕華岳三千里〔三〕，雨壓都〔四〕城十〔五〕萬家。春掩落花深院靜〔六〕，夢回〔七〕芳草故園賒〔八〕。旅窗又見東風晚，梁甫吟成鬢欲華〔九〕。

**【校考】**

　　林子順，名悌，字子順。此詩見林悌《林白湖集》卷三，題作《雨堂書事》，下注：在蓮坊家。

　　〔一〕日暮二句，集作：薄晚平池聽亂蛙，小窗香濕掩輕羅。〔二〕集作埋。〔三〕集作丈。〔四〕集作皇。〔五〕集作百。〔六〕此句，集作春向碧桃深院老。〔七〕集作歸。〔八〕集作多。〔九〕旅窗二句，集作：東風坐想鯨波動，梁甫吟成恨有餘。

　　異題，異字二四。

### 寄許典校美叔時莅〔一〕謫甲山　　〔林悌〕

　　落日涼風起綠槐，雁行歷亂動離懷〔二〕。相如已抱三年渴〔三〕，龐統元非百里才〔四〕。寒〔五〕入碧梧鸞〔六〕雨霽，天連清嶂野禽來〔七〕。故鄉一夢西樓月〔八〕，蘆荻深〔九〕深舊釣臺。

**【校考】**

　　此詩見林悌《林白湖集》卷三，題作《縣齋書事寄許美叔》，下注：海南縣作。

　　〔一〕當作莅。〔二〕落日二句，集作：公退烏巾坐小齋，夕薰初換水沉灰。〔三〕此句，集作馬卿猶抱三年病。〔四〕集作材。〔五〕集作秋。〔六〕集作蠻。〔七〕此句，集作海連青嶂怪禽來。〔八〕此句，集作西樓昨夜孤舟夢。〔九〕荻深：集作葦烟。

　　題有省略，異字三〇。

### 惠上人僧舍　　白光勳〔卞季良〕

　　山徑蒼茫露葉繁，禪房寂寞隔塵喧〔一〕。百年身世客迷路，萬壑雲〔二〕霞僧掩〔三〕門。晴澗採樵〔四〕隨野鶴〔五〕，秋林摘果對〔六〕寒猿。簷前鐘磬清如許，時逐輕風到遠村〔七〕。

**【校考】**

　　此爲卞季良詩，見《春亭先生詩集》卷一，題作《登山題惠上人院》。

　　〔一〕山徑二句，集作：山徑迢迢半入雲，茲游足可避塵喧。〔二〕集作烟。〔三〕集作閉。〔四〕採樵：集作束薪。〔五〕集作老。〔六〕果對：集作實共。〔七〕簷前二句，集作：我來欲問楞伽字，合眼低頭無一言。

題有省略，誤題作者，異字三〇。

## 燕京旅懷　　尹根壽

客庭〔一〕正值西風〔二〕晚，落木蕭蕭〔三〕菊又殘。千里鄉書雲外〔四〕斷，幾回霜月旅〔五〕中看。碧天〔六〕獨雁頻呼侶，紫塞〔七〕重陰忽〔八〕作寒。旅夢不辭關路遠〔九〕，統軍亭畔幾〔一〇〕憑欄。

### 【校考】

此爲尹根壽《次河大復九日黔國後園二首韻》之二，見《月汀先生集·朝天録》。

〔一〕客庭：集作東行。〔二〕西風：集作年華。〔三〕集作條。〔四〕雲外：集作秋後。〔五〕集作客。〔六〕碧天：集作天邊。〔七〕紫塞：集作塞上。〔八〕集作更。〔九〕此句，集作：何日渡江拚勝會。〔一〇〕畔幾：集作裏穩。

異題，異字一九。

## 夜集次韻　　〔尹根壽〕

盧龍臺畔水潺湲，繫馬悲歌入夜筵〔一〕。羌笛傷心沙塞月，菊花驚〔二〕眼異鄉天。山空野迥長風急，海闊城高夕〔三〕照懸。明日更登關外路，帝鄉〔四〕回首却茫〔五〕然。

### 【校考】

此爲尹根壽《次河大復宗哲初至夜集韻》詩，見《月汀先生集·朝天録》。

〔一〕盧龍二句，集作：西行歲晚始東旋，夢度龍灣對綺筵。〔二〕集作經。〔三〕集作返。〔四〕集作京。〔五〕集作依。

題有省略，異字一六。

## 燕京別葉參軍

旅館寒宵白雪霏，朔風凛凛透征衣。三年滄海鯨猶偃，千載遼城鶴未歸。長路關心榆塞迥，遙天回首雁書稀。分歧未卜重逢地，去住茫然對夕暉。

【校考】

此詩出處待考。

### 感懷　　尹國馨﹝崔匡裕﹞

麻衣偏﹝一﹞拂路歧塵，鬢改顏衰曉鏡新。上國好花愁里艷，故園芳樹夢中春。扁舟烟月思浮海，匹﹝二﹞馬關河倦問津。七載干戈歎離別﹝三﹞，綠楊鶯語太傷神。

【校考】

吳選七律第四九首，題作《感懷呈子魚吳參軍》。

此爲崔匡裕《長安春日有感》詩，見《東文選》卷一二。

〔一〕選作難。〔二〕選作贏。〔三〕此句，選作只爲未酬螢雪志。

異題，誤題作者，異字九。

### 西江客懷　　朴淳

西風蕭颯動龍山﹝一﹞，一棹悠﹝二﹞然倚木蘭。霞歛﹝三﹞夕暉紅渺渺﹝四﹞，雨餘﹝五﹞秋水﹝六﹞碧漫漫。丹楓葉盡歸鴻怨﹝七﹞，紅﹝八﹞蓼花殘宿鷺寒。頭白又爲江漢客，滿天清﹝九﹞露泝危灘。

【校考】

此詩見朴淳《思庵先生文集》卷三，題作《自龍山歸漢江舟中口號》。

〔一〕此句，集作琴書顛倒下龍山。〔二〕集作飄。〔三〕集作帶。〔四〕渺渺：集作片片。〔五〕集作增。〔六〕集作浪。〔七〕此句，集作江蘺葉悴騷人怨。〔八〕集作水。〔九〕天清：集作衣霜。

異題，異字一八。

### 魚面堡　　許篈

榆塞經年﹝一﹞事鼓鼙，天涯芳草又﹝二﹞萋萋。戍樓﹝三﹞畫角邊聲急，沙﹝四﹞磧寒雲殺氣迷。鐵騎倦嘶鯨海北﹝五﹞，玉人愁絕﹝六﹞鳳城西。孤燈落莫不成寐﹝七﹞，月白﹝八﹞轅門動曉﹝九﹞雞。

【校考】

此詩見許篈《荷谷先生詩鈔》，題作《別害堡》。

〔一〕鈔作春。〔二〕鈔作正。〔三〕戍樓：鈔作連營。〔四〕鈔作滿。〔五〕此句，鈔作征馬遠嘶魚海外。〔六〕玉人愁絕：鈔作美人愁憶。〔七〕此句，鈔作孤燈旅枕腸堪斷。〔八〕鈔作落。〔九〕動曉：鈔作聽曙。

異題，異字一九。

### 避亂遇金而吉賦此贈別　　李益

干戈數載陣雲昏，白首相逢江上村。話舊不知雙淚落，弔亡今見幾人存。傷心故國春無主，寒食東風客斷魂。去住無家空悵望，何年流水共柴門。

【校考】

此詩不見李達集。出處待考。

### 贈僧　　〔朴枝華〕

道人與世本忘機，服藥參禪自不迷〔一〕。木落曉天歸院日〔二〕，雪殘春野〔三〕入山時。經行古峽飛松粉，宴坐空巖長石芝。幻境已隨流水盡〔四〕，白雲〔五〕難負素心期。

【校考】

此爲朴枝華《近聞承公將隱彌勒峰，余行有日，詩以寄之》詩，見《守庵先生遺稿》卷一。

〔一〕此句，稿作行止蕭然不失宜。〔二〕此句，稿作葉落天寒回院日。〔三〕稿作暖。〔四〕此句，稿作亦解浮生是泡幻。〔五〕白雲：稿作首丘。

異題，漏題作者，異字一八。

### 九日送伯宗朝天　　〔李達〕

盧龍臺〔一〕近左賢王，關下〔二〕沙榆葉漸〔三〕黃。司馬風流仍意氣〔四〕，賈生年少更文章。烏蠻館裏看新曆，青海城頭憶〔五〕故鄉。作〔六〕客不堪當〔七〕九日，寒花聊贈一枝芳〔八〕。

【校考】

此詩見李達《蓀谷詩集》卷四。

〔一〕集作寒。〔二〕集作上。〔三〕集作盡。〔四〕此句，集作遼左路艱無戒懼。〔五〕集作望。〔六〕集作爲。〔七〕集作逢。〔八〕集作香。

漏題作者，異字一四。

### 客懷寄友　　〔李達〕

天涯浩蕩任〔一〕西東，到處悠悠逐轉蓬。同舍故人流落後，異鄉新歲亂離中。歸鴻影度千峰雪，殘角聲飛五夜風。惆悵水雲關外路，漸看芳草思無窮。

**【校考】**

此詩見李達《蓀谷詩集》卷四，題作《客懷》。

〔一〕天涯浩蕩任：集作此身那復計。

題有增字，異字五。

### 道中感懷　　〔李達〕

龍泉鏽澀〔一〕匣中悲，十月西風兩鬢絲。落〔二〕葉滿山秋寺閉〔三〕，寒〔四〕沙連渚小橋危。孤帆遠落青山〔五〕夕，匹馬長征碧〔六〕草衰。寥〔七〕落故居空入夢，亂雲深處〔八〕有茅茨。

**【校考】**

此詩見李達《蓀谷詩集》卷四。

〔一〕鏽澀：集作鳴吼。〔二〕集作黃。〔三〕集作廢。〔四〕集作白。〔五〕遠落青山：集作過後千峰。〔六〕長征碧：集作行時百。〔七〕集作牢。〔八〕雲深處：集作藤疏竹。

異字一六。

### 旅次上尹相公根壽　　〔李達〕

疏〔一〕衾秋氣夜迢迢，深屋寒〔二〕螢度寂寥。江〔三〕月滿庭清露落〔四〕，天風吹袂絳河遙〔五〕。羈人夢杳青山路〔六〕，禁漏聲殘碧玉〔七〕橋。回首〔八〕更懷東閣老，金〔九〕門行馬隔雲霄。

**【校考】**

此詩見李達《蓀谷詩集》卷四，題作《上月汀亞相》。

〔一〕集作客。〔二〕集作流。〔三〕集作明。〔四〕清露落：集作涼露濕。〔五〕天風吹袂：集作碧天如水。〔六〕此句，集作離人夢斷千重嶺。〔七〕碧玉：集作十二。〔八〕回首：集作咫尺。〔九〕集作貴。

題小異，異字一八。

### 送友兼柬楊使君　　〔李達〕

青山〔一〕閉戶斷經過，送客西郊動玉珂〔二〕。芳草野橋春水合〔三〕，亂山江渚〔四〕夕陽多。耕夫就餉林中語，織〔五〕女柔〔六〕桑陌上歌。聞道使君哀赤子〔七〕，近來新〔八〕政拙催科。

## 【校考】

此詩見李達《蓀谷詩集》卷四，題作《送客出西郊，簡寄楊根使君》。

〔一〕青山：集作當時。〔二〕動玉珂：集作上遠坡。〔三〕集作在。〔四〕集作郡。〔五〕集作溪。〔六〕集作條。〔七〕此句，集作聞說使君新下令。〔八〕集作官。

題有省略，異字一四。

### 青樓怨　　李淑媛〔李達〕

羅帷織縷百和香，暖氣氳氳小洞房〔一〕。腸斷〔二〕秦樓分翡翠，波〔三〕沉湘浦隔〔四〕鴛鴦。南窗明月懸朱綴，北牖嬌雲冷玉床〔五〕。十二斜行金雁柱，碧紗如霧夢偏長〔六〕。

## 【校考】

此爲李達《無題》詩，見《蓀谷詩集》卷四。

〔一〕羅帷二句，集作：瑤絃織縷合歡床，暖壓紅錢小洞房。〔二〕腸斷：集作夢覺。〔三〕集作日。〔四〕集作斷。〔五〕南窗二句，集作：妝鈿寶月明珠綴，腰帶盤雲瑞錦囊。〔六〕夢偏長：集作掩秋香。

異題，誤題作者，異字二二。

### 春日有懷　　〔許楚姬〕

章臺迢遞斷腸人，雙鯉傳書漢水濱。黃鳥曉啼愁裏雨，綠楊晴拂〔一〕望中春。瑤階歷亂〔二〕生芳〔三〕草，寶瑟凄涼暗〔四〕素塵。惆悵〔五〕木蘭舟上客，荇花開遍〔六〕廣陵津。

【校考】

此爲許楚姬詩，見《蘭雪軒詩集》。

〔一〕集作裊。〔二〕歷亂：集作冪歷。〔三〕集作青。〔四〕集作閑。
〔五〕惆悵：集作誰念。〔六〕荇花開遍：集作白蘋花滿。

誤書作者，異字九。

## 燕　　［李承召］

畫棟〔一〕深深翠幕〔二〕低，雙飛雙去〔三〕復雙棲。綠楊門巷東〔四〕風晚，
青草池塘細雨迷。趁蝶幾翻穿藥圃〔五〕，壘巢終日啄芹泥。托身得所棲偏
穩〔六〕，養子年年羽翼齊。

【校考】

此爲李承召詩，見《三灘先生集》卷四、《續東文選》卷七。

〔一〕集、續選作閣。〔二〕翠幕：集、續選作簾額。〔三〕集、續選
作語。〔四〕集、續選作春。〔五〕此句，集、續選作趁蝶有時穿竹塢。
〔六〕棲偏穩：集、續選作誰相侮。

誤書作者，異字一二。

## 次南莊歸興　　許筠

早卜青山架竹樓，臥看晴日漸悠悠。泉流藥圃春偏静，雨足花欄晚
更幽。悔向風塵趨北闕，何當烟月醉西疇。長安道上薪如桂，忽負今朝
季子裘。

## 又

松關竹徑帶晴烟，家住溟州第二天。繞屋溪聲來更遠，捲簾山色自
堪憐。家人宿火炊蘺菜，坐客清談汲茗泉。偏縛塵纓爲傲吏，幾將鄉思
賦歸田。筠家江陵。江陵，古溟州也，在五臺山下。三韓有十二洞天，此爲第二
洞天。

【校考】

吳選七律第五一、五二首，題作《次吳子魚先生南莊歸興》。

二詩不見許筠集。出處待考。

## 浮碧宴別

東南山繞大江來，一帶城臨碧水開。白露初凝箕子國，紫雲半傍越

王臺。金釵影裏華燈燦，玉樹歌前畫角催。明日別愁還萬里，危樓殘月盡餘杯。

【校考】

此詩出處待考。

### 游龍山　　梁亨遇

桃花開後〔一〕杏花稀，客子來時燕子飛。山郭數村〔二〕芳草合，野籬三面亂峰圍。風〔三〕塵歧路何年〔四〕盡，破帽長裾此計非。遥憶故鄉〔五〕歸未〔六〕得，白鷗春水掩柴扉。

【校考】

吳選七律第五三首，題作《游龍山呈吳子魚先生》。

此詩見梁亨遇《東崖集》，題作《龍山亭奉呈吳學士明濟》。《東崖集》載梁周翊《家狀略》云：皇明學士吳明濟，以採詩來東也，時人爭揀宿稿應之，公笑曰：何必乃爾？即席製送二首。詩並入於《朝鮮詩選》，其氣象豪宕類如此。

〔一〕集作處。〔二〕數村：集作一春。〔三〕集作狂。〔四〕集作時。〔五〕集作圍。〔六〕集作不。

題有省略，異字七。

### 次伯氏望高臺　　許景樊

層臺一柱壓嵯峨，西北浮雲接塞多。鐵峽霸圖龍已去，穆陵秋色雁初過。山回大陸吞三郡，水割平原納九河。萬里登臨日將暮，醉憑青嶂〔一〕獨悲歌。

【校考】

吳選七律第五四首。

此詩見許楚姬《蘭雪軒詩集》，爲其《次仲氏高原望高臺韻》四首之一。

〔一〕青嶂：集作長劍。

題有省略，異字二。

## 塞上次伯氏　　〔許楚姬〕

侵雲石磴馬蹄穿，陟盡重崗〔一〕若上天。秋晚魚龍匯巨〔二〕壑，雨晴虹
蜺落飛泉。將軍鼓角行邊急，公主琵琶説怨便〔三〕。日暮爲君歌出塞，劍
花騰躍匣中蓮。

**【校考】**

吳選七律第五五首。

此詩見許楚姬《蘭雪軒詩集》，爲其《次仲氏高原望高臺韻》四首
之三。

〔一〕集作岡。〔二〕匯巨：集作隩大。〔三〕集、吳選作偏。

異題，異字四（吳選異字三）。

## 贈星庵女冠　　〔許楚姬〕

净掃瑶壇揖〔一〕上仙，曉星微隔絳河邊。香生岳女春游襪，水落湘娥
夜雨絃。松色〔二〕冷侵虛殿夢，天香晴拂碧階泉〔三〕。玄心已悟三三境，玉
塵何年駕紫烟〔四〕。

**【校考】**

吳選七律第五六首。

此詩見許楚姬《蘭雪軒詩集》，題作《次仲氏見星庵韻》。

〔一〕集作禮。〔二〕集作韻。〔三〕此句，集作天花晴濕石樓烟。
〔四〕此句，集作盡日交床坐入禪。

異題，異字一三。

## 宿慈壽宮贈女冠　　〔許楚姬〕

燕舞鶯歌字莫愁，十三嫁與富平侯。厭携寶〔一〕瑟彈朱〔二〕閣，喜着花
冠禮玉樓。琳館月明簫鳳下，綺窗雲散鏡鸞休〔三〕。乘風早赴瑶壇會〔四〕，
鶴背泠泠〔五〕一陣秋。

**【校考】**

吳選七律第五七首。

此詩見許楚姬《蘭雪軒詩集》。

〔一〕集作瑶。〔二〕集作珠。〔三〕集作收。〔四〕此句，集作焚香

朝暮空壇上。〔五〕集作風。

　　異字一〇。

### 送宮人入道　　〔許楚姬〕

　　早〔一〕辭清禁出金鑾，換却鴉鬟着玉冠。滄海有期〔二〕應駕鳳，碧城無夢不〔三〕驂鸞。瑤裾振雪春風〔四〕煖，瓊珮鳴空夜月寒。幾度步虛霄〔五〕漢上，御衣猶似捧〔六〕宸歡。

### 【校考】

　　吳選七律第五八首。

　　此詩見許楚姬《蘭雪軒詩集》。

　　〔一〕集作拜。〔二〕集作緣。〔三〕集、吳選作更。〔四〕集作雲。〔五〕集作銀。〔六〕集、吳選作奉。

　　異字六（吳選異字四）。

### 次孫內翰北里韻　　〔許楚姬〕

　　初日紅欄上玉鉤，丁香葉葉結〔一〕春愁。新妝滿面貪〔二〕看鏡，殘夢關心懶下樓。夜月雕床寒翡翠，東風羅幕引箜篌〔三〕。嬌紅落水〔四〕堪惆悵，莫把銀盆洗急流。

### 【校考】

　　吳選七律第五九首。

　　此詩見許楚姬《蘭雪軒詩集》。

　　〔一〕葉葉結：集作千結織。〔二〕集作猶。〔三〕夜月二句，集作：誰鎖雕籠護鸚鵡，自垂羅幕倚箜篌。〔四〕嬌紅落水：集、吳選作嫣紅落粉。

　　異字一四（吳選異字一二）。

### 次伯氏韻　　〔許篈〕

　　甲山東望鬱嵯峨，遷客悲吟意若何。孤雁忍分清漢影，朔風偏起大江波。關楡曉角征衣薄，塞路驚心落葉多。銀燭夜闌成悵立，庭闈歸夢好經過。時美叔以讒居謫，故其言若此，蓋寄懷之作也。

【校考】

　　此或爲許篈《次舍兄韻》詩之記憶版。《荷谷先生詩鈔》此詩爲：夢
闌姜被意如何，回望嚴城候曉過。孤雁忍分清渭影，朔風偏起漢江波。
關河死棄情曾任，稼圃生成寵已多。只恨庭闈無路入，淚痕和雨共滂沱。

　　異題，誤題作者，異字三〇。

### 送伯氏篈朝天　　〔許篈〕

　　六年離思〔一〕倦登樓，落日凉〔二〕風又別愁。湘浦淚痕還入楚，帝鄉行
色早〔三〕觀周。銅壺暗促雞人曉，紫塞寒飛鶴夢秋〔四〕。歸路正看萱草碧，
畫欄西畔繫驊騮〔五〕。

【校考】

　　此爲許篈《送舍兄朝天》詩，見《荷谷先生詩鈔》。

　　〔一〕鈔作合。〔二〕落日凉：鈔作誰料西。〔三〕鈔作後。〔四〕此
句，鈔作玉塞驚飛雁陣秋。〔五〕歸路二句，鈔作：怊悵急難無伴侶，幾
回延佇立沙頭。

　　題小異，漏書作者，異字二二。

### 步虛詞　　〔許楚姬〕

　　橫海高〔一〕峰壓巨鰲，六龍齊駕〔二〕九河濤。中天飛〔三〕閣星辰迥〔四〕，
下界烟霞歲月遙〔五〕。金鼎曉炊凉露液，玉壇夜動赤霜毫〔六〕。蓬萊鶴駕歸
何晚，一曲鸞笙獻〔七〕碧桃。

【校考】

　　此爲許楚姬《夢作》詩，見《蘭雪軒詩集》。

　　〔一〕集作靈。〔二〕齊駕：集作晨吸。〔三〕集作樓。〔四〕集作近。
〔五〕此句，集作上界烟霞日月高。〔六〕金鼎二句，集作：金鼎滿盛丹
井水，玉壇晴曬赤霜袍。〔七〕鸞笙獻：集作吹笙老。

　　異題，異字一八。

### 望高臺次伯氏　　〔許楚姬〕

　　幾載行游一劍光〔一〕，倚天危閣掛斜陽。河流西去回雄〔二〕郡，山勢南
來〔三〕隔大荒。脚下白〔四〕雲飛〔五〕冉冉，眼前青〔六〕海入茫茫。碧天極目〔七〕
時回首，塞馬嘶風殺氣黃。

【校考】

此爲許楚姬《次仲氏高原望高臺韻》四首之四，見《蘭雪軒詩集》。

〔一〕此句，集作萬里翩翩一劍裝。　〔二〕去回雄：集作坼連三。〔三〕集作回。〔四〕集作片。〔五〕集作生。〔六〕前青：集作中溟。〔七〕碧天極目：集作登高落日。

題有省略，異字一六。

# 附録

## 送曹進士松入羅浮　　崔承祐

雨晴雲淡〔一〕鷓鴣啼〔二〕，嶺嶠臨流話所思。厭次地名狂生須讓賦，宣城太守敢言詩。漫憑桂樹歌招隱〔三〕，好把烟霞悟息機〔四〕。七十長溪三洞裏，他年名遂也相宜。

【校考】

吳選七律第四首。

此詩見《東文選》卷一二，無詩中注。

〔一〕選作斂。〔二〕選作飛。〔三〕此句，選作休攀月桂凌天險。〔四〕悟息機：選作避世危。

異字一一。

## 關中送陳策先輩赴邠州幕　　〔崔承祐〕

禰衡詞賦陸機文，四海〔一〕名高逸駿〔二〕群。涕〔三〕淚遠辭裴吏部，玳瑁〔四〕今奉竇將軍。尊前飛〔五〕雪傳〔六〕京洛，馬上看〔七〕山入塞雲。露布正堪搖彩翰〔八〕，紅蓮丹桂共芳芬。

【校考】

吳選七律第五首。

此詩見《東文選》卷一二。

〔一〕四海：選作再捷。〔二〕逸駿：選作已不。〔三〕選作珠。〔四〕選作筵。〔五〕選作有。〔六〕選作吟。〔七〕選作無。〔八〕此句，選作從此幕中聲價重。

異字一六。

## 庭梅　　崔匡裕

練艷霜輝照四鄰，庭前先發幾株春〔一〕。繁枝半落殘妝淺，晴雪初消〔二〕宿淚新。寒落碧階明月影，香浮清館綠紗塵〔三〕。故園還有臨溪樹。應待西行萬里人。

### 【校考】

吳選七律第六首。

此詩見《東文選》卷一二。

〔一〕此句，選作庭隅獨占臘天春。〔二〕選作銷。〔三〕寒落二句，選作：寒影低遮金井日，冷香輕鎖玉窗塵。

異字一六。

## 次李正夫　　金之岱〔崔瀣〕

十年塵土夢鄉關，猶憶〔一〕漁舟載月還。桑柘紅厖三徑靜，烟波白鳥一天閑。柿園雨過金丹脆，栗塢霜飛玉殼斑。秋至欲尋青鶴洞，錦韉〔二〕相約鄭平山。

### 【校考】

吳選七律第二〇首。

此爲崔瀣《李正夫之公見次，復成一首》，見《東文選》卷一五，詩後注曰：外家桑梓晉陽，有智異山，山有青鶴洞，秋約與鄭鏡機權同往晉陽故云。平山：鏡自號也。

〔一〕猶憶：選作暗想。〔二〕錦韉：選作聯鞍。

題小異，誤題作者，異字四。

## 寒碧樓　　李石亨

山勢岧嶤控海來，際天形勝望中開。雲飛萬古曾何限，鶴去千秋〔一〕不復回。斷岸有沙明〔二〕皓月，殘碑無字隱〔三〕蒼苔。悠悠往事憑誰問，長揖高風酒〔四〕一杯。

### 【校考】

吳選七律第三九首。

此詩見李石亨《樗軒集》卷上、《東文選》卷一七，題作《題昌原寒碧樓》。集題下注曰：三十日。府有臺與碑，世傳崔致遠舊游遺跡云。見《文選》。

〔一〕集作年。〔二〕沙明：集、選作臺空。〔三〕集、選作只。〔四〕集、選作酹。

題有省略，異字五／四。

### 蔚珍東軒韻　　〔李石亨〕

高城越絶鎮邊陲，直壓滄溟勢最奇。逐浪雄風吹海倒，干霄老木倚雲垂。思鄉肯作登樓賦，把酒聊吟問月詩。邂逅相看〔一〕盡萍水，欲忙歸去去還來〔二〕。

【校考】

吳選七律第四〇首。

此詩見李石亨《樗軒集》卷上、《東文選》卷一七。

〔一〕集、選作逢。〔二〕集、選作邂。

異字二。

### 咏雪次韻　　趙瑗妾李氏

閉戶何妨高臥客，牛衣垂淚未歸身。雲深山徑飄如蓆，風捲長空聚若塵。渚白非沙欺落雁，窗明忽曉却愁人。江南此日梅應發，傍水連天幾樹春。

【校考】

吳選七律第五〇首。

此詩出處待考。

‖ 朝鮮詩選　坤 ‖

# 朝鮮詩選全集

昌江藍芳威萬里　　　選

匯東祝世禄無功

莆口吳知過更伯　　同閲

東萊韓初命康侯　　同校

## 五言絶句

### 夜雨　　崔致遠

旅館驚〔一〕秋雨，寒窗静夜燈。自憐愁裏坐，真個定中僧。

**【校考】**

北大本五絶第一首。吴選五絶第一首。

此詩見崔致遠《孤雲先生文集》卷一、《東文選》卷一九，題作《郵亭夜雨》。

〔一〕集、選作窮。

題有省略，異字一。

### 秋夜　　〔崔致遠〕

秋風獨〔一〕苦吟，世路〔二〕少知音。窗外三更雨，燈前萬里〔三〕心。

**【校考】**

北大本五絶第二首。吴選五絶第二首。

此詩見崔致遠《孤雲先生文集》卷一、《東文選》卷一九，題作《秋夜雨中》。

〔一〕集、選作惟。〔二〕世路：集、選作舉世。〔三〕集、選作古。

題有省略，異字三。

## 聞子規　　金富軾

旅客魂已消〔一〕，子規啼尚咽。世無公冶長，誰知心所結。

**【校考】**

北大本五絕第三首。

此詩見《東文選》卷一九，題作《大興寺聞子規》。

〔一〕此句，選作俗客夢已斷。

題有省略，異字三。

## 山居　　李仁老

春去花猶在，天晴谷自陰。杜鵑啼白晝，始覺卜居深。

**【校考】**

北大本五絕第四首。

此詩見《東文選》卷一九。

## 眼　　〔李仁老〕

不用〔一〕劉琨紫，何須阮籍青。冥然在一室，萬事見無形。

**【校考】**

北大本五絕第五首。

此詩見《東文選》卷一九。

〔一〕選作安。

異字一。

## 北山咏　　李奎報

山人不浪出〔一〕，古徑蒼〔二〕苔沒。應恐紅塵人，欺我綠蘿月。

**【校考】**

北大本五絕第六首。吳選五絕第三首。

此詩見《東國李相國全集》卷五、《東文選》卷一九，題作《北山雜題》。

〔一〕浪出：集作出山。〔二〕集作荒。

題小異，異字二/〇。

### 馬上寄人　　林宗庇［崔謐］

回首海陽城，傍城山嶙峋。山遠已不見，況是城中人。

**【校考】**

吳選五絕第四首。

此爲崔謐詩，見《東文選》卷一九。

誤題作者。

### 鼻　　　［李仁老］

長作洛生咏，思揖隆準公。何時郢中質，一遇運斤風。

**【校考】**

北大本五絕第七首。吳選五絕第五首。

此爲李仁老詩，見《東文選》卷一九。吳選題署正確。

漏書作者（吳選不誤）。

### 雜咏　　釋圓鑑

捲箔引山色，連筒分澗聲。終朝少人到，杜宇自呼名。

### 又　　　［釋圓鑑］

山青仍過雨，柳緑更含烟。逸鶴閑來往，流鶯自後先。

**【校考】**

北大本五絕第八、九首。吳選五絕第七、八首。

此二首並見《東文選》卷一九，題作《閑中雜咏》。

題有省略。

### 感懷　　李齊賢

元延祐己未，從忠宣主降香江南，至寶陀山，召古杭吳壽山爲寫陋容，比還燕京，失所在。後三十二年，奉表如京師，復得之，驚老壯之頓異，感而賦此。

我昔看桃李，青青兩鬢春。兒孫渾不識，相問是何人。

【校考】

北大本五絕第一〇首。吳選五絕第六首。

此詩見李齊賢《益齋亂稿》卷四、《東文選》卷九，題作《延祐己未，予從於忠宣王降香江南之寶陀窟。王召古杭吳壽山一本作陳鑑如，誤也。令寫陋容，而北村湯先生爲之贊。北歸，爲人借觀，因失其所在。其後三十二年，余奉國表如京師，復得之。驚老壯之異貌，感離合之有時，題四十字爲識》。爲五言律詩，詩曰：我昔留形影，青青兩鬢春。流傳幾歲月，邂逅尚精神。此物非他物，前身定後身。兒孫渾不識，相問是何人。吳選以序爲題。

異題，少四句，五律變五絕，異字三。

## 贈朴金之　　洪奎

酒盞常須滿，茶甌不用深。杏花[一]終日雨，細細更論心。

【校考】

北大本五絕一一首，漏書作者。

此詩見《東文選》卷一九，題作《朴杏山全之宅有題》。

〔一〕選作山。

題有省略，且有誤字，異字一。

## 雨荷　　崔瀣

貯椒八百斛，千載笑其愚。何如綠玉斗，竟日量明珠。

【校考】

北大本五絕第一二首。吳選五絕第九首。

此詩見《東文選》卷一九，詩後注：牧隱云：此誚不廉饒富者。

## 乙酉作　　〔崔瀣〕

塞翁雖失馬，莊叟詎知魚。倚伏人如問，須當[一]質子虛。

【校考】

吳選五絕第一〇首。

此詩見《東文選》卷一九，題作《己酉三月褫官後作》。

〔一〕須當：選作當須。

題有省略，異字序。

## 送僧達竹游中華　　鄭誧

弧矢四方志，肯守一青[一]燈。游意正浩蕩，從之我不能。

**【校考】**

北大本五絶第一四首。

此詩見鄭誧《雪谷先生集》上，題作《送僧達竹游燕都，將之江南》。

〔一〕集作籠。

題有省略，異字一。

## 山中　　偰遜

一夜山中雨，風吹屋上茅。不知溪水長，只覺釣船高。

**【校考】**

北大本五絶第一四首。吳選五絶第一一首。

此詩見《東文選》卷一九，題作《山中雨》。

題有省略。

## 瀼浦弄月　　李穡

日落沙猶[一]白，雲移水更清。高人弄明月，只欠紫鸞笙。

**【校考】**

北大本五絶第一五首。

此爲李穡《金沙八咏》之五《漢浦弄月》，見《牧隱詩稿》卷一六、《東文選》卷一九。《詩稿》題下注：廉東亭謫居川寧縣金沙莊，隨事立名，題其目凡八，因以舒憂娛悲。既還，不能忘也，請予同賦云。

〔一〕稿、選作逾。

題小異，異字一。

## 碧瀾渡　　李崇仁

山水看無厭，魚蝦侶有年。潮生風亦便，艇子自能前。

**【校考】**

北大本五絕第一六首。

此詩見李崇仁《陶隱先生詩集》卷三，題作《題碧瀾渡樓》。原爲律詩，詩曰：山水元無價，魚蝦當有年。潮生更風便，艇子自能前。去郭數十里，登樓試此年。先生有佳句，端合在盧前。

題有省略，少四句，五律變五絕，異字四。

### 西京感懷　　李仁復

深院春光暖，崇臺月影清。向來歌舞地，戰鼓有新聲。

**【校考】**

北大本五絕第一七首。

此爲李仁復《錄鎮邊軍人語》五首之二，見《東文選》卷一九。異題。

### 即事　　　徐居正〔南孝温〕

老子老持律，詩篇已戒荒。溪山起我病，馮婦下車忙。

**【校考】**

北大本五絕第一八首。吳選五絕第二六首。

此爲南孝温詩，見《秋江先生文集》卷三、《續東文選》卷九，題作《六月流頭日，與宗之、叔度、太真游南山聖齋巖洞，張蓑度雨，使人炊飯，手採山參以配飯。夜二更，雨歇月出，戴月而下》。

異題，誤題作者。

### 倚雲樓　　　成氏〔成任〕

登臨無限意〔一〕，春盡獨搔頭。虛榻松鳴雨，村田〔二〕麥借秋。

**【校考】**

吳選五絕第二七首，作者成任，是。

此詩，《新增東國輿地勝覽》卷三九《全羅道·玉果縣·樓亭》"倚雲樓"下有引，作者成任。

〔一〕勝覽作景。〔二〕村田：勝覽作遙村。

異題作者（吳選不誤），異字二。

## 佛圖寺　　金宗直

爲訪招提境，松間紫翠重。青山半邊雨，落日上方鐘。

### 【校考】

北大本五絕第一九首。吳選五絕第二五首。

此詩見金宗直《佔畢齋集》卷三、《續東文選》卷六，題作《佛國寺，與世蕃話》。本爲五律詩，此爲前四句。後四句爲：語與居僧軟，杯隨古意濃。頹然一榻上，相對鬢惺鬆。

題有省略，少四句，五律變五絕。

## 題平陵驛亭　　楊以時

稻花風際白，豆菜〔一〕雨餘青。物物得其所，我歌溪上亭。

### 【校考】

北大本五絕第二〇首。吳選五絕第一二首。

此詩見《東文選》卷一九。

〔一〕選作莢。

異字一。

## 神勒寺　　李達善

禪房僧已寂，獨坐夜將分。暗裏〔一〕漁舟過，江心人語聞。

### 【校考】

北大本五絕第二一首。吳選五絕第一三首。

此詩見《續東文選》卷九。

〔一〕暗裏：續選作知有。

異字二。

## 何正郎饋棗煎　　〔金宗直〕

霞暈凝青玉〔一〕，□〔二〕香透碧糯〔三〕。春風〔四〕時命〔五〕酒，絲鬢欲回青。

### 【校考】

此爲金宗直《和李正郎貞元》詩，見《佔畢齋集》卷一三，題下注：

時李饋余棗煎，酬以海雪。

〔一〕青玉：集作瓷滑。〔二〕集作酥。〔三〕碧檻：集作紙清。〔四〕春風：集作曉窗。〔五〕集作點。

異題，誤題作者，異字八。

### 途中　　金悅卿

山遠天垂野，江遙水〔一〕接虛。孤鴻落日外，征馬獨踟蹰〔二〕。

### 【校考】

北大本五絕第二二首。

此詩見《梅月堂詩集》卷一三《關東日録》下，本屬五律，此屬詩之後四句，前四句爲：貊國初飛雪，春城木葉疏。秋深村有酒，客久食無魚。

〔一〕集作地。〔二〕獨踟蹰：集作政躊躇。

少四句，五律變五絕，異字四。

### 古意　　金淨

苦〔一〕海航難越，迷津信可躋〔二〕。舉頭猶〔三〕有日，〔四〕虛走鄧林西。

### 【校考】

吳選五絕第二八首。

此詩見金淨《冲庵先生集》卷二，題作《題覺海卷》。吳選題作《贈覺海上人》。

〔一〕集作迷。〔二〕此句，集作超津岸易躋。〔三〕集作元。〔四〕集注：一作殘陽舉頭得。

異題（吳選題小異），異字五。

### 佳月　　〔金淨〕

佳月重雲掩，秋聲動客愁〔一〕。清光還〔二〕可待，深夜倚江樓。

### 【校考】

北大本五絕第二三首。吳選五絕第二九首。

此詩見金淨《冲庵先生集》卷三。

〔一〕此句，集作迢迢暝色愁。〔二〕集作不。

異字五。

## 送秋　　金益精

砌下蟲聲〔一〕斷，天涯雁影稀。山應離〔二〕別瘦，葉爲送行飛。

**【校考】**

北大本五絕第二四首。吳選五絕第二四首。

此詩見《東文選》卷一〇，本爲五律，此爲中四句。首聯是：西風吹欲盡，白日向何歸。尾聯是：來往光陰變，衰翁也獨悲。

〔一〕蟲聲：選作蛩音。〔二〕選作臨。

少四句，五律變五絕，異字三。

## 野望　　〔申光漢〕

獨成閑眺望，久住此山川。鶴立青郊迥〔一〕，龍移黑雨懸。

**【校考】**

吳選五絕第三一首。

此詩見申光漢《企齋集》卷三，題作《晚眺書懷》，吳選同。本爲五律，此爲前四句。後四句爲：等消清世日，任放白頭年。欲作蓬萊意，江風爲颯然。

〔一〕集作破。

異題，漏書作者（吳選不誤），少四句，五律變五絕，異字一。

## 暮景　　〔申光漢〕

樹密〔一〕深濃翠，孤烟淡作雲。前村聞犬吠〔二〕，暗路草中分。

**【校考】**

北大本五絕第二五首。吳選五絕第三二首。

此詩見申光漢《企齋集》卷五《關東錄》下。

〔一〕樹密：集作密樹。〔二〕此句，集作厖應誤吠主。

異字序，異字四。

## 絶句　　〔申光漢〕

雪迷江路曲，人指暮山遥。賴有沙村叟，相招過〔一〕石橋。

**【校考】**

北大本五絶第二六首。吳選五絶第三三首。

此詩見申光漢《企齋集》卷五《關東錄》下。

〔一〕集作渡。

異字一。

### 絶句　　林億齡

禪諶謀遠野，子厚愛愚溪。挹翠來松下〔一〕，觀魚到水西。

**【校考】**

北大本五絶第二七首。吳選五絶第三五首。

此詩見林億齡《石川先生詩集》卷三，題作《奉依企村瓊韻，仰希斤正》，本爲五律，此爲前四句。後四句爲：澄江燕子掠，瑞石白雲低。薄酒難成醉，蒼松爽氣凄。

〔一〕此句，集作出郭休官北。

異題，少四句，五律變五絶，異字五。

### 贈玉上人　　［林億齡］

老去愛山水，林間扣〔一〕石扉。問法知前妄，休官悟昨非。

**【校考】**

北大本五絶第二八首。吳選五絶第三六首。

此詩見林億齡《石川先生詩集》卷三，本爲五律，此爲第一、三聯。第二、四聯分別爲：一眉明月照，萬點碧峰圍；吾詩師勿失，此語當留衣。

〔一〕集作叩。

少四句，五律變五絶，異字一。

### 泊江口　　羅湜［/崔壽峸］

日落江雲黑〔一〕，天空〔二〕水自波。孤舟宜早泊，風浪夜應多。

**【校考】**

北大本五絶第二九首。

此詩，一云羅湜作，見《長吟亭遺稿》，題作《閑中偶吟》。一云崔壽峸作。李睟光《芝峰類說》卷一四《文章部》七"詩禍"條曰：崔壽峸，江陵人，號猿亭。性磊落不羈，己卯士禍後，其叔父崔世節爲承旨，公寄書與詩勸乞補外，有憤慨之語。其詩云云。世節以其書上告，遂被訊而死。所引即此首。

〔一〕此句，稿、類說作日暮滄江上。〔二〕稿、類說作寒。

異題，異字四。

### 俠客行　　崔慶昌

玳瑁三千客，金椎五十斤。鄴中行殺鄙，歸報信陵君。

【校考】

北大本五絶第三〇首。

此詩未見崔慶昌集。出處待考。

### 弘慶感懷　　白光勳

草沒〔一〕前朝寺，碑殘太史〔二〕文。千年有流水，落日見歸雲。

【校考】

北大本五絶第三一首。

此詩見白光勳《玉峰詩集》上，題作《弘慶寺》。

〔一〕草沒：集作秋草。〔二〕碑殘太史：集作殘碑學士。

題小異，異字序，異字三。

### 雨荷　　梁大樸

一〔一〕夜山中〔二〕雨，陂塘翠蓋傾。跳珠亦多事，幽枕夢難成。

【校考】

此詩爲梁大樸《晚翠堂十咏》之四《蓮塘夜雨》，見《青溪集》卷一。

〔一〕集作半。〔二〕集作鳴。

異題，異字二。

### 松溪即事　　李達［崔慶昌］

玉洞烟華〔一〕暖，金沙日影遲。溪頭煮新〔二〕酒，童子折松枝。

【校考】

此爲崔慶昌《三清洞口占》詩，見《孤竹遺稿》。

〔一〕稿作霞。〔二〕稿作寒。

異題，誤題作者，異字二。

## 效崔國輔　　〔李達〕

碧〔一〕階霜氣寒，金閣流〔二〕螢度。静夜闌無人，梧桐滴清露。

【校考】

此詩見李達《蓀谷詩集》卷五，題作《效崔國輔體・四時》之秋詩。

〔一〕集作玉。〔二〕集作疏。

題有省略，異字二。

## 移居

野闊茅簷小，山長草木疏。耕夫相問訊，故友絶交書。

【校考】

此詩出處待考。

## 江村　　〔李達〕

宿鷺立溪〔一〕沙，晚蟬咽〔二〕江樹。歸舟白蘋風，夢落西潭雨。

【校考】

此詩見《蓀谷詩集》卷五，題作《次粟谷韻題僧軸》。

〔一〕立溪：集作下秋。〔二〕集作鳴。

異題，異字三。

## 貯福院感懷　　〔許筠〕

緑髮全成雪，青松半作薪。川無濯纓水，路有化衣塵。

【校考】

許筠《惺所覆瓿稿》卷二〇《和白詩》中《憶太虛亭，用寶積寺韻》與此詩有相似處。詩曰：遥憐鑑湖墅，烟景膩殘春。江燕語留客，林花飛趁人。思將濯纓水，洗盡化衣塵。羽翮猶羅網，誰爲自在身。然未敢必也。

### 登樓　　李淑媛[林億齡]

小白梅逾耿，深青竹更妍。憑欄未忍下，爲待月華圓。

**【校考】**

北大本五絕第三二首。吳選五絕第三七首。

此爲林億齡五律《登官樓》之節録，見《石川先生詩集》卷三。詩曰：白髪南荒滯，丹心北闕懸。春山明似黛，風慢薄於烟。小白梅逾耿，深青竹更妍。登樓未忍下，爲待月華圓。

題有省略，誤題作者，少四句，五律變五絕，異字二。

### 採蓮曲　　　[任錪]

蓮葉裁成幄，蓮絲織作裳。清芳[一]殊不[二]歇，持此贈[三]仙郎。

**【校考】**

此爲任錪《採蓮詞》，見《鳴皋集》卷一。

〔一〕集作芬。〔二〕集作未。〔三〕集作奉。

題小異，誤書作者，異字三。

### 閨怨　　　梁亨遇

妝樓凝曉思，翠袖掩春啼[一]。芳草復芳草，年年長別離。

**【校考】**

吳選五絕第三八首。

此詩見梁亨遇《東崖集》，詩曰：芳草復芳草，年年長別離。妝樓凝曉思，香袖掩雙頤。

〔一〕春啼：吳選作雙頤。

異句序，異字三（吳選異字一）。

### 雜詩　　　[成三問]

清興因詩得，幽懷用酒除。三春殘客路，一月隔家書。

**【校考】**

吳選五絕第二二首，作者成三問，是。

此爲成三問五律《次工部秋晴韻》之節録，見《成謹甫先生集》卷一。詩曰：花壓水爲鏡，草纖風作梳。清興因詩得，幽愁用酒除。三春殘客路，一月隔家書。句句先生傑，吟吟愧不如。

異題，誤書作者（吳選不誤），少四句，五律變五絶，異字一。

### 效崔國輔　　許景樊

妾有黃金釵，嫁時爲首飾。今日贈君行，千里長相憶。

### 又　　〔許楚姬〕

池頭楊柳疏，井上梧桐落。簾外候蟲吟〔一〕，天寒錦衾薄。

### 又　　〔許楚姬〕

春雨暗西池，輕寒襲羅幕。愁倚小屏風，墻頭杏花落。

## 【校考】

吳選五絶第三九、四〇、四一。

此三首見許楚姬《蘭雪軒詩集》，題作《效崔國輔體》。

〔一〕集作聲。

題小省，異字〇、一、〇。

### 江南曲　　〔許楚姬〕

江南風日好，綺羅金翠翹。相將採菱去，齊蕩木蘭橈。

### 又　　〔許楚姬〕

紅藕間寶釵〔一〕，白蘋爲雜珮〔二〕。停舟下渚口〔三〕，共待寒潮退。

## 【校考】

吳選五絶第四二、四三首。

此詩見許楚姬《蘭雪軒詩集》，爲其《江南曲》五首之一、五。

〔一〕間寶釵：集作作裙衩。〔二〕集作佩。〔三〕集作邊。

異字〇、五。

### 雜詩　　〔許楚姬〕

梧桐生嶧陽，斲取爲鳴琴。一彈再三歎，擧世無知音。

又　　[許楚姫]

我有一端綺，今日持贈郎。不惜作君袴，莫作他人裳。

又　　[許楚姫]

精金明月光，贈君爲雜佩。不惜棄道旁，莫結新人帶。

**【校考】**

吳選五絕第四四、四五、四六首。

此三首，見許楚姫《蘭雪軒詩集》。第一首是許楚姫五古《遣興》"梧桐生嶧陽"詩之節錄和改寫。詩曰：梧桐生嶧陽，幾年傲寒陰。幸遇稀代工，劚取爲鳴琴。琴成彈一曲，舉世無知音。所以廣陵散，終古聲埋沉。

第二首，是許楚姫五古《遣興》"我有一端綺"詩之節錄。詩曰：我有一端綺，拂拭光凌亂。對織雙鳳凰，文章何燦爛。幾年篋中藏，今朝持贈郎。不惜作君袴，莫作他人裳。

第三首，是許楚姫五古《遣興》"精金凝寶氣"詩之節錄和重組。詩曰：精金凝寶氣，鏤作半月光。嫁時舅姑贈，繫在紅羅裳。今日贈君行，願君爲雜佩。不惜棄道上，莫結新人帶。

異題，每首少四句，五古變五絕，異字四、一、二。

長干行　　[許楚姫]

昨夜南風興，船頭[一]指巴水。道逢[二]北來人，知君在楊子。

**【校考】**

此詩見許楚姫《蘭雪軒詩集》。

〔一〕集作旗。〔二〕道逢：集作逢着。

異字二。

賈客詞　　[許楚姫]

朝發宜都渚，北風吹五兩。船頭各澆酒，月下齊蕩槳。

**【校考】**

此詩見許楚姫《蘭雪軒詩集》。

### 相逢行　　〔許楚姬〕

相逢青樓下，繫馬門前<sup>〔一〕</sup>柳。笑脱錦貂裘，試取<sup>〔二〕</sup>新豐酒。

**【校考】**

此詩見許楚姬《蘭雪軒詩集》。

〔一〕門前：集作垂楊。〔二〕試取：集作留當。

異字四。

### 江南曲　　〔許楚姬〕

生長江南村，何曾識<sup>〔一〕</sup>別離。可憐<sup>〔二〕</sup>年十五，嫁與弄潮兒。

**【校考】**

此詩見許楚姬《蘭雪軒詩集》。

〔一〕何曾識：集作少年無。〔二〕可憐：集作那知。

異字五。

## 附録

### 夜吟　　李穡

行年已知命，身世轉悠哉。細雨燈前落，名山枕上來。

**【校考】**

吴選五絕第一六首。

此詩見李穡《牧隱詩稿》卷一九。

### 贈永州故人　　鄭夢周

凉露垂<sup>〔一〕</sup>秋夕，飛雲<sup>〔二〕</sup>戀故丘。魚肥香稻熟，鳥宿翠林稠。

**【校考】**

吴選五絕第一七首。

此爲鄭夢周《永州故友》詩，見《圃隱先生文集》卷二。

〔一〕凉露垂：集作露冷鷺。〔二〕飛雲：集作雲飛。

題小異，異字序，異字二。

## 偶題　　李崇仁

赤葉明村徑，清泉漱竹〔一〕根。地偏車馬少，山氣自黃昏。

**【校考】**

吳選五絕第一八首。

此詩見李崇仁《陶隱先生詩集》卷三，爲其《謝人惠石榴》四首之三。

〔一〕集作石。

異題，異字一。

## 雜咏　　李詹

舍後桑枝嫩，畦西薤葉稠〔一〕。陂〔二〕塘春水滿，稚子解撐舟。

**【校考】**

吳選五絕第一九首。

此詩見李詹《雙梅堂先生篋藏文集》卷一、《東文選》卷一九，題作《自適》。

〔一〕集作抽。〔二〕集作坡。

異題，異字二／〇。

## 送人之金剛山　　成石璘

一萬二千峰，高低自不同。君看日輪上〔一〕，何〔二〕處最先紅。

**【校考】**

吳選五絕第二〇首。

此詩見成石璘《獨谷先生集》卷下、《東文選》卷一九，題作《送僧之楓岳》。

〔一〕選作出。〔二〕集、選作高。

異題，異字一／二。

## 柳枝詞　　偰長壽

垂綫鶯來往〔一〕，飛〔二〕綿蝶去隨。本無安穩計，争得繫離思。

【校考】

吴選五絕第二一首。

此詩見《青丘風雅》卷六。

〔一〕風雅作擺。〔二〕風雅作飄。

異字二。

## 寄弟　　曹偉

迢迢關塞長，默數家山路。何時連夜床，共聽梅堂雨。

【校考】

吴選五絕第二三首。

此詩見曹偉《梅溪先生文集》卷一，爲《寄庶弟叔奮伸》三首之三；又見《續東文選》卷九，爲《寄伸二絕》之二。

題有省略。

## 村舍　　金净

水鄉豐德郡，蕭寺遠浮烟〔一〕。地近〔二〕村燈近，天垂水〔三〕氣連。

【校考】

吴選五絕第三〇首。

此詩見金净《冲庵先生集》卷一，題作《題豐德村舍》。

〔一〕遠浮烟：集作古興天。〔二〕集作盡。〔三〕集作海。

題有省略，異字五。

## 次大平館韻　　申光漢

故國幾愁思，遠游人未歸。幾〔一〕將黄鳥葛，來〔二〕換暮春衣。

【校考】

吴選五絕第三四首。

此詩見申光漢《企齋集》卷八《東槎録》，爲其《次太平館五絕韻》五首之三。

〔一〕集作應。〔二〕集作已。

異字二。

# 朝鮮詩選全集

昌江藍芳威萬里　　　　　選

匯東祝世禄無功　　　　同閲

東萊韓初命康侯

莆口吳知過更伯　　　　同校

## 七言絕句

### 贈金川寺上人　　崔致遠

白雲溪畔創仁祠，三十年來此住持。笑指門前一條路，纔離山下有
千歧。

**【校考】**

　　吳選七絕第一首。

　　此詩見崔致遠《孤雲先生文集》卷一、《東文選》卷一九，題作《贈
金川寺主》。

　　題小異。

### 饒州鄱陽亭致遠仕於唐，其歌咏多中華游覽而作　　　〔崔致遠〕

夕陽獨〔一〕立意〔二〕無窮，萬古江山一望中。太守憂民疏宴樂，滿江風
月屬漁翁。

**【校考】**

　　此詩見崔致遠《孤雲先生文集》卷一、《東文選》卷一九，無題
下注。

　　〔一〕集、選作吟。〔二〕集、選作思。

　　異字二。

## 隨駕長源亭，賦得野叟騎牛　　郭輿

太平容貌恣騎牛，半濕殘霏過隴[一]頭。已識水邊家漸近[二]，從他落日傍溪流。

### 【校考】

吳選七絕第二首。

此詩見《東文選》卷一九，題作《隨駕長源亭，上登樓晚眺，有野叟騎牛，傍溪而歸。應制》。

〔一〕選作壠。〔二〕此句，選作知有水邊家近在。

題有省略，異字四。

## 內殿春帖子　　金富軾

雪根[一]猶在三雲陛，日腳初昇五鳳樓。寶曆授時周太史，玉卮稱壽漢諸侯。

### 【校考】

此詩見《東文選》卷一九。

〔一〕選作垠。

異字一。

## 醉後　　鄭知常

桃花紅雨鳥喃喃，繞屋青山間翠嵐。一頂烏紗慵不整，醉眠花塢夢江南。

### 【校考】

吳選七絕第三首。

此詩見《東文選》卷一九。

## 南浦歌一名唐浦，在平壤城南五里　　［鄭知常］

雨霽[一]長堤草色多，送君南浦動悲歌。大同江水何時盡，別淚年年長[二]綠波。

【校考】

此詩見《東文選》卷一九，題作《送人》，無題下注。

〔一〕選作歇。〔二〕選作添。

異題，異字二。

## 贈妓　　鄭襄明

百花叢裏淡丰容，一夜〔一〕狂風減却紅。獺髓未能醫玉頰，五陵公子恨無窮。南州有妓，色甚麗，爲某使君最愛，及別去，懼爲他人據〔二〕，以蠟炬傷其頰。襄明過而見之，笑而賦贈。

【校考】

吳選七絕第四首。

此詩見《東文選》卷一九，無詩後注。

〔一〕一夜：選作忽被。〔二〕此句，吳選作：使臣曰：我去必爲他人據之。

異字二。

## 杏花鸚鴞圖　　李仁老

欲雨未雨春陰垂，杏花一枝復兩枝。問誰領得春消息，唯有鸚之與鴞之。

【校考】

吳選七絕第五首。

此詩見《東文選》卷二〇。

## 西江　　[李仁老]

秋深沙浦蟹初肥〔一〕，雲盡西江〔二〕片月輝。十幅蒲帆千頃玉，紅塵飛〔三〕不到蓑衣。

【校考】

此詩見《東文選》卷二〇，題作《西塞風雨》。

〔一〕此句，選作秋深笠澤紫鱗肥。〔二〕選作山。〔三〕選作應。

異題，異字六。

## 三月晦日，聞鶯有感　　林惟正

三月更當三十日，綠窗殘夢尚<sup>〔一〕</sup>聞鶯。曉來枝上千般語，似向東風話舊情。<sup>〔二〕</sup>

**【校考】**

此詩見《東文選》卷二〇。

〔一〕選作早。〔二〕此爲林惟正集句詩，選每句下注作者，依次是：賈島、貫休、齊己、李高夫。

異字一。

## 春晚　　陳澕

雨餘庭院長蒼<sup>〔一〕</sup>苔，人靜雙扉晝不開。碧砌落花深幾許<sup>〔二〕</sup>，東風吹去又吹來。

**【校考】**

吳選七絕第六首。

此詩見陳澕《梅湖遺稿》、《東文選》卷二〇，《遺稿》題作《春晚題山寺》。

〔一〕長蒼：稿、選作蔟莓。〔二〕幾許：稿、選作一寸。

題有省略，異字四。

## 上朴舍人暄　　柳葆

紫薇花下仙毫露，化出人間萬樹紅。唯有東門一株柳，年年虛度好春風。

**【校考】**

吳選七絕第七首。

此詩見《東文選》卷二〇。

## 方山寺　　白文節

樹陰無隙<sup>〔一〕</sup>小溪流，一炷清香滿石樓。苦熱人間方卓暑<sup>〔二〕</sup>，臥看紅日上<sup>〔三〕</sup>松頭。

## 【校考】

吳選七絕第八首。

此詩見《東文選》卷二〇、《青丘風雅》卷六。《東文選》題作《訪山寺》。

〔一〕選、風雅作蟀。〔二〕選、風雅作午。〔三〕選、風雅作在。

題小異，異字三。

### 賞蓮　　郭預

賞蓮三度到清〔一〕池，翠蓋紅妝似舊時。唯有看花玉堂老，風情不減鬢如絲。

## 【校考】

吳選七絕第九首。

此詩見《東文選》卷二〇。又郭説《西浦先生集》卷六《西浦日録》收此詩入《翰林公遺集》，題作《龍化院賞蓮詩》，下注：《青丘風雅》云：公在翰苑，雨中跣足持傘，獨至崇教寺池上，作此詩。跣足，《青丘風雅》作洗足。

〔一〕集、選作三。

異字一。

### 過燕子樓　　張鎰

霜月凄涼燕子樓，郎官一去夢悠悠。當時坐〔一〕客休嫌老，樓上佳人盡〔二〕白頭。

## 【校考】

吳選七絕第一〇首。

此詩見《東文選》卷二〇，題作《過昇平郡》，下注：曾倅此郡，太守孫億春官妓好好，按部重過，好好已老矣。藍選此詩後空兩行，或擬將題下注轉爲詩後注，然未刻。藍選詩後注一般接正文，小字雙行，行一六字，《東文選》題下注二十二字，則無需空兩行，或藍選詩後注内容有所不同？吳選無空行。

〔一〕選作座。〔二〕選作亦。

異題，異字二。

## 春日宴禁池　　白元恒

琉璃滑色潋方池，魚静〔一〕無心上釣絲。柳外曲欄簾半捲，燕輕微雨小晴時。

**【校考】**

吳選七絶第一一首。

此詩見《東文選》卷二〇，題作《春日，次白清宴禁池之作》。

〔一〕選作樂。

題有省略，異字一。

## 七月六日夜卧不寐　　〔白元恒〕

草堂清夜暑初〔一〕收，小雨寒螢濕不流。獨卧床頭思往事，砌蟲啼破〔二〕一簾秋。

**【校考】**

吳選七絶第一二首。

此詩見《東文選》卷二〇，題作《七月初六日，夜久不寐》。

〔一〕選作情。〔二〕選作獻，注：一作起。

題小異，異字二。

## 東還訪敬齋宅　　〔洪瀹〕

畫舍清清〔一〕絶點塵，滿園花草〔二〕四時春。客中懷抱憑誰説，時向鶯溪訪故人。

**【校考】**

吳選七絶第一三首。

此爲洪瀹詩，見《東文選》卷二〇。

〔一〕清清：選作凄凉。〔二〕選作卉。

誤書作者，異字三。

## 夜坐　　〔許琮〕

滿庭花月寫窗紗，花易隨風月易斜。明日應看明月在〔一〕，十分愁思屬殘花。

## 【校考】

吳選七絕第一四首。

此爲許琮詩，見《續東文選》卷九，題作《夜坐即事》。

〔一〕此句，續選作明月固應明夜又。

題有省略，誤書作者，異字三。

### 燕都秋夜　　〔白元恒〕

思家步月未成歸，庭樹秋深葉盡〔一〕飛。故國三千八百里，夜闌雙杵擣寒衣。

## 【校考】

此爲白元恒詩，見《東文選》卷二〇。

〔一〕葉盡：選作錦葉。

異字一。

### 游五臺山在江原道江陵府　　柳仲〔陳澕〕

畫裏當年見五臺，碧山〔一〕蒼翠有高低。今來萬壑爭流處，自覺〔二〕穿雲路不迷。

## 【校考】

此詩見陳澕《梅湖遺稿》、《東文選》卷二〇，《遺稿》題下注：時公因王事往關東作。載《輿地勝覽》。

〔一〕碧山：稿、選作掃雲。〔二〕自覺：稿作却喜。

異題，誤題作者，異字四/二。

### 賈生　　釋圓鑑

洛陽才子舊知名〔一〕，一譴〔二〕長沙萬里行。只是讒言成貝錦，非關聖主不聰明。

## 【校考】

吳選七絕第一五首。

此詩見《青丘風雅》卷六，題作《賈誼》。

〔一〕此句，風雅作由來見忌坐才名。〔二〕一譴：風雅作故作。

題意同字異，異字七。

## 雨中睡起　　〔釋圓鑑〕

禪房闃寂似無僧，雨濕〔一〕低簷薜荔層。午夢覺來西日夕〔二〕，山童吹火上龕燈。

**【校考】**

此詩見《東文選》卷二〇。

〔一〕選作浥。〔二〕此句，選作午睡驚來日已夕。

異字四。

## 山居　　李瑱

滿空山翠滴人衣，綠草〔一〕池塘白鳥飛，宿霧夜棲深樹裏〔二〕，午風吹作雨霏霏。

**【校考】**

吳選七絕第一六首。

此詩見《東文選》卷二〇，題作《山居偶題》。

〔一〕綠草：選作草綠。〔二〕選作在。

題有省略，異字序，異字一。

## 早朝馬上口號　　洪侃

紫翠橫空澗水幽〔一〕，風烟一帶〔二〕似滄州。石橋西畔南臺月〔三〕，挂笏看山又一秋。

**【校考】**

此詩見洪侃《洪崖先生遺稿》、《東文選》卷二〇，題作《早朝馬上》。據《遺稿》七言絕句下注，此詩自《青丘風雅》收入。

〔一〕稿、選作流。〔二〕一帶：稿、選作千里。〔三〕稿、選作路。

題有增字，異字四。

## 送使君赴安京　　〔洪侃〕

草長江南三月天，永嘉山水好風烟。文章太守謝康樂，珠翠佳人玉井蓮。

【校考】

此詩見洪侃《洪崖先生遺稿》、《東文選》卷二〇，題作《送李東庵赴安東》。《遺稿》題下注：東庵名瑱。據《遺稿》七言絕句下注，此詩自《青丘風雅》收入。據詩後注，此詩見映湖樓懸板。

題小異。

### 九曜堂　李齊賢

溪水潺潺石徑斜，寂寥誰似道人家。庭前老[一]樹春無葉，盡日山蜂咽草花。

【校考】

吳選七絕第一七首。

此詩見李齊賢《益齋亂稿》卷一、《東文選》卷二一。

〔一〕稿、選作臥。

異字一。

### 呈趙學士子昂　　［李齊賢］

風流空憶[一]永和春，翰墨遺蹤幾度[二]新。千載幸逢真面目，況聞家有衛夫人。[三]

【校考】

吳選七絕第一八首。

此詩見李齊賢《益齋亂稿》卷一，題作《和呈趙學士子昂》。

〔一〕稿作想。〔二〕幾度：稿作百變。〔三〕稿句下注：學士夫人管氏，亦工書。

題小異，異字三。

### 訪金生　　［鄭道傳］

墟烟黯澹[一]樹高低，芳草萋萋[二]路欲迷。薜荔滿墻啼鳥寂[三]，田翁爲指竹[四]橋西。

【校考】

此爲鄭道傳詩，見《三峰集》卷二、《東文選》卷二二，題作《訪金益之》。

〔一〕黯澹：集作暗淡。〔二〕芳草萋萋：集作草沒人蹤。〔三〕此句，集、選作行近君家猶未識。〔四〕爲指竹：集、選作背指小。

題小異，誤書作者，異字一四/九。

## 秋夜　　〔李齊賢〕

三更月色可憐宵〔一〕，萬頃秋光泛素濤。湖上誰家吹玉〔二〕笛，碧天無際雁行高。

## 【校考】

此詩見李齊賢《益齋亂稿》卷三、《東文選》卷二一，題作《和朴石齋、尹樗軒，用銀臺集瀟湘八景韻》之《洞庭秋月》，下注：石齋名孝修，樗軒名奕。

〔一〕此句，稿、選作三更月彩澄銀漢。〔二〕稿、選作鐵。

異題，異字五。

## 渡錦江　　〔鄭道傳〕

扁舟一葉泛〔一〕中流，北去南來古〔二〕渡頭。日日江天人競涉〔三〕，何〔四〕人回首看〔四〕沙鷗。

## 【校考】

此詩見鄭道傳《三峰集》卷二。

〔一〕集作在。〔二〕集作集。〔三〕此句，集作日暮路長爭競涉。〔四〕集作無。〔五〕集作見。

漏書作者，異字八。

## 山居春日　　王伯

村家昨夜雨濛濛，竹外桃花忽放紅。醉裏不知雙鬢雪，却〔一〕簪繁萼立東風。

## 【校考】

吳選七絕第二一首。

此詩見《東文選》卷二〇。

〔一〕選作折。

異字一。

## 秋日　　僧荆山

竹徑依依日半陰，涼風吹暮碧雲深。數聲牧笛長橋外，不到禪心到客心。

### 【校考】

此詩出處待考。

## 西江咏　　鄭誧

十日秋霖水[一]面肥，殘雲更作雨霏霏。夜來樓下濤聲壯，清曉人家半掩[二]扉。

### 【校考】

吳選七絕第二二首。

此詩見鄭誧《雪谷先生集》下，題作《西江雜興》。

〔一〕集作江。〔二〕半掩：集作水半。

題小異，異字二。

## 途中　　〔鄭誧〕

驅馬悠悠渡小溪，清風古道[一]草萋萋。山村四月行人少，深樹黃鸝自在啼。

### 【校考】

吳選七絕第二三首。

此詩見鄭誧《雪谷先生集》上、《東文選》卷二一，題作《惠陰院途中》。

〔一〕清風古道：集、選作斜陽古碣。

題有省略，異字三。

## 雨中邀友　　〔鄭誧〕

焚香閉閣有餘清，遠[一]樹颼颼送雨聲。綠暗碧窗春睡足[二]，不妨來此聽啼鶯。

## 【校考】

吳選七絶第二四首。

此詩見鄭誧《雪谷先生集》上，題作《雨中邀友人》。

〔一〕集作園。〔二〕此句，集作寄語綠蓑西塞客。

題有省略，異字七。

### 梅花　　〔鄭誧〕

可憐玉蕊照清波〔一〕，一夜東風〔二〕可奈何。縱有餘〔三〕香誰見賞，滿園〔四〕桃李日來多。

## 【校考】

吳選七絶第二六首。

此詩見鄭誧《雪谷先生集》下，題作《梅》。

〔一〕此句，集作死憐梅蕊委泥沙。〔二〕一夜東風：集作風雨漫山。
〔三〕集作清。〔四〕滿園：集作競栽。

題有增字，異字一〇。

### 關東聞杜鵑　　李堅幹

旅館挑殘一盞燈，使華風味淡如〔一〕僧。隔窗杜宇終宵聽，啼在山花第幾層。

## 【校考】

吳選七絶第二七首。

此詩見《東文選》卷二〇，題作《奉使關東，聞杜鵑》。

〔一〕選作於。

題有省略，異字一。

### 五靈廟庶使大明，流於金齒國，道經於此　　曹庶

村南村北雨淒淒，五廟靈宮楊柳低。十里江山和睡過，竹林深處午雞啼。

## 【校考】

吳選七絶第二八首。

此詩見《東文選》卷二二。

## 即事　　趙雲仡

荊〔一〕門日午喚人開，步出〔二〕林亭石滿苔〔三〕。昨夜山中風雨惡〔四〕，一〔五〕溪流水泛花來。

**【校考】**

吳選七絶第二九首。

此詩見《東文選》卷二二。

〔一〕選作柴。〔二〕步出：選作徐步。〔三〕石滿苔：選作坐石苔。〔四〕選作在。〔五〕選作滿。

字句重組，異字四。

## 征婦吟　　鄭夢周

織罷回文錦字新，題封寄遠恨無因。相逢〔一〕恐有遼陽〔二〕客，每向津頭問路人。

**【校考】**

吳選七絶第三〇首。

此詩見鄭夢周《圃隱先生文集》卷一，爲其《征婦怨》二絶之二。

〔一〕相逢：集作衆中。〔二〕集作東。

異字三。

## 高郵湖　　〔鄭夢周〕

南歸日日是遨游，湖上清風一〔一〕葉舟。兩岸菰蒲行不盡，又隨明月宿芳洲。

**【校考】**

吳選七絶第三一首。

此詩見鄭夢周《圃隱先生文集》卷一。

〔一〕集作送。

異字一。

## 舟中　　〔鄭夢周〕

湖水澄澄一鏡明〔一〕，舟中宿客不勝情〔二〕。悄然夜半微風起，十里菰蒲作雨聲。

**【校考】**

吳選七絕第三二首。

此詩見鄭夢周《圃隱先生文集》卷一、《東文選》卷二二，題作《舟中夜興》。

〔一〕一鏡明：集、選作鏡面平。〔二〕集、選作清。

題有省略，異字三。

### 贈日本僧永茂　　［鄭夢周］

故園東望隔滄波，春盡高齋自〔一〕結跏。日午南風自開户，飛來花片點袈裟。

**【校考】**

吳選七絕第三三首。

此詩見鄭夢周《圃隱先生文集》卷二，爲其《贈岩房日本僧永茂》二絕之二。

〔一〕集作獨。

題有省略，異字一。

### 客中行　　［鄭夢周］

潮落潮生漸遠行，不堪回首望松京。海門千里來相送，只有青山最有情。

**【校考】**

吳選七絕第三四首。

此詩見鄭夢周《圃隱先生文集》卷二，題作《乘舟別京》。

異題。

### 僧舍　　李崇仁

山北山南細路分，松花含雨落紛〔一〕紛。道人汲井歸茅舍，一帶青烟染白雲。

## 【校考】

吴選七絶第三五首。

此詩見李崇仁《陶隱先生詩集》卷三，題作《題僧舍》。

〔一〕集作繽。

題有省略，異字一。

### 雜題　　〔李崇仁〕

天净雲高秋氣新，倦游無處不傷〔一〕神。經〔二〕過萬里仍爲客，唯有〔三〕南山不負人。

## 【校考】

吴選七絶第三六首。

此詩見李崇仁《陶隱先生詩集》卷三，爲其《中原雜題》四首之一。

〔一〕不傷：集作可怡。〔二〕集作行。〔三〕唯有：集作坐愛。

題有省略，異字五。

### 重九　　鄭道傳

故園歸路渺無窮，水繞山圍第〔一〕幾重。望欲遠時愁更遠，登高莫上最高峰。

## 【校考】

吴選七絶第三八首。

此詩見鄭道傳《三峰集》卷二、《東文選》二二。

〔一〕圍第：集、選作回復。

異字二。

### 寄鄭宗正　　李集

平林渺渺抱汀洲，千〔一〕頃烟波漫不流。待得滿船秋月白，好吹長笛過江樓〔二〕。

## 【校考】

吴選七絶第三九首。

此詩見李集《遁村雜咏》，爲其《叙懷四絶，奉集宗正鄭相國》之三，題下注：時避海寇，寓川寧道美寺作。

〔一〕集作十。〔二〕集注：謂驪江樓也。

題有省略，異字一。

## 竹堂入直　　〔卞仲良〕

知印尚書最少年，承恩直到玉墀前。紫泥濕透〔一〕青衫袖，夜半黃麻下九天。

【校考】

吳選七絕第四〇首。

此爲卞仲良詩，見《東文選》卷二二。

〔一〕選、吳選作盡。

漏書作者，異字一（吳選異字〇）。

## 聞杜鵑　　康好文

尋春自喜〔一〕及花時，還恨山中有子規。啼到五更猶未歇，江南詞客鬢成絲。

【校考】

吳選七絕第四一首。

此詩見《青丘風雅》卷六，題作《丁巳季春游普林庵聞杜鵑》。

〔一〕風雅、吳選作幸。

異字一（吳選異字〇）。

## 鐵嶺　　李稷

崩崖絶澗幾驚魂〔一〕，北塞南山〔二〕道路分。回首日邊天宇净，望中猶〔三〕恐起浮雲。

【校考】

吳選七絕第四二首。

此詩見李稷《亨齋先生詩集》卷四，題下注：丁亥七月，受東北都巡問之命，有是行。

〔一〕幾驚魂：集作愜前聞。〔二〕集作州。〔三〕集作還。

異題，異字五。

## 游南城　　成侃

鉛槧年來久〔一〕不堪，春風引興到城南。陽陂軟草〔二〕細如織，正是青春三月三。

**【校考】**

吳選七絕第四四首。

此詩見成侃《真逸遺稿》卷一、《青丘風雅》卷六，《遺稿》題作《與玉堂學士游城南》。

〔一〕稿作病。〔二〕陽陂軟草：稿作陽坡草軟。

題有省略，異字序，異字二。

## 水落庵　　［金時習］

遥山〔一〕伐木響丁丁，雲逐閑禽下晚汀〔二〕。棋罷溪翁歸去後，綠陰移案讀黃庭。

**【校考】**

吳選七絕第四五首，作者金時習。是。

此爲金時習詩，見《續東文選》卷九，題作《題水落山聖殿庵》。

〔一〕遥山：選作山中。〔二〕此句，選作處處幽禽弄晚晴。

題有省略，漏書作者（吳選不缺），異字六。

## 雪　　［徐居正］

禪家初喜浩〔一〕然至，詩壘還逢白也來。羞作癲狂春後絮，相從淡薄臘前回〔二〕。

**【校考】**

吳選七絕第四七首，作者徐居正。是。

此爲徐居正詩，見《續東文選》卷九、《四佳詩集補遺》卷一，《補遺》云出《東文選》，即《續東文選》。

〔一〕續選、補遺作皎，吳選作皓。〔二〕續選、補遺作梅。

漏書作者（吳選不缺），異字二。

## 即事　　［徐居正］

小沼如盤〔一〕水淺清，菰蒲新發〔二〕荻芽生。連筒引却前溪水〔三〕，養得芭蕉聽雨聲。

**【校考】**

吳選七絶第四八首。

此爲徐居正詩，見徐居正《四佳詩集》卷一〇、《續東文選》卷九、《四佳詩集補遺》卷一，《補遺》云出《東文選》。

〔一〕集、續選、補遺作盆。〔二〕集、續選、補遺作長。〔三〕此句，集、續選、補遺作呼兒爲引連筒去。

異字六。

## 春日　　［徐居正］

金入垂楊玉謝梅，小池新水碧於苔。春愁春興誰深淺，燕子不來花未開。

**【校考】**

吳選七絶第四九首。

此爲徐居正詩，見徐居正《四佳詩集》卷三一、《續東文選》卷九、《四佳詩集補遺》卷一，《補遺》云出《東文選》。

## 郊行　　柳文通

東風〔一〕信馬過長堤，兩岸春深草色齊。江雨不知衣帶濕〔二〕，隔林茅舍午雞啼〔三〕。

**【校考】**

吳選七絶第五〇首。

此詩見《續東文選》卷九。

〔一〕東風：續選作偷閑。〔二〕帶濕：續選作濕盡。〔三〕此句，續選作隔林茅店午時鷄。

異字五。

## 義州候天使次朴判書　　李承召

旅館頻[一]驚變物華，風吹楊柳翠偏斜[二]。山城地僻餘寒在，五月初看芍藥花。

### 【校考】

吳選七絕第五一首。

此詩見李承召《三灘先生集》卷二，爲其《留義州待使臣，次朴判書元亨韻》三首之二。又見《續東文選》卷九。

〔一〕集、續選、吳選作偏。〔二〕此句，集、續選作風吹柳幕翠欹斜。

異字三（吳選異字二）。

### 旅館　　［李承召］

酒醒孤館雨滲滲[一]，一片青燈照夜深。自是可休休不得，故山松桂已成林。

### 【校考】

此詩見李承召《三灘先生集》卷五。

〔一〕滲滲：集作涔涔。

異字二。

### 浮碧樓　　［權漢功］

大同江[一]上疏疏雨，浮碧樓前[二]點點山。繡嶺日昏蝙蝠鬧，銀灘雲盡鷺鷥閑[三]。

### 【校考】

此爲權漢功詩，見《東文選》卷二一，題作《永明寺》。又見《新增東國輿地勝覽》卷五一《平安道・平安府・樓亭》下。

〔一〕大同江：選、勝覽作白鷗波。〔二〕浮碧樓前：選、勝覽作黃犢坡南。〔三〕繡嶺二句，選作：有興即來忘返蠻，長閑那似此偷閑。盡，勝覽作暝。

與《東文選》較，異題。漏書作者，異字二○/八。

### 秋晚　　安應世

黄菊開殘故園花，寒衣未到客思家。邊城落日連衰草，啼殺秋風一樹鴉。

【校考】

此詩見《續東文選》卷一〇。

### 二樂亭晚眺　　黄汝猷〔黄汝獻〕

龍山⁽一⁾㳶水浩無⁽二⁾邊，勝地逢人二十年。日落海雲飛欲盡⁽三⁾，夜深燈火見陽川。

【校考】

郭説《西浦先生集》卷七《西浦日録》"詩話"云：黄汝獻《知足寺詩》云云。即此首。猷爲獻之誤。

〔一〕詩話作門。〔二〕浩無：詩話作杳茫。〔三〕此句，詩話作日落海門天遠大。

作者名有誤字，異字七。

### 次金太守田家　　姜希孟

細雨霏霏濕馬蹄⁽一⁾，暖烟桑柘鵓鳩啼。阿童⁽二⁾解事阿翁⁽三⁾健，刳竹分⁽四⁾泉過岸西。

【校考】

吴選七絶第五二首。

此詩見《續東文選》卷九，題作《次韻金太守咏田家》。

〔一〕此句，續選作流水涓涓泥没蹄。〔二〕續選作翁。〔三〕續選作童。〔四〕續選作通。

題有省略，異字序，異字七。

### 次慶州壁上韻　　崔應賢

風塵回首幾翻春⁽一⁾，案牘堆前⁽二⁾白髮新。夜半慣成林下夢⁽三⁾，明朝依舊⁽四⁾未歸人。

【校考】

吳選七絶第五三首。

此詩見《續東文選》卷九，題作《次慶州營廳韻》。

〔一〕此句，續選作塵間榮辱幾番春。〔二〕續選作邊。〔三〕續選作計。〔四〕依舊：續選作又作。

題小異，異字八。

### 秋懷　　洪貴達

一面青〔一〕山三面水，楓林如染竹林青。主人不解〔二〕紅塵夢，閑却一秋江上亭。

【校考】

吳選七絶第五四首。

此詩見《續東文選》卷九，題作《秋懷録奉國耳》。洪貴達《虛白先生續集》卷二《次朴㞦甫韻》與之亦有相似處。詩曰：一面青山三面水，回頭舊隱白鷗邊。爲憐魂夢相尋去，夜夜初昏已就眠。

〔一〕續選作蒼。〔二〕續選作醒。

題有省略，異字二。

### 古寺尋花　　李婷

春深古寺燕飛飛，深院重門客到稀。我正〔一〕尋花花盡落〔二〕，尋花還爲〔三〕惜花歸。

【校考】

吳選七絶第五五首，作者婷。亦是。

此詩見《續東文選》卷九、《國朝詩册》、李婷《風月亭集補遺》，題作《尋花古寺》，作者婷。《補遺》詩後校記曰：虞山小序曰：《詩選》不載姓氏，應是朝鮮女子云。《詩選》即明人吳明濟所著《朝鮮詩選》也。蓋公之諱，似女名，而國朝文字，宗室例不書姓。仍以流入中國故耳。李婷稱婷，爲朝鮮稱宗室之慣例。

〔一〕續選作昨，詩册作自。〔二〕盡落：續選作落盡，詩册作已落。〔三〕詩册作作。

異字一/三。

## 對馬島舟中夜坐　　金訢

獨泛〔一〕孤蓬臥未〔二〕安，西風一夕晚潮寒。海天秋色尋無處，却向潘郎鬢上看。

### 【校考】

吳選七絕第五六首。

此詩見金訢《顏樂堂集》卷一，爲其《舟中夜坐泊時古里浦》三首之三。又見《續東文選》卷九，爲金訢《對馬島舟中夜坐》二首之二。

〔一〕集、續選作揭。〔二〕臥未：集、續選作枕不。

異字三。

## 西江寒食　　南孝溫

天陰籬外夕寒生，寒食東風野水明。無限滿船商客語，柳花時節故鄉情。

### 【校考】

吳選七絕第五七首。

此詩見南孝溫《秋江先生文集》卷三、《續東文選》卷一〇。

## 嶺南　　申同〔申泂〕

病中雙鬢雪花明，獨把菱花暗裏〔一〕驚。身逐短蓬飄不定，事隨流水去無聲。

### 【校考】

吳選七絕第五八首。

此詩見《續東文選》卷一〇，題作《嶺南行錄》，作者申泂。

〔一〕續選作自。

題有省略，作者名有誤字，異字一。

## 野興　　〔金時習〕

不須偷得未央丸，静裏〔一〕偏知我自閑。小沼連筒分澗水〔二〕，一條飛玉細珊珊。

【校考】

　吳選七絕第五九首。

　此爲金時習詩，見《續東文選》卷九，爲其《無題》二首之一。

　〔一〕静裏：續選作境静。〔二〕此句，續選作命僕竹筒連野澗。

　異題，漏書作者，異字五。

### 風月樓　　盧公弼

　薔薇花發續殘春，風月樓高已絕[一]塵。爛醉欲歸歸未[二]得，滿池明月更留人。

【校考】

　吳選七絕第六〇首。

　此詩見《續東文選》卷一〇。

　〔一〕已絕：續選作絕點。〔二〕續選作不。

　異字二。

### 華山畿　　金宗直

　冢上青青連理枝，行人爭[一]唱華山畿。野棠花發當寒食[二]，幾度[三]春魂化蝶飛。

【校考】

　吳選七絕第六四首。

　此詩見金宗直《佔畢齋集》卷八，爲其《允了又作咸陽郡地圖，題其上》九首之八。

　〔一〕集作爲。〔二〕此句，集作如今月白狐狸嘯。〔三〕幾度：集作應是。

　異題，異字一〇。

### 答晉山相公　　［金宗直］

　村南村北祝豚蹄，榆柳陰陰鳥[一]雀啼。身遇太平生事足，日斜扶醉斷橋西。

【校考】

　吳選七絕第六五首。

此詩見金宗直《佔畢齋集》卷一〇，爲其《晉山四用前韻，韻各二首，復和》八首之一。

〔一〕集作烏。

題有省略，異字一。

### 送李節度赴鎮　　〔金宗直〕

鰲背樓臺一俯憑，海波萬里碧天澄。太平未試龍韜策，射雉□〔一〕過竹院僧。

### 【校考】

吳選七絶第六六首。

此詩見金宗直《佔畢齋集》卷一二，題作《次李節度使赴鎮韻》，下注：即前濟州牧使李公約東也，後爲慶尚左道水軍節度使，鎮蔚山開雲浦。詩後評：演雅可笑。又見《續東文選》卷七，題作《次李節度約東赴鎮韻演雅》。本爲七律詩，詩曰：鰲背樓臺可俯憑，鯨波萬里鏡光澄。奚奴有眼能調馬，幕客無營但臂鷹。鮫鰐暗驚千弩響，鸕鶿閒立五牙層。太平未試龍韜策，射雉因過竹院僧。

〔一〕吳選作還。

題小異，少四句，七律變七絶，異字五。

### 塞上　　鄭希良

客窗偏惜歲華殘，蘆荻蕭蕭雪滿山。塞外風高鷹翮健，陣前雲起角聲寒。

### 【校考】

吳選七絶第六七首。

此詩見鄭希良《虛庵先生遺集》卷一，題作《雪後録奉梅溪先生》，本爲七律。詩曰：客窗偏惜歲將殘，蘆荻蕭疏雪滿山。塞外風高鷹趐健，陣前雲起箭聲寒。不妨夜月相乘興，何事詩人獨閉關。擁褐煎茶清味永，況論杯酒作春顏。詩後注：來簡云：雪深若尺，門戶不閉，袁安獨臥，清興可掬。故第六及之。末意昧用項太尉、陶學士事。

異題，少四句，七律變七絶，異字四。

## 旅懷　　金淨

江南殘夢晝厭厭，愁逐年華〔一〕日日添。鶯燕不來春又去〔二〕，落〔三〕花微雨下重簾。

**【校考】**

吳選七絶第六八首。

此詩見金淨《冲庵先生集》卷二，題作《江南》。

〔一〕集作芳。〔二〕此句，集作雙燕來時春欲暮。〔三〕集作杏。

異題，異字六。

## 江行　　〔金淨〕

遠峰天外翠蛾〔一〕浮，烟樹重重暗浦頭。一雨滄江歸棹晚，雁橫寒渚荻蘆〔二〕秋。

**【校考】**

吳選七絶第六九首。

此詩見金淨《冲庵先生集》卷一，題作《江興》，吳選題與集同。

〔一〕集作眉。〔二〕荻蘆：集作蓼花，吳選作荻花。

題小異（吳選不異），異字三（吳選二）。

## 送朴璨還任　　申光漢

君爲嶺嶠離鄉客，我作江南去國人。社燕秋鴻來去異，黃花愁映白頭新。

**【校考】**

吳選第七〇首。

此詩見申光漢《企齋集》卷三，題作《江上送朴永川璨還任》，吳選題與集同。

題有省略（吳選全同）。

## 寄櫻山宰閔　　鄭光啓〔申光漢〕

招尋相對縣西陵，白日玲瓏看納冰。被酒夜歸渾似夢，小村時點績麻燈。

**【校考】**

吳選七絕第七一首。

此詩見申光漢《企齋別集》卷五，題作《寄稷山宰閔君》，吳選題與集同。

題有省略（吳選全同），誤書作者（吳選不誤）。

## 望三角山有感　　　〔申光漢〕

孤舟一出廣陵津，十五年來未死身。我自有情如識面，青山寧憶舊游人〔一〕。

**【校考】**

吳選七絕第七二首。

此詩見申光漢《企齋別集》卷四，題作《廣津船上，望見三角山有感》。

〔一〕此句，集作青山能記舊時人。

題有省略，誤題作者（吳選不誤），異字三。

## 次華太史初見杜鵑花　　　蘇世讓

滿眼紅浮海上霞，石巖沙岸半欹斜。杜鵑亦喜天仙至，先放東風第一花。

**【校考】**

蘇世讓《陽谷集》未見此詩。出處待考。

蘇世讓（一四八六—一五六二）曾使明，與明官員有交往。據《陽谷赴京日記》蘇世讓嘉靖十二年十一月任賀生皇太子正使，次年二月到北京，閏二月、三月在京。《日記》三月十一日下載：夏（言）尚書招序班云：聞使臣好做詩，可取所製而來。序班來督，辭不獲已，書長律二百授送。序班呈郎中，郎中親呈於尚書。尚書覽訖，遣陪侍外郎以其所製墨刻詩賦及奏謝錄二卷來贈，且云：忙迫，未敢和答，乃以舊製爲贈，幸亮之。外郎又傳尚書言曰：悔不早知，未別待遇，良可恨也。據詩意，此詩爲出使朝鮮華太史作。

## 野興　　　鄭惟吉

一年乾没度〔一〕秋分，荷落寒塘菊吐芬。聞道西鄰足佳〔二〕致，漫〔三〕

看平野割黄雲。

**【校考】**

　　吳選七絕第七四首。

　　此詩見鄭惟吉《林塘遺稿》上《酬唱録》，題作《書寄尹梧陰別墅》。

　　〔一〕稿作到。〔二〕稿作閑。〔三〕稿作卧。

　　異題，異字三。

### 示許彦寬　　鄭士龍

　　寒郊木影晩蕭疏，隔岸凄風戰雪蘆。小醉不知天色〔一〕暝，馬穿修竹亂棲烏〔二〕。

**【校考】**

　　此詩見鄭士龍《湖陰雜稿》卷一《宜春日録》下，爲其《大浦收魚椮，示許彦寬》五首之四。

　　〔一〕稿作已。〔二〕亂棲烏：稿作鳥棲初。

　　題有省略，異字三。

### 塞上曲時遼將戰没，作此以弔也　　崔慶昌

　　日暮雲中火照山，單于已近鹿頭關。將軍獨領千人去，夜渡遼〔一〕河戰未還。

**【校考】**

　　此詩見崔慶昌《孤竹遺稿》，題作《過楊照廟有感》。

　　〔一〕稿作蘆。

　　異題，異字一。

### 邊詞　　〔崔慶昌〕

　　年〔一〕少離家音信稀，秋來猶着去年〔二〕衣。城頭畫角吹霜急，一夜黃榆葉盡飛。

**【校考】**

　　此詩見崔慶昌《孤竹遺稿》，題作《邊思》。

　　〔一〕稿作小。〔二〕去年：稿作戰時。

題小異，異字三。

## 寄性庵上人　　〔崔慶昌〕

去年〔一〕維舟蕭寺雨，折花臨水送行人。山僧不管閑〔二〕離別，閉户無心又一春。

### 【校考】

此詩見崔慶昌《孤竹遺稿》，題作《贈性真上人》。

〔一〕稿作歲。〔二〕稿作傷。

題小異，異字二。

## 贈幸師　　〔崔慶昌〕

洛水橋南偶別君〔一〕，十年白髮老塵絲〔二〕。三山一去尋無跡〔三〕，飛錫凌空步步雲。

### 【校考】

此詩見《孤竹遺稿》，題作《題三角山僧行思軸》。

〔一〕此句，稿作洛水橋邊又見君。〔二〕此句，稿作憐吾白髮在塵氛。〔三〕此句，稿作三山此去無蹤跡。

異題，異字九。

## 訪鄭士華不遇　　李荇

長松落陰翠滿途〔一〕，松下故人新結廬〔二〕。此日相尋獨回首〔三〕，北山佳氣欲棲烏〔四〕。

### 【校考】

此詩見李荇《容齋先生集》卷一，題作《訪士華不遇戲作》。

〔一〕此句，集作松陰落落自成蹊。〔二〕結廬：集作卜居。〔三〕獨回首：集作更不遇。〔四〕棲烏：集作鴉棲。

題有省略，異字一〇。

## 曉起　　昌壽〔李昌壽〕

睡起荊〔一〕扉手自開〔二〕，碧簪〔三〕殘月尚徘徊。曉天幾樹啼鴉起〔四〕，愛<sup>〔五〕</sup>看青山入户來。

【校考】

此詩見《續東文選》卷一〇，爲李昌壽《曉起書呈强哉》。李爲宗室，故不書其姓。

〔一〕續選作窗。〔二〕續選作推。〔三〕碧簷：續選作樹頭。〔四〕此句，續選作春天漸曙林鴉散。〔五〕續選作臥。

題有省略，異字九。

### 落花巖懷古　　洪春卿

百濟王義慈淫而不德，與高句麗侵新羅，新羅苦之，告急於唐。唐高宗遣蘇定方並新羅軍討之，百濟軍大敗，唐師且薄其都城，義慈方與諸姬宴沘泗亭，唐師卒至，義慈出奔熊川，諸姬及宫人懼，咸走沘泗巖上，墮崖而死。世因號其地爲落花巖。

國破山河異昔時，獨留江月幾盈虧。落花巖畔<sup>〔一〕</sup>花猶發<sup>〔二〕</sup>，風雨當年不盡吹。

【校考】

李睟光《芝峰類説》卷九《文章部》二“詩評”云洪春卿此詩爲《扶餘懷古》。權應仁《松溪漫録》稱洪觀察春卿《白馬江詩》。

〔一〕漫録作上。〔二〕類説、漫録作在。

題異，異字一/二。

### 芙蓉臺　　鄭磌

荷香月色可憐<sup>〔一〕</sup>宵，更有佳<sup>〔二〕</sup>人弄玉簫。十二曲欄無夢寐，碧天<sup>〔三〕</sup>秋思夜迢迢。

【校考】

李睟光《芝峰類説》卷一三《文章部》六“東詩”下云：鄭磌爲延安府使，見海州芙蓉堂板上諸詩，意皆不滿，乃作一絶云云。即此首。

〔一〕類説作清。〔二〕類説作何。〔三〕類説作城。

題小異，異字三。

<h2 style="text-align:center">重過場巖　　梁大樸</h2>

峽裏凄風鏡面寒，孤舟還泊蓼花灣。重來記得垂綸處，魚鳥依然識舊顏。

## 【校考】

梁大樸《青溪集》卷一有《過場巖》詩，爲五律，詩曰：鷄足山臧縣，場巖路并川。寧能不下馬，直欲更登船。客興今如許，童心尚宛然。斜陽望墟落，一一舊風烟。然未見《重過場巖》。梁大樸詩文"壬辰之亂"時散佚，但之前有一定的流傳。其子梁慶遇爲《青溪遺稿》所作序曰：先考晚年所作詩近千餘篇，皆手自書成卷帙。歲辛卯冬間，南參判名彥經、尹全府訪先考於龍城西村，見而愛之，仍袖以去，未幾遭"壬辰之亂"而亡於兵燹。其年四月，先考首事義旅，老瘁成疾，乃於七月捐世，所著文章遂與身名淪没無稱。嗚呼痛哉！慶遇與弟亨遇書平日所誦律詩若絕句纔七十許首，又於陳篋亂草中按得百許首，大都其數不滿二百。據此，此首或爲他人所記誦之詩？

<h2 style="text-align:center">夜吟　　〔梁大樸〕</h2>

庭[一]前一帶[二]小溪深，楊柳[三]千行欲[四]作林。樓上佳人夜吹笛，碧雲凝處月成陰。

## 【校考】

此詩見梁大樸《青溪集》卷一，題作《次夜興韻》。
〔一〕集作樓。〔二〕集作曲。〔三〕楊柳：集作樓外。〔四〕集作柳。異題，異字三。

<h2 style="text-align:center">山海關懷古　　朴忠侃</h2>

天設雄關碧海頭，連雲粉堞限中州。可憐萬世無窮計，未保驪山土一丘。

<h2 style="text-align:center">又</h2>

驕逸初萌六國平，癡心還是一盧生。胡兒豈獨亡秦者，無限英雄據此城。

【校考】

　　吳選七絕第七五、七六首。出處待考。

　　朝鮮使臣出使明朝，經過山海關時往往賦詩。如成俔《辛丑朝天錄》有《山海關即事》《發山海關》《山海關次書狀秋懷九絕》等詩。曹偉《燕行錄》有《山海關》二首。尹根壽《朝天錄》有《山海關次而遠韻》《又咏山海關》等。未見朴忠侃文集以及出使明廷記載。

### 送義嚴上人還金剛山　　尹根壽

　　飄然杖〔一〕錫去如飛，坐聽鐘聲〔二〕出翠微。更上匡廬山頂〔三〕望，南天空闊曉嵐微〔四〕。

【校考】

　　吳選七絕第七七首。

　　此詩見尹根壽《月汀先生集》卷二，爲其《贈山人》二首之二。

　　〔一〕集作瓶。〔二〕坐聽鐘聲：集作幾聽晨鐘。〔三〕匡廬山頂：集作頭流頂上。〔四〕曉嵐微：集作夕嵐霏。

　　異題，異字八。

### 塞下曲　　許篈

　　紫貂〔一〕半脫控青驪，雪滿長城獵下遲。小白山前日將暮〔二〕，朔風吹裂大紅旗。

【校考】

　　此詩見許篈《荷谷先生詩鈔》。

　　〔一〕紫貂：鈔作貂裘。〔二〕將暮：鈔作欲落。

　　異字三。

### 漫興贈郎　　李淑媛

　　柳色〔一〕江頭五馬嘶，半醒半〔二〕醉下樓時。春□欲瘦臨妝鏡〔三〕，試寫纖纖〔四〕却月眉。

【校考】

　　吳選七絕第八〇首，作者李氏。

　　權應仁《松溪漫錄》云：女子之能詩者，自古罕有，況此才難之時乎。有稱玉峰女道士者，其郎君方受百里之命，因公事抵京師，時北戎充斥，女作詩寄郎云云。見郎到其家，又書一絕云云。二詩清圓壯麗，似非出於婦人之手，甚可嘉也。此乃趙斯文瑗之所眊也。又見《嘉林世稿》。

〔一〕漫錄、世稿作外。〔二〕漫錄、世稿作愁。〔三〕此句，漫錄、世稿作春紅欲瘦羞看鏡，吳選缺字作紅。〔四〕試寫纖纖：漫錄、世稿作試畫梅窗。

異字八（吳選七）。

## 登樓　　〔鄭鎔〕

紅欄六曲壓銀河，瑞霧霏霏濕翠羅。明月不知滄海暮，九嶷山下白雲多。

## 【校考】

吳選七絕第八一首。

此或爲鄭鎔（字百鍊）詩。許筠《鶴山樵談》論鄭鎔詩，引後兩句。

誤書作者。

## 自適　　〔申光漢〕

虛簷殘溜〔一〕雨纖纖，枕簟輕寒曉漸〔二〕添。花落後庭春睡美，呢喃燕子〔三〕要開簾。

## 【校考】

吳選七絕第八二首。

此爲申光漢詩，見《企齋別集》卷五。

〔一〕集作滴。〔二〕集作覺。〔三〕燕子：集作巢燕。

誤書作者，異字三。

## 秋思

翡翠簾疏不蔽風，新涼初透碧紗櫳。涓涓玉露團團月，說盡秋情草下蟲。

## 【校考】

吳選七絕第八三首。

此詩出處待考。

## 七夕　　〔申光漢〕

無窮會合豈愁思，不比浮生有別離。天上却〔一〕成朝暮會〔二〕，人間漫〔三〕作一年期。

**【校考】**

吳選七絶第八四首。

此爲申光漢詩，見《企齋別集》卷四，題作《七夕咏女牛》。

〔一〕集作定。〔二〕集作遇。〔三〕集作看。

題有省略，漏書作者，異字三。

## 江亭寄李汝受　　李布益〔金宇顒〕

烟橫銅雀夕陽盡〔一〕，花落廣陵春水賒〔二〕。閑亭樽酒〔三〕不歸去，綠〔四〕樹沉沉宿鳴〔五〕鴉。

**【校考】**

此爲金宇顒詩，李純仁《孤潭逸稿》卷一《贈金參判宇顒》下附金東岡《次韻》，即此首。

〔一〕稿作斜。〔二〕稿作多。〔三〕閑亭樽酒：稿作雕欄徙倚。〔四〕稿作碧。〔五〕宿鳴：稿作棲暝。

異題，誤題作者，異字九。

## 舟中　　〔崔慶昌〕

江流一帶碧溶溶〔一〕，二月風帆下峽中。借〔二〕問舟人南郡事，皆言來自廣陵東。

**【校考】**

此爲崔慶昌詩，見《孤竹遺稿》，爲其《東湖雜咏》二首之二。

〔一〕此句，稿作流漸净盡水溶溶。〔二〕稿作欲。

異題，漏書作者，異字五。

## 又　　〔崔慶昌〕

入夜孤舟〔一〕宿大堤，侵晨又發廣陵西〔二〕。水村山郭依希見〔三〕，烟樹微茫動曉鷄〔四〕。

## 【校考】

此爲崔慶昌詩，見《孤竹遺稿》，爲其《東湖雜咏》二首之一。

〔一〕孤州：稿作連檣。〔二〕此句，稿作凌晨摇曳向巴西。〔三〕此句，稿作水村山店遥相望。〔四〕此句，稿作烟樹依微聽午鷄。

異題，異字一四。

### 採蓮曲　　〔李達〕

蓮葉參差蓮子多，蓮花相間女郎歌。來時約伴橫塘口，辛苦移舟逆上波。

## 【校考】

此詩見李達《蓀谷詩集》卷六，題作《採蓮曲，次大同樓船韻》。

漏書作者，題有省略。

### 月夜　　〔白光勳〕

南郭〔一〕垂楊北郭荷〔二〕，萬家人静月明多。閨中少婦〔三〕唱新曲，千里歸心今若〔四〕何。

## 【校考】

此爲白光勳詩，見《玉峰詩集》上，題作《弘農郡贈人》。

〔一〕集作堠。〔二〕集作花。〔三〕閨中少婦：集作樓中有女。〔四〕集作夜。

異題，誤書作者，異字六。

### 宮詞　　〔李達〕

九天〔一〕日出殿門開，鳳扇雙行引上來。遥聽太儀宣詔罷〔二〕，明〔三〕朝新幸望春臺。

### 又　　〔李達〕

中官清曉覓才人，合奏笙歌滿殿春。別詔梨園吹玉笛，後宮賜出〔四〕錦麒麟。

【校考】

此二首見李達《蓀谷詩集》卷六。

〔一〕九天：集作平明。〔二〕集作語。〔三〕集作罷。〔四〕後宮賜出：集作御袍新賜。

異字二、三。

### 長信宮詞　　［李達］

禁〔一〕苑無人楊柳齊，早衙初罷〔二〕戟門西。畫樑東角雙飛燕，依舊春風覓舊〔三〕棲。

### 又　　［李達］

滿〔四〕樹寒鴉凍不飛，玉爐沉燎曉〔五〕烟霏。君王欲〔六〕御通明殿，宮女催呼進尚衣。

【校考】

此二首見李達《蓀谷詩集》卷六，爲其《長信宮四時詞》之一、四。

〔一〕集作別。〔二〕集作散。〔三〕集作故。〔四〕集作苑。〔五〕沉燎曉：集作添炷篆。〔六〕集作早。

題有省略，異字三、五。

### 折楊柳

江上青青楊柳枝，往來行客起相思。年年偏結東風怨，無限長條管別離。

【校考】

此詩出處待考。

### 松京懷古　　［李達］

前朝宮〔一〕殿草烟深，落落長松〔二〕下夕陰。同是等閑亡國地，笑看黃葉滿雞林。初，新羅王都雞林，千餘年而德衰，時高麗王王建興都鵠嶺，稱雄東表，有混一三韓之志。崔致遠自唐登第，還新羅，新羅女主當國，政出倖門，致遠慨然歎曰：雞林黃葉，鵠嶺青松。厥後新羅卒歸高麗。高麗歷伍百餘年而歸於李氏，即今朝鮮也。亦當叔世，其言若此。

【校考】

此詩見李達《蓀谷詩集》卷六，無詩後注。

〔一〕集作臺。〔二〕落落長松：集作落日牛羊。

異字四。

## 贈僧　　［李達］

海氣連山沉夕暉，西庵鐘磬老僧歸。懸燈一夜禪房寂〔一〕，清曉穿雲下翠微。

【校考】

此詩見《蓀谷詩集》卷六。

〔一〕禪房寂：集作同僧宿。

異字三。

## 江南曲　　［李達］

南〔一〕陌春泥屐齒香〔二〕，鳳〔三〕頭錦襪足如霜。無端一唱江南曲，楊柳樓前幾〔四〕斷腸。三韓之族，女子不裹足，咸納繡履，以潔白稱美。雨則蠟屐，寒則錦襪，貴賤同之。

【校考】

此詩見《蓀谷詩集》卷六。

〔一〕集作香。〔二〕屐齒香：集作金齒屐。〔三〕集作鴉。〔四〕集作空。

異字三。

## 降仙謠　　［崔慶昌］

碧落迢迢雲〔一〕路長，天風吹送桂花香。玉簫歸去瑤臺〔二〕上，羅襪寒深一寸霜。

【校考】

此爲崔慶昌詩，見《孤竹遺稿》，題作《次益之贈彈琴女韻》；《蓀谷詩集》卷六《仙桂曲，題月娥帖》下亦附此首。

〔一〕稿、集作鷺。〔二〕稿、集作壇。

異題，誤書作者，異字二。

# 又　　［李達］

三洲碧桃結千歲，夜半白⁽一⁾鸞來一雙。中天仙節降王母，玲瓏海氣連雲窗。

## 【校考】

此詩見李達《蓀谷詩集》卷六，題作《降仙曲，次青澗亭韻》。

〔一〕夜半白，集作半白□。

題有省略，字序異，異字一。

# 宿禪房　　［李達］

西峰梵宇接⁽一⁾中天，乳⁽二⁾竇泠泠落遠泉。夜半禪房清不寐⁽三⁾，老僧鳴磬禮金仙。

## 【校考】

此詩見李達《蓀谷詩集》卷六，題作《成佛庵》。

〔一〕梵宇接：集作庵子近。〔二〕集作雲。〔三〕此句，集作半夜懸燈客不寐。

異題，異字序，異字七。

# 清道九日　　［李達］

去年九日漢陽城，今年九日江南道。年年依舊折黃花，去年人到今年老。

## 【校考】

此詩見李達《蓀谷詩集》卷六。

# 挽南方士　　［李達］

鸞馭飄然若木津，君平簾下更何人。東床⁽一⁾弟子收遺草，玉洞桃花萬樹春。

## 【校考】

此詩見李達《蓀谷詩集》卷六，題作《挽南格庵師古》。

〔一〕東床：集作床東。

題小異，異字序。

## 塞下曲　　［李達］

都護[一]分軍夜斷營，漢家鼙鼓雜邊聲[二]。朝來更聽降胡說，西向[三]陰山有伏兵。

【校考】

此詩見李達《蓀谷詩集》卷六，爲其《出塞曲》三首之二。
〔一〕集作尉。〔二〕鼙鼓雜邊聲：集作金鼓動邊城。〔三〕集作下。
題小異，異字五。

## 拾穗謠　　［李達］

田間拾穗村童語，盡日東西未[一]滿筐。今歲刈禾人亦巧，盡收遺粒[二]上官倉。

【校考】

此詩見李達《蓀谷詩集》卷六。
〔一〕集作不。〔二〕集作穗。
異字二。

## 步虛詞　　［李達］

三角嵯[一]峨拂紫[二]綃，散垂餘髮過纖腰。須臾宴罷[三]西王母，一曲鸞笙[四]向碧桃[五]。三韓婦人盤髮爲飾，女子捲而垂於後，然咸作鴉髻，餘則垂之，故曰餘髮過纖腰也。

## 又　　［李達］

五色[六]雲車五色麟，白鸞前導向西巡。天章曉奏靈[七]皇殿，仙桂花開八萬春。

【校考】

此二詩見李達《蓀谷詩集》卷六，爲其《步虛詞》八首之一、三。集無詩後注。
〔一〕集作峨。〔二〕拂紫：集作鬢上。〔三〕集作赴。〔四〕集作簫。〔五〕集作霄。〔六〕五色：集作王母。〔七〕集作虛。

異字六、三。

## 寄許美叔　　［李達］

甲山西北接陰山，鳥道懸崖⁽一⁾不可攀。遷客此行何日到，鄉⁽二⁾書時寄隔年還。

### 【校考】

此詩見李達《蓀谷詩集》卷四，題作《寄問許典翰》，原爲七律，此爲前四句。後四句爲：長聞刁斗城埤裏，但見鼯貂樹木間。聖代豈終才子棄，莫教三十鬢成斑。

〔一〕集作雲。〔二〕集作家。

題有省略，少四句，七律變七絕，異字二。

## 催妝曲，戲贈許端甫　　　［李達］

西宮季女玉巵娘，偷寫雲泥掩洞房。開却玉屏迎絳節，九華蓮燭待仙郎。許端甫灑然玉交，燕處、行游輒以妓隨，李布衣戲贈若此，可以想見其人。

### 【校考】

此詩見李達《蓀谷詩集》卷六，爲其《催妝，戲贈蛟山》二首之拼合。原詩其一曰：西宮季女玉巵娘，偷寫雲謠閉洞房。禁着外人窺不得，九華蓮燭待仙郎。其二曰：仙家花燭隔三霄，露濕銀河渡鵲橋。開着玉屏迎絳節，彩鸞中夜喚文簫。

拼合二詩，異字三。

# 附錄

## 雪夜　　崔瀣

三年竄逐病相仍，一室生涯轉似僧。雪滿四山人不見⁽一⁾，海濤聲裏坐挑燈。

### 【校考】

吳選七絕第一九首。

此詩見《東文選》卷二〇，題作《縣齋雪夜》。

〔一〕選作到。

題有省略，異字一。

### 癸丑，酒酣書於大同江舟中　　權漢功

磯邊綠樹春陰薄，江上青山暮色多。獨坐〔一〕水中迷遠近，芳洲〔二〕何處竹枝歌。

### 【校考】

吳選七絕第二〇首。

此詩見《東文選》卷二一，題作《皇慶癸丑，酒酣得四書於大同江軒窗》。

〔一〕獨坐：選作宛在。〔二〕芳洲：選作夕陽。

題有省略，異字四。

### 寄宋同年　　〔鄭誧〕

宦途風味薄如〔一〕紗，回首〔二〕幽居景物佳〔三〕。青草滿池〔四〕茅屋小，開軒終日看荷花。

### 【校考】

吳選七絕第二五首。

此詩見《雪谷先生集》上。

〔一〕集作於。〔二〕集作美。〔三〕物佳：集作致嘉。〔四〕滿池：集作池邊。

漏書作者，異字五。

### 寄內兄　　元松壽〔白彌堅〕

笛聲江郡落梅花，西望長安日已斜。栗里舊居楊柳在，不知春色屬誰家。

### 【校考】

吳選七絕第三七首。

此爲白彌堅詩，見《東文選》卷二一，題作《寄妻兄閔及庵》。

誤題作者，題有省略。

## 書懷　　柳方善

門巷年來草不除，片雲孤木似僧居。生平結習都消盡〔一〕，只有胸中萬卷書。

**【校考】**

吳選七絕第四三首。

此詩見柳方善《泰齋先生文集》卷二，爲其《即事》三首之三。又見《青丘風雅》卷六。

〔一〕此句，集、風雅作多生結習消磨盡。

異字二。

## 無題　　金時習

石泉凍合竹扉關，剩得心閑事事閑。簷影入窗初出定，時聞霽雪落松間。

**【校考】**

吳選七絕第四六首。

此爲金時習詩，見《續東文選》卷九。

## 聖母祠禱雨　　金宗直

神母廟前嵐氣熏，瑤漿一〔一〕奠雨紛紛。回頭却〔二〕向青山〔三〕望，猿鶴松杉盡白雲。

## 又　　〔金宗直〕

前峰已失後峰青，屏翳撩人不解晴。誰畫遨頭一蓑笠，滿村風雨看苗生。

**【校考】**

吳選七絕第六一、六二首。

此二首見金宗直《佔畢齋集》卷七，爲其《明日祭聖母廟，有雨》二首。

〔一〕集作三。〔二〕集作更。〔三〕青山：集作山椒。

題小異，異字三、〇。

## 七夕邀友人　　金宗直

河邊靈匹度雲車，世上穿針術已疏。學士樓前月如練，請君來曬腹中書。

### 【校考】

吳選七絕第六三首。

見金宗直《佔畢齋集》卷七，題作《七夕，邀春塘》。

題小異。

## 書事　　申光漢

歸思無端夢自迷，先生今老小村西。杏花繞屋繁如雪，春雨霏霏山鳥啼。

### 【校考】

吳選七絕第七三首。

此詩見申光漢《企齋別集》卷四，為其《企齋書事》三首之二。

## 野興　　尹根壽［金九容／朴宜中］

柴門終日掩清幽〔一〕，只許青山入我樓。樂便吟哦慵便臥〔二〕，更無閑〔三〕事到心頭。

### 【校考】

吳選七絕第七八首。

此詩一見《東文選》卷二二，為金九容《野莊》；一見《青丘風雅》卷六，為朴宜中《次韻金若齋》。又見朴宜中《貞齋先生逸稿》卷一，題作《次金若齋九容》。

〔一〕此句，選作閉門終不接庸流，風雅、稿閉作杜。〔二〕選、風雅、稿作睡。〔三〕選作餘。稿作他，注：一本作關。

誤題作者，異字七／六／七。

## 贈陶若水　　尹根壽

十日遼陽鬢欲華，懶從墙外聽琵琶。閑愁滿眼憑誰說〔一〕，望斷〔二〕歸鴉逐〔三〕暮霞。

【校考】

　　吳選七絕第七九首。

　　此詩見尹根壽《月汀先生集·朝天録》，題作《奉贈陶若水行軒》。

　　〔一〕憑誰説：集作無人問。〔二〕望斷：集作看到。〔三〕集作閃。

　　題有省略，異字六。

### 寶泉灘即事　　　李氏［金宗直］

　　桃花高浪〔一〕幾尺許，銀〔二〕石没項〔三〕不知處。兩兩鸕鷀失舊磯，銜魚飛入菰蒲去。

【校考】

　　吳選七絕第八五首。

　　此爲金宗直詩，見《佔畢齋集》卷一九。

　　〔一〕高浪：集作浪高。〔二〕集作狠。〔三〕集作頂。

　　誤題作者，異字序，異字二。

# 朝鮮詩選全集

昌江藍芳威萬里　　　選

匯東祝世禄無功

　　　　　　　　　同閲

莆口吴知過更伯

東萊韓初命康侯　　　同校

## 塞上曲　　許景樊

都護防秋掛鐵衣，城南初解十重圍。金戈渫盡單于血，白馬天山踏雪歸。

### 【校考】

吴選許妹氏《塞上曲》五首之二，吴選七絶許妹氏詩二七首之一六。

此詩見許楚姬《蘭雪軒詩集》，爲其《塞下曲》五首之五。

題小異。

### 又　　　[許楚姬]

駿弓白羽黑貂裘，緑眼胡鷹踏錦鞲。腰下黄金印如斗，將軍初拜北平侯。

### 又　　　[許楚姬]

新復山西十六州，馬鞍懸取月支頭。河邊白骨無人葬，百里沙場戰血流。

### 【校考】

吴選許妹氏《塞上曲》五首之三、四，吴選七絶許妹氏詩二七首之一七、一八。

二詩見許楚姬《蘭雪軒詩集》，爲其《入塞曲》五首之四、二。

題小異。

## 又　　[許楚姬]

漢家征斾滿陰山，不遣胡兒匹馬還。辛苦總戎班定遠，一生猶望玉門關。

**【校考】**

此詩見許楚姬《蘭雪軒詩集》，爲其《入塞曲》五首之五。

題小異。

## 宮詞　　[許楚姬]

千牛閣下放朝初，擁箒宮人掃玉除。日午殿前宣鳳詔[一]，隔簾催喚女尚書。

**【校考】**

吳選許妹氏《宮詞》四首之一，吳選七絕許妹氏詩二七首之二〇。

此詩見許楚姬《蘭雪軒詩集》，爲其《宮詞》二十首之一。

〔一〕此句：集作日午殿頭宣詔語。

異字二。

## 游仙曲　　[許楚姬]

催呼滕六出天關，脚踏風龍徹骨寒。袖裏玉塵三百斛，散爲飛雪向[一]人間。

**【校考】**

吳選許妹氏《游仙曲》一四首之七，吳選七絕許妹氏詩二七首之七。

此詩見許楚姬《蘭雪軒詩集》，爲其《游仙詞》八七首之二七。

〔一〕集作落。

異字一。

## 又　　[許楚姬]

簾玲[一]無語閉珠宮，紫閣涼生玉簟風。獨鶴夜驚滄海月，仙人歸去[二]綠雲中。

【校考】

　　吳選許妹氏《游仙曲》一四首之八，吳選七絕許妹氏詩二七首之八。

　　此詩見許楚姬《蘭雪軒詩集》，爲其《游仙詞》八七首之六五。

　　〔一〕集作鈴。〔二〕仙人歸去：集作洞簫聲在。

　　異字五。

又　　〔許楚姬〕

　　閑隨弄玉步天街，脚下香塵不染鞋。前導白麟三十六〔一〕，角端都掛小金牌。

【校考】

　　吳選許妹氏《游仙曲》一四首之九，吳選七絕許妹氏詩二七首之九。

　　此詩見許楚姬《蘭雪軒詩集》，爲其《游仙詞》八七首之六七。

　　〔一〕集作八。

　　異字一。

又　　〔許楚姬〕

　　騎鯨學士禮瑤京，王母相留宴碧城。手握〔一〕彩毫揮〔二〕玉字，醉顏猶似賦〔三〕清平。

【校考】

　　吳選許妹氏《游仙曲》一四首之一二，吳選七絕許妹氏詩二七首之一二。

　　此詩見許楚姬《蘭雪軒詩集》，爲其《游仙詞》八七首之四四。

　　〔一〕集作展。〔二〕集作書。〔三〕集作進。

　　異字三。

又　　〔許楚姬〕

　　玉〔一〕帝初成〔二〕白玉樓，瑤〔三〕階璇柱曉〔四〕雲浮。却傳〔五〕長吉書天篆，掛向〔六〕瓊楣最上頭。

【校考】

　　吳選許妹氏《游仙曲》一四首之一三，吳選七絕許妹氏詩二七首之一三。

此詩見許楚姬《蘭雪軒詩集》，爲其《游仙詞》八七首之四五。

〔一〕集作皇。〔二〕集作修。〔三〕集作璧。〔四〕集作五。〔五〕却傳：集作閑呼。〔六〕集作在。

異字七。

又　　〔許楚姬〕

琴高昨夜<sup>〔一〕</sup>寄書來，爲報<sup>〔二〕</sup>瓊潭玉蕊開。却<sup>〔三〕</sup>寫尺書<sup>〔四〕</sup>憑赤鯉，蜀天<sup>〔五〕</sup>明月<sup>〔六〕</sup>約登臺。

## 【校考】

吳選許妹氏《游仙曲》一四首之一四，吳選七絶許妹氏詩二七首之一四。

此詩見許楚姬《蘭雪軒詩集》，爲其《游仙詞》八七首之五〇。

〔一〕集作日。〔二〕爲報：集作報道。〔三〕集作偷。〔四〕集作箋。〔五〕集作中。〔六〕集作夜。

異字六。

又　　〔許楚姬〕

寒月泠泠訪述郎<sup>〔一〕</sup>，紫鸞萬里到<sup>〔二〕</sup>扶桑。花前一別三千歲，惆悵<sup>〔三〕</sup>仙家日月長。

## 【校考】

此詩見許楚姬《蘭雪軒詩集》，爲其《游仙詞》八七首之一三。

〔一〕此句，集作新詔東妃嫁述郎。〔二〕萬里到：集作烟蓋向。〔三〕惆悵：集作却恨。

異字一〇。

又　　〔許楚姬〕

冰屋秋<sup>〔一〕</sup>回桂有花，却<sup>〔二〕</sup>騁白<sup>〔三〕</sup>鳳出青<sup>〔四〕</sup>霞。山前更過<sup>〔五〕</sup>安期子，袖裏携來<sup>〔六〕</sup>棗似瓜。

## 【校考】

此詩見許楚姬《蘭雪軒詩集》，爲其《游仙詞》八七首之五八。

〔一〕集作春。〔二〕集作自。〔三〕集作孤。〔四〕集作彤。〔五〕更過：集作逢着。〔六〕集作將。

異字七。

## 又

未央宮闕已黃花，青鳥歸飛日欲斜。漢武不知仙吏隱，茂陵松柏冷秋霞。

【校考】

此詩出處待考。

## 又　　〔許楚姬〕

彩雲〔一〕夜入紫微〔二〕城，桂月光搖白玉京。兩袖天風清徹骨〔三〕，泠泠〔四〕時下步虛聲。

【校考】

此詩見許楚姬《蘭雪軒詩集》，爲其《游仙詞》八七首之八五。

〔一〕彩雲：集作乘鸞。〔二〕集作薇。〔三〕此句，集作星斗滿空風露薄。〔四〕泠泠：集作綠雲。

異字一〇。

## 塞上曲　　〔許楚姬〕

前軍吹角出轅門，雪撲紅旗凍不翻。雲暗磧西看候火，夜深游騎獵平原。

【校考】

吳選許妹氏《塞上曲》五首之一，吳選七絕許妹氏詩二七首之一五。

此詩見許楚姬《蘭雪軒詩集》，爲其《塞下曲》五首第一首。

題小異。

## 步虛詞　　〔許楚姬〕

天花一朵錦屏西，路入藍橋匹馬嘶。珍重仙郎〔一〕留玉杵，桂香烟月合刀圭。

【校考】

此詩見許楚姬《蘭雪軒詩集》，爲其《游仙詞》八七首之三八。

〔一〕仙郎：集作玉工。

異題，異字二。

又　　〔許楚姬〕

紫陽宮女捧丹砂，王母新〔一〕過漢帝家。窗下偶逢方叔〔二〕笑，別來琪樹六開花。

【校考】

此詩見許楚姬《蘭雪軒詩集》，爲其《游仙詞》八七首之六八。

〔一〕集作令。〔二〕集作朔。

異題，異字二。

又　　〔許楚姬〕

一春閑伴玉真游，倏忽西風〔一〕已報秋。仙子〔二〕不歸〔三〕花落盡，滿天烟霧〔四〕月當樓。

【校考】

此詩見許楚姬《蘭雪軒詩集》，爲其《游仙詞》八七首之七六。

〔一〕西風：集作星霜。〔二〕仙子：集作武帝。〔三〕集作來。〔四〕集作露。

異題，異字六。

又　　〔許楚姬〕

梟伯常〔一〕乘白鹿游，相携還〔二〕上五雲樓。丹經堆〔三〕案藥堆鼎，何事仙〔四〕郎霜滿頭。

【校考】

此詩見許楚姬《蘭雪軒詩集》，爲其《游仙詞》八七首之五三。

〔一〕集作閑。〔二〕相携還：集作折花來。〔三〕集作滿。〔四〕集作玉。

異題，異字六。

## 又　　[許楚姬]

廣寒宮裏<sup></sup>玉爲樑，銀燭金屏夜正長。欄外桂花凉露濕，步虛<sup></sup>聲裏五雲香。

### 【校考】

吳選許妹氏《游仙曲》一四首之六，吳選七絶許妹氏詩二七首之六。
此詩見許楚姬《蘭雪軒詩集》，爲其《游仙詞》八七首之二六。
〔一〕集作殿。〔二〕步虛：集作紫簫。
異字三。

## 宮詞　　[許楚姬]

寶<sup></sup>爐新落<sup></sup>水沉灰，愁對紅<sup></sup>妝掩鏡臺。西苑近來巡幸少，玉簫金瑟半塵埃。

### 【校考】

吳選許妹氏《宮詞》四首之四，吳選七絶許妹氏詩二七首之二三。
此詩見許楚姬《蘭雪軒詩集》，爲其《宮詞》二〇首之一六。
〔一〕集作鴨。〔二〕新落：集作初委。〔三〕愁對紅：集作侍女休。
異字五。

## 竹枝詞　　[許楚姬]

空舲灘口雨初晴，巫峽蒼蒼烟霧<sup></sup>平。相憶<sup></sup>郎心似潮水，早時纔退暮時生。

### 【校考】

吳選許妹氏《竹枝詞》一首，吳選七絶許妹氏詩二七首之二四。
此詩見許楚姬《蘭雪軒詩集》，爲其《竹枝詞》四首之一。
〔一〕集作靄。〔二〕相憶：集作長恨。
異字三。

## 楊柳枝詞　　[許楚姬]

楊柳青青曲<sup></sup>岸春，年年攀折贈行人。東風不解傷離別，吹却低枝掃路塵。

## 又　　［許楚姬］

青樓西畔絮飛揚，烟鎖柔條拂檻長。何處少年鞭白馬，緑陰來繫紫游韁。

### 【校考】

吴選許妹氏《楊柳枝詞》三首之一、二，吴選七絕許妹氏詩二七首之二五、二六。

此詩見許楚姬《蘭雪軒詩集》，爲其《楊柳枝詞》五首之一、二。

〔一〕青青曲：集作含烟灞。

異字三、〇。

## 閨情　　　［許楚姬］

燕掠斜陽〔一〕兩兩飛，落花撩亂撲羅衣。洞房無限〔二〕傷春思〔三〕，草緑江南人未歸。

### 【校考】

李晬光《芝峰類説》卷一四《文章部》七"閨秀"條：金誠立少時讀書江舍，其妻許氏寄詩云云。即此首。

〔一〕類説作簷。〔二〕無限：類説作極目。〔三〕類説作意。

異字四。

## 映月樓　　　　［崔慶昌］

玉檻秋風〔一〕露葉〔二〕清，水晶簾冷桂花明。鸞驂未返〔三〕銀橋斷，惆悵仙郎白髮生。

### 【校考】

此爲崔慶昌詩，見《孤竹遺稿》。

〔一〕稿作來。〔二〕稿作氣。〔三〕未返：稿作不至。

誤題作者，異字四。

## 聞笛

明月關山萬里秋，玉人橫笛倚高樓。一聲吹入廣寒殿，自有知音在上頭。

**【校考】**

此詩出處待考。

宮詞　　［許楚姬］

碧紗梅蕊〔一〕欲回春，遠黛輕蛾〔二〕澀未勻。却〔三〕怪滿身珠翠暖，君王〔四〕新賜辟寒珍。

**【校考】**

此詩見許楚姬《蘭雪軒詩集》，爲其《宮詞》二十首之七。

〔一〕碧紗梅蕊：集作金鑪獸炭。〔二〕遠黛輕蛾：集作八字眉山。〔三〕集作共。〔四〕君王：集作六宮。

異字一一。

又　　［李達］

宮墻處處落花飛，侍女燒香對夕暉。過盡春風人不見，殿〔一〕門深〔二〕鎖綠生衣。

**【校考】**

此爲李達詩，見《蓀谷詩集》卷六，爲其《宮詞》三首之二。

〔一〕集作院。〔二〕集作金。

誤題作者，異字二。

橫塘曲　　［許楚姬］

菱刺牽〔一〕衣菱角大，日落渚田潮未退。蓮葉蓋頭當花冠，藕花結帶爲雜珮。

**【校考】**

此詩見許楚姬《蘭雪軒詩集》，爲其《橫塘曲》二首之一。

〔一〕集作惹。

異字一。

竹枝詞　　［許楚姬］

永安宮外是層灘，灘上行舟〔一〕多少難。潮信有時〔二〕應自至，郎舟一去幾時還。

【校考】

此詩見許楚姬《蘭雪軒詩集》，爲其《竹枝詞》四首之四。

〔一〕行舟：集作舟行。〔二〕集作期。

異字序，異字一。

### 閨思　　李氏〔李達〕

遠〔一〕寺昏〔二〕鐘鳴翠微，子規啼斷〔三〕恨依依。南湖菱角已成子〔四〕，九〔五〕月行人猶〔六〕未歸。

【校考】

此爲李達詩，見《蓀谷詩集》卷六，題作《題湖寺僧卷》。

〔一〕集作古。〔二〕集作寒。〔三〕集作歇。〔四〕集作刺。〔五〕集作三。〔六〕集作歸。

異題，誤題作者，異字六。

### 戲柬　　苄獻〔陳溫〕

碧砌朝來漸有霜〔一〕，葛衣新透玉肌凉〔二〕。王孫不解悲秋賦，只喜深閨夜漸長。

【校考】

吳選七絶所收朝鮮詩人贈己詩九首之七，題作《戲柬吳子魚先生》。

此爲陳溫詩，題作《四時詞·秋》，見《東文選》卷二〇。

〔一〕此句，選作鉬砌微微着淡霜。〔二〕此句，選作袷衣新護玉膚凉。

異題，誤題作者，異字八。

### 席上賦　　藍秀才〔卞仲良〕

平壤城北路偏賖〔一〕，滿目烟波日又斜。且向尊前惜歡笑〔二〕，馬頭開遍海棠花。

【校考】

吳選七絶所收朝鮮詩人贈己詩九首之九，題作《席上賦呈吳子魚先生》。

此爲卞仲良詩，見《東文選》卷二二，題作《鐵關途中》。

〔一〕此句，選作鐵關城下路歧賒。〔二〕此句，選作南去北來春欲盡。

異題，誤題作者，異字一一。

### 呈吳孝廉　　李文學［鄭允宜］

凌晨走馬入孤城，籬落無人杏子成。布穀不知王事急，隔林終日勸春耕。

**【校考】**

吳選七絕所收朝鮮詩人贈己詩九首之八，題作《呈吳子魚先生》，作者李秀才。

此爲鄭允宜詩，見《東文選》卷二〇，題作《書江城縣舍》。

異題，誤題作者。

### 龍山月夜　　梁亨遇

月在高松第幾枝，風灘人語釣船歸。春山夜靜子規歇，滿地白雲僧掩扉。

**【校考】**

此詩與上引《龍山亭奉呈吳學士明濟》同韻。

出處待考。

### 東庭竹林避暑　　　［鄭道傳］

竹林幽〔一〕處着匡床，綠雪陰陰〔二〕一片凉。讀罷黃庭〔三〕日將午，風吹清露滴衣裳。

**【校考】**

此爲鄭道傳詩，見《三峰集》卷二，題作《奉題東亭竹林》。

〔一〕集作深。〔二〕綠雪陰陰：集作六月南方。〔三〕讀罷黃庭：集作臥讀陶詩。

題小異，誤書作者，異字八。

### 柬　　許筠

野館荒凉門半開，入簾殘月影徘回。寒蟲偏向秋林織，今夜故人來不來。

**【校考】**

吴選七絶所收朝鮮詩人贈己詩九首之二，題作《東吴子魚先生》。

此詩出處待考。

### 彩毫咏次賈司馬戲贈吴子魚

香霧籠春醉海棠，高燒銀燭照輕芳。郎心願作連枝樹，莫學東風柳絮狂。

**【校考】**

吴選七絶所收朝鮮詩人贈己詩九首之三。

此詩出處待考。

### 又　　許景樊［李達？］

雙鸞明鏡罷朝妝，斜軃鴉雛試彩裳。開却玉屏迎絳節，滿身花氣襲人香。

**【校考】**

吴選七絶所收朝鮮詩人贈己詩九首之四，作者許筠。

“壬辰之亂”前，許楚姬已逝，不可能贈詩吴明濟，不過藍芳威對許氏全是聽聞，並不知道許氏已逝。潘之恒云藍芳威：督戎朝鮮二年，聞許慧女事甚悉……慧女嫠居閉閣久矣，悟真養性，已斷文字緣，指龍沙期至，當爲五百大仙教主（《亘史·外篇·仙侶》卷三）。此詩與上引李達《催妝，戲贈蛟山》二首之二有相同句（開着玉屏迎絳節），内容似爲二詩之後續。

誤題作者。

### 又　　［許筠］

鸞扇玲瓏隱醉顏，自矜嬌艷出人間。天花滿袖君知否？曾到瀛洲海上山。

**【校考】**

吴選七絶所收朝鮮詩人贈己詩九首之五。

此詩與許筠《話舊》二首其一有近似處，見《惺所覆瓿稿》卷一〇《戊戌西行録》。詩曰：爲雨爲雲似楚臺，夢中相見夢中回。天香滿袖君

263

知否？曾到蓬萊頂上來。然不敢必也。

誤書作者。

## 又

蝦鬚初捲玉鈎收，珠翠穠花插滿頭。自愛嬌韶傾越女，漫將鸞鏡學春愁。

**【校考】**

吳選七絕所收朝鮮詩人贈己詩九首之六。

此詩與鄭夢周《圃隱集》卷一《江南曲》用韻、意象、詩意略有相似處。詩曰：江南女兒花插頭，笑呼伴侶游芳洲。蕩槳歸來日欲暮，駕鴦雙飛無限愁。出處需進一步確認。

## 橫塘曲　　〔李達〕

家住橫塘綠水〔一〕邊，相〔二〕隨女伴採新蓮。逢郎始得〔三〕成佳約，落日〔四〕雕窗楊柳烟。

**【校考】**

此為李達詩，見《蓀谷詩集》卷六，為其《橫塘曲》二首之一。

〔一〕綠水：集作南埭。〔二〕集作常。〔三〕始得：集作一笑。〔四〕落日：集作繡户。

誤書作者，異字七。

## 義州山村即事　　〔偰遜〕

摘來嫩韭新炊飯，沽得香醪旋打魚。白髮山翁健如鶴，只愁賓客不歡娛。

**【校考】**

此為偰遜詩，見《東文選》卷二一，為其《莊村醉歸口號》六首之二。

異題，誤書作者。

## 游仙曲凡三百首，余得其手書八十一首　　許景樊

瑞風吹破翠霞裙，手把天花〔一〕倚五雲。雲〔二〕外玉童鞭白虎，碧城邀

取小茅君。

**【校考】**

吴選許妹氏《游仙曲》一四首之一，吴選七絶許妹氏詩二七首之一。

此詩見許楚姬《蘭雪軒詩集》，爲其《游仙詞》八七首之四。

〔一〕天花：集作鸞簫。〔二〕集作花。

異字二。

又　　〔許楚姬〕

冰屋珠扉鎖一春，落花烟露滿〔一〕綸巾。東皇近日無巡幸，閑殺瑤池五色麟。

**【校考】**

吴選許妹氏《游仙曲》一四首之二，吴選七絶許妹氏詩二七首之二。

此詩見許楚姬《蘭雪軒詩集》，爲其《游仙詞》八七首之七。

〔一〕集作濕。

異字一。

又　　〔許楚姬〕

青苑紅堂閉寂寥〔一〕，鶴眠丹竈夜迢迢。仙翁曉起嗅〔二〕明月，遥〔三〕隔海天〔四〕聞洞簫。

**【校考】**

吴選許妹氏《游仙曲》一四首之三，吴選七絶許妹氏詩二七首之三。

此詩見許楚姬《蘭雪軒詩集》，爲其《游仙詞》八七首之一一。

〔一〕閉寂寥：集作鎖沈寥。〔二〕集作唤。〔三〕集作微。〔四〕集作霞。

異字六。

又　　〔許楚姬〕

烟净遥〔一〕空鶴未歸，白榆〔二〕陰裏閉朱〔三〕扉。溪頭盡日神靈雨，滿地青雲濕不飛。

【校考】

　吳選許妹氏《游仙曲》一四首之四，吳選七絕許妹氏詩二七首之四。

　此詩見許楚姬《蘭雪軒詩集》，爲其《游仙詞》八七首之一〇。

　〔一〕集作瑤。〔二〕白榆：集作桂花。〔三〕集作珠。

　異字四。

**又　　〔許楚姬〕**

　閑住瑤池吸彩霞，瑞風吹折碧桃花。東皇長女時相訪，盡日簾前卓鳳車。

【校考】

　吳選許妹氏《游仙曲》一四首之五，吳選七絕許妹氏詩二七首之五。

　此詩見許楚姬《蘭雪軒詩集》，爲其《游仙詞》八七首之一八。

**又　　〔許楚姬〕**

　花冠蕊帔九霞裙，一曲笙歌響碧雲。龍馬忽嘶〔一〕滄海月，十洲還〔二〕訪上陽君。

【校考】

　此詩見許楚姬《蘭雪軒詩集》，爲其《游仙詞》八七首之二二。

　〔一〕龍馬忽嘶：集作龍影馬嘶。〔二〕集作閑。

　異字二。

**鞦韆詞　　〔許楚姬〕**

　蹴罷鞦韆整繡鞋，下來無語立瑤階。侍兒便促看花去〔一〕，忘却教人拾墮釵。

【校考】

　此詩見許楚姬《蘭雪軒詩集》，爲其《鞦韆詞》二首之二。

　〔一〕此句，集作蟬衫細濕輕輕汗。

　異字七。

**送人　　朴元儉**

　宣川雪夜送清卮，懶向筵前唱竹枝。莫惜東風一沉醉，相逢正是別離時。

【校考】

此首出處待考。

<h2 style="text-align:center">贈別　　妓德介氏［李承召］</h2>

琵琶聲急寄離〔一〕情，怨入東風曲不成。一夜高堂香夢冷〔二〕，紫羅裙上淚痕明。

【校考】

此爲李承召詩，見《三灘先生集》卷四，爲其《擬杜樊川贈別詩，仍用其韻》二首之二。藍選此首下整頁空白，空白頁上的一行陰文表明此頁有破損，但不影響詩集内容的完整性。從此書編纂體例看，上一首朴元檢《送人》和此首插入了蘭雪軒詩中，頗不合理。從字數、行數推測，此二首或原在有“余得其手書八十一首”注的“許景樊《游仙曲》”之前。但這個錯誤是出於藍選此刻，還是其依據的底本，則不得而知。

〔一〕集作愁。〔二〕集作歌。

題有省略，誤題作者，異字二。

# ［朝鮮詩選全集］

**【校考】**

　　據頁碼，末卷自此始。然依此書編排内在思路，上卷許蘭雪軒六首《游仙曲》或當置於此。

### 步虛詞　　［許楚姬］

　　乘鸞夜下蓬萊島，閑輾麟車踏瑤草。海風吹綻〔一〕碧桃花，玉盤滿摘安期棗。

### 又　　［許楚姬］

　　九霞裙襯〔二〕六銖衣，鶴背乘〔三〕風紫府歸。瑤海月明銀〔四〕漢落，玉簫聲徹〔五〕彩〔六〕雲飛。

**【校考】**

　　二詩見許楚姬《蘭雪軒詩集》。

　　〔一〕集作折。〔二〕集作幅。〔三〕集作泠。〔四〕集作星。〔五〕集作裏。〔六〕集作霱。

　　異字一、五。

### 游仙詞　　［許楚姬］

　　千載瑤池別穆王，暫教青鳥訪劉郎。平明上界笙簫返，侍女皆〔一〕騎白鳳凰。

**【校考】**

　　吳選許妹氏詩《游仙曲》一四首之一一，吳選七絶許妹氏詩二七首之一一。

　　此詩見許楚姬《蘭雪軒詩集》，爲其《游仙詞》八七首第一首。

　　〔一〕吳選作爭。

　　異字〇（吳選一）。

## 又　　〔許楚姬〕

瑤洞珠潭貯九龍，彩雲寒濕碧芙蓉。乘鸞使者西歸路，獨立[一]花前禮赤松。

**【校考】**

此詩見許楚姬《蘭雪軒詩集》，爲其《游仙詞》八七首之二。

〔一〕獨立：集作立在。

異字一。

## 又　　〔許楚姬〕

露濕瑤空桂月明，九天花落紫蕭[一]聲。朝元使者騎金虎，赤羽麾幢上玉清。

**【校考】**

此詩見許楚姬《蘭雪軒詩集》，爲其《游仙詞》八七首之三。

〔一〕誤字，當作簫。集作簫。

異字一。

## 又　　〔許楚姬〕

焚香遥夜禮天壇，羽駕翻風鶴氅寒。清磬響沉星月冷，桂花烟露濕紅鸞。

**【校考】**

此詩爲許楚姬《游仙詞》八七首之五。

## 又　　〔許楚姬〕

宴罷西壇星斗稀，赤龍南去鶴東飛。丹房玉女春眠重，倦[一]倚紅闌曉未歸。

**【校考】**

此詩爲許楚姬《游仙詞》八七首之六。

〔一〕集作斜。

異字一。

又　　[許楚姬]

瓊樹玲瓏壓瑞烟，玉鞭龍駕去朝天。紅雲塞路無人到，短尾靈庬籍[一]草眠。

**【校考】**

此詩爲許楚姬《游仙詞》八七首之九。

〔一〕集作藉。

異字一。

又　　[許楚姬]

香寒月冷夜沉沉，笑別嬌妃脫玉簪[一]。更把金鞭指歸路，碧城西畔五雲深。

**【校考】**

此詩爲許楚姬《游仙詞》八七首之一二。

〔一〕集作箴。

異字一。

又　　[許楚姬]

閑携姊妹禮玄都，三洞真人各見呼。分付[一]赤龍花下立，紫皇宮裏看投壺。

**【校考】**

此詩爲許楚姬《游仙詞》八七首之一四。

〔一〕分付：集作教着。

異字二。

又　　[許楚姬]

滿酌瓊醪綠玉卮，月明花下勸東妃。丹陵宮[一]主休相妬，一萬年來會面稀。

**【校考】**

此詩爲許楚姬《游仙詞》八七首之一九。

〔一〕集作公。

異字一。

又　　〔許楚姬〕

樓鎖彤雲〔一〕地絕塵，玉妃春淚濕羅巾。瑶空月浸星河影，鸚鵡驚寒夜喚人。

**【校考】**

此詩爲許楚姬《游仙詞》八七首之二三。

〔一〕集作霞。

異字一。

又　　〔許楚姬〕

新拜真官上玉都，紫皇親授九靈符。歸來桂樹宮中宿，白鶴閑眠太乙爐。

**【校考】**

此詩爲許楚姬《游仙詞》八七首之二四。

又　　〔許楚姬〕

烟蓋飄飄向碧空，翠幢歸去〔一〕玉壇中〔二〕。青鸞一隻西飛去，露壓桃花月滿宮〔三〕。

**【校考】**

此詩爲許楚姬《游仙詞》八七首之二五。

〔一〕集作殿。〔二〕集作空。〔三〕集作空。

異字三。

又　　〔許楚姬〕

瓊海漫漫浸碧空，玉妃無語倚東風。蓬萊夢覺三千里，滿袖啼痕一抹紅。

**【校考】**

此詩爲許楚姬《游仙詞》八七首之二八。

又　　［許楚姬］

華表真人昨夜歸，桂香吹滿六銖衣。閑回鶴馭瑶壇上，日出瓊林露未晞。

**【校考】**

此詩爲許楚姬《游仙詞》八七首之三〇。

又　　［許楚姬］

管石金華四十年，老兄相訪蔚藍天。烟簑月篷人間事，笑指溪南白玉田。

**【校考】**

此詩爲許楚姬《游仙詞》八七首之三一。

又　　［許楚姬］

乘鸞來下九重城，絳節霓旌別太清。逢着周靈王太子，碧桃花下〔一〕夜吹笙。

**【校考】**

此詩爲許楚姬《游仙詞》八七首之三三。

〔一〕集作裏。

異字一。

又　　［許楚姬］

海畔扶〔一〕桑幾度開，羽衣零落暫歸來。東窗玉樹三枝長，知是真皇別後栽。

**【校考】**

此詩爲許楚姬《游仙詞》八七首之三四。

〔一〕集作紅。

異字一。

## 又　　〔許楚姬〕

催龍促鳳去[一]朝元，路入瑤空敞八門。仙史殿頭宣詔語，九華王子上[二]崑崙。

**【校考】**

此詩爲許楚姬《游仙詞》八七首之三五。

〔一〕集作上。〔二〕集作主。

異字二。

## 又　　〔許楚姬〕

東宮女伴罷朝回，花下相邀入洞來。閑倚玉峰吹鐵笛，碧雲飛遠[一]望天臺。

**【校考】**

此詩爲許楚姬《游仙詞》八七首之三九。

〔一〕集作繞。

異字一。

## 又　　〔許楚姬〕

烟蓋歸來小有天，紫芝初長水邊田。瓊筐採得英英實，遺却紅綃制鶴鞭。

**【校考】**

此詩爲許楚姬《游仙詞》八七首之四〇。

## 又　　〔許楚姬〕

群仙相引陟芝田，暫向珠潭學採蓮。斜月照花瓊戶閉，碧深[一]深鎖大羅天。

**【校考】**

此詩爲許楚姬《游仙詞》八七首之四一。

〔一〕集作烟。

異字一。

又　　〔許楚姬〕

瓊海茫茫月露摶〔一〕，十千宮女駕青鸞。平明去赴瑤池宴，一曲笙歌碧落寒。

**【校考】**

此詩爲許楚姬《游仙詞》八七首之五九。

〔一〕集作溥。

異字一。

又　　〔許楚姬〕

瓊樹扶疏露氣濃，月明〔一〕簾室影玲瓏。閑催玉〔二〕兔敲靈藥，滿臼天香玉屑紅。

**【校考】**

此詩爲許楚姬《游仙詞》八七首之六〇。

〔一〕集作侵。〔二〕集作白。

異字二。

又　　〔許楚姬〕

露盤花影〔一〕浸三星，斜漢初低白玉屏。孤鶴未回人不寐，一條銀浪落珠庭。

**【校考】**

此詩爲許楚姬《游仙詞》八七首之六二。

〔一〕集作水。

異字一。

又　　〔許楚姬〕

俊〔一〕土夫人住馬〔二〕都，日中笙笛宴麻姑。韋郎年少心慵甚，不寫紅〔三〕綃五岳圖。

**【校考】**

此詩爲許楚姬《游仙詞》八七首之六六。

〔一〕集作后。〔二〕集作玉。〔三〕集作輕。
異字三。

<h2 style="text-align:center">又　〔許楚姬〕</h2>

朱幡絳節曉霞中，別殿清齋侍<sup>〔一〕</sup>五翁。秋水一絃輕戛玉，碧桃花滿紫陽宮。

**【校考】**

此詩爲許楚姬《游仙詞》八七首之七五。
〔一〕集作待。
異字一。

<h2 style="text-align:center">又　〔曹唐〕</h2>

忘却教人鎖後宮，還舟<sup>〔一〕</sup>失盡玉壺空。姮娥若不偷靈藥，爭得長生在月宮<sup>〔二〕</sup>。

**【校考】**

此爲唐詩人曹唐《小游仙》第三八首，見洪邁輯《萬首唐人絕句》卷六一。
〔一〕絶句作丹。〔二〕絶句作中。
題小異，誤題作者，異字二。

<h2 style="text-align:center">又　〔許楚姬〕</h2>

絳闕夫人別玉皇，洞天深閉紫霞房。桃花落盡溪頭樹，流水無情賺阮郎。

**【校考】**

此詩爲許楚姬《游仙詞》八七首之五一。

<h2 style="text-align:center">又　〔許楚姬〕</h2>

乘龍長伴九真游，八島朝行夕已周。深夜講壇風雨定，小仙歸去策青蠅<sup>〔一〕</sup>。

【校考】

此詩爲許楚姬《游仙詞》八七首之五二。

〔一〕集作虬。

異字一。

<h3 style="text-align:center">又　　〔曹唐〕</h3>

去住樓臺一任風，十三天洞暗相通。行□〔一〕侍女炊何物，滿竈無烟玉炭紅。

【校考】

此爲唐詩人曹唐《小游仙》第五八首，見洪邁輯《萬首唐人絶句》卷六一。

〔一〕絶句作厨。

<h3 style="text-align:center">又　　〔許楚姬〕</h3>

八馬乘風去不歸，桂枝黄竹怨瑶池。昆庭玉瑟雲中響，傳語凌華罷畫眉。

【校考】

此詩爲許楚姬《游仙詞》八七首之八二。

<h3 style="text-align:center">又　　〔許楚姬〕</h3>

榆葉飄零碧漢流，金蟾玉露〔一〕不勝秋。靈橋鵲散無消息，隔岸〔二〕空看飲渚牛。

【校考】

此詩爲許楚姬《游仙詞》八七首之八三。

〔一〕金蟾玉露：集作玉蟾珠露。〔二〕集作水。

異字二。

<h3 style="text-align:center">又　　〔許楚姬〕</h3>

珠露金飈上界秋，紫皇高宴五雲樓。霓裳一曲天風起，吹散仙香滿十州〔一〕。

【校考】

此詩爲許楚姬《游仙詞》八七首之八四。

〔一〕集作洲。

異字一。

### 又　〔許楚姬〕

六葉羅裙色曳烟，阮郎相喚上芝田。笙歌暫相〔一〕花間歇〔二〕，便是人間〔三〕一萬年。

【校考】

吳選《游仙曲》一四首之一〇，吳選七絕許妹氏詩二七首之一〇。

此詩爲許楚姬《游仙詞》八七首之八七。

〔一〕集作向。〔二〕集作盡。〔三〕集作寰。

異字三。

### 閨怨　〔許楚姬〕

錦帶羅衫〔一〕積淚痕，年〔二〕年芳草怨〔三〕王孫。瑤箏彈盡江南曲，雨打梨花晝掩門。

### 又　〔許楚姬〕

月樓秋盡玉屏空，霜打蘆洲下暮鴻。瑤瑟一彈人不見，藕花零落野塘中。

【校考】

二詩見許楚姬《蘭雪軒詩集》，爲其《閨怨》二首。

〔一〕集作裙。〔二〕集作一。〔三〕集作恨。

異字三、〇。

### 秋恨　〔許楚姬〕

絳紗遙隔夜燈紅，夢覺羅衾一半空。霜冷玉籠鸚鵡語，滿階梧葉落西風。

【校考】

此詩見許楚姬《蘭雪軒詩集》。

## 宮詞　　〔許楚姬〕

龍興初年〔一〕建章臺，六部笙歌出院來。試向曲闌〔二〕催羯鼓，殿頭宮女報〔三〕花開。

【校考】

此詩見許楚姬《蘭雪軒詩集》，爲其《宮詞》二〇首之二。

〔一〕集作幸。〔二〕集作欄。〔三〕集作奏。

異字三。

## 又　　〔許楚姬〕

紅〔一〕羅袜裏建溪茶，侍女封緘結作〔二〕花。斜扣〔三〕紫泥書敕字，内官分送大臣〔四〕家。

【校考】

吳選《宮詞》四首之二，吳選七絶許妹氏詩二七首之二一。

此詩見許楚姬《蘭雪軒詩集》，爲其《宮詞》二〇首之三。

〔一〕吳選作絳。〔二〕集作出，吳選作彩。〔三〕集、吳選作押。〔四〕大臣：吳選作五侯。

異字二（吳選異字四）。

## 又　　〔許楚姬〕

鸚鵡新詞〔一〕羽未齊，金龍〔二〕鎖向玉樓西〔三〕。閑回翠首依簾立，却對君王説隴西。

【校考】

此詩見許楚姬《蘭雪軒詩集》，爲其《宮詞》二〇首之四。

〔一〕集作調。〔二〕集作籠。〔三〕集作棲。

異字三。

## 又　　〔許楚姬〕

黃昏金鎖鎖千門，一面紅妝侍至尊。阿監殿前持密詔，問誰還〔一〕是最承恩。

【校考】

此詩見許楚姬《蘭雪軒詩集》，爲其《宮詞》二〇首之六。

〔一〕誰還：集作頻知。

異字二。

又　　〔許楚姬〕

清齋秋殿夜初長，不放宮人近御床。時把剪刀裁越錦，燈前閑繡紫鴛鴦。

【校考】

此詩見許楚姬《蘭雪軒詩集》，爲其《宮詞》二〇首之八。

又　　〔許楚姬〕

長信宮門待曉開，内官金鎖鎖門回。當時曾笑他人到，豈識今朝自入來。

【校考】

此詩見許楚姬《蘭雪軒詩集》，爲其《宮詞》二〇首之九。

又　　〔許楚姬〕

披香殿裏會宮妝，新得承恩別作行。當座繡琴彈一曲，内家令賜彩羅裳。

【校考】

此詩見許楚姬《蘭雪軒詩集》，爲其《宮詞》二〇首之一〇。

又　　〔許楚姬〕

避暑西宮不〔一〕受朝，曲欄初展碧芭蕉。閑隨尚藥圍棋局，賭得珠鈿緑玉翹。

【校考】

此詩見許楚姬《蘭雪軒詩集》，爲其《宮詞》二〇首之一一。

〔一〕集作罷。

異字一。

## 又　　〔許楚姬〕

天厨進食簇金盤，香果魚羹下箸難。徐唤六宮分退膳，旋推當直女先餐。

**【校考】**

此詩見許楚姬《蘭雪軒詩集》，爲其《宮詞》二〇首之一二。

## 又　　〔許楚姬〕

冰簟寒多夢不成，手揮羅扇撲流螢。長門夜永[一]空明月，風送西宮笑語聲。

**【校考】**

此詩見許楚姬《蘭雪軒詩集》，爲其《宮詞》二〇首之一三。

〔一〕夜永：集作永夜。

異字序。

## 又　　〔許楚姬〕

看修水殿種芙蓉，昇下羅函出九重。試看[一]彩衫迎詔語，翠眉猶帶睡痕濃。

**【校考】**

此詩見許楚姬《蘭雪軒詩集》，爲其《宮詞》二〇首之一五。

〔一〕集作着。

異字一。

## 又　　〔許楚姬〕

新擇宮人直御床，錦屏初賜合歡香。明朝阿監來相問，笑指胸前一珮[一]囊。

**【校考】**

此詩見許楚姬《蘭雪軒詩集》，爲其《宮詞》二〇首之一七。

〔一〕一珮：集作小佩。

異字二。

### 又　〔許楚姬〕

金鞍玉勒紫游韁，跨出西宮入未央。遥望午門開雉扇，日華初上赭袍光。

### 【校考】

此詩見許楚姬《蘭雪軒詩集》，爲其《宮詞》二〇首之一八。

### 又　〔許楚姬〕

西宮近日萬機頻[一]，催喚昭容啓殿門。爲報榻前持燭女，漏聲三下紫薇垣。

### 【校考】

此詩見許楚姬《蘭雪軒詩集》，爲其《宮詞》二〇首之一九。
〔一〕集作煩。
異字一。

### 塞下曲　〔許楚姬〕

隴戍悲笳咽不通，黄雲萬里塞天空。明朝蕃帳收殘卒，探馬歸來試臂[一]弓。

### 又　〔許楚姬〕

虜馬千群下磧西，孤山烽火入銅鞮。將軍夜發龍城北，戰士連營擊鼓鼙。

### 【校考】

二詩見許楚姬《蘭雪軒詩集》，爲其《塞下曲》五首之二、三。
〔一〕集作擘。
異字一、〇。

### 入塞曲　〔許楚姬〕

落日狼烟度磧來，塞門吹角探旗開。傳聲漠北單于破，白馬將軍入塞回。

又　　〔許楚姬〕

漢家征斾滿陰山，不遣胡兒匹馬還。辛苦總戎班定遠，一生猶望玉門關。

**【校考】**

二詩見許楚姬《蘭雪軒詩集》，爲其《入塞曲》五首之三、五。第二首已見上卷，題爲《塞上曲》。

火枝詞　　〔許楚姬〕

瀼東瀼西春水長，郎舟去歲向瞿塘。巴江峽裏猿啼苦，不到三聲已斷腸。

又　　〔許楚姬〕

家住江南〔一〕積石磯，門前流水浣羅衣。朝來閑繫木蘭棹，貪看鴛鴦作對〔二〕飛。

**【校考】**

二詩見許楚姬《蘭雪軒詩集》，爲其《竹枝詞》四首之二、三首。藍選詩題誤竹爲火。

〔一〕集作陵。〔二〕作對：集作相伴。

題有誤字，異字〇、三。

楊柳枝詞　　〔許楚姬〕

灞陵橋畔渭城西，雨鎖烟籠十里堤。繫得王孫歸意切，不同芳草綠萋萋。

**【校考】**

此詩見許楚姬《蘭雪軒詩集》，爲其《楊柳枝詞》五首之三。

又　　〔許楚姬〕

按轡營中次第新〔一〕，藏鴉門外幾翻春〔二〕。生憎灞水橋邊〔三〕樹，不解迎人解送人。

【校考】

　　吴選七絶許妹氏詩二七首之二七。

　　此詩見許楚姬《蘭雪軒詩集》，爲其《楊柳枝詞》五首之五。

　　〔一〕次第新：集作占一春。〔二〕幾翻春：集作鞠絲新。〔三〕集作頭。

　　異字五。

青樓曲　　〔許楚姬〕

　　夾道青樓十里〔一〕家，家家門巷七香車。東風吹折相思柳，白〔二〕馬驕行踏落花。

【校考】

　　此詩見許楚姬《蘭雪軒詩集》。

　　〔一〕集作萬。〔二〕集作細。

　　異字二。

鞦韆　　〔許楚姬〕

　　鄰家女伴競秋遷〔一〕，結帶蟠巾學半仙。風送彩繩天上去，佩聲時落綠楊烟。

【校考】

　　此詩見許楚姬《蘭雪軒詩集》，爲其《鞦韆詞》二首之一。

　　〔一〕秋遷：集作鞦韆。

　　異字二。

城上行　　〔許楚姬〕

　　長堤十里柳絲垂，隔水荷香滿客衣。向夜南湖明月白，女郎争唱竹枝詞。

【校考】

　　此詩見許楚姬《蘭雪軒詩集》，題作《堤上行》。

　　題有誤字。

洞仙謠　　〔許楚姬〕

　　紫簫聲裏彤雲散，簾外霜寒鸚鵡喚。夜闌孤燭照羅帷，時見疏星度河漢。丁東銀漏響西風，露滴梧枝語夕蟲。絞[一]綃帕上三更淚，明日應留點點紅。

**【校考】**

　　此詩見許楚姬《蘭雪軒詩集》。

　　〔一〕集作鮫。

　　異字一。

皇帝有事天壇　　〔許楚姬〕

　　羽蓋徘徊駐碧壇，璧階清夜語和鑾。長生錦語[一]丁寧説，延壽靈方仔細看。曉露濕花河影斷，天風吹月鶴聲寒。齋香燒罷敲鳴磬，玉樹千章[二]繞曲欄。

**【校考】**

　　此詩見許楚姬《蘭雪軒詩集》。

　　〔一〕集作誥。〔二〕集作重。

　　異字一。

次仲氏高原堂高臺韻　　〔許楚姬〕

　　巄嵸危棧接[一]雲霄，峰勢侵天作漢標。山脈北臨三水絶，地形西壓兩河遙。烟塵暮[二]捲孤城出，苜蓿秋肥萬馬驕。東望塞垣鼙鼓急，幾時重起霍嫖姚。

**【校考】**

　　此詩見許楚姬《蘭雪軒詩集》，題作《次仲氏高原望高臺韻》，爲其四首之二。

　　〔一〕集作切。〔二〕集作晚。

　　題小異，異字二。

次仲氏見星庵韻　　〔許楚姬〕

　　雲生高嶂濕芙蓉[一]，琪樹丹崖露氣濃。梵閣香殘[二]僧入定，講堂齋罷鶴歸松。蘿懸古壁啼山鬼，霧鎖深〔三〕潭臥獨〔四〕龍。向夜香燈明石榻，東林月黑有疏鐘。

**【校考】**

此詩見許楚姬《蘭雪軒詩集》。

〔一〕集作蓉。〔二〕梵閣香殘：集作板閣梵殘。〔三〕集作秋。〔四〕集作燭。

異字序，異字四。

### 翠袖啼痕　　[許楚姬]

輕籠雪腕裁青練，六曲紅欄閑倚遍。秋波不禁落玉箸，舉袖暗拭殘妝面。氤氳血淚膩纖羅，粉惹沾紅春恨多。冰盆瓊液洗不去，曉露半濕西池荷。

**【校考】**

此詩出處待考。

### 少年行　　[許楚姬]

少年重然諾，結交游俠人。腰間白〔一〕轆轤，錦袍雙麒麟。朝辭明光宮，馳馬長樂坂。沽得渭城酒，花間日將晚。金鞭宿倡家，行樂爭流〔二〕連。誰憐楊〔三〕子雲，閉門草太玄。

**【校考】**

此詩見許楚姬《蘭雪軒詩集》五言古詩。

〔一〕集作玉。〔二〕集作留。〔三〕集作揚。

異字三。

### 哭子　　[許楚姬]

去年喪愛女，今年喪愛子。哀哀廣陵土，雙墳相對起。蕭蕭白楊風，鬼火明松楸。紙錢招汝魄，玄酒奠汝丘。應知弟兄魂，夜夜相追游。縱有腹中兒〔一〕，安可冀長成。浪吟黃臺詞，血淚〔二〕悲吞聲。

**【校考】**

此詩見許楚姬《蘭雪軒詩集》五言古詩。

〔一〕集作孩。〔二〕集作泣。
異字二。

### 遣興　　〔許楚姬〕

仙人乘〔一〕彩鳳，夜下朝元宮。絳幡拂海雲，霓裳舞〔二〕春風。邀我瑤池吟〔三〕，飲我流霞鍾。借我綠玉枝，登□〔四〕芙蓉峰。

### 又　　〔許楚姬〕

有客自遠方，遺我雙鯉魚。剖之何所見，中有尺素書。上言長相思，下問今何如。讀書知君意，零淚沾衣裾。

### 又　　〔許楚姬〕

芳樹藹初綠，蘼蕪葉已齊。春物自妍華，我獨多悲凄。壁上五岳圖，床頭參同契。煉丹倘有成，歸謁蒼梧帝。

**【校考】**

此三首見許楚姬《蘭雪軒詩集》，爲其《遣興》八首之六、七、八。
〔一〕集作騎。〔二〕裳舞：集作衣鳴。〔三〕集作岑。〔四〕集作我。
異字五、〇、〇。

### 出塞曲　　〔許楚姬〕

烽火照長河，天兵出漢家。枕戈眠白雪，驅馬渡〔一〕黃沙。翔〔二〕吹傳金檗〔三〕，邊聲入塞笳。年年長結束，辛苦逐輕車。

### 又　　〔許楚姬〕

昨夜羽書飛，龍城報合圍。塞〔四〕笳吹朔雪，玉劍赴金微。久戍人偏老，長征馬不肥。男兒重義氣，會繫賀蘭歸。

**【校考】**

此二詩見許楚姬《蘭雪軒詩集》。
〔一〕集作到。〔二〕集作朔。〔三〕集作柝。〔四〕集作寒。
異字三、一。

## 怨情　　［謝朓］

夕殿下珠簾，流螢飛復没。寒夜縫征衣，殘燈映羅幕。

### 【校考】

此詩近謝朓《玉階怨》。《玉臺新咏》卷一〇録此詩爲：夕殿下珠簾，流螢飛復息。長夜縫羅衣，思君此何極。

誤書作者，異字七。

## 又　　　［釋寶月］

郎作千里行，儂無千里送。拔奴頭上釵，與郎資路用。

### 【校考】

此詩近南齊釋寶月《估客樂》。《樂府詩集》卷四八此詩爲：郎作十里行，儂作九里送。拔儂頭上釵，與郎資路用。

誤書作者，異字四。

## 又　　　［許楚姬］

夜久織未休，戛戛鳴寒機。機中一匹練，終作阿誰衣。

### 【校考】

此詩重出，已見五言古詩。

# 附録

## 東吳子魚先生　　　許筠

夜月初生露洗空，玉階梧葉響西風。清霄獨掩紗窗寂，萬里稽山入夢中。

### 【校考】

吳選七絶所收朝鮮詩人贈己詩九首之一。

此詩出處待考。

## 宮詞　　〔許楚姬〕

彩羅帷幄〔一〕紫羅茵，香射〔二〕霏微暗襲人。明日賞花留玉輦，地衣簾額一時新。

## 【校考】

吳選《宮詞》四首之三，吳選七絶許妹氏詩二七首之二二。

此詩見《蘭雪軒詩集》，爲其《宮詞》二〇首之一四。

〔一〕集作幕。〔二〕集作麝。

漏書作者，異字二。

## 塞上曲　　〔許楚姬〕

烟塵暮〔一〕捲孤城出，苜蓿秋肥萬馬驕。東望塞垣鼙鼓急，幾時重起霍嫖姚。

## 【校考】

吳選七絶許妹氏二七首之一九。

此詩爲許楚姬七言律詩《次仲氏高原望高臺韻》其二之後四句，已見前七律卷。

〔一〕集、吳選作晚。

漏書作者，少四句，異字一（吳選不異）。

# 附録

## 摘聯

花雨清齋供，松濤午夢酣。

老松青拂牖，修竹翠當樓。

門外題無鳳，池邊換有鵝。

城市存丘壑，衣冠集薜蘿。

掃苔侵鶴跡，選竹作漁竿。

坐擁芸編時散帙，席移蘭畹日飛觴。

臺榭晝薰花氣滿，闌干晴倚月華昇。

【校考】

此出北大本。

# 朝鮮詩選後序　　許筠

稽唐虞協和之治，東洽海外，維時檀君始長茲土，載籍所傳，不及其詳，而純樸之象，概可想見。周封太師於朝鮮，教民禮讓，風化之美，與中國稱。昔夫子欲居九夷，良有以也。漢唐以來，疆土三分幾千載，猶恪守舊教，赫居氏雖介句麗、百濟之強，僻處一隅，而俎豆雍容，絃歌洋溢自若也。逮唐，始通賢科，崔致遠、崔匡裕輩咸游學中華，接踵舉進士，顯於當時。即宋元修之不替。高皇帝握符乘運，聖澤旁流，光澤八表。維我東方，首修厥貢，嘉獎猶内服然。若金濤輩，猶赴厥試，及進士第。我康獻王開國，文教視前代爲尤盛，士知被服禮義爲貴，民知事大順上爲忠。壬辰之役，國家覆亡，聖天子命重臣邢、萬勤十萬師東援，七載倭奴，一曙掃之。雖君臣上下，而折首不屈，重睹舊日疆土。聖天子洪德，莫比其盛，孰非禮義致之歟！會稽子魚先生，博雅士也，從戎東土，筠獲私良厚，謂筠：爾東方文學甚盛，若崔致遠諸君咏歌，爲我取來，我將傳之。時以兵燹之餘，所存無幾，固辭不得，以筠所憶數百篇進。李議政亦拾斷簡佐之。所取若干，爲編者七。猗歟盛哉！言之粹者爲文，文之精者爲詩。三代之教，莫重於詩，自卿大夫至閭閻婦人、黃口小兒，皆因而治，觀化者亦因此而知。昔周官採詩，三韓不與；夫子刪詩，三韓不及。遠莫致乎？夫遺於千載前而遇於千載後，小國之音，以先生始與成周齒，豈非天耶！先生之功，盛矣哉！抑東民有深痛焉：東士試於天子之廷，尚矣，洪武中以洪倫、金義之亂而中衰，既而循之，不與釐正，此小國之至冤也。崔致遠、金濤輩獨何幸！或以是編之盛，觀者憐而更張之，三韓之士，拜賜厚矣，願毋忘子魚氏。時皇明萬曆廿八年庚子季春上澣朝鮮許筠頓首再拜書。

【校考】

此爲吳選後序。

# 結語　記憶文本及其意義空間

　　我們過去常將記誦看作是對被記憶客體的完美再現，解構主義哲學家則對此有更複雜立體的建構。德里達在《多義的記憶：爲保羅·德曼而作》中引述保羅·德曼在《盲目與明察》中解讀普魯斯特小説《追憶似水年華》時説："記憶的本領首先不是'復活'的本領，它始終像謎一樣難以捉摸，以致可以説它被一種關於'未來'的思想所糾纏。""記憶的本領並不存在於復活實際存在過的情景或感情的能力中，而是存在於精神的某種構成行爲内。"① 德里達多從記憶主體的角度談記憶，指出"記憶的本質"必須趨向内在化，而"記憶與内在化……這恐怕是一種内在的理想化借以占有、理想地和幾乎不折不扣地吞掠他者之肌體和聲音、其臉孔和外在的運動。這種擬態内在化不是虛構的，它是虛構和不可靠形象化之根源。它發生於一個肌體内，確切説它産生一個肌體，一個聲音，一個心靈，而它們爲了成爲'我們的'，在我們一開始就必須記住並跟蹤其後的可能性之前已經不復存在，而且毫無意義"② 。記憶的本質是使記憶物成爲"我們的"。德里達也談到作爲引文的記憶，他説："引文起因於忠實，意在讓他者發言，或將發言權還給他者，但不應該局限於引證，應該不滿足於引證。"引文，"是作爲内在凝思和經驗保存的回憶"。"保羅·德曼尤感興趣並大力强調的，是在作爲 Gedächtnis（思考的記憶和有意識的記憶）的記憶中，能思的思和最外在的技藝，表面上最抽象最富於空間的銘刻這兩者的奇特勾結。"③ 我在此試以此思路分析《朝鮮詩選》的可能意義。宇文所安參考記憶理論思考中國文學，他説："每一個時代都念念不忘在它之前的、已經成爲過去的時代，縱然是後起的時代，也渴望它的後代能記住它，給它以公正的評價，這是文化史上一種常見的現象。如果後起的時代同時又牽涉在對更早時代的回憶中——面向遺物故跡，兩者同條共貫，那麽，就會出現有趣的疊影。正

---

　　① 雅克·德里達著，蔣梓驊譯《多義的記憶：爲保羅·德曼而作》，中央編譯出版社，一九九九年，頁一七、六九—七〇。
　　② 雅克·德里達《多義的記憶：爲保羅·德曼而作》，頁四五。
　　③ 雅克·德里達《多義的記憶：爲保羅·德曼而作》，頁六一。

在對來自過去的典籍和遺物進行反思的、後起時代的回憶者，會在其中發現自己的影子，發現過去的某些人也正在對更遠的過去作反思。這裏有一條回憶的鏈索，把此時的過去同彼時的、更遙遠的過去連接在一起，有時鏈條也向臆想的將來伸展。那時將有回憶者記起我們此時正在回憶過去。當我們發現和紀念生活在過去的回憶者時，不難得出這樣的結論：通過回憶我們自己也成了回憶的對象，成了值得爲後人記起的對象。回憶的這種銜接構成了一部貫穿古今的文明史。"① 這也給我分析《朝鮮詩選》以啓發。通過以上校考，我首先對校考結果作計量統計，然後引入現代以及後現代記憶理論展開對《朝鮮詩選》，特別是對藍芳威《朝鮮詩選》詩歌記憶特徵以及文化意義之分析。

## 一、藍、吳二選收詩異同以及異題作者、<br>異題情況分析

藍選選詩六百首，前有序、引，序、引頁版心有"序""引"字樣。前六卷分別以"朝鮮詩選全集""五言古詩""七言古""五言律詩""七言律詩""五言絕句""七言絕句"開頭，第七卷卷首僅題"朝鮮詩選全集"。卷一到卷七的每頁版心上端標卷號、下端標本卷頁碼。卷八不見首題，版心上無卷號，只留下黑區，但第一頁有頁碼。朝鮮本吳選，卷首分別題"朝鮮詩選""五言古詩""七言古詩""五言律詩""五言排律""七言律詩""五言絕句""七言絕句"，七言絕句卷，自第八十六首至第一百二十一首爲朝鮮詩人寫贈編者吳明濟詩九首以及許妹氏詩二十七首，內容約與藍選第七、八卷對應。茲將兩選選詩數量、各體詩數量以及共同選錄作品數量統計如表二所示：

表二　藍芳威、吳明濟《朝鮮詩選》各體詩數、出處待考詩數

| 卷數 | 詩體 | 藍選各體詩、出處<br>待考詩（疑似）首數 | 吳選各體詩、出處<br>待考詩（疑似）首數 | 二選重合詩<br>（待考）首數 |
|---|---|---|---|---|
| 一 | 五古<br>（附四言） | 六八（七〇）②、<br>四（一?③） | 二八、四 | 二七（三） |

---

① 宇文所安著，鄭學勤譯《追憶：中國古典文學中的往事再現》，生活・讀書・新知三聯書店，二〇〇四年，頁二一。
② 藍選卷一第二七首鄭夢周《感遇》，實爲崔慶昌《感遇十首寄鄭季涵》之四、五；第二八首李崇仁《古意》，前十句爲崔慶昌《養虎詞》，後十句爲其《感遇十首寄鄭季涵》之十，故貌似六八首，實爲七十首。
③ 疑似有出處，但不十分確定。

續表

| 卷數 | 詩體 | 藍選各體詩、出處待考詩（疑似）首數 | 吳選各體詩、出處待考詩（疑似）首數 | 二選重合詩（待考）首數 |
|---|---|---|---|---|
| 二 | 七古 | 四二、三（一?） | 二七、二 | 二六（二） |
| 三 | 五律（附排律） | 八四（十三）、六（一?） | 五六（十三）、五 | 五三（十三）、四 |
| 四 | 七律 | 八三、五（一?） | 五九、三 | 五二（二） |
| 五 | 五絕 | 五九①、二 | 四六 | 三七 |
| 六 | 七絕 | 一二七、七（二?） | 八五、三 | 七二（三） |
| 七 | 蘭雪軒等七絕 | 五四、九（四?） | 三六、六（三?） | 三三（五） |
| 八 | 蘭雪軒詩 | 七八（重二）、一 | | |
| | 合計 | 五九八（實六〇〇）、三七（一〇） | 三四〇、二三（三?） | 三〇三（一九） |

　　藍、吳選標注作者體例是，一行上書詩題，下書作者名，若一人有數首，自第二首起詩題下不再出作者名。我以二選提供的作者綫索找尋別集和之前朝鮮所編詩總集、選集等，約有五分之一詩歌找不到相應詩歌，特別是五古類更高達一半以上，於是我通覽二選所涉及所有詩人之別集，目前藍選有三七首（占全書的百分之六點一七）、吳選二三首（占全書的百分之六點七六）不能準確確定相應詩歌，其中藍選七首、吳選三首有疑似對應詩歌，藍選三十首（占全書的百分之五）、吳選二十首（占全書的百分之五點九）完全沒有綫索。無綫索的詩歌中，二選皆視爲女性之作三首，吳選另有一首，這可能與女性鮮有別集以及其詩較少能進入詩總集、選集有關。吳選餘下的十六首中，十二首爲許筠與吳明濟贈答之作，其中九首亦見藍選，但七首詩題中無吳明濟字。

　　藍選李達又作李益、李布益，金時習又作金悦卿、僧雪岑，林悌以字子卿入選，但這都不難確定爲同一人，故不在本文異題作者之列。兹將藍、吳二選各卷各體異題作者詩數以及異題作者率列表如下：

---

① 李鍾默文統計七律八四首，實爲八三首。因未察覺上文所云之錯頁，故將無詩題的半首詩亦作一首處理，故多出一首；李文五絕四九首，實五九首；李文七絕一二六首，實一二七首。

表三　藍芳威、吳明濟《朝鮮詩選》異題作者的各體詩數

| 卷數 | 藍選各體詩首數 | 異題作者率（百分數） | 吳選各體詩首數 | 異題作者率 | 兩選同異者首數 |
|---|---|---|---|---|---|
| 卷一五古 | 三三+二 | 五三① | 一七 | 七〇點八 | 九 |
| 卷二七古 | 五 | 一二點八 | 一 | 四 | 一 |
| 卷三五律 | 一五 | 一八點五 | 九 | 一六點一 | 九 |
| 卷四七律 | 一五 | 一九點二 | 六 | 一〇點七 | 六 |
| 卷五五絕 | 一三 | 一九點二 | 四 | 八點七 | 四 |
| 卷六七絕 | 二三 | 一九點二 | 九 | 一一 | 七 |
| 卷七許氏等七絕 | 一三 | 二八點九 | 六 | 二〇 | 六 |
| 卷八許氏詩 | 四 | 五點一三 | | | |
| 合計 | 一二三 | 二一點八 | 五二 | 一六點四 | 四二 |

　　藍、吳二選中約百分之九十五的詩歌都能在朝鮮文本中找到出處，可見二選是名副其實的"朝鮮詩選"，藍芳威等中國將士以及朝鮮獻詩者並沒有造假的主觀故意，吳明濟以與己唱和的方式在《朝鮮詩選》中增加存在感，十四首詩真假莫辨，有主觀故意之嫌。藍、吳選異題作者率分別是百分之二十一點八和百分之十六點四，可見其中張冠李戴的現象相當嚴重，特別是藍選。這部分可能是記誦者和提供詩歌者的責任，或多或少表明了記誦者在記誦詩歌時較忽略詩歌作者的傾向，但從各卷誤題率變化較大的角度來看，編選者的漏題、誤題的可能性更大，特別是五古卷中，往往一誤題就接連二三首，從客觀角度分析，這首先是因爲作者的第一首詩脫漏作者，或是作者第一首後發生詩歌錯置或錯頁，就會產生較多的這樣的異題作者現象。而從主觀角度看，中國編集者對朝鮮詩人不甚熟悉，故偏向於將朝鮮詩人視作一個整體看待，也會有意無意忽視詩歌著作權歸屬，造成題署作者準確率下降。

　　以我們的記誦經驗，詩題一因非韻語，不易記誦，二是受重視程度不够，相對於詩歌正文是比較容易被遺忘和被改變的。與朝鮮文本相較，藍、吳二選的詩題或完全不同（異題），或部分相異（如省略），或小有異（小省、小異、意同文異等），藍選共二七八首，占可考知詩歌的百分之四十九點四，吳選共一六七首，占可考知詩歌的百分之五十二點七。

___

①　各卷異題作者率，以異題作者詩首數爲分子、以各卷詩總數減去出處不詳詩首數爲分母算得。如藍選五古卷，總詩數七〇，減去出處不詳詩四首，故以六六首爲基數；吳選總詩數二八，剔除出處不詳四首，以二四爲基數。

分析起來，較能保持詩題原貌的：一是原詩題字數少、題意單一者。如《眼》《鼻》《鏡湖》《鹽婦》《晨霜》《尋僧》《穴口寺》《九品寺》《春日即事》《寄權正卿》《上元夫人》等。這與長時間記憶以"語義編碼爲主"而個體對情境中的衆多刺激只選擇一個或一部分特別重要者去反應的特徵相吻合。① 二是與漢文學傳統中的樂府舊題或其他詩歌舊題相同者。如《挽歌》《古風》《古意》《感遇》《宮詞》《擬古》《無題》《關山月》《江南曲》《楊柳詞》《長干行》《賈客詞》《莫愁樂》《貧婦吟》《白絲吟》《採蓮曲》《出塞曲》《遠游歌》《游仙曲》《步虛詞》《醉時歌》《孤雁行》等。此與信息加工認知心理學範本匹配、原型匹配模型所揭示的記憶受已有知識經驗的强化和影響的特徵相吻合。②

藍、吳二選詩題變異的整體傾向是在保留中心題意上從省、從概括、從經驗性的傾向。如《游家君別業西郊草堂》省爲《西郊草堂》，《妾薄命用太白韻》省變爲《妾命薄》，《感遇十首寄鄭季涵》省爲《感遇》。《將赴密陽，歇馬茵橋新院》抽象成《偶成》，《送偰符寶還朝》而一般成《送友人》。《老子出關圖》《藺相如完璧歸趙》題作《咏史》，《允了又作咸陽郡地圖，題其上》作《華山畿》，《過楊照廟有感》作《塞上曲》，《送人》成了《南浦歌》。這些是記誦者將詩歌内容經驗性地與詩歌經典詩題相聯結，符合記憶對於不熟悉内容加以簡單化、經驗化的處理的痕跡。偶爾亦有詩題内容變得更具體者，又如李達《客懷》，記憶者可能根據詩中"同舍故人""思無窮"等語而將詩題增爲"客懷寄友"。洪侃《早朝馬上》，因在早朝馬上而有詩，故詩題綴"口號"二字於後。

## 二、藍、吳二選異句、異體情況分析

將藍、吳二選文本與朝鮮文本相較，發現一首詩詩句數有多寡之異，對此，本書稱之爲"異句"。詩句增減後其詩被歸入不同詩體，如朝鮮元詩爲五言八句律詩，二選只録其中四句，因而被歸入五絶，此種情形，本書稱之爲"異體"。藍選中，"異句"詩四十五首，其中四十一首減少了句數，四首增加了句數；吳選異句詩三十二首，其中三〇首減少了句

---

① 此參葉浩生主編《西方心理學的歷史與體系》第十六章《信息加工認知心理學》（人民教育出版社，一九九八年，頁五一三）、邵志芳著《認知心理學——理論、實驗和應用》第五章《長時記憶》（上海教育出版社，二〇〇六年，頁一五二—一六四）。
② 葉浩生主編《西方心理學的歷史與體系》，頁五〇九—五一〇。

數，二首增加了句數。藍吳二選"異體"詩分別爲十八①、十三首。藍、吳二選"異句""異體"具體情況如表四所示：

表四　藍芳威、吳明濟《朝鮮詩選》異句、異體情況

| 卷數 詩體 | 作者、篇目、減/增句數、藍/吳選、變體（C） | 藍/吳異句詩總數、異體數、卷異句詩百分比 |
|---|---|---|
| 卷一 五古 | 崔致遠《江南曲》（二，藍吳）②，金克己《野興》（一八，藍），李奎報《西郊草堂》（六，藍吳），鄭道傳《遠游歌》（一二，藍），李穀《雜詩》（八，藍吳）、《妾命薄》（四，藍），李穡《蠶婦》（四，藍吳），金净《感懷寄濙之》（四，藍吳）、《挽歌》（四，藍吳）、《游鄭氏池亭》（一二，藍吳），崔慶昌《感遇》（＋二，藍），金宗直《鳳臺曲》（二，藍） | 藍一二，一八點二；吳七，二九點二 |
| 卷二 七古 | 百結先生《碓樂》（二，藍吳），洪侃《貧婦吟》（四，藍吳），李齊賢《姑蘇臺懷古》（一，藍），成侃《木綿詞》（＋二，藍），徐居正《古意》（三，藍），金宗直《會蘇曲》（二，藍吳），金宗直《黃昌郎》（一，藍吳），魚無跡《流民歎》（＋四，藍），鄭惟吉《楊柳詞》（＋二，一〇，藍），崔慶昌《李少婦詞》（六，藍），鄭誧《古別離》（二，藍吳），許景樊《四時歌·春歌》（四，藍吳）、《夏歌》（二，藍吳）、《秋歌》（四，藍吳），李崇仁《鳴呼島》（二，吳） | 藍一五，三八點五；吳九，三十點三 |
| 卷三 五律 | 鄭道傳《關山月》（四，C，藍），白振南《上季都護……》（四，藍吳） | 藍二，異體一，二點五；吳一，一點八 |
| 卷五 五絕 | 李齊賢《感懷》（四，C，藍吳），李崇仁《碧瀾渡》（四，C，藍），金宗直《佛圖寺》（四，C，藍），金時習《途中》（四，C，藍），金益精《送秋》（四，C，藍吳），申光漢《野望》（四，C，藍吳），林億齡《絕句》（四，C，藍吳）、《贈玉上人》（四，C，藍吳）、《登樓》（四，C，藍吳），成三問《雜詩》（四，C，藍吳），許景樊《雜詩》（四，C，藍吳）、《又》（四，C，藍吳）、《又》（四，C，藍吳） | 藍一三，異體一三，二二點八；吳一一，異體一〇，二三點八 |
| 卷六 七絕 | 金宗直《送李節度赴鎮》（四，C，藍吳）、鄭希良《塞上》（四，C，藍吳）、李達《寄許美叔》（四，C，藍） | 藍三，異體三，二點五；吳二，異題二，二點四 |
| 末卷 | 許妹氏《塞上曲》（四，C，吳） | 吳一，異體一，三點三 |

① 此外藍選卷一選高麗乙支文德詩，雖同是四句，但《東文選》入五絕，藍選入五古；許楚姬《莫愁樂》《築城怨》《貧女吟》藍、吳選入五古，《蘭雪軒詩集》入五絕；許楚姬《又》藍選入五古，《蘭雪軒詩集》入五絕。

② 括弧内數字爲藍、吳二選減少的句數；增加句，數字前著"＋"號；變體用"C"標明。

在《東文選》和鄭道傳《三峰集》中,《關山月》皆入古詩卷,藍選因少錄四句而入五律卷中,其餘之"異體"皆爲五、七律詩少四句而爲五、七絶,屬於近體詩内詩體的變化。"異句""異體"詩中的句數減少遠多於字句增加者,這可以用遺忘理論加以解釋,[1] 我們自身的記誦經驗也可印證,不過詩中哪些句子會被省略,則可作些分析。如李穀的《妾薄命用太白韻》元詩是:

> 生不識人面,長年在深屋。一爲色所誤,反遭珉欺玉。憎愛古無常,朝恩暮乃疏。悒悒咏秋扇,望絕登君車。金床爲誰拂,繡被久已收。閨空寒月落,但見螢火流。沉憂暫成夢,依稀鬥百草。世無相如才,誰令復舊好。[2]

藍選《妾命薄》曰:

> 生不識人面,長大在深屋。結髮忻有歸,詎識珉欺玉。憎愛古難常,朝歡暮成哭。悒悒歌圓扇,明月縣金屋。金屋夜難曉,寒蟲鳴露草。世無相如才,誰能復舊好。

前兩句詩意是一致的,寫閨中女子藏在深閨中的成長,直至可以結婚的年齡,可元詩"一爲色所誤",出現了很多的想象和闡釋空間,比如讀者可能會問:適時而婚能否被稱之爲爲色所誤呢?爲色所誤是否包含了一個不肯與無色而有德的對象結婚的故事呢?她的爲色所誤的故事是怎樣的呢?是否與"長年在深屋"有衝突呢?……元詩對女子被棄後的生活和思想的書寫更爲複雜,如女子想象自己能再登君車或君車再來,然而希望破滅;她問自己一直拂床究竟是爲誰?爲什麼再也不展繡被?金床、繡被的奢華是否隱含了某種意味?既有秋扇,爲什麼又咏及夏日之螢火呢?而且在沉憂和鬥百草間有很大的情緒反差,夢中鬥百草是對往日閨中生活的追念還是對昔日恩愛的回憶,抑或是對未來生活的向往嗎?如何解釋這種憂樂不同以及寫作目的呢?而記憶本,用"結髮忻有歸"杜絕了元詩可能有的不普通的女性人生,嚴格按照女子長成,充滿期待地

---

① 如著名的艾賓浩斯的遺忘曲綫。參坎特威茨、羅迪格、埃爾姆斯著,郭秀艷等譯《實驗心理學(第九版)》,華東師範大學出版社,二〇一〇年,頁二九四—二九九。
② 李穀《稼亭集》卷三,《韓國文集叢刊》册三,頁一八三。

走進婚姻，却遭受"珉欺玉"的不公，在這樣的張力中，自然有了"憎愛古難常，朝歡暮成哭"的感慨。記憶版保留了元詩將班婕妤和《團扇歌》這樣經典故事和經典文學引入的思路，同樣拼接司馬相如爲陳皇后寫長門賦而逆轉命運的故事，可見這類典故和經典文學的强大力量，在產生古今回響的同時，又描摹了被棄女子凄凉的生活氛圍和生命感受，以及雖然被棄，但自己對故夫的心意未變，從而保持了女性角色的言行和思想的純粹性。總之，記憶本具有意義連貫性、叙事完整性、傾向於刪削其他闡釋的可能性，對詩意明晰和確定性有更明確的追求。此外，李轂詩因"用太白韻"之故，必須與李白《妾薄命》韻脚一一對應，記憶版題去"用太白韻"，也就解除了這一層拘束。

　　相對而言，記憶的遺忘底色使減少詩句成爲常態，故此處着重分析藍、吴二選句數不減反增的兩例。

　　例一，題爲尹根壽、實爲崔慶昌之《感遇》詩。録藍選詩以及元詩如下：

### 感遇

　　疾風凋勁草，洪波折砥柱。勁草豈無節，砥柱亦云固。風波苦飄蕩，奄忽變其素。古來功名士，多爲時所誤。魯連去已久，高風千載慕。扼腕發浩歌，含情泣中路。（藍選卷一）

### 感遇十首寄鄭季涵　　崔慶昌

　　疾風凋勁草，洪波折砥柱。勁草豈無節，砥柱豈不固。政爲風波蕩，終然變其素。古來功名士，多被時所誤。魯連死已久，千載期同趣。[1]

此詩僅見於藍選。儘管此詩作者異題，詩題亦有異，異字占全詩的百分之十八點三，藍選詩還多出兩句，但讀者仍不難確定兩者的淵源關係。藍芳威反復强調其詩選"是姑存之，易則有傷"，或可排除藍芳威方面對此詩的潤色，所以我們假定崔慶昌此詩就是記誦之元詩，雖然我們無法確知記誦者是出於有意修改還是無意扭曲，藍選詩可看作是經過記憶加

---

① 　崔慶昌《孤竹遺稿》，《韓國文集叢刊》册五〇，頁二七—二八。

工、建構後的變體。① 分析其中的影響因素是有趣的。元詩三、四兩句作"豈無""豈不"，因重復而略顯板滯，藍選詩以"亦云"替換"豈不"，則頗覺流動，這似是詩歌記誦者不經意的修飾。元詩"政爲風波蕩，終然變其素"，強調風波持續不斷地衝擊着中流砥柱和勁草，最終使勁草、砥柱也不得保其本性，藍選詩加速了勁草、砥柱之變，讀這兩句，令人聯想到《古詩十九首》"今日良宴會"中"奄忽若飆塵"的句式和詩意；"多被時所誤"而成"多爲時所誤"，或許與《古詩十九首》"驅車上東門"詩"服食求神仙，多爲藥所誤"② 有關；"魯連死已久"而成"魯連去已久"，或許有語感上的原因，但文學傳統中耳熟能詳的詩句也有巨大的引導力和暗示性，如左思《咏史》"吾慕魯仲連，談笑却秦軍"③、張祜《咏史》"留名魯連去，於世絶遺音"④ 等；崔詩"千載期同趣"自然也是"慕"仲連，然而其人已去千載，又如何得同時，故下文脱口而出的是"扼腕"浩歌，中路泣絲。這令人想起陸機《五等論》中的句子："蓋遠績屈於時異，雄心挫於卑勢耳。故烈士扼腕，終委寇讎之手；中人變節，以助虐國之桀。"⑤ 於是詩意在"疾風凋勁草，洪波折砥柱"上得到完美的回旋。私意以爲記誦此詩者一定是熟讀《古詩十九首》《咏史》《五等論》的，而三種都見録《文選》，其應該是熟讀《文選》且自己詩才亦頗佳的朝鮮讀書人。雖然記誦某詩是對此詩作爲經典的一種肯定，記誦要求逐字逐句地重復，保持作品原樣是一種强制力量，但更深層的經典文學傳統也暗暗地却有力地牽動着記誦者，成就了藍選此詩的斑駁和迷離。

例二，成俔《木綿詞》。録之如下：

> 江南木綿色逾白，晴雪紛紛鋪簟席。小機摇作鴉櫓聲，軟弧彈罷秋雲積。殷勤少婦坐夜闌，風吹粉絮縈烏鬢。絲僵水澀機杼促，札札輕梭玉指寒。肝腸欲絶愁難絶，孤燈烱烱光明滅。半將裁剪小兒衣，半將裁剪寄金微。銅壺催曉眠不得，淚冰點點明羅幃。（藍選卷二）

---

① 如巴特利特《鬼的戰爭》關於回憶是一種建構的過程的經典實驗，參邵志芳《認知心理學——理論、實驗和應用》第七章《複雜知識的表徵》，頁二三六—二二三八。
② 蕭統編，李善注《文選》卷二九，上海古籍出版社，一九八六年，頁一三四五、一三四八。
③ 蕭統編，李善注《文選》卷二一，頁九八八。
④ 《全唐詩》卷五一〇，上海古籍出版社，一九八六年，頁一二九一。
⑤ 蕭統編，李善注《文選》卷五四，頁二三三九。

298

　　江南木綿色逾白，晴雪紛紛鋪簟席。小機搖作鴉櫨聲，軟弧彈
罷秋雲薄。東鄰有婦坐夜闌，風回粉絮縈烏鬘。織成新布機杼促，
札札輕梭玉指寒。半擬新袴與小兒，半作寒衣托邊郵。心酸意苦眠
不得，孤燈閃閃明羅幃。①

元詩寫鄰婦彈棉花、搖棉綫、做棉衣的忙碌和家人在外、主婦難以使老
少免於受寒的辛酸。首先描繪在簟席上攤開的棉花的柔軟潔白，接寫搖
棉機、彈棉花的聲響，帶着歡快的聲音和節奏。詩描寫鄰婦滿頭落滿棉
絮，一位樸實真切的勞動婦女形象躍然而出。在這一氛圍中變體詩"殷
勤少婦"語就稍顯佻易，元詩的"東鄰有婦"則質樸自然。元詩下文寫
鄰婦分配棉花，一半給小兒做棉袴，一半給在外的丈夫做寒衣，然而小
兒長得快，是否也需要一件新襖？丈夫是成人，一半棉所做的寒衣是否
够禦寒呢？家裏其他人的冬衣是否要添置呢？如此想來，鄰婦的"辛酸
意苦"就自然出現，情緒轉化得十分自然。推敲兩詩中的"札札輕梭"，
已可見江南絲織傳統在文學中的影響，而藍選"絲僵水澀"更挑明並加
劇其影響力，然而這位鄰婦是將棉花弄蓬鬆均匀後、搖棉綫縫作棉衣的，
是不可能用水的，自然也不存在絲僵水澀的問題。記誦者記得詩中有
"心酸意苦""眠不得""孤燈爛爛"等語，但詩意如何流轉則記憶模糊
了，於是以"肝腸欲絕愁難絕""淚水點點"表現"心酸意苦"，以"銅
壺催曉"表現"眠不得"，因此詩歌增加了兩句，雖然這兩句的情感和詩
意略顯普泛。讓少婦爲"玉指寒"、爲"銅壺催曉眠不得"而"淚水點
點"，揣摩變體詩，可見記誦者是將《木綿詞》納入了"男悲遠征，女悲
夜織"的征人思婦和"夜織貧女寒"的貧女詩的文學傳統中加以記誦的。
就朝鮮社會生活層面看，元詩紡、彈棉花更接近生活。朝鮮人曹伸《謏
聞瑣録》談到朝鮮人將棉花種從中國帶入朝鮮半島後，棉布成爲朝鮮服
飾主流材料，甚至成爲朝鮮經濟硬通貨。他説："本國舊無木綿，只用麻
苧繭絲爲布，高麗末，晉州人文益漸嘗入朝，取木綿種，潛貯囊中，並
製取子車、繰絲車而來，國人競傳其法，未百年，流布中外，國人上下
所服，大抵皆是。轉貨居積，盛行於世，比麻布倍屣。……古云問國之
富，數馬以對，中國人例以銅錢金銀多少較貧富，吾東方不產金銀，本
朝不行錢法，只以綿布爲貨。"② 就此詩情感、意境的合理性和完整性而

---

　　① 成俔《虛白堂集》卷一，《韓國文集叢刊》册一四，頁二四五。
　　② 曹伸《謏聞瑣録》，《大東野乘》本，册一，頁一〇六。

言，元詩似也優於變體，但棉布的詩歌書寫傳統顯然不及絲織傳統悠久和強大。書寫傳統影響了記誦，記誦過程如此地改變了這首詩，由此更可見既有文學傳統的巨大影響力，誦讀者對詩句有意、無意的建構是如此地明顯。

## 三、藍、吳二選異字率及其異文分析

將藍、吳二選文本與朝鮮文本對比，藍選可考之五六三首詩，僅七十四首沒有異文（其中三十首出自藍芳威所藏"手書八十一首"），吳選可考之三一七首中，四十二首沒有異文，藍選其餘的四八九首、吳選其餘的二七五首都存在程度不等的異文。

異題作者、異字率存在，使確定元詩變得更爲複雜。如藍選卷五有李達《松溪即事》詩：

> 玉洞烟華暖，金沙日影遲。溪頭煮新酒，童子折松枝。

依其作者提示，當然首先要翻檢李達《蓀谷詩集》，最後確定其中《題畫》詩與之最接近：韻腳同，所用意象也有相似處。《題畫》詩爲：

> 山洞春雲暖，山闌春日遲。時傾竹下酌，同去看花枝。①

"洞""暖"相同，將"酌"替換成"酒"，"春日""遲"與"日影遲"，也有關聯。我起先以爲這可能就是元詩。後來我翻檢《孤竹遺稿》，方知另有其詩，元詩應是崔慶昌題作《三清洞口占》之詩。詩曰：

> 玉洞烟霞暖，金沙日影遲。溪頭煮寒酒，童子折松枝。②

就藍選此詩而言，其詩題有異，又異題作者，好在崔慶昌、白玉勳、李達等詩歌傾向接近，不難順藤摸瓜。

對朝鮮詩人精神氣質的把握，有時也有助於爬梳元詩。如藍、吳二選同選的洪貴達《秋懷》詩：

---

① 李達《蓀谷詩集》卷五，《韓國文集叢刊》冊六一，頁三〇一三一。
② 崔慶昌《孤竹遺稿》，《韓國文集叢刊》冊五〇，頁五。

　　一面青山三面水，楓林如染竹林青。主人不解紅塵夢，閑却一
秋江上亭。（藍選卷六）①

讀《虛白亭集》，集中《次朴艮甫韻》與上引詩有相同之句。詩曰：

　　一面青山三面水，回頭舊隱白鷗邊。爲憐魂夢相尋去，夜夜初
昏已就眠。②

　　兩詩第一句一字不差，但後三句文字、詩意差別較大，《次朴艮甫韻》當
非《秋懷》詩元詩。但細讀洪貴達詩集，感覺《秋懷》詩又頗具洪貴達
詩特徵。如洪貴達《端午日，國耳邀我，病不能赴，作三絕句以謝復》
（其二）詩曰："與君老境獨多情，白髮相尋一草亭。二頃湖田吾欲去，
天南小縣是咸寧。"③ 詩中也有一位已經歸隱的朋友、一個不得歸隱的自
我和一間草亭。而《絕句四首，送尹內乘湯老點馬嶺南》"三間茅屋翠微
中，一曲清江映碧空。有水與山空夢寐，今年還復負秋風"④，豈非就是
"閑却一秋江上亭"之意。其他如《送金近仁宰珍原三首》《次延豐韻》
《夜坐有懷》也都在羨慕舊隱而己不得歸隱、辜負山水秋光主題上展開。
堅信其爲洪貴達詩，於是想可能其有集外之詩，後在《續東文選》中尋
到題名洪貴達的《秋懷録奉國耳》詩，藍、吳二選文本與之全同，方知
朝鮮士民記憶之物來自《續東文選》，而非詩人別集。⑤ 由此也可見選
集、總集在詩歌學習中的重要性。
　　我一直好奇多高的異字率可能造成詩歌的面目全非、甚至難以辨識
呢？結果發現即使達到百分之五十以上的異字率我們依然可以確信兩詩
之間的親緣關係，重要的是其中的主要意碼（大多爲名詞）基本不變。
如李崇仁《送權使君之忠州》，全詩四十字，異字十四個，異字率達百分
之三十五。

#### 送權使君之忠州州北有寺，爲崇仁舊游
　　猶憶天開寺，青山帶小亭。到門無俗客，面壁有高僧。百尺臺

---

①　祁慶富《朝鮮詩選校注》，頁二〇四—二〇五。
②　洪貴達《虛白亭集·續集》卷二，《韓國文集叢刊》册一四，頁一五四。
③　洪貴達《虛白亭集》卷一，《韓國文集叢刊》册一四，頁二六。
④　洪貴達《虛白亭集》卷一，《韓國文集叢刊》册一四，頁三五。
⑤　申用漑等編《續東文選》卷九，太學社，一九七五年，頁一九八。

臨水，千年木繞藤。政清多暇日，時復訪禪欄。（藍選卷三）①

### 送權使君之任忠州，北有開天寺，是僕舊游之地

淨土山多好，開天寺足徵。踵門無俗客，面壁有高僧。百尺臺臨水，千年木臥藤。君歸足暇日，一一訪吾曾。②

甚至可以極端地説，這首詩只要"開天寺""俗客""高僧""暇日""訪"這十個字處在相對的位置上，就可以保持這首詩的基本面貌。崔慶昌《道中》詩，就接近於這一極端的類型，全詩五十六字，異字三十八個，異字率約達百分之六十八。詩曰：

### 道中

辭家十載事戎鞍，勳業蕭條愧鶡冠。錦字樓中書未達，黃榆塞上夢偏寒。長途歲月行應盡，故國愁懷苦未闌。回首咸關二千里，雲山疊疊路漫漫。（藍選卷四）

### 次高山郵館韻

辭家萬里從戎鞍，蜀道聞歌意自酸。錦字樓中書未寄，黃榆塞上地偏寒。非關歲月增離抱，自是風霜損旅顏。惆悵鄉園隔函谷，不知何處望長安。③

因爲有"辭家"就"戎鞍"的人生，有"錦字樓""黃榆塞"的征人、思婦對比，儘管兩詩異字率很高，似乎依然可以確定其親緣關係。

相反，如果基本意碼發生變異，雖然異字率不及以上諸詩，依然讓人擔心兩詩外有其他的可能性。如：

### 寄友人　　李益［李達］

逆旅相逢處，青霜濕桂枝。孤舟廣陵別，數載洛陽期。拾橡防時饉，餐松罷早炊。匣中餘寶劍，未許茂先知。（藍選卷三）

---

① 祁慶富《朝鮮詩選校注》頁一〇九。
② 李崇仁《陶隱先生詩集》卷二，《韓國文集叢刊》册六，頁五四一。
③ 崔慶昌《孤竹遺稿》，《韓國文集叢刊》册五〇，頁二三。

### 次允上人軸

逆旅相逢處，清霜凋桂枝。扁舟廣陵別，數歲洛陽期。秋澗銅瓶汲，晨齋石鉢持。同尋海上寺，却憶聽鐘時。①

兩詩前四句基本一致，後四句情況變得複雜。"拾橡"句令人聯想到皮日休《橡媼歎》之類憫農詩，但與"餐松"相連，又可理解成山中僧道或神仙的趣味，最後以雷煥、張華劍將詩意縮結在志同道合的朋友之意上，所以，四句雖然文字完全不同，詩意似可相通，但鑒於《朝鮮詩選》中二詩拼合爲一詩等現象的存在，頗讓人懷疑還另有一詩存在，因而不敢將藍選《寄友人》詩與《蓀谷詩集》的《次允上人軸》作完全的對應。

分析藍、吳二選詩歌異文，是瞭解韓國士人經典詩歌以及經典建構的一個獨特視角。從士人記憶中提取出來的詩歌自然是士人理性選擇而加以記誦的，這在一定意義上表明了其詩的經典地位。將吳選詩歌與《東文選》對照，吳選約一半詩篇都能在《東文選》中找到，而且吳選有些詩，相比於藍選，更接近於《東文選》，② 其中七言古詩卷白元恒《白絲吟》最有代表性。詩曰：

白絲皎皎雪華白，機上新紋眩紅碧。美人欲裁公子衣，纖手殷勤把刀尺。姑惡姑惡姑果惡，不許儂家事縫作。古來巧語悦如簧，使妾掩泣還故鄉。出門背立佇風雪，西北萬里雲天長。雲天遥遥郎不見，斷蓬路杳心茫茫。欲彈朱絃世無耳，空嗟白日東流水。白絲一染無白絲，棄妾重來應有時。（藍選卷二）③

儘管藍、吳選有些句一致且異於《東文選》，但第一句，藍選"白絲皎皎雪華白"，吳選則與《東文選》一致，作"白絲鮮鮮雲華白"；第二句"機上"，《東文選》、吳選都作"錦上"；"雲天遥遥郎不見"句，《東文選》、吳選分別作"雲天長，不見郎""雲天長，郎不見"，④ 這多少可以幫助我們瞭解到《東文選》對學詩的朝鮮士人的重要性。另有一個現象也值得注意，見選《東文選》的詩歌在吳選中的異字率總體維持在較低

---

① 李達《蓀谷詩集》卷三，《韓國文集叢刊》册六一，頁九。
② 當然，藍選大量選入崔慶昌、李達等當代詩，稀釋了《東文選》在藍選中的比重，藍選與《東文選》重疊詩約占總數的百分之二十八。
③ 祁慶富《朝鮮詩選校注》，頁八五—八六。
④ 徐居正等編《東文選》卷六，太學社，一九七五年，頁一八六。

水準上，特別是五律詩。吳選五律亦見於《東文選》者，除題名偰長壽（實朴宜中）《即事》詩有異字八個、異字率達到百分之二十外，餘詩的異字率皆在百分之十之下，相反，不見於《東文選》之詩除數首外（蘭雪軒詩三首、李奎報一首、鄭道周一首、林億齡三首），皆在百分之十以上，異字率平均達到百分之二十五。保持和遺忘是記憶的一體兩面，除個體記憶能力的差異外，記憶提取得越準確意味着記誦者與遺忘的鬥爭越長久，也即意味着學習者爲之付出的努力越多，這從另一角度幫助我們瞭解到《東文選》作爲朝鮮詩歌讀本對朝鮮士人的意義。當然，這也令人好奇，藍、吳搜集編輯《朝鮮詩選》時是否有《東文選》文本（或部分文本）的存在？是存在於詩提供者之手還是編者之手？我以爲，這些詩雖異字率較低，但異文確實普遍存在，較多詩録自文本的可能性應該不大，特別是編者手中有《東文選》的可能性應該極小。上論吳明濟對朝鮮詩選的貢獻，其中包括用所得的朝鮮材料核對了一些詩歌，所得材料，應該包括片斷的《東文選》。

## 四、那些被準確記誦的詩意和詩句

藍、吳二選雖然異字很多，但每首詩中也都有被精準記憶的意象、意境和詩句，爲什麼是這一句，是這個意象，是這一意境？支撐精準記誦的内在動力爲何？其與各種詩體的經典題材和經典之作有無關聯？其中是否有某種趨向？此節以五古、五律分別代表古詩、律詩略作討論。

漢文學中，五古詩傳統最長，如《古詩十九首》式的抒情，三曹以及建安七子式的言志，阮籍式的高古，東晉南朝陶謝山水田園類詩以及唐代的延伸，清新明快的吳歌、西曲，唐初陳子昂、張九齡有興寄的古詩，盛唐杜甫三吏三別式的叙事以及《別李白》類的唐古，中唐以來漸盛到宋代發揚光大的憫農詩傳統，等等。《朝鮮詩選》中的五古深契於漢文學的五古傳統中。如成俔（一四三九——一五〇四）《擬古》：

> 今日良宴會，嘉賓滿高堂。綺肴溢雕俎，美酒盈金觴。左右燕趙姬，眉目婉清揚。朱絃映皓腕，列坐彈宮商。流年雙轉轂，倏忽鬢已霜。相逢且爲樂，何用苦慨慷。金張竟何許，壘壘歸北邙。（藍選卷一）[1]

---

[1] 成俔《虛白堂詩集》卷一，《韓國文集叢刊》册一四，頁二四〇。

此詩被精準記憶的是"今日良宴會，嘉賓滿高堂""眉目婉清揚""流年雙轉轂""相逢且爲樂，何用苦慨慷"幾句。所"擬"之"古"，即指《古詩十九首》，起句"今日良宴會"是《古詩十九首》中的成句。表達的中心詩意是"流年雙轉轂，倏忽鬢已霜"，也即《古詩十九首》所表達的"人生寄一世，奄忽若飇塵""人生非金石，豈能長壽考"之意。[①] 人生既如此短暫，詩歌給出的開解方式是"相逢且爲樂，何用苦慨慷"。這些構成了此詩的主要意脈。此外，此詩的妙句還有對《詩經》"有美一人，清揚婉兮""有美一人，婉如清揚"[②] 和賈島《古意》"百年變轉轂"、梅堯臣"共歡流年同轉轂"[③] 句的化用。值得注意的是，此詩的主意脈以及"今日良宴會""眉目婉清揚""流年雙轉轂"作爲此詩的重要的敘事、描寫以及形象的有思致的抒情句都被精準記誦。經典成句"今日良宴會"因引用而再次發光，有來源的詩句（"眉目婉清揚""流年雙轉轂"），其來源變成積極的力量，引用使其更有意義，其在原詩中實現與未實現的可能性在新詩中變成焦點。當然，準確的記誦也表明了記誦者對詩意和元詩着力處的一種心有戚戚焉的認同。

鄭道傳（一三四二——三九八）的《夢友人》可以看作是杜甫《夢李白》的異域回響。詩曰：

> 故人在萬里，夜夢或見之。草草勞苦色，瑣瑣羈旅姿。誰謂別離久，宛若平生時。湖海足波浪，道途多險崎。君今無羽翼，何以忽來茲。夢覺轉淒惻，斜月映簾帷。（藍選卷一）[④]

此詩《三峰集》題作《夢陶隱，自言常渡海，裝任爲水所濡，蓋有憔悴之色焉》，此詩精準記憶的是"故人在萬里，夜夢或見之""草草勞苦色，瑣瑣羈旅姿""道途多險崎""君今無羽翼"六句。鄭道傳、李崇仁在高麗末、朝鮮初詩壇，地位堪比盛唐之李杜，李崇仁也姓李。《夢友人》與《夢李白》詩緣起都是夢到朋友，杜甫是"故人入我夢""三夜頻夢君"，鄭道傳是"夢陶隱，自言常渡海，裝任爲水所濡，蓋有憔悴之色焉"，"憔悴之色"即來自杜甫《夢李白》的"斯人獨憔悴"句。開頭"故人在

① 蕭統編，李善注《文選》，頁一三四四—一三四五、一三四七。
② 《詩經·鄭風·野有蔓草》，見《毛詩正義》，《十三經注疏》本，頁三四六。
③ 陳延傑《賈島詩注》，商務印書館，一九三七年，頁一。梅堯臣《和宋次道答弟中道寄懷》，見梅堯臣著，朱東潤編年校注《梅堯臣集編年校注》，上海古籍出版社，一九八〇年，頁九九一。
④ 鄭道傳《三峰集》卷一，《韓國文集叢刊》册五，頁二九四。

萬里，夜夢或見之"兩句，是對杜甫《夢李白》"故人入我夢"的擴寫，它補充了故人所在位置。"草草勞苦色，瑣瑣羈旅姿"，是對杜甫"落月滿屋梁，猶疑照顏色"的改造。"君今無羽翼"是對杜甫"君今在羅網，何以有羽翼"的濃縮和反說。道途多"險崎"是對"江湖多風波，舟楫恐失墜"概括和評說。① 因爲此詩與杜甫《夢李白》的關聯，它們構成了疊加，這可能是這幾句能被精準記憶的原因之一。這首後起的詩，將《夢李白》收藏在自己的體内，作爲自己詩歌的内蘊和底色，在其上繪製自己的新語境和新意境。

藍選五古的田園書寫從《詩經》、陶淵明、王維五古中來，但更關心農事，還納入憫農詩的情感内質，是很有特色的。如：

### 田家即事　　李資玄［崔慶昌］

九月霜風寒，田畝事收穫。丁壯盡在野，老弱獨看屋。負禾各自行，日入務還息。親戚相與會，話言無雜客。兹歲雖未登，亦足具饘粥。來者且勿憂，濁醪歡此夕。夜深扶醉歸，皎皎場月白。（藍選卷一）②

此詩既可見《詩經·豳風·七月》"九月肅霜，十月滌場""同我婦子，饁彼南畝""穹窒熏鼠，塞向墐戶。嗟我婦子，曰爲改歲，入此室處"③之底色，又可見陶淵明《庚戌歲九月中於西田穫早稻一首》中"晨出肆微勤，日入負禾/耒還"、《歸園田居》"時復墟曲中，披草共來往。相見無雜言，但道桑麻長"，以及《酬丁柴桑》"載言載眺，以寫我憂。放歡一遇，既醉還休。實欣心期，方從我游"之意。④ 可是全詩以"田家即事"新詩意統攝，以"即事"的當下性和可視可感的親切不斷展示田家生活的内涵，經典文本在新語境中生長，經典文本的同一性在釋放雋永意味的同時呈現出不斷產生的差異性的形態和意蘊，如"兹歲雖未登，亦足具饘粥""濁醪歡此夕"，陶然的當下和有保障的未來，田家豐富的生活和自得的心境袒露無遺。相對而言，"夜深"句自唐人"家家扶得醉

① 杜甫著，仇兆鰲注《杜詩詳注》，中華書局，一九七九年，頁五五六。
② 崔慶昌《汝順兄弟覿刈禾，乘月携酒見訪》，見《孤竹遺稿》，《韓國文集叢刊》册五〇，頁二六。
③ 《毛詩正義》，《十三經注疏》本，頁三八九—三九二。
④ 陶淵明著，王瑤編注《陶淵明集》，人民文學出版社，一九五六年，頁三四、二七—二八、六三。

人歸"① 而來，最後的月和月下景，雖還是田家，但有點脫離之前田家的真樸、鬧熱的氛圍，從風格上說，反不及前部分高古。這或許是後兩句有異記的原因吧。

又如成侃（一四二七——一四五六）《田家》：

> 薄食向東陌，暮返荒村哭。衣裂露兩肘，瓶空無儲粟。稚子牽衣啼，安得饘與粥。里胥來促租，老妻遭束縛。逾墻陟崢嶸，十日竄荆棘。潛身蹊澗行，日入崖谷黑。魑魅憑巖嘯，淒風振林木。凜然魂魄迷，一步三歎息。嗟彼黠吏徒，誅求何日速。公門非不仁，汝輩心甚毒。（藍選卷一）②

構成此詩濃重底色的是柳宗元《田家三首》、杜甫的《遣遇》和《石壕吏》。諸詩相關段落如下：

> 薄食徇所務，驅牛向東阡。雞鳴村巷白，夜色歸暮田。札札未耜聲，飛飛來烏鳶。竭茲筋力事，持用窮歲年。盡輸助徭役，聊就空自眠。……
> ……蠶絲盡輸稅，機杼空倚壁。里胥夜經過，雞黍事筵席。各言官長峻，文字多督責。東鄉後租期，車轂陷泥澤。公門少推恕，鞭撲恣狼藉。努力慎經營，肌膚真可惜。迎新在此歲，惟恐踵前跡。
> ……今年幸少豐，無厭饘與粥。（柳宗元《田家三首》）③
> ……我行匪利涉，謝爾從者勞。石間采蕨女，鬻市（一作菜）輸官曹。丈夫死百役，暮返空村號。聞見事略同，刻剝及錐刀。貴人豈不仁，視汝如莠蒿。索錢多門户，喪亂紛嗷嗷。奈何黠吏徒，漁奪成逋逃。……（杜甫《遣遇》）④
> 暮投石壕村，有吏夜捉人。老翁逾墻走，老婦出看門。吏呼一何怒，婦啼一何苦。……老嫗力雖衰，請從吏夜歸。急應河陽役，猶得備晨炊。……天明登前途，獨與老翁別。（《石壕吏》）⑤

---

① 張演《社日》，趙宦光、黃習遠編定，李卓英校點《萬首唐人絕句》卷二九，書目文獻出版社，一九八三年，頁六八九。
② 成侃《真逸遺稿》卷二，《韓國文集叢刊》冊一二，頁一八六；《東文選》卷五，頁一七三。
③ 柳宗元《柳宗元集》，中華書局，一九七九年，頁一二三八——一二三九。
④ 杜甫著，仇兆鰲注《杜詩詳注》，頁一九五九——一九六〇。
⑤ 杜甫著，仇兆鰲注《杜詩詳注》，頁五二八——五三〇。

這些詩被朝鮮詩人用來講述一個無衣無食的田家慘遭胥吏逼租、老妻被抓、男子艱難潛逃的故事。這些詩也同時爲成侃詩提供了主要材料。詩首兩句，即從柳宗元《田家》前四句而來。"安得饘與粥"反柳宗元"今年幸少豐，無厭饘與粥"意，使詩中田家處於更窘迫的境遇中。"老妻遭束縛""逾墻陟崢嶸"是對《石壕吏》老夫婦結局的總結。詩人對"點吏徒"的批判，對公門的回護，則取材於杜甫《遣遇》"貴人豈不仁""奈何點吏徒"。此詩呈現出極高的馬賽克技術，這些馬賽克是從杜甫《哀王孫》《自京赴奉先咏懷五百字》《述懷》，還有漢樂府《東門行》、陶淵明《歸去來兮辭》等經典中截取的。將朝鮮詩以及截取對象對照如下：

　　　　衣裂露兩肘：衣袖露兩肘（杜甫《述懷》）①
　　　　瓶空無儲粟、稚子牽衣啼：盎中無斗米儲（《古出東門行》）②、幼稚盈室，瓶無儲粟（《歸去來兮辭序》）③、恒飢稚子色凄凉（杜甫《狂夫》）④
　　　　逾墻陟崢嶸，十日竄荆棘：天衢陰崢嶸，客子中夜發（杜甫《自京赴奉先……》）⑤、已經百日竄荆棘（杜甫《哀王孫》）⑥
　　　　潛身蹊澗行，日入崖谷黑：潛身備行列（杜甫《前出塞》）、蹴踏崖谷滑（杜甫《自京赴奉先……》）⑦
　　　　魑魅憑巖嘯，凄風振林木：魑魅嘯有風（杜甫《青陽峽》）⑧

此詩收藏了許多經典片斷，但將它們從原詩中剝離下來，因爲不剝離就無法收藏進這首自己的詩裏。在這首詩中，衣裂的不再是穿着草鞋和破衣去見唐肅宗的杜甫，無一點儲糧的不是陶淵明或杜甫，而是成侃的田家老夫，可是讀成侃詩時，柳宗元、陶淵明、杜甫及其所寫的石壕村的老婦等……又一起湧進故事裏，爲此詩中的田家老夫妻背書。所以此詩的這些片斷，雖破壞了其所自文章的原來的關聯，然正如本雅明所說："即將意義裝進作爲忘記約定的表現的文字符號中，另一方面文字符號僅

① 杜甫著，仇兆鰲注《杜詩詳注》，頁三五八。
② 《文選》李善注引《古出東門行》，《文選》，頁九九二。
③ 陶淵明著，王瑤編注《陶淵明集》，頁一一〇。
④ 杜甫著，仇兆鰲注《杜詩詳注》，頁七四三。
⑤ 杜甫著，仇兆鰲注《杜詩詳注》，頁二六七。
⑥ 杜甫著，仇兆鰲注《杜詩詳注》，頁三一一。
⑦ 杜甫著，仇兆鰲注《杜詩詳注》，頁一二四、二六八。
⑧ 杜甫著，仇兆鰲注《杜詩詳注》，頁六八四。

作爲符號、文字形象而停止在原處。"① 造成了奇妙的詩歌效果。

藍、吳二選皆收的李奎報（一一六八——二四一）《西郊草堂》詩甚具朝鮮節令風俗感。詩曰：

> 啼鶯滿村樹，簷燕傍人飛。童僕方巾車，促我南畝歸。林深影尚黑，草露猶未晞。田婦白葛裙，田夫綠麻衣。勉哉趁菖杏，耕穫慎勿違。（藍選卷一）②

與李奎報元詩對照，此詩被精準記憶的是"童僕方巾車""草露猶未晞""田婦白葛裙，田夫綠麻衣""勉哉趁菖杏"五句，記誦者去除了元詩"日高醉未起""起坐罷梳沐，長嘯出松扉"等具有文人生活趣味的句子，此詩似乎不再是詩人的"西郊草堂"，而是農家的生活。其實此詩中"林深影尚黑"，頗令人想起謝靈運《石門新營所住四面高山回溪石瀨修竹茂林》詩"崖傾光難留，林深響易奔"之句③，此句元詩作"林深光未炤"，也多少表明了謝靈運詩的影響力，然記誦者忽視了元詩及其詩歌來源的哲思，使林深與影黑停留在描繪的層面上，從而與詩對農夫、田婦、童僕的白描達成諧和。《詩經·小雅·蒹葭》"蒹葭萋萋，白露未晞"的雅人深致也被置換成陶淵明"晨興理荒穢"式的勞作。當然，此詩整體上不以有經典依據之詩句，而是以勤勞清新的農家生活見長的。

藍選有異字的五律，如果按四聯來統計，被精準記憶最多的是第二聯，共三十二聯、第一聯二十八、第三聯有二十二，第四聯二十。因爲律詩第二聯、第三聯對仗，而詩歌頭四句可能在閱讀時更受關注，這可以部分解釋何以第一、第二聯記誦準確度較高，而第二聯最高。不過某一聯或某一句被精準記誦的最主要的原因可能是這一聯或這一句之於全詩的意義。如李承召《藍浦道中》：

---

① 三島憲一著，賈倞譯《本雅明：破壞·收集·記憶》第六章《本雅明的方法》，河北教育出版社，二〇〇一年，頁二五六。本雅明給朔勒姆寫道："我最吃驚的是，如果可以這樣説的話，那麼我寫的東西幾乎都由引用組成，這大概是我想到的最高馬賽克技術。"（頁二四七）"通過收藏和引用完成産生被造物新配置。"（頁二五八）
② 祁慶富《朝鮮詩選校注》，頁六四；李奎報《東國李相國全集》卷二，《韓國文集叢刊》册一，頁三〇七。
③ 蕭統編，李善注《文選》，頁一三九九。

匹馬孤城迥，高山四望通。嵐深疑作雨，海近苦多風。鹽竈朝
烟白，漁村夕照紅。他鄉悲遠役，桂樹有芳叢。（藍選卷三）①

全詩只有"海近苦多風"一句沒有異文。此句風格高古，頗近於《古詩
十九首》之"白楊多悲風"，曹植《雜詩》的"高臺多悲風""江介多悲
風"。而且此句緊扣詩題"藍浦道中"而不露痕跡，又寫出了藍浦道之獨
特地理和氣候條件，廣濶的空間以及行人的獨特感受，一句而兼有敘事、
抒情、議論之功能，可以說是這首詩中最佳之句。又如題名金净（實爲
金宗直）的《贈安上人》詩：

偶隨流水去，還爲野雲留。未信磚成鏡，寧知石點頭。月窺三
徑晚，雲臥一山秋。我爲窮源到，非關息倦游。（藍選卷三）②

雖然佳聯頗多，如第一聯有景有趣，頗有風致；第三聯對仗工穩，但全
詩最有思致的應數第二聯。第二聯中，相對於"寧知石點頭"，"未信磚
成鏡"無疑更爲事熟而詩新。全詩最有個性、最自然天成、最明白曉暢
的一句無疑應該是"我爲窮源到"。而這兩句恰是被精準記憶的。這或許
也體現出朝鮮詩人和讀者的趣味和朝鮮詩歌可能的未來。

我們分聯來討論五律。首先是第二聯被精準記憶的藍、吳二選皆收
的五首詩。

鳥語霜林曉，風驚旅榻眠。篜殘半規月，夢斷一涯天。落葉埋
歸路，寒枝胃宿烟。江東行木（吳選作未）盡，秋老（吳選作盡）
水村邊。（一，高兆基《宿金壤縣》，藍選卷三）③

尋師白雲寺，躋險入仙宮。陰壑經春雪，長松盡日風。鐘鳴山
氣晚，門掩月明中。最愛一宵話，蕭然萬籟空。（二，李原《尋僧》，
藍選卷三）④

東嶺臨初日，尋師扣石門。宿雲留塔頂，積雪擁籬根。樹影
（小徑）連深洞，鐘聲（疏鐘）徹近村。坐來吟未已，清興動黃昏。

① 李承召《藍浦途中》，《三灘先生集》卷四，《韓國文集叢刊》册一一，頁四一一。
② 金宗直詩，見《佔畢齋集》卷一四，《韓國文集叢刊》册一二，頁三一五。
③ 祁慶富《朝鮮詩選校注》，頁一〇四；《東文選》卷九，頁二一八。
④ 祁慶富《朝鮮詩選校注》，頁一一二—一一三；李原《容軒先生文集》卷二，《韓國文
集叢刊》册七，頁五八六。

［三，鄭招（實爲柳方善）《過僧舍》，藍選卷三］①

　　鄭生應似我，破屋屢遷移。只賴同年愛，今爲相國知。借書乘月讀，乞米續晨炊。莫説三峰隱，君王亦爾思。（四，李集《贈鄭三峰》，藍選卷三）②

　　一別禪興路，於今四五年。尋芳新草木，訪跡舊山川。斷隴犁耕雨，荒園鳥度烟。繁華皆已盡，滿目總幽然。（五，權遇《禪興路上》，藍選卷三）③

第一首，客宿他鄉，夜晚被風驚醒，當然會坐起查看，驀然所見之景讓詩人驚喜。半圓月殘留天上，從詩人的視角擡頭看，正處在屋簷稍低的位置（看來詩人是睡在地上或地板上），仿佛掛在屋簷上，這是無意之景與詩人的驀然神會。"夢斷"是被風驚醒的詩人的另一重狀態，是就睡着時做夢的狀態而言的，故"一涯天"既可是夢中經歷的一涯天，可以是故鄉，可以是客地，也可以是當下詩人所見之實景，所以這裏的"一涯天"，可遠在天涯，也可以近在眼前，而"半規月"與"一涯天"對仗新奇，既實又虛，有景有人，還有巧妙的數字對等，這兩句顯然是這首詩中連接度最高、涵蓋面最寬、詩意最豐厚的一聯。第二、第三首有共通性，都尋僧，都寫整整一個白天，黃昏的寺鐘，有和可能有的一夜僧話。前者是經一個春天都沒有融化的雪，以此見僧居與常人所居不同的自然環境和品質格調。與"陰壑經春雪"對應的是"長松盡日風"，從高大的松樹和整日在松林間游走的風這一面來寫，另一面自然是人的一日於松間靜坐，一日的松風入耳。當我們白天長時間聽一種聲音，比如列車的行進聲，晚上甚至在夢裏，滿心、滿耳都還是有餘音的，這與夜晚的僧話成爲並奏，並且是同質的。這必然構成兩詩最警策之句。第四首與二、三首形成趣味和詩意的強烈反差。這是寫入世的，甚至是熱中的，但這何嘗不是儒生社會生活和人生價值的體現呢。參加科舉，方有"同年"，進入政壇，因"同年"而更有"愛"，聲譽漸起，纔可能"今爲相國知"，一直到"君王亦爾思"。大俗大雅的"只賴同年愛，今爲相國知"，很本質又很誘人，自然讓人印象深刻。

---

①　祁慶富《朝鮮詩選校注》，頁一一三；柳方善《尋僧不遇》，見《泰齋先生文集》卷一，《韓國文集叢刊》册八，頁五八九；《東文選》卷一〇，頁二三九。
②　祁慶富《朝鮮詩選校注》，頁一一三；李集《遁村雜咏》，《韓國文集叢刊》册三，頁三五八。
③　祁慶富《朝鮮詩選校注》，頁一二二；《東文選》卷一〇，頁二四〇。

以下以數例來討論被精準記誦的第一聯詩。

> 一片關山月，長天萬里來。鳳臺秋思遠，龍笛曉聲哀。蘇武何當返，李陵亦未回。悲歌腸已斷，素影尚徘徊。（鄭道傳《關山月》，藍選卷三）①

> 結廬臨古道，日見大江流。鏡匣鸞將老，園花蝶已秋。寒山新過雁，暮雨獨歸舟。寂寞窗紗掩，那堪憶舊游。（許楚姬《寄女伴》，藍選卷三）②

> 風樹多危葉，秋山易夕陽。雁行高遠漢，蛩韻逼寒床。衰病侵年至，愁吟抵夜長。知音空海內，誰共一徜徉。（李墰/荇《旅懷》，藍選卷三）③

前兩首起句高遠，皆有所本，又作改造。"一片關山月"，改造自"長安一片月"④，"長天萬里來"自王維"長風萬里來"⑤。"結廬臨古道"，是陶淵明"結廬在人境"⑥與杜甫"田舍清江曲，柴門古道旁"⑦的最美馬賽克的最美新詩。"日見大江流"，是"日見巴東峽"⑧、"大江流日夜"⑨的摶成。第三首首聯完美表達哲理，且思中有景，確為驚警之句。

第三聯被精準記誦的詩，如：

> 地遠兼旬路，天低近尺鄰。雨宵猶對月，風晝不飛塵。晦朔潮為曆，寒暄草記辰。干戈看世事，更羨臥雲人。（俞升旦《穴口寺》）⑩

> 閉門謝客久，臨水送將歸。曉月袈裟冷，秋風錫杖飛。路回千嶂合，亭小五松圍。去去真佳勝，風塵足駮機。（李崇仁《送興教僧

① 鄭道傳《三峰集》卷一，《韓國文集叢刊》冊五，頁二八九；《東文選》卷五，頁一七〇。
② 祁慶富《朝鮮詩選校注》，頁一二七；《蘭雪軒詩集》，《韓國文集叢刊》冊六七，頁八。
③ 《風樹》，見李墰《李松齋先生文集續集》卷一，《韓國文集叢刊》冊一七，頁五六四；又見李荇《容齋先生集》卷二，《韓國文集叢刊》冊二〇，頁三五七。
④ 李白《子夜吳歌四首》其三，王琦注《李太白全集》，中華書局，一九七七年，頁三五二。
⑤ 王維《苦熱》，王維著，陳鐵民校注《王維集校注》，中華書局，一九九七年，頁五七一。
⑥ 陶淵明《飲酒》，陶淵明著，王瑤編注《陶淵明集》，頁六二。
⑦ 杜甫《田舍》，杜甫著，仇兆鰲注《杜詩詳注》頁七五四。
⑧ 杜甫《黃魚》，杜甫著，仇兆鰲注《杜詩詳注》頁一五三五。
⑨ 謝朓《暫使下都夜發新林至京邑贈西府同僚》，李善注《文選》，頁一二一二。
⑩ 祁慶富《朝鮮詩選校注》，頁一〇五；《東文選》卷九，頁二二一。

統還山》）①

　　柳橋穿翠密，花塢惜紅稀。改燧青榆火，新裁白苧衣。桑疏蠶
已老，草茂馬初肥。久客鄉愁切，驚魂夜夜歸。（朴宜中《即事》）②

第一首第三聯寫出了近海地區的物候和生活其間人們的獨特的月令感；
第二首第三聯，上句動態地描繪"還山"之路，至於目的地時戛然彙合
的萬山挺立的靜穆、壯美的畫面，下聯是五松圍小亭的山中特寫，讓人
過目難忘。

　　第四聯被精準記誦的詩，如：

　　久厭稱朝士，深思作老農。新莊鳳寺下，破屋竹林中。異地尋
常憶，鄰朋邂逅逢。村談不知罷，江月上庭松。（林億齡《憶馬浦別
業》，藍選卷三）③

林億齡對馬浦別業的記憶是"村談不知罷"，那景象定格在"江月上庭
松"之上，它既表時間，月亮上來，夜深，村談不知罷有了驗證；也表
空間，馬浦別業的江月庭松，也是村談之場所；更象徵別業的生活品格。
所以，結句成了全詩的重點，令人難忘。

　　由此看來，疊加在經典詩意和詩句之上的詩句可以獲得更穩固的傳
承力量；詩歌內容傾向於呈現地域自然和生活風貌；就詩句與全詩的關
係而言，對詩意完成支撐性強的詩句往往能被精準記誦；就詩句本身而
言，其內容含量大、表達功能強，明白曉暢而新穎者往往更有生命力。

## 五、從記憶文本角度看《朝鮮詩選》的缺陷

　　儘管藍、吳二選異題作者率，異句、異字、異體率相當，但朝鮮士
人很少有對吳選本身的批評，"壬辰之亂"剛結束，尹國馨、成泳、趙誠
立等士人曾見過吳選，此後就鮮有人親見此選，但這並不妨礙（甚至可

---

① 祁慶富《朝鮮詩選校注》，頁一一〇；李崇仁《送興教僧統還山，次淡庵、牧隱諸先生
　　韻》，見《陶隱先生詩集》卷二，《韓國文集叢刊》冊六，頁五四四。
② 祁慶富《朝鮮詩選校注》，頁一二〇；朴宜中《貞齋先生逸稿》卷一，《韓國文集叢刊》
　　冊八，頁五一〇；《東文選》卷一〇，頁二三六。
③ 祁慶富《朝鮮詩選校注》，頁一二五；林億齡《石川先生詩集》卷三，《韓國文集叢刊》
　　冊二七，頁三七一。

以説正因如此而維持了）他們對吳選的敬意。中國公私書目皆著録吳選，① 洪大容（一七三一——一七八三）《湛軒書外集》卷一《杭傳尺牘·與秋庫書》清晰地表達了他對吳選的想象性認識：

> 吳明濟書，未知爲幾本，而其編次體要如何？吳公曾與東國詩人略有唱酬，諒其爲書，宜有考據。無由一見，甚鬱！足下既欲繼成一書，此不可以倉卒了事，爲之易者，傳必不遠，惟期以十數年功夫，先立條例，隨聞採輯，庶其考核弗差，傳信於世。海上陋生，忝與足下證交，因以本邦名跡藉顯於中土，豈不萬幸！但未聞凡例，實難下手，何不仍便略示之耶？且有一説，足下終欲成此書也，其考據精博，總裁公正，至傳天下、壽萬世，則惟在足下；若其俱收並畜，捃摭事實，則亦不能不責之於容矣。然則容而不能崇德克己，廓然大公，則言不足以見信於足下；足下而不能明善知言，名德著聞，則書不足以見信於世矣。是則願與足下，穆然深思，先立此大家本領，最爲急務。如何？如何？②

中朝士人皆視吳選爲"傳遠"之作，洪大容想象吳選必有"考據"，而要編成"續"吳選之書，必當兼收並蓄、考據精博、總持公正，洪大容等都沒見過吳選，可以説，借《列朝詩集》而傳遠的吳明濟《朝鮮詩選序》和許筠《後序》的"詩選"觀支撐了洪大容等人的想象。

朝鮮士人對藍選的批評主要有：

一、多訛誤，非善本。

這當然是建立在與朝鮮詩歌文本對照的基礎上的判斷，假如不考慮特定的歷史時期和記憶的文本呈現等因素，只從詩選當傳作家作品之真的角度來要求，這一判斷是完全恰當的。然而，我們考慮到"壬辰之亂"的戰時背景，就可以深切地感受到這一特定歷史時期的文學活動的艱難和執着，用文字固定住此時士人記憶中的東文學影像，猶如雪泥鴻爪，彌足珍貴。如果我們不局限於文獻傳真的唯一性，考慮藍芳威的身份以及其預明代出版洪流的嘗試及其典型性意義，則藍選的文獻文化史意義尤值得關注。

---

① 除上文已列外，《明史·藝文志》《浙江通志·經籍志》皆著録吳選，從著録情況看，應承自黃虞稷《千頃堂書目》。

② 洪大容《湛軒書外集》卷一，《韓國文集叢刊》册二四八，頁一一六。

二、錯解東詩。

李德懋《清脾録》曰：

> （藍選）載李達《步虛詞》：三角嵯峨拂紫綃，散垂餘髮過纖腰。須臾宴罷西王母，一曲鸞笙向碧桃。注曰：三韓婦人盤髮爲飾，女子捲而垂於後，然咸作雅髻，餘則垂之，故曰“餘髮過纖腰”也。余以爲嘗見麻姑像，頂上作髻，散垂餘髮，此是《步虛詞》，則何必專指東方女子也。藍萬里見東方女兒辮髮，錯解此詩。[1]

《漢武帝内傳》寫上元夫人“頭作三角髻，餘髮散垂之至腰”[2]，李達《步虛詞》用此典是精當的，李德懋以麻姑作解，雖不够精準，亦未爲不可，因爲麻姑一般於頭頂上作一高髻，餘髮亦散垂。如《神仙傳》寫麻姑“於頂中作髻，餘髮垂至腰”[3]，宋馬和所畫《麻姑仙像》也是如此表現的，詩如周紫芝《孫耘老酒間出麻姑像要余作詩》云“青絲一尺高蓬鬆”[4]，女詩人顧允端《紀夢》寫麻姑爲“高髻青霞衣，餘髮散如縷”[5]、顧春《題唐寅畫麻姑像》亦云“蟠髻雙垂縮墮雲”[6]。雖然解讀《步虛詞》要考慮道教因素，但適當考慮詩歌創作者生活區域的風俗，以增加編者的在場感，爲讀者建立可以想象的三韓氛圍，也會使閱讀更爲有趣。這在藍選李達《江南曲》注中也有較成功的實踐。李達《江南曲》曰：“南陌春泥屐齒香，鳳頭錦襪足如霜。無端一唱江南曲，楊柳樓前幾斷腸。”藍選注曰：“三韓之族，女子不裹足，咸納繡履，以潔白稱美。雨則蠟屐，寒則錦襪，貴賤同之。”本來“春泥屐齒香”、“鳳頭”鞋、“錦襪”在漢文學傳統中不乏其例，“鳳頭”甚至令人想起女性纏裹的“小腳”，有此注後，則“春泥”成了“春雨”後濕潤之“春泥”，“屐齒”是朝鮮女性所着之“蠟屐”，“錦襪”爲禦“寒”之故，則必有一定厚度，故云“鳳頭”，“鳳頭”爲“圓頭”之意，這樣這首樂府舊題詩就有了豐富的本土化的内容和新的生活韻味。如果將藍選注理解成詩注或許會覺得它不準確，但如果將之看作是近距離觀察朝鮮風俗的編者在閱讀朝鮮

---

① 李德懋《青莊館全書Ⅱ》卷三四，《韓國文集叢刊》册二五八，頁三七。
② 《漢武帝内傳》，《四庫筆記小說叢書》本，上海古籍出版社，一九九一年，頁二九一。
③ 李昉等編《太平廣記》卷六〇“麻姑”引《神仙傳》，中華書局，一九六一年，頁三六九。
④ 周紫芝《太倉稊米集》卷一〇，《文淵閣四庫全書》配補本，册一一一四一，頁七一。
⑤ 鄭允端《肅雝集》，《四庫存目叢書》據清鈔本影印，集部册二三，頁二三九。
⑥ 顧春《天游閣集》卷一，肖亞男主編《清代閨秀集叢刊》本，國家圖書館出版社，二〇一四年，册三三，頁六九。

詩歌時對韓國女性辮髮（暗含着與中國女性髮髻樣式的對比）特徵、鞋襪文化（暗含與中國江南女性足文化與鞋文化的對比）產生聯想，則賦予了這些詩更多的異域生活風味，也別有情趣。

三、選詩的偏頗。

李德懋《青莊館全書》卷三二《清脾録》（一）"李孝則"條曰："挹翠軒朴誾詩，世推爲東方杜甫，而錢謙益《列朝詩》、朱彝尊《明詩綜》、藍芳威《朝鮮詩選》皆見漏，真李廣、雍齒幸不幸也。"[1] 如果有完備的詩歌材料、獨到的詩歌眼光，我們當然期待一部選本能提供各時代最好的詩人的最好的作品並體現選者獨到的詩歌見解，我們也可以批評選詩者的偏頗和遺漏。瞭解了藍選、吳選的艱難的編選條件以及錢謙益《列朝詩集》"朝鮮"詩歌的材料來源，我們對朴誾以及許多朝鮮好詩之不被選可以有更心平氣和的理解，考慮到吳明濟本人的唐詩好尚，朴誾的不入吳選或許更應歸結於當時編選材料的有限。

## 六、《朝鮮詩選》整理、研究的文獻文化史意義

中朝文化交流源遠流長，其中漢文詩歌在其中占據相當重要的位置。朝鮮半島漢詩創作十分久遠，晉人崔豹《古今記》收朝鮮津卒霍里子高妻麗玉《箜篌引》（《公無渡河歌》），《隋書·于仲文列傳》載高（句）麗大將乙支文德作漢詩遺于仲文，《舊唐書·東夷·新羅列傳》載新羅女王送唐高宗《太平頌》。在中國賓貢及第並做官的新羅人崔致遠詩集在中國也長期流傳。除了朝鮮半島士人以詩與中國方面交往，中國使臣去朝鮮，也留下不少著作，如新、舊唐《志》都載佚名《奉使高麗記》一卷、裴矩《高麗風俗》一卷。宋代出使高麗的劉逵、吳拭、王雲、孫穆、徐兢編纂過《鷄林志》《雞林類事》《高麗圖經》等書，這些書當時都曾刊布流傳。[2] 若論詩歌，當數明使臣與朝鮮詩人的唱和。明代中朝關係可謂政治交流史上的典範，使團往來頻繁，使團中不乏著名文人，對於到達朝鮮的明代使臣，朝鮮方面也派最好的文人接應、陪伴，故產生出不少文學作品。朝鮮王朝還制度化地收録明使臣與朝鮮接伴使之間唱酬的詩歌並以《皇華集》爲名出版，明使歸國之際，將裝訂精美的《皇華集》

---

① 李德懋《青莊館全書Ⅱ》卷三十二，《韓國文集叢刊》册二五八，頁五。
② 參安炳浩《〈雞林類事〉及其研究》，《北京大學學報》一九八六年第六期，頁一二一——一二五。

帶回國，留作紀念。故中國方面對朝鮮詩歌、朝鮮詩人、朝鮮濃厚的詩歌氛圍有了較多認識。因此，當"壬辰之亂"，明援朝將臣去朝鮮，往往帶上書生、詩人。上論吳明濟、汪世鍾應該就是這類身份，還有不少不知名者。如梁慶遇《詩話》載："乙未、丙申（一五九五、一五九六）年間，天將劉提督綖領兵往來湖嶺間，幕下帶一書生，往往賦詩，人或傳誦其佳句而不見其面、不知其名。"[1] 吳明濟作爲徐中素門客而至朝鮮，目的似乎主要是觀風觀化，其到達朝鮮後，在與朝鮮人交往中，萌生了一份熱情去搜集彼邦詩歌文獻，朝鮮人也希望彼邦詩歌能因此顯於中土。《朝鮮詩選》作爲戰爭時期的文化活動，既可作爲戰爭動員，也可視爲對血雨腥風的野蠻戰爭現狀的一種反動，對熸於兵燹的詩歌、文集和文明的一種追念、療治和修復，還承載着中土人士觀風、觀化以及對朝鮮士風的一種呼應和反省等多種功能。總之，中國人能大批量地閱讀到朝鮮詩歌，實自明末始，是這一時期搜集並刊布流傳的朝鮮詩選奠定了中國人對朝鮮詩歌的印象和認識，朝鮮詩選也前所未有地讓中國士人感受到中國文化的優秀和敷遠。朝鮮詩選催生了錢謙益《列朝詩集》"朝鮮"部分和朱彝尊《明詩綜》"高麗""朝鮮"部分，使中國載籍中《東夷列傳》式的史學書寫一變而爲文學書寫，《朝鮮詩選》對於中國人認識、建構朝鮮文學並反觀自身文化都有十分重要的意義。同樣地，《朝鮮詩選》、錢謙益《列朝詩集》又刺激了朝鮮人的自我文學認知和文化自信。

　　中國將臣對朝鮮詩的搜集和文本化過程，不是從文本到文本的鈔錄。雖語言不通，但朝鮮士民與中國援朝人員間找到了漢詩這一溝通管道，朝鮮士民愛詩，中國將領和隨從與朝鮮士人談詩、索詩，朝鮮士民向中國將領和隨從獻詩。朝鮮士人的詩，也不是從書本中的鈔錄，而是其記憶中詩歌的文本化。一五九九年，戰事結束後，中國援朝人士有更多機會彙聚漢京，分享各自詩歌之所得，漸漸地中國援朝將領和隨從中已流傳着一部相當規模的朝鮮詩集，以這些公共資源爲基礎，各人利用自己的條件獲得新的資源，或以自己的趣味有所選擇，因而呈現出不同的《朝鮮詩選》來。一六〇〇年，對於搜集朝鮮詩應該甚有貢獻的吳明濟在留守朝鮮期間，委托留守管糧同知韓初命刊刻他選的《朝鮮詩選》，即今存國圖的四卷本，這應該是這一批朝鮮詩的第一個刊本，當時因撤軍在即，或許資金也有限，故只出了一個節選本。歸國後，吳明濟仍然關注朝鮮詩人的近況，一六〇二年刊刻了有所修訂、有所增補的八卷本《朝

---

　　[1]　梁慶遇《霽湖集》卷九《詩話》，《韓國文集叢刊》冊七三，頁五〇〇。

鮮詩選》。參與援朝的賈維鑰與汪世鍾也在一六〇三年前刊刻《朝鮮古今詩》四卷。與最初的公共資源時期的朝鮮詩相比，吳明濟曾搜集朝鮮文獻作過一點修訂，他還在詩集中收入了十幾首朝鮮詩人與己唱和的詩歌，這在藍芳威看來，至少吳明濟《朝鮮詩選》已經改變了原來樣子，而藍芳威堅信自己手裏有更全的朝鮮詩選，包括新羅以前的詩以及近代的崔慶昌、李達的大量詩歌，更讓其信心倍增的是他手中有東國書法家青川子李盤書寫的許蘭雪軒的詩歌手卷，所以一六〇四年，藍芳威刊刻了《朝鮮詩選全集》。朝鮮詩集中的女性詩在當時成爲熱門話題和熱門刊刻物。新安人程相如刊《朝鮮四女詩》應主要取材於《朝鮮詩選》和《蘭雪軒詩集》。一六〇八年，丘坦、黃上珍刊刻許景樊集，潘之恒爲之作序；一六一一年，潘之恒得見藍芳威朝鮮詩手卷，其後潘之恒所刻《亙史外編》許景樊詩集《聚沙元倡》顯然受到藍芳威手卷以及《朝鮮詩選全集》的影響。清初後，不論中土還是朝鮮，吳明濟《朝鮮詩選》都鮮見，但却聲望很高。藍芳威《朝鮮詩選》，在朝鮮，皇家藏書閣奎章閣曾有收藏，李宜顯也見到過，今存伯克利本應該是從朝鮮流入美國的；在中國，一個藍選鈔本（今存北大圖書館）曾爲孔繼涵收藏，北大本應是一個不同於伯克利藍選的本子，它的底本很可能是一個刻本，從其中校注可知，其時應有一個類似於伯克利藍選的參校本存在。但藍選書志零著録，文士有批評。《朝鮮詩選》的編撰刊刻者，吳明濟被稱孝廉、學士，自稱山人，藍芳威是陶工出生的將軍，其主要校閱者皆非職業圖書生產者。對他們編書、刻書以及其間的動態過程的揭示，可以看出明代編輯、出版圖書的一種生態，每個人只要有機緣都可能成爲圖書和知識的生產者和傳播者。但藍選的命運又表明，將軍固然可以涉足出版，但其產出物能否受到文人信任和關注則是另外一回事。

經以上考論，藍選可能有兩種、吳選至少有兩種刊刻形態，藍選還有可見的鈔本形態，還有《朝鮮古今詩》《朝鮮四女詩》以及其他衍生圖書，這在在提醒我們關注古代圖書存在狀態的豐富複雜性、明清圖書生產方式的多種衍生性。當東西方書籍史研究者將西方活字印刷看作印刷革命，仿佛唯有大機器、大規模的生產纔是知識、思想革命的物質前提時，由《朝鮮詩選》生產方式，我們或許可以看到中國圖書生產引起知識傳播的另一種形態，它不是以大機器、大規模生產爲特徵，而是以衆多人的參與，以多種多樣的靈活機動的生產最終產生數量上的絕對規模和思想上的絕對滲透。從這個意義上講，《朝鮮詩選》的產生和生產、再生產的研究，不但對明代圖書出版研究有意義，更具有深刻的書籍史意涵。

　　《朝鮮詩選》是記憶中詩歌的文本化，因朝鮮詩歌本身大部分可以追索獲得，因而構成一種難得的場域。將元材料和記憶材料同時空呈現出來，其本身就是記憶心理學研究難得的材料。從讀書人選擇怎樣的詩歌加以記誦，可以推知文學經典。從記誦者産生記誦的錯誤可以獲得文學傳統、文學經典影響力方面的信息。透過這些流動的文本，我們看到了朝鮮自己的經典漢詩傳統和漢文學經典大傳統以及其間的互動和生新。其中，《東文選》《文選》在朝鮮士人詩歌學習中的分量頗重。而分析被記誦者精準記誦的詩句和詩意，我們或能從一個角度獲知朝鮮詩的審美旨趣，比如重視詩歌的本土化和生活情趣、看重詩句的厚度和多功能性，這些傾向不僅呈現朝鮮詩歌的過去和現在，或許也指向朝鮮文學的未來。

　　本書確定朝鮮詩歌文本正本和《朝鮮詩選》中特有的"異質"，採取目錄、版本、校勘等各種傳統文獻學方法研究兩部《朝鮮詩選》的文獻問題，同時認爲確定文本正誤並非文獻學的唯一內容，以文獻爲入口，切入文學經典和文學傳統的建構、知識和思想的生產等更廣濶的世界，希望具有一定的啓示性和示例性。

# 引用書目

藍芳威《朝鮮詩選全集》，美國加州大學伯克利分校東亞圖書館藏本。

藍芳威《朝鮮古詩》，北京大學圖書館藏本，朴現圭《中國明末清初人朝鮮詩選集研究》影印，太學社，一九九八年。

吳明濟《朝鮮詩選》，中國國家圖書館藏本，祁慶富《朝鮮詩選校注》影印，遼寧民族出版社，一九九九年。

《周易正義》《尚書正義》《毛詩正義》《禮記正義》，《十三經注疏》本，中華書局影印本，一九八〇年。

王先謙《詩三家義集疏》，中華書局點校本，一九八七年。

吳棫《韻補》，《叢書集成新編》本，新文豐出版公司，一九八六年。

《史記》，中華書局點校本，一九六四年。

《漢書》，中華書局點校本，一九六二年。

《後漢書》，中華書局點校本，一九六五年。

《隋書》，中華書局點校本，一九七三年。

《舊唐書》，中華書局點校本，一九七五年。

《萬曆武功錄》，《四庫禁燬書叢刊》本。

茅瑞徵《萬曆三大征考》，《續修四庫全書》本。

宋應昌《經略復國要編》，《四庫禁燬書叢刊》本。

黃俁卿《倭患考原》附《恤援朝鮮倭患考》，清鈔本。

周孔教《周中丞疏稿》，《續修四庫全書》本。

趙志皋《內閣奏題稿》，《續修四庫全書》本。

嚴從簡著，余思黎點校《殊域周咨錄》，中華書局，二〇〇〇年。

許重熙編《憲章外史續編》，《續修四庫全書》本。

錢謙益《列朝詩集小傳》，上海古籍出版社，一九八三年。

朱保炯、謝沛霖編《明清進士題名碑錄索引》，上海古籍出版社，一九七九年。

吳慶元編《王人姓名記》，李光濤編《朝鮮“壬辰倭禍”史料》本，“中研院”歷史語言研究所，一九七〇年。

黃之雋等撰《江南通志》，《中國省志彙編》本，華文書局，一九六七年。

于敏中等編纂《日下舊聞考》，北京古籍出版社，一九八一年。

馮惠民、李萬健等選編《明代書目題跋叢刊》，書目文獻出版社，一九九四年。

錢謙益撰，陳景雲補注《絳雲樓書目》，《稿抄本明清藏書目三種》本，北京圖書館出版社，二〇〇三年。

錢曾撰，瞿鳳起編《虞山錢遵王藏書目録彙編》，上海古籍出版社，二〇〇五年。

黃虞稷《千頃堂書目》，《原國立北平圖書館甲庫善本叢書》本。

李盛鐸著，張玉範整理《木犀軒藏書題記及書録》，北京大學出版社，一九八五年。

《中國古籍善本書目》，上海古籍出版社，一九八九——一九九二年。

《周叔弢古書經眼録》，國家圖書館出版社，二〇〇九年。

《宣祖實録》，《朝鮮王朝實録》冊二三、二四，國史編纂委員會，一九七〇年。

林基中編《燕行録全集》卷一——五，東國大學校出版部，二〇〇一年。

《新增東國輿地勝覽》，《韓國地理風俗志叢書》冊三〇五，景仁文化社影印本，二〇〇五年。

張伯偉編《朝鮮時代書目叢刊》，中華書局，二〇〇四年。

張忠植編《韓國金石總録》，東國大學校出版部，一九八四年。

《韓非子》校注組編寫，周勛初修訂《韓非子校注》，鳳凰出版社，二〇〇九年。

張湛注《列子》，《諸子集成》本，上海書店，一九八六年。

黃宗羲著，沈芝盈點校《明儒學案》，中華書局，一九八五年。

余嘉錫《世説新語箋疏》，中華書局，一九八三年。

戴冠《濯纓亭筆記》，《續修四庫全書》本。

高拱《病榻遺言》，《叢書集成初編》本。

沈德符《萬曆野獲編》，中華書局，一九五九年。

徐𤊹《徐氏筆精》，《原國立北平圖書館甲庫善本叢書》本。

郭良翰《問奇類林》，《四庫未收書輯刊》本。

王同軌《耳談類增》，《續修四庫全書》本。

潘之恒《亘史》，《四庫全書存目叢書》本。

張岱撰，李小龍整理《夜航船》，中華書局，二〇一二年。

《漢武帝内傳》，《四庫筆記小説叢書》本，上海古籍出版社，一九九一年。

李昉等編《太平廣記》，中華書局，一九六一年。

李睟光《芝峰類説》，乙酉文化社，一九九四年。

曹伸《謏聞瑣録》，《大東野乘》本，慶熙出版社影印，一九六八年。

魚叔權《稗官雜記》，《大東野乘》本。

沈守慶《遣閑雜録》，《大東野乘》本。

趙慶男《亂中雜録》，《大東野乘》本。

尹國馨《甲辰漫録》、《聞韶漫録》，《大東野乘》本。

金昌業《老稼齋燕行日記》，韓國民族文化促進會，一九八九年。

洪興祖《楚辭補注》，中華書局，一九八三年。

蕭統編，李善注《文選》，上海古籍出版社，一九八六年。

洪邁原編，趙宧光、黃習遠編定《萬首唐人絶句》，書目文獻出版社，一
　　九八三年。

《全唐詩》，上海古籍出版社，一九八六年。

郭茂倩《樂府詩集》，中華書局，一九七九年。

錢謙益《列朝詩集》，上海三聯書店據順治九年毛氏汲古閣本重印，一九
　　八九年。

錢謙益撰集，許逸民、林淑敏點校《列朝詩集》，中華書局，二〇〇
　　七年。

朱彝尊《明詩綜》，《文津閣四庫全書》本。

陶淵明著，王瑤編注《陶淵明集》，人民文學出版社，一九五六年。

王維著，陳鐵民校注《王維集校注》，中華書局，一九九七年。

李白著，王琦注《李太白全集》，中華書局，一九七七年。

杜甫著，仇兆鰲注《杜詩詳注》，中華書局，一九七九年。

柳宗元《柳宗元集》，中華書局，一九七九年。

盧仝《玉川子詩集》卷二，《畿輔叢書》本。

梅堯臣著，朱東潤編年校注《梅堯臣集編年校注》，上海古籍出版社，一
　　九八〇年。

周紫芝《太倉稊米集》，《文淵閣四庫全書》本。

吳萊《淵穎集》，《四部叢刊初編》本，中國書店，二〇一六年。

鄭允端《肅雝集》，《四庫全書存目叢書》本。

朱誠泳《小鳴稿》，《文津閣四庫全書》本。

王守仁《王陽明全集》，上海古籍出版社，二〇一一年。

汪道昆《太函集》，《四庫全書存目叢書》本。

湯賓尹《睡庵詩集》，《四庫禁燬書叢刊》本。

祝世禄《環碧齋詩》,《四庫全書存目叢書》本。

何白《汲古堂集》,《四庫禁燬書叢刊》本。

唐時升《三易集》,《四庫禁燬書叢刊》本。

林章《林初文詩文全集》,《續修四庫全書》本。

梅鼎祚《鹿裘石室集》,《續修四庫全書》本。

翁方綱《復初齋詩集》,《續修四庫全書》本。

張塤《竹葉庵文集》,《續修四庫全書》本。

儲大文《存硯樓二集》,《四庫未收書輯刊》本。

杭世駿《道古堂集》,《續修四庫全書》本。

顧春《天游閣集》,肖亞男主編《清代閨秀集叢刊》本,國家圖書館出版
　　社,二〇一四年。

《韓國文集叢刊》,景仁文化社,一九九〇年。

　　崔致遠《孤雲先生文集》,册一。

　　李奎報《東國李相國集》,册一——二。

　　陳澕《梅湖遺稿》,册二。

　　洪侃《洪崖遺稿》,册二。

　　安軸《謹齋集》,册二。

　　李齊賢《益齋亂稿》,册二。

　　崔瀣《拙稿千百》,册三。

　　李穀《稼亭集》,册三。

　　鄭誧《雪谷集》,册三。

　　李集《遁村雜咏》,册三。

　　李穡《牧隱稿》册三—五。

　　鄭樞《圓齋稿》,册五。

　　韓脩《柳巷詩集》,册五。

　　鄭道傳《三峰集》,册五。

　　鄭夢周《圃隱集》,册五。

　　金九容《惕若齋學吟集》,册六。

　　成石璘《獨谷集》,册六。

　　李詹《雙梅堂篋藏集》,册六。

　　李崇仁《陶隱集》,册六。

　　李行《騎牛集》册七。

　　李原《容軒集》册七。

　　卞季良《春亭集》册八。

李石亨《樗軒集》，冊九。

申叔舟《保閑齋集》，冊一〇。

成三問《成謹甫集》，冊一〇。

徐居正《四佳集》，冊一〇——一一。

李承召《三灘集》，冊一一。

姜希孟《私淑齋集》，冊一二。

成侃《真逸遺稿》，冊一二。

金宗直《佔畢齋集》，冊一二。

崔淑精《逍遥齋集》，冊一三。

金時習《梅月堂集》，冊一三。

洪貴達《虛白亭集》，冊一四。

成侃《虛白堂集》冊一四。

金訢《顏樂堂集》，冊一五。

曹偉《梅溪先生文集》，冊一六。

李胄《忘軒遺稿》，冊一七。

李堣《松齋集》，冊一七。

鄭希良《虛庵先生遺集》，冊一八。

李荇《容齋集》，冊二〇。

申光漢《企齋集》，冊二二。

金凈《冲庵集》，冊二三。

蘇世讓《陽谷集》，冊二三。

沈彦光《漁村集》，冊二四。

鄭士龍《湖陰雜稿》冊二五。

林億齡《石川集》，冊二七。

羅湜《長吟亭遺稿》，冊二八。

朴枝華《守庵先生遺稿》，冊三四。

盧守慎《蘇齋集》，冊三五。

鄭惟吉《林塘遺稿》，冊三五。

朴淳《思庵集》，冊三八。

權擘《習齋集》，冊三八。

尹斗壽《梧陰遺稿》，冊四一。

高敬命《霽峰集》，冊四二。

成渾《牛溪集》，冊四三。

白光勳《玉峰集》，冊四七。

尹根壽《月汀集》，册四七。

崔岦《簡易集》，册四九。

崔慶昌《孤竹遺稿》，册五○。

金宇顒《東岡集》，册五○。

柳成龍《西崖集》，册五二。

梁大樸《青溪集》，册五三。

林悌《林白湖集》，册五八。

許篈《荷谷集》，册五八。

閔仁伯《苔泉集》，册五九。

李達《蓀谷詩集》，册六一。

柳夢寅《於于集》，册六三。

李德馨《漢陰文稿》，册六五。

李睟光《芝峰先生集》，册六六。

許楚姬《蘭雪軒詩集》，册六七。

李廷龜《月沙集》，册六九—七○。

申欽《象村稿》，册七一—七二。

梁慶遇《霽湖集》，册七三。

許筠《惺所覆瓿稿》，册七四。

李宜顯《陶谷集》，册一八○—一八一。

洪大容《湛軒書》，册二四八。

李德懋《青莊館全書》，册二五七—二五九。

尹行恁《碩齋稿》，册二八七—二八八。

《韓國文集叢刊（續）》。

任錪《鳴臯集》，册一一。

《韓國歷代文集叢書》。

白振南《松湖集》，册四五五。

金宗直編《青丘風雅》，《修正增補韓國詩話叢編》本，太學社，一九九六年。

徐居正編《東文選》，民族文化刊行會，一九九四年。

申用溉等編《續東文選》，民族文化刊行會，一九九四年。

《大東詩選》，首爾大學校奎章閣，二○○一年。

南龍翼編《箕雅》，亞細亞文化社影印，一九八○年。

南龍翼編，趙季校注《箕雅校注》，中華書局，二○○八年。

《別本東文選》，首爾大學校奎章閣，一九九八年。

鄭麟趾等編纂《皇華集》，珪庭出版社有限公司，一九七八年。

張伯偉主編《朝鮮時代女性詩文集全編》，鳳凰出版社，二〇一一年。

趙鍾業編《修正增補韓國詩話叢編》，太學社，一九九六年。

　　許筠《鶴山樵談》，卷二。

　　申欽《晴窗軟談》，卷二。

　　金時讓《涪溪記聞》，卷二。

　　南龍翼《壺谷詩評》，卷三。

　　許筠《國朝詩刪》，卷四。

　　金萬重《西浦漫錄》，卷五。

　　洪萬宗《詩話叢林》，卷五。

　　申昉《屯庵詩話》，卷六。

　　佚名《東詩叢話》，卷一三。

　　李家源《玉溜山莊詩話》，卷一七。

李光濤《朝鮮"壬辰倭禍"研究》，"中研院"歷史語言研究所，一九七二年。

葉浩生主編《西方心理學的歷史與體系》，人民教育出版社，一九九八年。

朴現圭《中國明末清初人朝鮮詩選集研究》，太學社，一九九八年。

祁慶富《朝鮮詩集校注》，遼寧民族出版社，一九九九年。

雅克·德里達著，蔣梓驊譯《多義的記憶：為保羅·德曼而作》，中央編譯出版社，一九九九年。

三島憲一著，賈倞譯《本雅明：破壞·收集·記憶》，河北教育出版社，二〇〇一年。

宇文所安著，鄭學勤譯《追憶：中國古典文學中的往事再現》，生活·讀書·新知三聯書店，二〇〇四年。

邵志芳著《認知心理學——理論、實驗和應用》，上海教育出版社，二〇〇六年。

坎特威茨、羅迪格、埃爾姆斯著，郭秀艷等譯《實驗心理學（第九版）》，華東師範大學出版社，二〇一〇年。

馬克·布洛克著，黃艷紅譯《歷史學家的技藝（第二版）》，中國人民大學出版社，二〇一一年。

馬克·布洛赫著，張和聲、程郁譯《歷史學家的技藝》，上海社會科學院出版社，二〇一九年。

俞士玲《性別、身份和文本：朝鮮女性文學文獻研究》，中華書局，二〇一八年。

俞士玲《明代書籍生產與文化生活》，南京大學出版社，二〇二二年。

安炳浩《〈鷄林類事〉及其研究》，《北京大學學報（哲學社會科學版）》一九八六年第六期。

朴現圭《明末清初文獻所録朝鮮蘭雪軒作品之實況》，張宏生編《明清文學與性別研究》，江蘇古籍出版社，二〇〇二年。

李鍾默撰，李春姬譯《關於伯克利大學藏本藍芳威編〈朝鮮詩選全集〉》，張伯偉編《域外漢籍研究集刊》第四輯，中華書局，二〇〇八年。

俞士玲《明末中國典籍誤題蘭雪軒詩及其原因考論》，見收張伯偉編《風起雲揚——首屆南京大學域外漢籍研究國際學術研討會論文集》，中華書局，二〇〇九年。

左江《許筠行實繫年簡編》，張伯偉編《域外漢籍研究研究》第六輯，中華書局，二〇一〇年。

劉寶全《明晚期中國和朝鮮的相互認識：以丁應泰和李廷龜的辯論爲中心》，《韓國學論文集》第十九輯，二〇一一年。

孫衛國《丁應泰彈劾事件與明清史籍之建構》，《南開學報（哲學社會科學版）》二〇一二年第三期。

俞士玲《記憶的文本：〈朝鮮詩選〉文獻研究的另一視角》，《南京大學學報（哲學．人文科學．社會科學版）》二〇一二年第三期。

張伯偉《書籍環流與東亞詩學——以〈清脾録〉爲例》，《中國社會科學》二〇一四年第二期。

都軼倫《〈列朝詩集〉編纂再探：以兩種稿本爲中心》，《文學遺産》二〇一四年第三期。

卡羅·金兹堡《無意間留下的提示：逆着意向閱讀歷史》，陳恒、王劉純主編《新史學》第十八輯《卡羅·金兹堡的論説：微觀史、細節、邊緣》，大象出版社，二〇一七年。

崔偉芳《孔繼涵生平考述》，《唐山師範學院學報》二〇一九年第五期。

刁書仁《袁黃萬曆援朝戰爭史事鈎沉》，《社會科學輯刊》二〇一九年第六期。

齊暢《萬曆朝鮮戰爭初期袁黃朝鮮行跡新考》，《外國問題研究》二〇二一年第二期。